我的 Mein Franz 弗兰茨

海娆 著

人民文学出版社

图书在版编目（CIP）数据

我的弗兰茨／海娆著．--北京：人民文学出版社，2023
ISBN 978-7-02-018339-5

Ⅰ．①我… Ⅱ．①海… Ⅲ．①长篇小说-中国-当代 Ⅳ．① I247.5

中国国家版本馆 CIP 数据核字（2023）第 205241 号

责任编辑	徐晨亮　孟小书
装帧设计	李思安
责任校对	孟天阳
责任印制	宋佳月

出版发行	人民文学出版社
社　　址	北京市朝内大街166号
邮政编码	100705

印　　刷	三河市龙林印务有限公司
经　　销	全国新华书店等

字　　数	243千字
开　　本	880毫米×1230毫米　1/32
印　　张	10.5　插页3
版　　次	2023年11月北京第1版
印　　次	2023年11月第1次印刷

书　　号	978-7-02-018339-5
定　　价	55.00元

如有印装质量问题，请与本社图书销售中心调换。电话：010-65233595

序

顾彬（德国汉学家，诗人）

小说是当今最重要的文学体裁，像我这样的诗人或者散文家，可能会为此感到遗憾。现在的读者不再喜欢哲理的或者深刻的思考，而是希望获得对复杂人类历史问题的具体答案，而诗人或者思辨性文章的作者似乎不能提供这些。

与诗歌或者哲理性的思考相反，海娆用一种清新简朴而令人愉快的语言，让历史的残酷余音回响。这位来自重庆、现在与先生和狗生活在法兰克福附近的中国女作家，选择了最艰难的主题之一："二战"遗留的伤痛问题。七十五年过去了，伤口至今尚未痊愈。

海娆巧妙地用一个典型的德国男子名，弗兰茨，将其与个人身份问题联系起来。小说名也用了这个。故事中的三个德国男子，甚至一条狗，都叫弗兰茨。请不要误会，在德国，狗是我们可以倾诉心声的朋友。我们为狗哭泣，把狗像人一样安葬。我知道这些，因为我的成长岁月也与狗相伴。狗给人们带来欢乐和安慰，正如海娆家的狗一样。

狗通人性，它们主要通过气味来识人辨物。对于狗而言，不存在身份问题。我们人类通过脸、身材、声音等来相互辨识，因此可能会经常发生相似或者混淆的情况，尤其是当人上了战场，而又没能从战场上归来,留下来的人还能拥有他们的什么呢?

我的父母都从二战的战场上归来了,但我祖母的三个兄弟都没能从一战中幸存下来。他们在狂热中死去,而且都相当年轻。遗憾的是,我父母从不谈论他们经历的那场战争,只有我居住在策勒的祖母恰恰相反,她经常对我讲述她所经历过的两次世界大战。我从她那里知道了战争的残酷和恐怖。它们追随折磨了我一生。

虽然我从十四岁就开始写作,到现在,已有大约三十部文学作品问世,但我从来不敢像海娆那样,直面二十世纪那恐怖的一幕。那会使我崩溃。因此海娆比我勇敢,她对那段历史进行了凝视和思考。据她所说,该小说的创作灵感来自一篇报纸文章:一位中国女人的德国丈夫,为了安慰母亲而陪她过夜。对此你不必想歪了。父母经常为照顾孩子而陪他们过夜,为什么在某些特殊情况下,不能反过来呢?

海娆是一个无私的人,她关爱她的狗,关爱她的丈夫,也关爱历史。关爱历史?是的,她不简单轻率地批评历史,而是记录和思考。好的文学也正是这样。很多中国作家喜欢谴责历史,这似乎也可以理解。但还有另一种情况,即使真的很邪恶的人,也可能是或者曾经是一个正常人。对此,广东作家熊育群在他的小说《已卯年雨雪》(2016)中就表明了这点:在极端邪恶的人身上,也还有残留的人性,这让忏悔和原谅似乎成为可能。

我不是想夸张,中国在二十世纪已经经历得够多,德国也承担了足够的罪责。但海娆的作品让人思考,如同她作为作者思考那样。

这是一个有使命感的作家,为了翻译,推迟了心爱的小说创作。她用了差不多七年时间来专心翻译我的五本诗集和一本小说,以及傅安娜的回忆录《汉娜的重庆》。尽管如此，感谢她依然找到了力量来书写"她的"故事，来我这里挖掘"我的"历史，问询一个儿子的身份问题。这个儿子的父亲曾经是德国的"国防军人"，母亲在波森（现波兰的一座城市——译者注）为克虏伯工作，祖母在策勒永不倦怠地控诉纳粹的罪行。

二战结束已经七十五年了，在德国的许多城市，仍然还有炸弹被发现，被拆除。作为孩子，我们是在一个百分之七十的国土被轰炸，而后又被分裂的德国长大。我们曾经在弹坑里玩耍，炸弹代替了我们很少回家的父亲。我们中大多数人的成长岁月里没有父亲。如今炸弹没有了，至少被埋葬到地下了。在德国的海娆也经历了这个：在她家附近的工地上，危及生命的炸弹被发现，又被拆除。

但现在一切安好。感谢海娆，为了一个更好的德国、更好的世界，所写的这部抢救记忆的书。这也是为什么，我们德国人似乎也需要这种引人思索的深刻的小说，即使这样的小说来自中国。

2021年圣灵降临节，于波恩

是时候了，
让石头开花，让心跳动，
让时间成为时间……
我的石头还是石头，花期未至，
时间从来不只是时间。
它是一场漫长的等待，
是一条你和我携手走向天堂的路。

——摘自《白格夫人日记》

楔　子

那是五月的一天,我行走在法兰克福街头,在经过一家露天咖啡馆时,听到有人叫我的名字。

"嘉陵,吴嘉陵——"

循声望去,见马路边的一张咖啡桌后,有个戴墨镜的中国女人在向我挥手。我没能一眼就认出她来,直到我猛眨了几下眼睛,我的心才"咯噔"一声:我们到底还是又见面了!

那样一团乌云似的黑发,那样一张月牙般的小脸,非她莫属!

"夏一红!"这个几乎被我遗忘的名字,立即从我嘴里蹦跳出来,好像它一直就守候在我唇边,等待此时重获自由。

迟疑中我向她走去。她已摘下墨镜,站起身来,歪着头,似笑非笑地望着我。我也机械地对她笑了。可越走近她,我越怀疑自己的眼睛。记忆中的夏一红素脸淡目,即使在很重要的场合,也只薄施粉黛。这个女人却涂了很厚的粉,还描了细长的柳眉,抹了莹蓝的眼影,点了血红的樱唇,乍看恍若日本艺伎,透着一股诡异之气。

"天哪,吴嘉陵,真的是你!"她激动得跺脚,朝我张开双臂,像觅食的乌鸦发现了食物,展翅欲扑。

我绕过几张咖啡桌去跟她拥抱。她比以前更瘦了,衣服下只有一把骨头。我轻轻拍了拍她的后背,就想松开,却被她紧紧搂

1

住不放。她的脸贴在我的脸上，凉沁沁的，脂粉气几乎让我窒息。

"怎么样，你还好吗？"我问，继续试着想推开她。

"不好！"

仿佛被我的话刺激了，她突然一把推开我，瞪眼朝我嗔怨道："你去哪里了啊？打你家电话没人接，打你的手机也是空号——还以为你死了！"说完气呼呼一屁股坐下。

我尴尬地笑笑，心却踏实了，挪过来凳子，也坐下。没错，这就是夏一红，说话常常出人意料，重一句轻一句，也不顾及对方的感受。以为我死了？好吧，事实上跟死也差不多——差点累死！不过现在又活过来了。是我想摆脱她，故意失联，不想跟她再有往来，而她似乎毫无察觉。我是该庆幸呢，还是该内疚？是该跟她重修旧好，还是该继续玩失踪？我的小心思在快速转动，表面却装出别后重逢的欢喜，笑问："你怎么会不好？还这么年轻漂亮……"

"感谢上帝，我们又见面了！"

她答非所问，闭上眼睛，双手合十，仰面朝天，嘴一瘪，竟有泪花滚落出来。我吃了一惊，纳闷她这是喜极而泣呢，还是悲从中来？喜，至于吗？这世上除了我妈，还没有第二个人，见了我会欢喜得掉泪。悲，她又何悲之有？

"对不起，一红，我们买房子搬家了，所以……"因为心虚，我本能地想为自己的失联寻找理由，"买的是二手老房子，破破烂烂跟危房似的，就没好意思跟任何人说。我原先的想法是，等装修完后，再请你们来家里做客，也给你们一个惊喜。没想到，这装修竟然苦海无边，到现在还没完工呢……唉，真是悔不当初啊，就不该贪便宜买老房子。德国人工的贵，简直超出了人类的想象！我们的情况你也知道，买了房就一穷二白了，所以基本都是自己动手。大熊要上班，只有周末有点时间，我又找了一份在小学教中文的工作，也没有太多时间。两个人又都没有经验，边学边干，就特别辛苦，特别磨蹭……"

她直愣愣地盯着我，像在认真聆听，又像心不在焉，在想别的什么。买房这种全中国人民都关心的话题，她好像一点兴趣也没有，既不问我买在哪里，花了多少银子，也不问房子有多大，联排还是独栋。这太奇怪了。我满心疑惑，在悻悻然中换了话题："对了，我的手机……大熊给换了便宜的卡，所以号码变了……"

服务员来了，一个系白围裙的黑姑娘懒洋洋地来到我面前，问我想喝什么。我为自己要了一杯绿茶。

目送身材前挺后翘的黑姑娘离开后，我把目光收回，下意识投向夏一红的胸部。她穿着开襟黑袍，内衬藕荷色打底衫，挂了一块鸡蛋大小的鹅黄镶银玛瑙坠，手腕也戴着配套的老银玛瑙链。这是她一贯的穿衣风格，宽松飘逸，色系暗淡，面料非棉即麻，再佩上异形首饰，夸张的耳环，浓浓的波希米亚风，尽管她身材单薄，五官小巧，有一张典型的东方女人面孔。

"你怎么样，身体还好吧？"我问。

她垂下眼帘，嘴唇嗫嚅，欲言又止。一股不祥涌上心头。联想到她这反常的浓妆艳抹，我疑心她旧病复发，时日不多，想要让生命最后美丽一把。于是赶紧又换了话题。

"对了，天赐怎么样了，他好吗？"我想起她儿子。最后一次见他，小家伙还坐在婴儿车里牙牙学语。

她的眼睛唰地就亮了，像停电后的灯泡突然来电。"他呀，好着呢，都四岁了，在幼儿园，会背诵二十多首唐诗宋词，还会唱《世上只有妈妈好》《我们的祖国像花园》……"她幸福地笑着，露出两排珍珠般白润整齐的牙，身体也轻轻摇晃起来，好像沐浴在春风里。

"茶水来了,请慢用!"黑姑娘来了,又走了。我拿起银盘里的茶叶包,把纸袋撕开,拈住线头,把茶袋浸进水杯里,轻轻荡着,白了她一眼:"你也好,孩子也好,可你刚才为什么还说——不好?"

她脸上的笑意倏然消失,小眼睛冷冷地瞪着我,愣了好一阵子,才愤愤地说:"我要离婚了!"

这下轮到我发呆了。离婚?她,夏一红?怎么可能?!

"没想到吧?"她垂下眼帘,端起咖啡杯轻啜了一口,冷笑道,"哼,别说你,我自己也没想到,会有今天!"

放下咖啡杯,她又叉起一块蛋糕,却不往嘴里送,只支起在空中转来转去,盯着它,对它说话:"离婚我不怕,回国我正求之不得。可是——他们居然想夺走我的儿子!"

她五指一张,叉子"哐当"一声掉落盘里,蛋糕也碎了。而她脸上的五官也渐渐变形,像被一只无形的手胡乱抓扯。我被她的样子吓坏了,正不知所措,就见她两眼一闭,仰面朝天,猛然起身,捏紧拳头的双手高高举起在空中挥舞,同时发出撕心裂肺的吼叫:"不——!"

桌子在摇晃,空气在颤抖。

这是美茵河畔的法兰克福,德国最现代化的国际都市。天空湛蓝如洗,阳光温柔地照耀大地,一幢又一幢摩天大楼错落有致地直冲云天,它们墨蓝色的玻璃幕墙像外太空坠落的水晶陨石,赫然插入城市的中心,集聚成堆。在这些蓝光闪烁的晶体陨石和低矮陈旧的建筑之间,战后修建的柏油马路纵横交织,形成密集的交通网。有轨电车在慢腾腾地往来穿梭,小轿车在默默有序地向前行驶。熬过了漫长寒冬的人们,终于走出户外,徜徉街头,或携亲伴友，或孑孓独行，尽享这春天的美好、都市的繁华和现世的安稳祥和。可这个中国女人突然疯了，她歇斯底里的吼叫声像锋利的尖刀，划伤了城市一角的安宁。人们纷纷朝我们张望，投来好奇的、惊恐的甚至厌恶的目光。夏一红全然不顾这些。她像一匹置身旷野的狼，只顾仰天长啸，尽情发泄自己的悲愤和绝望。

"天哪，夏一红你这是怎么啦？"短暂的惊慌失措后，我起身一把抱住她，好像害怕她会随她的叫声飞上天去。她浑身抖颤着，却不停止长啸。那一声被拖拉得长长的"不"字，从她的喉咙里声嘶力竭地喷射出来，仿佛她的身体是一挺机关枪，正朝敌人猛烈射击。邻桌的客人们表情惶惶，有几个已经站起身来。一个高大的金发女人箭步过来，一把钳住夏一红的双手。"嘘——安静，请安静！"女人低头对夏一红说，声音温柔又有力，像在请求，也像在警告。又扭头皱眉问我："她是犯了什么病吧？是否需要我叫医生？"

还没等我开口作答，夏一红突然就安静了，不叫了，好像意识到有危险临近。我们把她安抚坐下，女人的双手还搁在她肩上，她俯身问她："你好点了吗？是否需要叫医生？"

"不用，谢谢！"夏一红冷冷地说，面无表情，胸口一起一伏喘着粗气。

女人松了手，站在旁边观察了一会儿，确信夏一红冷静下来，才退回自己的座位坐下。四周也慢慢恢复了常态，走路的走路，聊天的聊天，喝咖啡的喝咖啡，仿佛什么也没有发生，又仿佛还在不动声色地监视我们。我的脸颊发烫，感觉无地自容。再看夏一红，她像一只受惊的小动物，正在惊恐中茫然四顾。

"你没事吧？"我做了一个深呼吸，努力让自己平静下来，探过身去，低声提醒她，"这大街上人多，德国人特别爱管闲事，当心有人报警，说你扰乱公共秩序，或者说你有神经病。如果你真的要离婚，又想要孩子，这两条中的任意一条，都对你不利——他们会剥夺你对孩子的抚养权。"

"啊，真的？"她如梦方醒，瞪圆了眼睛望着我，愣了片刻，果断决定，"那我们快走！"

说着她掏出钱包，抽出一张十欧元钞票，往咖啡杯下一压，拿起桌上的墨镜重新戴上。还没等我反应过来，她已起身，把购物包往肩上一拎，头一仰，发一甩，拍着我的胳膊就转身离开，全不顾那些惊诧的目光还盯着我俩。

我跟跟跄跄地跟在她身后，直到出了咖啡馆老远，才恢复了正常步态。

一

夏一红在我生命里的出场，可以用"惊艳"来形容。

那天她结婚。

我是来给她当翻译的。在德国，结婚登记时，如果一方不懂德语，政府就要求有翻译到场，以确保不懂德语的一方不被骗婚。那时我还在法兰克福大学读研究生，课不多，时间很灵活。有一天在汉学系过道的公告栏里，我发现了一张寻找结婚翻译的纸条，时间半天，报酬五十欧元。我看时间合适，地点虽然不太近，但也是凭学生卡能免费乘车抵达的地方，就毫不犹豫撕下了纸条。

那是我嫁到德国的第四年。四年前我初来乍到，不会德语，结婚也遇到过同样的麻烦。那时我两眼一抹黑，没有一个认识的人，脑子也笨，就去亚洲店和中餐馆找人，看见貌似中国人的面善者，就厚着脸皮，问人家是否肯来帮忙，为我结婚当翻译，结果闹了不少笑话，因为像越南人、日本人、韩国人等亚洲人，貌似中国人，却不会中文。那些冷遇和尴尬，以及终获好心人帮助的感激，让我难忘。虽然未曾谋面，这个步我后尘远嫁德国的同胞姐妹，让我莫名感到亲切，想要帮她。她显然比我更聪明，还知道来大学汉学系贴纸条求援，而我当初，像无头苍蝇四处乱窜，根本不知道这里的大学有汉学系，汉学系又是个什么专业。

他们结婚登记的市政厅，坐落在莱茵河畔的一个山林小城的半坡上，是一幢古老的尖顶桁架房，白墙上横竖着有金色雕花的黑色木梁，窗口悬挂着红艳艳的天竺葵，就像一幢童话小屋。我比约定的时间提前到了，就找到二楼的结婚登记办公室，独坐在门廊的椅子上等。

没过多久，楼下传来脚步声，然后是上楼梯的响声。楼梯口也渐渐亮了，仿佛升起一团光。是流光溢彩的三个人，像站在升降机上从地下升到万众瞩目的舞台中心。我眼睛一亮，首先认出前面艳若桃李的新娘。她身材苗条，手捧一大束缤纷的鲜花，一身玫红的金线绣花缎子旗袍。乌黑的头发高高绾起，一侧还插有红玫瑰和满天星。她那步态款款的样子，宛若电影《花样年华》里的张曼玉。

我赶紧起身。这时我看清了她身后的人：男的神采奕奕，黑西装配白衬衣和红领结，无疑就是今天的新郎；女的一袭白裙，金发溜光。如果不是预先知道今天的新娘是中国人，我一定会以为她才是新娘，因为她和新郎手挽着手，看起来关系更亲密，而且他俩都身材高大，都是白人，更像天生的一对。

"你就是吴嘉陵吧？我是夏一红，谢谢你今天来帮忙啊。"

新娘落落大方向我走来，主动跟我握手。她的手骨感而冰凉，像易碎的玉。这时我看清了她的脸，淡淡的粉，淡淡的眉，一双温柔的小眼睛，口红的颜色却鲜艳夺目。她转身为我介绍了他们，男的是新郎弗兰茨，女的是白格夫人，弗兰茨的母亲，她婆婆。

我也跟他们握手问好，并暗中惊讶，这母子俩的颜值都很高，仿佛是从电影里走出来的男女一号。白格夫人近了才看出上了些年纪，但她身材颀长，肤白如雪，冰蓝的眼睛亮晶晶的，紫粉的珍珠项链和珍珠耳坠，配上光洁的额头和在脑后绾成元宝髻的黄金般的头发，整个人显得光彩照人。即使近距离打量，她和儿子也更像姐弟，而非母子。

工作人员来了，一个穿灰西服的中年妇女，把我们带进旁边的婚礼室。这是在德国登记结婚时举行仪式的地方。它就像一间会议室，前方有个主席台，下面摆了些供宾客就座的椅子。女人站在主席台后，手捧文件，开始主持结婚仪式。她每宣读完一句话，就抬起头来望着我，等我翻译成中文，她的目光才又转向夏一红，直到夏一红点头表示听懂了，她才又继续读下句。

她宣读的内容跟我结婚时听到的大同小异：你们一个东方，一个西方，相隔遥远，素昧平生，却在上帝的引领下，越过千山万水，克服重重困难，走到一起结为夫妻，组建家庭。请珍惜这来之不易的幸福，今后无论遇到什么，都要一起担当，相互扶持，共度一生……

这文稿她应该读过无数遍，只是当事人的名字和国籍不同而已。但她依然不急慢，读得字正腔圆，清楚而缓慢。这样的敬业和体贴，让我有点小感动。更让我感动的，是这对牵手站在我对面的中年男女。女的小鸟依人，泪光盈盈。男的高大沉稳，不时温柔地瞥一眼身边的新娘，一只手紧紧攥着她的手。

这就是中年男女的爱情，饱经沧桑，欲说还休。联想到自己的经历，我就更加感慨。我们都不再年轻，带着一颗受伤的心，寻寻觅觅许多年，才在遥远的异乡找到共度一生的爱人，从此抛下故土亲友，筑巢远方。个中的辛酸和无奈，悲伤和欢喜，一言难尽。只有经历过的人才懂得。

这一年夏一红四十三，弗兰茨年纪更大，谁的感情都不再是一张白纸，可以轻易描绘出最美的新图。远去的青春，年轻时的爱情，有过怎样的美好，又留下怎样的阴影，除了自己，无人知晓。茫茫人海，是怎样的缘分，两个天遥地远的陌生人，才能跨

9

过语言的障碍，文化的隔阂，穿越半个地球走到一起，成为朝夕相伴的一家人？

所以，当主婚人问："夏一红，你愿意嫁给弗兰茨·白格吗？今后无论富贵与贫穷，健康与疾病，都做他不离不弃的妻子？"随着一声轻柔的"我愿意"，夏一红的眼泪滚落出来，像两行珍珠挂在脸上。我的眼睛也湿了。弗兰茨的那一声"我愿意"听起来有点怯怯的，像在害羞，但他的手，在温柔地摩挲新娘的手，做出了比他的声音更有力的回答。

主婚人捧着一只小银盘过去，看着他俩从盘里取出婚戒，相互为对方戴上，又送给新娘一本德国菜谱做礼物，祝她早日融入德国生活，结婚仪式就结束了。

两个人这才紧紧地拥抱。弗兰茨太高，夏一红并不算矮——她比我还高半个头呢，却只够着他的肩。他俩亲吻的样子让我想起电影《乱世佳人》的海报画上，白瑞德深情亲吻斯嘉丽，唯美而动人。但观众席上的白格夫人不为所动。她是这场婚礼唯一的来宾，孤零零地端坐在空荡荡的椅子中间，嘴角挂着一抹神秘的微笑，像一尊古希腊女神像，美得遥远，默默注视这凡尘俗事。

十月的德国层林尽染，起伏的山峦像上帝用浓墨重彩泼洒的油画。一行人缓步出了小楼，面对满地的金黄落叶，我的眼前出现了一个身穿白纱裙的小姑娘，拎着花篮向我们跑来的情景。那是当年我和大熊结婚出来时的一幕。小姑娘是大熊朋友的女儿，咯咯笑着跑到我面前，就从花篮里抓一把鲜花瓣朝我们抛撒。我惊喜得大叫。一结婚，就踏上一条撒有鲜花的道路，这多么浪漫和吉祥！即使多年以后回想起来，我还感到很温馨。大熊性格内向，不擅社交，那天也请来了仅有的两个朋友。他们都住在原东德地区，各自带着太太和小孩，驱车好几个小时，前来见证和分享我们的幸福。可夏一红结婚，为什么一个朋友也不请？弗兰茨看上去不像孤僻遗世之人，结婚结得如此冷清，没有朋友祝福，没有花童撒花，多少有点美中不足吧。

当时我想，也许他们会另外举办一场婚礼，就像我和大熊，以及其他德国人那样，登记那天只是小范围地庆祝一下，然后再择一良辰佳地，或者教堂，或者古堡，正式邀请双方的亲友，热热闹闹地大庆一场。但后来我知道，他们并没有。人生的一件大喜事，就这样轻飘飘地一笔带过，几乎不着痕迹。我不禁为夏一红感到遗憾。

莱茵河谷的山林里秋寒袭人，白格夫人已经穿上驼色毛呢大衣外套。户外自然的天光放大了她脸上的细节，皱纹更显，皮肤更白，嘴唇更红，眼睛更蓝。我的目光落在她的脸上，瞬间明白了，什么是"天生丽质""唇红齿白"。她的举手投足，一颦一笑，都有一种让人惊叹的高贵的美。我真的怀疑她曾经是一线的电影明星，如今美人迟暮，退隐乡野，但气场依旧，无论到哪里都是当然的女一号，光耀一方，让周围的一切黯然失色。

这也成了夏一红的不幸。在高大的婆婆和丈夫身边，这个瘦小的新娘不仅显得楚楚可怜，还寒碜。她显然低估了德国秋天山林的寒冷，没带像样的保暖外套，旗袍外只裹了一条灰不溜秋的大围巾，缩着头，含着胸，走得哆哆嗦嗦，即使怀抱鲜花，也撑不起她新娘的气场。而她旁边的白格夫人，同样露出赤裸的只穿有玻璃丝袜的小腿，却昂首挺胸，步履稳健，像个女王。

时间临近中午，夏一红邀请我与他们共进午餐，算是小小地庆祝一下，我欣然接受。

一辆黑色的奔驰停在路边。弗兰茨为母亲拉开车门，护着她上车。我和夏一红坐后排。短短的几句寒暄后，我在电话里的预

11

感就得到证实：她果然也是重庆人，跟我是同乡。我俩的普通话都不标准，n、l不分，s、sh混淆。乡音就像接头暗号，能让异乡人迅速找到乡党，找到某种归属感。她一把抓住我的手，惊喜道："真是缘分啊！我们居然是重庆老乡！"

"是啊是啊，这叫有缘千里来相会。"我也很激动。

再往下聊，竟然越聊越投缘。原来我俩不仅同乡，还同专业，大学都读了中文系，又都做过中学老师，还都有过一段婚姻，然后都通过一场网恋远嫁德国……太多的相同，让我俩一见如故，关系迅速升温。车还没到中餐馆，我俩已经互留电话，约好以后多联系。

中餐馆的桌子是长方形的，弗兰茨挨着母亲坐，我和夏一红坐另一边。当夏一红和她对面的弗兰茨用英语低声说着什么，我就试着跟对面的白格夫人套近乎。摇曳的烛光里，她的脸又显得年轻了些，越发美丽。我既兴奋又紧张，鼓起勇气，问她喜欢吃中餐吗，她对我微笑着点点头，却不开口。我又问她身体可好，是否去过中国或者打算今后去中国旅游。她依然只是微笑着点头，或者摇头，并不说话。我先疑心自己的发音不标准，她没听懂；又疑心她年纪大了耳朵背，听力不好，或者，心气高傲，不屑于跟外国人说话，便放弃了跟她继续交谈的努力。

我已经忘了那天我点的什么菜，只记得夏一红点了麻婆豆腐。她不由分说先舀一勺到我碗里，再自己吃，一边咀嚼一边皱眉头："既不辣又不麻，只有一个酱油味，也好意思叫麻婆豆腐。哼！"

联想到自己初来德国时，对中餐馆的饭菜也曾有过同样的失望和抱怨，我笑了，仿佛看到另一个我。"哈哈，这是入乡随俗后的麻婆豆腐。"我说。

"找个时间来我家吧，尝尝我烧的麻婆豆腐。"她目光真诚地望着我。我兴奋地点头，发现自己已经喜欢上这个大我半岁的新朋友。

二

不久后的一个周六，我如约前往夏一红家。

那时我还不会开车，是坐火车去的，并按德国人的风俗，买了鲜花当首次登门做客的礼物，一盆玫红的蝴蝶兰。她家在莱茵河畔的一个盛产葡萄酒的村庄，离城区大约一刻钟车程。村庄人烟稀少，火车站周围全是低矮破旧的老屋，但窄小的窗户都挂有雪白的窗帘，或者饰有盆栽的鲜花。几个同车的乘客四散后，狭长的街上就只剩下我一人，只偶尔见有居民在打扫庭院。那时还没有智能手机，我一手抱花，一手拿着大熊为我打印的线路图，对着路牌按图索骥，很顺利就找到她位于半坡上的家。

半坡上的居民区就是另一番景象了，全是一楼一底的独幢或双拼，白墙红瓦，打理精美的小花园，明显是近些年才开发的新区。在一条横街的尽头，有一幢房子与众不同。它灰墙蓝瓦，斜坡屋顶的正中间，有一扇别的房子都没有的半圆形老虎窗。窗顶的弧线两端还水平方向飘出去一段，像中国古装戏里的丹凤眼描出的眼线。

我第一感觉它像夏一红的眼睛在凝望远方。慢慢走近后，它渐渐变大，玻璃板上映出蓝色的天空，便又似弗兰茨和白格夫人的眼睛，居高临下，神情冷漠。这时我看清了房子的门牌，果然就是夏一红的家，便杵在那里一动不动。这房子孤零零地矗立一角,有一种遗世的清高和神秘。它明明是在这条横街上,却又像并不属于这里,尤其是屋顶的老虎窗,越看越让人心里发怵。我想起童年看过的《西游记》小人书,被二郎神追打的孙悟空逃无可逃,就变成一座土地庙。那土地庙的窗户就是猴子的眼睛,屋顶的旗杆是猴子的尾巴。这扇窗又是谁的眼睛呢?

房门开了,探出一张没有血色的小黄脸:"嗨,吴嘉陵,你站在那里干啥子?还不快进屋!"

声音清亮,熟悉的重庆话和一张似曾相识的笑脸,驱散了我心头的疑虑。我向她走去。眼前的夏一红素面朝天,没有了结婚那天的娇艳,却另有韵味。在中国人眼里,她算不上漂亮:小眼睛,单眼皮,脸色发黄还有雀斑,鼻梁也不高挺,颧骨还微凸,是重庆话说的"寡骨脸"。奇怪的是,她的头发又黑又多又亮,成了全身最营养丰富的地方。那天她穿了一件浅绿色的高腰裱子,配墨绿暗花长裙裤。一条跟裙裤布料同款的发带,把头发高高束起来,两边却又故意掉下来一缕,让一张小脸更显尖瘦,整个人就像一片从树干上剥离的芭蕉叶,独自垂悬,与世无争,散发着夏日午后的慵懒气息,跟结婚那天的鲜艳靓丽判若两人。我很喜欢她这身打扮,感觉很脱俗,像搞艺术的。她见我眼神不对劲,眉头一挑,俏皮地问我:"怎么样,我这身衣服好看吧?"

"嗯,非常好看……什么牌子?"我真的开始认真打量她的衣服。

"牌子?你肯定闻所未闻。而且这还是绝版呢。"她接过我手中的兰花,转身进屋,左一侧身,右一侧身,向我摆了几个模特儿造型。

我尴尬地笑了,好像被她一眼看穿了我的穷,支吾道:"那是……我对名牌历来孤陋寡闻,也买不起……"

她大笑起来："哈哈，不是名牌。这是我独创的'一红'牌，还没上市呢，从设计、选料到剪裁、缝制，全是我自己独立完成。一个款式就一件，你说是不是绝版？"

说着她关了我身后的房门，低头嗅了嗅兰花，说了句："好漂亮的花！谢谢啦。"就转身进了旁边的厨房，留我独自在门廊里。我一边脱外套，换鞋，一边暗想："这都什么时代了，还有人有那闲情，自己做衣服！"

我跟进了厨房。她正在灶台前炒菜，好像看穿了我的心事，说："我很喜欢做衣服。平时我穿的，几乎都是我自己做的——结婚那天的旗袍除外。中规中矩的衣服我做不来，我只喜欢凭空想象，自由发挥，重要的是，穿着要舒服。衣服是为身体服务的，而不是身体去适应衣服。你说对吧？如果你也喜欢我这种风格，我也可以帮你做，怎么样？你自己去买喜欢的布料，我免费帮你设计和加工。"

"好啊，可我这身材，恐怕穿不出你这效果。"我低头瞅自己，又矮又胖，很自卑。

"没有啊，我是太瘦，你是刚好。相信我，健康、匀称，就是最好的身材。瘦不是，瘦是一种病。"她用裁缝的眼光从上到下扫了我一眼。

空气中弥漫着重庆街头小饭馆里的油辣子香，让我浑身的细胞都兴奋起来。她家厨房也兼饭厅，操作台前的窗户很大，墙角安放着配有餐桌的转角椅，桌上已经摆好餐具，热气蒸腾中还有一朵烛火跳动。两扇厨房门，一扇通往进屋的门廊，另一扇通往客厅。她把最后一道菜端上桌，又拿出两瓶葡萄酒，问我喝白的还是红的，说都是在村里的酒庄买的。她家这一带，是德国著名的葡萄酒产地，我来了一定要尝尝当地的美酒。

那天她烧了麻婆豆腐、豆瓣鱼、焖茄子，还做了凉粉、青菜汤。那是我来德国后吃到的最正宗的一顿川菜，尤其那道麻婆豆腐，红油光亮，麻辣适中，豆香浓郁，吃得我几乎停不下筷子。我自己也常做这道菜，怎么就做不出这样的味道？她抬起尖下巴对我神秘一笑，得意道："当然啦，因为食材不同。我用的是'一红'牌豆腐——国内带来的豆腐机，德国买的有机黄豆，我自己磨的。"

豆腐也能自己磨？我再次大惊。这么纤弱的身体，怎么怀有如此绝技，又会做衣服，又会做豆腐？

还有凉粉。来德国后，我就没见过凉粉的影子。有时想起重庆的川北凉粉，馋得直流口水。她怎么会有凉粉呢？从哪里买的？她对我的惊讶感到惊讶："怎么，你还不会做凉粉呀？特别简单，就是亚洲店里买来绿豆粉，烧一锅开水，一冲就成了。"

"尝尝这青菜，看你能不能吃出是什么菜。"她为我盛了一碗青菜汤。

那是一种细长的绿叶菜，我用筷子捞起几根，没看出是什么菜。送进嘴里慢慢咀嚼，口感细腻嫩滑，味道清香，真好吃。我迅速把德国超市和亚洲超市所有的绿叶蔬菜都回忆了一遍，没找到相似的品种。

"这是荠菜，我今天早晨外出跑步时摘的。好吃吧？德国真好，遍地野菜，纯天然没有被污染，免费让你随便采。"

这下我再也忍不住了。我放下筷子，双手朝她抱拳作揖："一红你太厉害了，我一定要拜你为师！你看我来德国都几年了，这些统统不知道。你这才来多久，啥都知道了。自己动手，丰衣足食。太棒了！我正愁这边的蔬菜品种太少，一年四季就那几样，"我开始掰手指头，"胡萝卜、黄瓜、西红柿、卷心菜、柿子椒、还

16

有啥？绿叶菜就只有菠菜。我这喜欢吃绿叶菜的中国胃啊，几年下来，备受折磨。我怎么就没想到采野菜？请你一定收我为徒，要我跟你学采野菜！"

"哈哈，没问题没问题！这个简单，你跟我采几次就会了。来，吃鱼吃鱼。"她撅了一块鱼肉放我碗里，"对不起，我这里没肉吃，因为我不吃红肉。"

"你信佛吗？吃素。"我早就发现桌上没肉，没好意思问。

她摇了摇头，闭嘴嚼食，没理我。

"是为了身材？难怪你这么苗条。"

她轻叹一声，又摇了摇头。

"其实我也想戒肉，只吃素，想减肥，想有你这样的苗条身材。可是我做不到啊——小时候家穷挨过饿，最大的理想就是天天能吃肉。现在到了德国，我半辈子的理想终于实现，怎么舍得又放弃？这里的肉比小菜便宜，每次见了，不买点都感到过意不去。"

她抿嘴笑了："顺其自然吧。你也不胖，没必要戒肉。我是没办法，活命要紧。"

"活命要紧？你什么意思？"我心里一紧。

"我得过癌症，有个老中医建议我别吃红肉，所以我就……"

她说得轻描淡写，我的眼睛却越瞪越大。她瞥我一眼，淡淡一笑："别紧张，已经是多年前的事了，现在早过了危险期。但老中医的建议挺有效的。素食之后，癌细胞没有继续扩散，身体感觉也挺好，所以就坚持下来了。"

"什么癌呀？"

"乳腺癌。"

窗外，残留枝头的几片红叶在微风中战栗。

17

弗兰茨不在家,夏一红说他每周六都回母亲家,通常是周六上午去,周日上午回。她自嘲是"周末寡妇",每到周末就独守空房。

"你为什么不跟着一起回去?他妈妈肯定想你和她儿子一起回去吧?"

"也许吧,但我不喜欢。你知道吗,我婆婆家的房子阴森森的,窗外就是墓地,站在窗前就能看见墓碑!"

我"啊"了一声,想象那情景,觉得不可思议,太恐怖了。

"吃也不习惯。晚餐只有几片冷面包,吃不饱。还无所事事,无聊得很。想帮她做点家务吧,不让插手。洗碗人家用洗碗机,做清洁人家请了清洁工。聊天吧,我德语不好。算了,还不如一个人待在家里,虽然寂寞点,但轻松自在,至少不会饿肚子。"

我点头,完全理解她的感受。

"弗兰茨就不同了,他必须回去。谁叫他是独子呢。他妈妈生活很讲究,每天下午要喝咖啡,要吃蛋糕,然后就是弹钢琴。隔天必须去一趟墓地。你看她的发型很漂亮,是吧?每周一次,有专门的美发师到她家里帮她打理,这次是大波浪,下次在脑后绾个髻,再下次又换一种——据说她年轻时手很巧,会梳很多漂亮发型,七十岁那年生过一场什么病,有一只胳膊再也举不起来了,就只能请人梳头了。她还喜欢花,家里的鲜花两周一换。吃饭明明有电灯,还要点蜡烛——可讲究了。不过实话实说,我还挺欣赏她的。这么老了,孤孤单单一个人,还能活得如此精致,一丝不苟,有几个老人能做到?"

"你婆婆家是贵族吗?这么讲究。"我的好奇心被调动起来,眼前出现白格夫人美丽高贵的样子,金发溜光,肤白唇红,亭亭玉立。我相信,那样的气质,那样的举止,这些讲究的生活习惯,一定来自非同寻常的良好家境。

"不知道。听弗兰茨说,他妈妈以前是钢琴老师,外公好像是大学教授。"

"你公公呢?"

"早就死了。"

饭后她带我参观房子。房子是弗兰茨十多年前自己设计的。他是建筑师,在法兰克福的一家建筑师事务所工作,这是他为自己设计和建造的婚房。没想到,房子盖好后,两人却分手了。

"为什么分手?这么漂亮的房子,那个女的怎么舍得?"我跟在夏一红身后上了楼,一边东张西望,一边跟她说话。

"不知道。他没说,我也没问。我们都不追问彼此的过去,除非自己主动坦白。"

屋顶那扇像眼睛的窗户,背后是斜顶的卫浴室。我走到窗前,撩开雪白的纱帘,发现外面视野十分开阔,低头正是我来时走过的那条横街,抬头能望见不远处山脚的莱茵河,河对岸平坦的原野,原野深处法兰克福的摩天大楼,以及后面的山脉。便为自己来时站在屋前的胡思乱想感到可笑。

卫浴室的对面是卧室,卧室里一张硕大的床。夏一红径直走向床头,拿起遥控板,一脸神秘地对我说:"注意了!"就见大床缓缓下沉。原来那床可以升降。她把它降到几乎接近地面时,就纵身一跃,扑倒在床上,拍拍身边,示意我也上去。我不知道她想干什么,笨拙地爬到她身边躺下,就听到有隐约的机械声响起,感到整个房子都动起来了:床在上升,天花板在移动,最后,整个房间彻底裸露在天光下。

原来这间房的屋顶是玻璃的,只拉了一层白色的遮光篷。晃眼的天光让我几乎睁不开眼,夏一红却笑问我:"好玩吧?"床不知啥时已停止上升,离地面已有半人高。随着又一阵隐隐的轰隆声,那收拢的遮光篷又驶出来了,像一片潮水漫过沙滩,渐渐阻隔了天光,房间便又恢复了刚才的光线,只从旁边的落地窗采光。窗外是起伏的葡萄园,一望无际伸向天边。我正探头往外眺望,她又按了什么机关,落地窗缓缓降下百叶窗帘,整个房间陷入黑暗中,仿佛黑夜降临。

"晚上我就这样躺在床上仰望夜空。德国的夜空,就像我童年时乡下的夜空,经常繁星满天,皓月当空。当月亮飘到屋顶上,就像这房间的一盏大灯泡,会把房间照得明晃晃的跟白天似的。我躺在床上,身体沐浴在月光里,仿佛自己也在天上,变成离月亮最近的那颗星星。如果下雨,这屋顶就大珠小珠落玉盘了,我又可以欣赏美妙的音乐。雨大的时候,屋顶的流水哗哗响,我呢,就成了一条水下的鱼……"

黑暗中是她幸福的声音。我默默听着,想象的却是她和弗兰茨在这床上做爱的情景,天当被,地当床。这大自然的四季阴晴,星光月色,都成了他们催情的春药。真是神仙眷侣啊。

"哇,你俩也太会享受了!"我不由得羡慕道。

"还行吧,弗兰茨就喜欢瞎折腾。你还别说,我发现这玻璃屋顶特别好,不仅浪漫,还实用。阳光好时,我就把顶篷拉开,让床暴露在太阳下消毒。否则我还要把铺盖枕头抱到外面去晒太阳,那多麻烦。"

隐隐的马达声再次响起,落地的百叶窗帘又升起来。房间再次呈现出它本来的样子,床也恢复到正常的高度。

"这种可升可降的床好神奇,我从没见过。在哪买的?"起身后,我又好奇地打量那床。

"弗兰茨自己做的,从设计到制作完成,都是他一个人。厉害吧？"夏一红拍拍身后的床，冲我得意地笑了。我想，这两口子真是绝配，都有发明创造的天赋，动手能力还强。谁说网上不能找到志趣相投的理想爱人！

楼梯拐了两个弯，通地下室。地下室除了洗衣间、储物室，还有弗兰茨的手工坊和健身房。健身房里有跑步机和拳击柱，窗户一半在地上，能照进些日光。夏一红说，弗兰茨很喜欢运动，三天两头就会下来蹦跶一番。这有助于睡眠。他睡眠不好，多梦，有时还会半夜惊叫着醒来。问他梦到什么，他又忘了。她读过弗洛伊德的《梦的解析》，想帮他释梦，他却从不配合。

"我觉得他是工作压力太大。"她轻叹一声，"德国人的生活看起来轻松，其实不然。难怪政府要给那么多带薪假期，让他们满世界去度假旅游，放松减压，否则呀，恐怕满大街都是神经病。"

她家的客厅支出去一间玻璃房，德国人称之为"冬日花园"。置身其间如置身户外，能欣赏到天地自然的美景，却无风雨寒冷之虞。因为有暖气，即使外面大雪纷飞，寒风呼啸，玻璃房内也温暖如春，植物花草如同生长在永恒的春天。拥有一间这样的"冬日花园"，也是我的一大梦想。遗憾的是，结婚至今，我和大熊还住在租来的公寓里，普通的房子都买不起，更何况价格不菲的"冬日花园"。可这个初来乍到一句德语都说不顺畅的夏一红，竟一步登天，什么都有了。这人跟人的命怎么这样不同！

"夏一红你太幸福了！"话说出口，我才意识到自己在嫉妒，便赶紧转移话题，"这玻璃屋看上去空荡荡的，像房子少了一堵墙。夜里你不害怕吗？尤其是周末，你一个人在家。"

"不怕！"她顺手指着玻璃屋里的植物：龟背竹爬了半墙高，芭蕉快到屋顶了，还有一些我叫不出名字的植物，高低错落，葱葱郁郁，好似热带雨林的一角。"跟这些植物做伴，总比跟死人做伴好。"她在植物之间身姿轻盈地转了一圈,又扭腰伸腿,摆了几个瑜伽动作,像在用身体演绎雨打芭蕉。

"我婆婆家的房子才可怕,又老又大,在森林里,楼上楼下共三层。她自己住二楼,弗兰茨回去就住阁楼上他从前的房间。我呢,如果回去,就一个人睡底楼的客房。房子太老,地板和楼梯全是木的,走在上面会嘎吱响,晚上还会发出奇怪的声音,好像有人在走动。她家的老照片也多,过道墙上到处都是,老人的,七姑八嫂的,白天看还没什么,一到晚上,照片上的人好像全都活过来了,横眉绿眼地盯着你。这些人大多葬在窗外的公墓里,如果想回家或走亲戚串门,一抬腿就进屋了,方便得很。"

她像在讲鬼故事,听得我头皮发麻:"那你就上楼跟老公睡呀!明知外面是墓地,会闹鬼,还一个人睡,你也真勇敢!"

"上楼跟老公睡?"她白我一眼,"别提他楼上的那间房了,我下脚的地方都没有!何况也只有一张他从小睡到大的单人床。"

"下脚的地方都没有?什么意思?"

"其实那就是他的玩具室。九十年代深圳的'锦绣中华'微缩景观,你去看过吗?就那样的,只是比那个更现代化。那个是静态的,不能动,他这可以遥控调动,火车不仅在地面跑,还能翻山越岭,去床头和墙上飞檐走壁跑一圈,再返回地面。想不到吧?一个五十多岁的德国建筑师,下班回家后西装一脱,换上家居服,就成了一个老顽童,撅起屁股趴在地上玩电动玩具。如果不是亲眼看见,打死我也不相信。"

她像在抱怨,又像在炫耀。我想象那画面,惊得呆了。

"我婆婆其实很可怜。弗兰茨是遗腹子,从没见过他爸爸。那时我婆婆才二十岁,丈夫上了战场就再没回来。唉,她从二十岁就开始守寡,一直守到现在,也实在太不容易了。"

她泡了茶，我俩就坐在客厅的布艺沙发上，喝茶聊天。

"在网上刚认识不久，他就告诉我，他有一个寡居的老母亲，独自生活在离他四十多公里远的地方。他每周末都要回去看她，问我是否同意。我怎么可能不同意！照顾父母，是儿女的本分。刚来的时候，周末我还跟他一起回去，想帮老人做点家务什么的。后来发现，我回去不仅帮不上忙，还反而添乱，自己也难受，就不再去了，就换一种方式孝敬老人，比如，包点饺子包子，让他带回去给老人尝尝。可人家不领情。弗兰茨说，她一辈子只吃那几种食物，连牌子都很少更换。陌生食物？对不起，没兴趣。好吧，人老了，积习难改，我理解。那就投其所好吧。她喜欢喝咖啡，吃蛋糕，现在我准备学烤蛋糕，烤她爱吃的那几款。对了，嘉陵，你会烤蛋糕吗？"

"我？不，我不会烤蛋糕，只会吃，嘻嘻……"

三

上网交友，是夏一红四十岁生日那天，妹妹夏二红送她的生日礼物。

那时她还在中学工作，丧夫多年，独自带着一个残疾儿子。儿子刘夏果，八岁那年因一场车祸致残。那场车祸还夺走了她的丈夫。

那一年的夏天山城重庆热得离谱，他们一家三口去九寨沟避暑，不幸在路上遭遇塌方，一块巨石从山上滚落，恰好砸中她家新买才半年的小轿车。当数小时后救援者赶来，用吊车挪开巨石，从一堆废铁里把一家三口扒拉出来，丈夫早已成了肉饼，旁边的儿子也血肉模糊，唯有坐后排的她只受了轻伤。经过一番抢救治疗，几个月后，她基本痊愈，只在左脸耳侧留下一条细长的伤痕。那是被窗玻璃划破的，缝了十六针。幸好她头发多，从此总耷拉些头发下来遮住伤痕。她自嘲是"犹抱琵琶半遮面"。感谢上帝，儿子也活下来了，但永远失去了一条腿。

所谓的家破人亡，也不过如此吧。她和丈夫是大学同学，感情笃深。毕业后，她分到重庆的一所中学教书，丈夫分回昆明老家，两人想尽了办法，也没能如愿调到一起，只能在寒暑假里你来我往，直到她怀孕，丈夫才办了停薪留职来重庆，一边照顾她生孩子，一边试着创业。那是二十世纪九十年代初，社会上大兴经商潮,有一句话是"搞原子弹的不如卖茶叶蛋的",说的就是当时全民经商导致的脑体倒挂现象。借着时代的春风和爱情的力量,她丈夫在重庆开了一家卖电脑和复印机的小公司,顺风顺水成了商人。那也是夏一红前半生最幸福的时光。她生下健康可爱的儿子,丈夫的生意也出奇顺利。儿子三岁那年,他们买了房,搬出了夏一红在学校分的单身宿舍,住进了重庆最早的商品房。又过了几年,丈夫的公司规模扩大,长安面包车换成了日本丰田车。眼看着一切都越来越好,没想到,一个炎热的夏天,一趟九寨沟之旅,一家人的幸福就到了头。

即使过去了那么多年,当夏一红坐在她莱茵河畔的新家,口抿香茶,对我讲起往事,仍然止不住黯然神伤,数度哽咽。她说,都不知道那段时间是怎么熬过来的,只记得无数次午夜梦醒,在装修华丽的家里,在弥漫着丈夫气息的空荡荡的大床上,她感觉自己也已经死了,正在墓穴里慢慢下沉,沉入那黑漆漆的无底深渊。她伸出手去,任何方向都无以抓捏,怀里的儿子是她唯一真实的拥有,证明她还活着。那种失去至爱的切肤之痛,对儿子伤残的愧疚和自责,没有亲身经历的人,绝难想象。

但她的厄运还没结束。两年后,学校的一次例行体检,查出她患了乳腺癌。她如雷轰顶,以为自己马上会死,想那样也好,就可以跟丈夫团聚了,但冷静一想不行啊,她死了儿子怎么办?儿子还小,还需要她的陪伴和照顾。于是她配合医生积极治疗。那时候医治乳腺癌,必须全乳切除。她毫不犹豫接受了手术,只求能够活下来,其他一切都无所谓。那时她才三十多岁,几乎万念俱灰,只希望多陪陪年幼的儿子和年老的父母。手术之后还得化疗,其间吃了吐,吐了吃,一头浓密的黑发掉得精光,就戴上帽子或者假发,在医院和学校之间往来奔波。她又搬回学校的宿舍,宿舍在二楼，只有一室一厅，比校外那套三室两厅装修豪华的大房子实用。那套大房子在八楼顶层，没有电梯，不再适合拖着一条假腿的儿子居住。

讲起自己的大难不死，她神情恍惚，眼睛湿了，却又突然凄然一笑："好烦啊！我警告过自己不许哭，可有时候泪水就偏不听话，会自己跑出来。"起身就去了卫生间。我端起茶杯，闷头喝了一大口，发现刚才对她的羡慕嫉妒，已经被她的泪水冲淡。

很快她又回来了，笑盈盈地站在我面前，双手扯起衣角，说她就是从那以后开始自己做衣服穿的。突然她眼睛一亮，没头没脑地问我一句："你想不想看我的伤疤？"

我仰望着她，愣住了，感觉"想"和"不想"都说不出口。就见她低下头来，熟练地解开衣襟的盘扣，撩起胸罩，露出让我震惊的一幕：她只有一只娇小的乳房，就像一朵孤独的睡莲静卧在一片被风吹皱的湖面上——另一边只有苍白的皮肤松弛地贴在肋骨上，被一条从腋下到胸口的弧形伤痕兜搂着。应该说，伤口愈合得不错，但它像一张狞笑的嘴，令人毛骨悚然。我的牙齿开始打战，身体紧绷，仿佛那锋利的手术刀正从我的肋骨上剔过，让我感受到那锥心刺骨的疼痛。可怜的夏一红，竟然遭受过如此劫难！真想起身拥抱她，拥抱同为女人不测的命运。但我浑身僵硬，无法动弹。

她却淡淡一笑，好像那不是她的身体，而是一件另类的衣裳被她穿在身上。她甚至还带着几分得意，把胸罩翻起来给我看。

"你看，我的胸罩也都是改造过的，也算我独创的'一红'牌了。最先我只是塞些海绵，为了穿衣服不影响外观。后来又不断调整形状和厚度，就这样喜欢上手工缝纫。以前我可没这么瘦，穿衣服也是有曲线美的。我心虚人家会看出我在弄虚作假，就索性只穿宽松款式，把身体的轮廓全都遮掩起来。"

重新收拾好自己后，她又盘腿坐在沙发上，盯着我问："你害怕了？但愿我这零件不全的身体没吓着你。"

"没有没有，我只是……心好痛。"我一手捂着自己的胸，庆幸自己还完好无损，同时也真心为她感到难过。

"真的？弗兰茨第一次看见我的身体，也这么说。"她探身端起茶几上的一盘葡萄，掐了一串给我，把盘子又放回茶几上，只掰下一颗放进嘴里，咀嚼着，陷入回忆，"和他见面的第一天，我也这样脱给他看了，勇敢吧？或者，你会觉得我太轻浮？哦，不，那恰好是一种严肃。真的。"她往后一仰，将头靠在沙发背上，闭上双眼。

我坐直了身体，嘴里包了一口的甜，紧张地盯着她的脸。

"弗兰茨是第二个来见我的人。在他之前，我还跟一个加拿大教授见过面。我们在网上没聊多久，他的学校放假了，他就来看我。当时我欣喜若狂。自从丈夫车祸走了，儿子残了，自己又患了一场大病，去鬼门关上走了一遭，我差不多就是死了没埋。什么男人、爱情，想都不敢想。没想到，还有人不辞辛劳，飞越太平洋来看我，而且还是个形象不错的大学教授！那是什么感觉？是枯木逢春，死而复活！你已经万念俱灰了，觉得活着毫无意义。突然有个人来告诉你，你很重要，你是他生命的阳光。我想，这就是爱情的意义吧，它能让你感觉到生命在增值。我去机场接他，几乎就是欢天喜地，一路上不停地掐自己。痛吗？痛。这不是梦，是真的。哈哈，人都要疯了。"

我也跟着她笑起来。网恋，一段共同的人生经历，不仅终结了我们郁郁寡欢的单身生涯，还彻底改变了我们的命运。回想起来，那真是一段激情燃烧的时光，每天守在电脑前，收邮件，回邮件，心潮澎湃，沉浸在无数美妙的幻想中。那还是电脑刚在中国普及不久的世纪之交，我们突然有了直接眺望世界的窗口，有了自由走出国门的桥梁。大城市的白领们率先尝试上国外网站交友征婚。每一封来自远方的邮件，都像从天边伸来的上帝之手，仿佛要引领我们去到幸福的彼岸。感谢伟大的互联网，拓展了我们生活的宽度，让我们轻轻松松就跨出国门，从从容容在全世界范围内交友择偶，最终在遥远的异国他乡开始了人生全新的下半场。

"那个加拿大教授一头银发，高大儒雅。当他在机场张开双臂朝我走来，我幸福得差点晕过去。我们是第三天才有了实质性接触。他只有一周假期，不该浪费时间，是不是？中年人的爱情就这么现实。当然我也太自卑，太传统。没想到，怕什么就来什么。他一看见我这半片残胸，脸就青了，好像见到怪兽，而且，刚刚还坚挺的那里也立即软了。我没想到会把他吓成那样，觉得非常对不起他。可这事也不能怪我呀，邮件里我就告诉过他，我患过癌症，少一只乳房。他还安慰我说，没关系，重要的是心灵的契合。结果呢？他高估了他的高尚，我低估了我的丑陋，唉……所以遇到弗兰茨，我就吸取教训，在邮件里反复提醒他，我的肉体残缺不全……他偏偏要知难而上。好吧，欢迎。见面的当天我就对他开门见山：请你先看看真实的我吧。这样做虽然简单粗鲁，却是我对他的一腔真诚和不惜穿过半个地球来看我的真诚回报。它的另一个好处是节省时间，不浪费我们双方的感情。你说对吧？"

她端起茶杯咕噜噜地猛喝了一口，又欠身拎起茶壶，往我的杯里续茶水，再为她自己的杯里续。茶壶座里有一朵烛火在跳动。她盯着那烛火浅浅地笑了，仿佛为自己当初的勇敢而欣慰。

"那天我去机场接他,已经不像接加拿大教授那样兴奋。因为有过一次打击,我也有了思想准备,知道女人的身体对男人有多重要。当时是夏天,外面很热。我把他送到宾馆房间,趁他去卫生间,就把自己的上衣脱了。他一出来就惊呆了。我却平静地对他说,对不起,先生,我只是想让你认识一个真实的我……然后还把裙子也抹下去一截,露出我生儿子剖宫产时留下的伤疤。那感觉,就像在刑场上,很悲壮。他的眼睛直了,站在那里一动不动,只轻唤了一声'上帝啊'。我以为他也被吓破胆了,心都凉了。是啊,这具残破的身躯,我自己都不忍目睹,还奢望有健康正常的男人来爱它? 就绝望地闭上眼睛,正准备重新合上衣服,就听'扑通'一声,他竟在我面前跪下了,抱着我,一张脸贴在我胸口。我不敢动弹,不知道他想干什么。但我很快就感觉他在吻我,先是这残胸,然后慢慢往下到腹部。他在吻我身上的伤疤,吻我的痛! 他的嘴唇滚烫湿润,像婴儿的嘴在吮吸母亲的乳头。那是我第一次感受到他的温柔和慈悲,心都快化了。"

我端起杯子大喝了一口茶水,滋润我干涩的喉咙。她依然双眼微闭,头仰靠在沙发背上,面带微笑,沉浸在幸福的回忆里。

"我说,对不起,我的样子吓着你了。他说,不,我只是心痛 —— 就像你刚才说的。我想,他这是在同情我,可怜我,就捧起他的脸,想对他说一声谢谢,却发现他的眼里汪满了泪水,蓝莹莹的,就像九寨沟的海子,美得让人想融化进去。我低头亲吻他的眼睛,就听他说,一红,你真美! 请接受我吧,请爱我吧……那样子,像可怜的孩子在乞求得到妈妈的爱。可是,他才美呀,那么高大,一头浓密的栗色鬈发,五官正,鼻梁挺。我问他,网上有那么多年轻漂亮健康的女人,你为什么偏偏找我? 他站起身来,一把将我揽入怀里说,宝贝,我知道你最需要我。"

沉吟片刻，她突然扭头对我笑了："哈哈，真不敢相信，人到中年，名副其实的残花败柳，还会迎来第二春。我这丑陋的身躯还会被爱，而且还是个优质男人！弗兰茨真的非常优秀，不管哪方面都无可挑剔！你知道吗，直到现在，我还会在梦中醒来，呆呆望着身边的他，怀疑这一切不是真的，只是梦！"

我被她的幸福感染了，忍不住尖叫。她说的这些我感同身受，虽然我没她那么惨，家破人亡，九死一生，但我也有过伤心的往事。出国前我也有过一段婚姻，时间不长，以前夫出轨而告终。那种遭遇爱人背叛的心碎和屈辱，一度让我生不如死。后来阴差阳错，被一个熟人拉去上网交友，遇到大熊，一切才又从头开始。我和夏一红，第二次婚姻都远嫁他乡，既像沦落天涯，又像兵分两路突围成功，会师德国。四目相望中，我俩会心大笑，拥抱在一起。

"可是，"她突然又敛起笑容，推开我，严肃起来，"有些事情我不明白，比如，他特别喜欢我放在网上的那张照片，还下载成他的电脑壁纸，天天看。那是我车祸后不久拍的，怀抱着儿子，作为劫后余生的纪念。我之所以选了那张照片放在交友网上，用意很明显：我有儿子，儿子跟我相依为命，我们不可以分开。可他却说，照片上的我，看上去就像怀抱圣婴的圣母。怎么可能！我一张东方脸，怎么可能像西方的圣母？何况我儿子都八岁了，人家圣母怀抱的可是婴儿。你说，他脑子不会有问题吧？"

"别乱想。这只是思维方式不同而已。对了，你儿子呢？你没把他带过来吗？"我这才注意到，房间里并没有孩子生活的痕迹。

她的眼睛突然直了，愣了好几秒钟才站起来，身体僵硬地去了厨房。我也站起身来，看了一眼墙上的挂钟，考虑是否该告辞了。这时我发现，那墙上还挂了几张照片，便凑了过去。其中一张三人合影吸引了我。我一眼认出了上面的她和弗兰茨，两个人面对镜头大笑，头发在风中飞起来了。他俩的中间，还有一个红衣少年，头戴反扣的棒球帽，身体微微向前弓着，也有一双夏一红那样的小眼睛，大张着嘴，像在对着镜头吼叫，一只手按在膝盖上，另一只手在胸前举出一个 V 字 —— 分明就是她儿子！

"哇，你儿子长得好像你！他没跟你来德国吗？"

没人回答。我刚想去厨房，她抱着烧水壶出来了，径直走到茶几前，为茶壶续水。

"你怎么没把儿子带过来？"我明明看出她神情异样，脑子却没跟上，没意识到那意味着什么。

"没有。"她淡淡地说，灌满茶壶，又转身去了厨房。

"为什么？他跟你父母在一起吗？"我这个反应迟钝的人啊，一点也不会察言观色，还在傻乎乎地追问，还跟着她也进了厨房。

"不，"她把烧水壶放回操作台上，望着窗外，背对着我轻声道，"他跟他爸爸在一起。"

我"哦"了一声，也没多想。窗外的天空阴下来了，光秃秃的树枝上只剩最后一片红叶。这时我突然意识到什么，心头一颤：孩子爸爸不是在车祸中走了吗？她儿子怎么可能……她这是什么意思啊？

这才偏过头去看她的脸，她却转身又进了客厅。我机械地跟了几步，心慌意乱，拿不准是该进去再待会儿，还是立即告辞？她又端起茶壶，往我的杯里续水。这是想留我再坐坐吗？我蹑手蹑脚走过去，跟她道歉："对不起，我刚才……问得太多了。"

她摇了摇头，把脸侧的那缕头发往耳后一撩，露出一道隐隐的伤痕，对我凄然一笑说："没事儿，最难过的时候已经过去了。"

31

原来，照片上的儿子，是他留在人间最后的模样。就在拍完那张照片的晚上，他就走了，走进身后的那片大海。"越美的地方，越危险；越幸福的时刻，越应该警惕。可是，我当时为什么不知道呢？"她目光空茫，像在自言自语，也像在自责。那神情和语气，让我想起祥林嫂。

那是弗兰茨第三次去重庆看她，学校放寒假，三个人一起去海南玩。

是儿子想去海南的。这个从天而降的德国男人，正带领他走出自卑的阴影，重塑他久违的梦想人生。弗兰茨用英语跟儿子交谈，很有耐心，还在学校操场教他颠球，两人很快就成了朋友。儿子大年初五的生日，弗兰茨问他要什么礼物。儿子就说，想去海南看大海。班上好些同学都去过海南，回来吹嘘，他们如何像鱼那样在大海里游泳，把他羡慕得不行。

那天晚上月亮很好。晚餐后，三个人还去沙滩散步。一轮明月高悬空中，又大又圆，海面轻漾着银白的光。儿子开心极了，即兴背诵起《春江花月夜》。他每背诵一句，就让弗兰茨跟着复述一遍。两个人已经互为师生，他教他中文，他陪他练英语。当儿子背诵到"皎皎空中孤月轮"时，就指着头上的月亮问他，都说外国的月亮比中国的大。你们德国的月亮，是不是真的比这个还大？弗兰茨就笑了，卖起了关子，说等你去德国亲眼看看就知道了。

他已经向她求婚，计划暑假就以探亲访友的名义，邀请母子二人去德国看看。他希望她能喜欢德国，结婚后在德国定居。但她一直在犹豫。她不会德语，去了岂不像个聋子和哑巴？还有，儿子和母亲怎么办？虽然弗兰茨说，德国有英语授课的国际学校，可儿子的英语还没好到能听课的水平。母亲的情况更糟糕。

父亲半年前肝癌去世，母亲伤心欲绝，一病不起，她和妹妹得轮流去照顾她。夏二红是医院护士，常值夜班，女儿读小学，跑来跑去很辛苦。她自己身体也不好，还要照顾儿子，也腾不出更多时间去照顾母亲。她正盘算，想在学校附近买一套带电梯的大房子，把母亲接过来一起生活。丈夫去世后，她把他的公司卖了，用那笔钱买了滨江路上的一个门面，用来出租，手头便积攒了一些钱。她八楼上的家一直空着，舍不得卖掉。那里盛满了她和丈夫的幸福时光。

她从没想过要离开重庆。是二红的一次心血来潮，加上自己的好奇，让她滑入一条完全陌生的人生道。谁会相信，从虚拟的网络也能觅到真实的爱人？这是生活的横生枝节，出人意料的大惊喜，实在让人难以拒绝。好在弗兰茨善解人意，并不强求。他说，如果她不愿意去德国，他可以考虑来中国，只是暂时还不行，一是老母尚在，他不能撇下她不管；二是他还要工作。至于以后，不是完全不可以。他热爱这座中国内陆的山水城市，已经主动开始学习中文，筷子也用得很溜了，吃火锅被辣得嘴皮发麻也不放弃——全都是他爱她和爱这片土地的有力证明。

回酒店已经快十点了。她订的是牙龙湾的一套两室一厅酒店公寓。她觉得累了，冲凉后就先去睡了，两个男人还坐在阳台的藤椅上，一边看大海星辰，一边聊天南地北。弗兰茨懂那么多，儿子完全被他迷住了。她听着窗外他俩的中英双语交谈声，时而流畅，时而滞涩，颇感欣慰，然后就安然入梦了。没想到，一场痛彻终生的悲剧，就在她入梦后不久悄然发生。

那天儿子太激动了，上床后仍然没有睡意。弗兰茨照亮了他的生活，也驱散了他母亲的悲伤。他终于又看见母亲的脸上绽放出久违的开心的笑，看见学校那些同情和轻蔑他的目光，正在变得热忱和羡慕。连班上最漂亮骄傲的女生，也主动来找他说话，问教他颠球的外国人是哪国人。学校篮球队的队长，一个高二文科班甩着膀子走路的家伙，见过一次弗兰茨在篮球场打球，就来找他，想请弗兰茨参加他们和外校的一场友谊赛。那场比赛太精彩了，弗兰茨一上场就成了焦点，他一米八五的身高几乎独霸了全场的制空权，无论是抢篮板球，还是投篮，都无人能敌。这个德国大叔比他们这帮青春少年还生猛灵活。他在球场上奔跑腾跳的身姿，吸引了所有人的目光，也赢得了疯狂的掌声和喝彩。儿子终于扬眉吐气，虚荣心得到极大满足。一想到这些，少年的心就像一团火在熊熊燃烧。他无法入眠，索性起床。窗外辽阔的大海上，月亮像一只发光的足球在飘移。黑夜中的大海泛着银光，就像夜光灯下的足球场。他还听到了涛声，一波又一波由远及近，像观众席上的欢呼声，而那轮发光的足球正朝他飘来，让他恨不得飞起一脚。他再也按捺不住了，捂着狂乱跳动的心悄然出门。

压抑已久的少年，太渴望一次彻底的放飞。

第二天她醒得比通常晚些。两个人半夜又做爱了，情难自禁，又极力克制，害怕被隔壁房间的儿子听到动静。尽管这样，也足以让她筋疲力尽。清晨的空气带着大海的咸湿和清凉从窗外袭来，让她犹如脱胎换骨重获新生。起床后她去看儿子，发现床是空的。她首先想到的是，儿子下楼吃早餐去了。少年正在叛逆期，总想摆脱大人的约束单独行动。匆匆洗漱后两个人也下楼了。餐厅里没有儿子的影子。她问弗兰茨，昨晚你俩都聊了些什么？不会让孩子受刺激吧？他拉着她就往外走，说孩子可能去海边了。她一边小跑，一边抱怨儿子不懂事，至少应该留张纸条，省得妈妈为他担心。两个人刚出宾馆大堂，就见有保安神色慌张地从外面进来。

"就剩一条腿了还不安分,非要半夜下海去找死!"保安骂骂咧咧从旁边走过,尽管是海南普通话,她也听懂了,腿脚一闪,整个人就瘫倒了。

讲到这里,她的眼睛突然睁开,泪如决堤,却笑了。那是比哭还让人揪心的笑。我的眼泪像听到召唤,也奔涌而出。我探身过去拥抱她,想安慰她,却一句话也说不出口。两张潮湿的脸贴在一起,任彼此的泪水在脸上交融。

"我好后悔……不该听他的……本来让他跟我睡一间房,或者跟弗兰茨睡一间房——两间卧室,各有两张可以合并的单人床。可是他说,妈妈,我想自己单独睡……我就想,是啊,他从上小学就单独睡了,可能已经习惯了,就依了他——为什么我要听他的呀!"

她的身体瘫软无力,仰面朝天,泪流如注,却依然在苦笑:"去一趟九寨沟,没了丈夫;去一趟海南岛,没了儿子。这旅游是跟我有仇啊!弗兰茨还说,选一个你心中最美的地方,我们去度蜜月吧。我说,我哪里也不去!最美的地方就在家里。"

泅湿的纸巾被揉捏成团,在茶几上迅速堆成小山。

"真的,现在我只喜欢待在家里,读读书,做做饭,听听音乐,练练瑜伽,养花种菜,再做几件漂亮衣服。天气好的时候,就去外面跑跑步,晚上就躺在床上,让星光伴我进入梦乡……现在科技发达了,什么风景不能网上看?还全方位,多角度,想看多久就看多久。什么夏威夷、马略卡,我真不稀罕。如果人生可以重来,我绝不去什么九寨沟、海南岛。去他妈的诗意和远方!"

她突然愤怒了,好像面对仇人,瞪圆了双眼。

"我就不明白,有些人不过就爬个山,徒个步,旅个游,怎么就战胜了自我,遇见了更好的自己?跟在别人屁股后面,像无头苍蝇到处乱转，咔嚓一大堆'到此一游'，劳民伤财不说，还制造垃圾，浪费资源，污染环境，偏偏要拔高说是摆脱了生活的平庸，拓展了生命的广度和深度。事实上，是诗意还是苟且，全看你有颗怎样的心。像我婆婆那样，一辈子哪也不去，就守在家里，你能说她活得苟且吗？古人说宁静能致远，知足能常乐，就这个意思。可惜很少有人懂得这道理。依我看啊，如果大家都乖乖地待在家里，不满世界乱跑，过上像我婆婆那样的生活，这世界就太平了，也不会有掠夺和战争了。人类所有的灾难都源于贪婪，战争也是！不是吗？嘉陵，当你失去了最爱的人，与死亡近距离接触过，你就会明白，这人生一场，最值得追求和拥有的，不是名也不是利，更不是狗屁的诗意和远方，而是爱！是和相爱的人共同度过每一寸光阴！"

她的话把我镇住了。我想，她是遭受了丧夫和失子的双重打击，受了刺激，才这样吧，跟眼下正大行其道的诗意和远方唱反调。我想说，你不喜欢远方，却偏偏嫁到远方；不喜欢旅游，却把生活过成了旅游，以后都得在中国和德国、故乡和他乡之间往返，这个矛盾怎么解决？但话到唇边，最终没有说出口。我不想败了她的兴。

天色渐渐暗下来。我该走了，她送我到火车站。走在干净如洗的路上，尽管已换了轻松的话题，我俩都没有真正再次轻松起来。

火车沿莱茵河前行，窗外像一幅巨大的水墨画，波光潋滟，水色生烟，树影朦胧，此时全都成了背景，衬托出夏一红清瘦的脸：她在哭，她在笑，她裙裾飘飘，她残胸空荡……我仿佛看见手术刀在她的肋骨上剔过，鲜血从她的胸腔里涌出。她那朵莲花般的乳房去哪里了？垃圾堆？臭水沟？我打了个寒战，感到自己的乳房也开始疼痛。我还看见照片上的红衣少年，拖着一条假腿奔向月光下的大海；川西的崇山峻岭间，巨石滚落，訇然砸中一辆坐着正有说有笑的一家三口的小轿车……

　　可怜的女人，原来这一步登天的幸福生活，不过是你大难不死的劫后余生。我怎么可以嫉妒你？哦，不，现在我只想祝福你余生平安，和你的弗兰茨相亲相爱到永远。

　　遗憾的是，罹难的公主被王子拯救，从此过上幸福的生活，那只是童话。后来的事实证明，我的祝福多么无用，想象多么贫乏。夏一红的人生，无论是从前在国内的不幸，还是嫁到德国的柳暗花明，新婚燕尔的恩爱甜蜜，都只是铺垫。她那出人预料的大悲剧，这才拉开序幕。

四

在德国读研究生课虽不多,却并不轻松。各门课的老师都会开出一长串书单,你得自觉把它们读完,因为要讨论,要发言。你还得准备课堂演讲,查资料写大小论文,这就要求合理安排看似闲散的时间。在没有课的日子里,我喜欢去系里泡图书馆,饿了就去学校食堂或咖啡馆随便吃点,跟认识或不认识的同学们聚在一起聊聊天,体验久违的校园生活。有时候,看着身边三五成群的年轻学子,我恍若回到八十年代中国重庆的西师校园,在浓郁的书香和自由开放的空气里,青春的我与同学们一起坐在教室或草坪上,读书,写诗,畅谈社会、人生和理想。这一眨眼,二十多年的时光已如电飞逝。

这看似轻松的校园生活,其实压力巨大,尤其对我这种年纪不轻的外国学生。尽管我苦学了三年德语,最终考过了DSH,顺利进入歌德大学,成为汉学系的研究生,日常生活和社交聊天基本没有语言障碍,但跟一帮比我年轻一代的德国同学在一起,听课和讨论,我仍然感到力不从心。论文写作困难更大,常常记不准单词拼写,语法中由于格的变化引起的冠词和词尾变化,也让我头痛。这时我就会烦躁、沮丧,甚至后悔。都四十多岁了,国内有同学已经退休,含饴弄孙,安享天年,我还在圆我年轻时破碎了的研究生梦,也为了享受德国的教育福利,体验他们的大学生活，不自量力重返校园自讨苦吃。有时真想不读了，回家当个轻轻松松的家庭主妇不好吗？但大熊总是劝阻我说，做事不能半途而废。于是我只好硬着头皮继续读下去。

夏一红的出现像一面镜子，让我看见了自己生活的粗糙和艰辛。我的生活正在爬坡，负重前行，她却一步到位，已经站在我向往的巅峰。我不可能不羡慕她，虽然我总是提醒自己，人各有命。但我这颗受大熊影响而知足常乐的心，从此失去了往日的安宁。

一个春天的晚上，我坐在电脑前，想完成一篇家庭作业。那是一篇关于新教的小论文。我不信教，从没关心过新教在中国的历史和现状。有人信吗？好像有。动机是什么？不清楚。政府的态度？不知道。好吧，这些都可以去网上查，但我无法进行分析和评述——用德语，还必须有自己的观点。习惯了填鸭式教育的我，当年靠死记硬背考进了大学，现在面临全新的挑战。正在我冥思苦想愁眉不展时，电话响了。夏一红的声音像清晨窗外的鸟儿，在电话那头明亮欢快地响起。

"嗨，亲爱的嘉陵，我是一红呀，夏一红。干什么呢你？我有一个好消息要告诉你，天大的好消息。你先猜猜，会是什么？"

"好消息？买乐透中了大奖？"我向来讨厌这种电话猜谜，好无聊！何况此时我正烦着，哪有那心情！更何况，她的好消息跟我有什么关系？

"什么呀，我从不买彩票。你再猜，往你想象的极限猜。"隔着一根长长的电话线，我都能看见她笑成一条缝的眯眯小眼。

"怀孕了？"我不知怎么就脱口说出这句话。女人的本能？第六感？不知道。我只想尽快结束这无聊的电话猜谜。

电话那头无声了。短暂的沉默后，我听到她喜极而泣的声音:"是的是的! 嘉陵,我怀孕了……都三个多月了,可我居然不知道! 还去跑步,每天还坐火车去城里上德语课,你说我多傻……"

"啊……恭喜恭喜!"我的大脑一阵轰鸣,舌头不听使唤了,胸口绞痛,几乎喘不过气来。奇怪,我从没想过她会怀孕,怎么会一语言中? 就她那身体,骨瘦如柴,一只乳房,而且都四十四岁了! 我端起水杯,大大地喝了一口水,努力让自己平静下来。

"难怪我前一阵总觉得累,去城里上德语课,老师在上面一开口,我就在下面乏困瞌睡。还以为是年纪大了,坐火车累了,听不进去。后来又恶心,吃不下饭,还呕吐了。我就想,完了完了,一定是因为停药,癌细胞转移了,就要弗兰茨带我去看医生。没想到,医生做了尿检,居然说我怀孕了。我根本不信。这几年我例假一直不正常,有时半年才来一次,又这把年纪,我都以为更年期了,怎么可能会怀孕? 你说这事奇怪不?"

我在房间里踱来踱去,眼前出现她病恹恹的样子,觉得太不可思议了。她那么瘦,很明显的营养不良,怎么可能自然怀孕? 弗兰茨虽然看起来身体还不错,毕竟也五十多岁了,还抽烟喝酒。一颗衰老而并不健康的种子,怎么可能在贫瘠的土里生根发芽,开花结果?

可她确实怀孕了。她说,第一个医生检查后,她不相信,又去找了第二个医生。今天结果出来了,是真的。现在她已经不去城里上德语课了,全心全意在家里保胎。

怀孕,生一个健康漂亮的混血宝宝,也曾经是我的梦想。婚后的头两年,我一直在暗中努力,每个月的排卵期都不闲着,可最终一无所获,这才慢慢死了心。她夏一红凭什么,嫁到德国就香车豪宅,生活质量远在我上,还不够,现在还要锦上添花,喜得贵子。上帝啊,你为什么要如此厚她薄我?难道仅仅因为她遭遇过不幸,现在就要加倍补偿她?我呆呆地杵立在屋中间,任妒火在心头熊熊燃烧。

电话里,她喜不自禁的声音像利箭袭来,将我扎得疼痛难忍,而她自己毫无察觉,还在那里欢天喜地,要跟我分享她的快乐。我已经恨得咬牙切齿,还不得不假惺惺地恭喜她,敷衍她。一个声音在内心咆哮:"够了,自己一边幸福去吧,别来烦我!"嘴里吐出的却是温暖体贴的话:"那你要好好保重哦,需要帮忙就通知我,想吃什么就告诉我。改天等我有时间了,再去看你。"

她也不客气,真要我帮忙,一口气罗列了好几样东西,叫我帮她去亚洲店采购,还说她现在有点出血,不敢出门走动。

"嘉陵你真是太好了!是上帝派你来帮我的吗?我好福气啊,能在这异国他乡遇到你这个好朋友。"

我哭笑不得。她的话像一记响亮的耳光,抽得我脸上热一阵冷一阵。我好吗?撂了电话,转过身来,我看见大衣柜的镜子里,站着一个灰头土脑的女人,哭丧着一张苦瓜脸。我被镜中的女人吓了一跳。这还是那个受人喜爱的小吴老师吗?都说相由心生,我的心到底怎么啦,让我变得如此丑陋?我问镜中的女人:你跟夏一红萍水相逢,无冤无仇,为什么要嫉妒她?要让她的好来折磨你,刺痛你?人各有命,无论她现在拥有什么,都跟你无关。你吃穿不愁,人到中年,还能享受德国大学不收学费和没有年龄限制的福利,去圆自己的研究生梦,不知有多少人羡慕你呢。知足吧,不攀比,不嫉妒,心态平和,过好自己的小日子,才是正道。深呼吸,再深呼吸。我直起腰来,挺胸站直,用手把嘴角往两边撑开,强迫镜中的女人微笑。微笑吧,微笑是最好的美容品。微笑的女人才最美。谁说的?

41

第二个周末，小论文终于完成了。一番踟蹰后，我决定履行自己言不由衷许下的承诺，去看她。大熊说过，做人应该言而有信，说到做到。两个朝夕相处的人，言行会在潜移默化中相互影响。

她的小脸依然瘦削，没什么血色，黑发很随意地束起在头顶，紫粉碎花的连衣裙下，并没有很明显地凸起。我朝她抿嘴微笑，盯着她的肚子看。她抓过我的手，轻轻按在她的腹部。

"都会动了，神奇吧？"她两眼放光，一脸喜悦。

手指下，她的肚子平坦结实，硬邦邦的像吃多了撑的，根本没有什么胎儿在动。我缩回手来，努力保持着脸上的微笑："恭喜啊，要当妈了！"

"唉，这么老了还当妈，我都不好意思了。知道吗，我重庆的同学都当外婆了。你说这都什么事儿啊。今后孩子们见了面，年龄相似却辈分不同，全乱套了。"她一边往屋里走，一边幸福地嗔怨。

"弗兰茨高兴坏了吧？"我跟进厨房，把购物袋放在椅子上。

"是啊，说他根本没想过，这辈子还会当爸爸。哈哈……"

按电话里的约定，这天她请我吃荠菜面。上煮着一锅水，操作台上放了两只青花瓷大碗，旁边还有些瓶瓶罐罐各种作料。那熟悉的麻辣香瞬间冲走我心底的嫉恨。我把为她采购的食材一一拿出来，摆放在桌上：醪糟、红枣、皮蛋、挂面、酱油、陈醋、榨菜等，都是她点名要的。她拿出钱包，问我花了多少钱。我说不要钱，算我送给她肚子里的孩子吃的。她便不再坚持。并非我对她多么慷慨，而是她先前也送过我东西，比如她自制的豆腐，烤的蛋糕等。我虽节俭成性，也懂得与人打交道要投桃报李的基本常识。

水池边有些绿叶菜。她抖开一颗叫我看，说这就是荠菜啊，你好生看，记住了。现在她有孕在身，不敢弯腰和下蹲，就拉弗兰茨去散步，由她指挥他采摘。她说荠菜是她最爱的野菜，跟重庆小面是绝配，做蛋汤或清汤也很美味。

面下好了，翠绿的荠菜与灰白的面条柔软地缠绕在红油汤里，色泽真是吊人胃口。一筷子进嘴，麻辣中竟有一股春天的清香气。我大口吃起来，吃到一半才想起，她怀孕了还吃素，不担心胎儿会营养不良？

"不会的，人体所需的营养并不只在肉食里。虽然媒体对素食褒贬不一，我还是愿意继续吃素。"她神态安详，吃得很慢，嘴唇油光，小脸渐渐泛起红晕，"第一，手术后我就开始素食，到现在癌细胞没有扩散。第二，吃素后我感觉身体轻盈，人虽瘦了，但精力没减弱。第三，也是最重要的一点，素食多年我还能高龄怀孕，这不就足以证明了吗？我不知道别人怎么样，反正我的身体很适合吃素。"

这时我发现，面条里还有核桃仁、榛子粒和碎花生米，这让柔软的面条更有嚼头，让麻辣香味更多层次也更回味无穷。这是她改良过的重庆小面，被她称为"一红小面"，葱花也是外面山坡上的野葱，难怪葱香那么浓郁。我突然感觉，她就像个生活家，过日子也当搞创作，不断创新，并乐在其中。为了弥补手术后的形体缺陷，她从改良胸罩发展成自制服装；为了在异乡吃到故乡的味道，她学会自制凉粉和豆腐；为了让身体更加健康，她吃起了野菜，过起了绿色有机生活。这些，都是她从别人所说的苟且里，发现的远方和诗意吗？

"嘉陵，你们为什么不要孩子？"她突然问我。

真是哪壶不开提哪壶。我低下头来长叹一声："唉，孩子是想要就有的吗？我可没你这样的好命，心想事成，想啥来啥。"

"天哪，我这哪是心想事成——我哪敢想啊。真的，半条命的人，只求多活几天而已。一定是老天爷见我可怜，大发慈悲，才补偿给我这个孩子。"

"你看，你的命真好啊，想都不想，孩子就来了。我呢，天天想还影儿都没有。这世道真是不公平。"我内心酸楚，冷笑道。

"怎么不去医院检查？你的身体比我好，只要还有例假，就还有希望。现在医学这么发达，不行就去做试管吧。报上说，美国有个女人六十多了，做试管竟生下双胞胎。多么令人激动啊。你要去试也一定行！"

"算了，懒得麻烦。大熊说，把自己这一生过好就行了，生孩子就是生烦恼，而且是一辈子甩不脱的烦恼。我觉得他说得有道理。他家就他一根独苗，都无所谓，我又何必去自找苦吃？"

"你家大熊看起来乐呵呵的，很阳光啊。怎么对生孩子这事这么悲观？"

我摇摇头，埋头吃面，不想再说这个话题。因为身边没有德国人，我恢复了重庆人吃面的本色，哧溜作响，咂巴嘴，毫不掩饰享受之乐。她却相反，右手筷子，左手勺子，先把面条放进勺里，旋转筷子，让面条盘缠其上，再抽出筷子，把面条圈送进嘴里，闭嘴咀嚼，悄然吞食。这是德国人吃面条的方式，她西化的进度比我更快。

"弗兰茨当初也说过，不要孩子。现在有了，还不是高兴死了。有些事吧，你就不能听男人的。我相信，如果你有了，大熊也一定很高兴。哪个男人不想要孩子呢？雄性动物，传宗接代是本能。"

"那不一定。"我瞥她一眼，"别忘了，德国人的思维跟我们不同。你没见那么多丁克家庭？"

面吃完了，我把碗底的红油汤水也一口喝光。精华全在这汤里了，顿时感觉浑身舒畅，好像泡了个热水澡。重庆小面，无论在重庆还是在远离重庆的异乡，都能带给我从肉体到心灵的极大快意和安慰。

她还在慢悠悠地吃，沉浸在怀孕的喜悦里："你知道吗，第二个医生的检察结果出来那天，正是复活节前。弗兰茨说，复活节是耶稣复活重生的日子，象征着新生和希望。我们正好在这个时候有孩子了，真是上帝在赐予我们希望啊。因此，复活节他带我去了教堂，说要去感恩上帝。"

"怎么感恩？"

"就是去做弥撒呀。说来惭愧，来德国都快一年了，我还是第一次去教堂，也听不懂神父在讲什么，但我挺喜欢里面的气氛，肃穆宁静。神父穿着白色的袍子，看上去既威严又慈祥，真的像上帝派来的使者。高高的拱顶，伸向天空的尖塔，居然让我这个无神论者也开始相信有上帝了，好像他真的就站在教堂尖顶的上空，俯瞰人间，保佑众生。管风琴声音也好听，恢宏磅礴，像来自天堂的声音。什么是宗教？以前我从没认真想过。那天在教堂，听到管风琴的音乐和神父的声音，看到那些墙上和廊柱上《圣经》故事的雕像和图画，还有那高高的十字架和被钉在上面的耶稣像，我好像突然开窍了。嘉陵，我已经决定入教了，皈依基督，信奉上帝。你呢，入教了吗？"

"没有没有。"我赶紧摇头，避开她的目光。

事实上我也偶尔会相信上帝，但我不会入教。入教还得缴教会税，就像大熊，他是新教徒，从不去教堂做礼拜，每月一百多欧元的教会税，从银行户头上自动扣除，细水长流，多年下来，也是一大笔钱。可又有什么意思呢？ 不久前德国有媒体爆料，有神职人员挪用公款私建豪宅。我们自己也不富裕，还在省钱想买房，何苦去为他人的豪宅添砖加瓦。我早就劝大熊退教了，省点钱。他最初拒绝，现在开始动摇了。面对夏一红虔诚的目光，我不好意思说这些。她跟我不同，她遭遇过不幸，全靠上帝保佑才大难不死。现在上帝再次开恩，赐她好丈夫，又赐她孩子。她当然应该感恩上帝。

吃过面我们休息了一会儿，就外出散步，她要教我采野菜。这也是我前来看她的另一个目的。春天了，郊外一片桃红柳绿，草长莺飞。我俩一前一后走进她家的后花园，踩着一条石板小径穿过草坪。草坪边上有一畦新辟的菜地，冒出些细小的秧苗。她得意地告诉我，那是她的杰作。两个月前，她还不知道自己有身孕了，天天干农活，用锄头挖去地表的草皮，松土，添入新土，播上从国内带来的蔬菜种子。那么大的劳动强度，居然没有丢了孩子，想想都后怕。真是上帝保佑啊。

"你看，我种的都是在德国超市里买不到的中国蔬菜，莴笋、苦瓜、丝瓜、冬瓜。对了，还有红苕，主要是想吃红苕尖。后来才发现，德国也有红苕卖，他们叫红苕'甜土豆'，真有意思。我就喜欢这种组合名词，好记。"阳光下她的小脸红扑扑的，成了那个春天最幸福的花朵。

花园外是一片灌木丛，开满细碎的小黄花。我挎着竹篮，拿着小刀，跟在她身后出了栅栏的小木门，穿过灌木丛中的小道。外面是一条能开农用车的缓坡道。坡道的另一边，就是一坡又一坡的葡萄园了。这个季节，过冬的葡萄藤刚刚醒来，光秃秃的主干上刚刚冒出新的枝芽，横排竖行的水泥桩子严阵以待，等待着新枝芽长成藤蔓，去爬满桩子之间的铁丝。天空飘着白云，阳光暖暖的恰到好处。没有风，空气中是浓浓的春天气息，那是泥土、青草和鲜花混合的芬芳。我俩在阳光下走走停停，夏一红不时仰起脸来晒太阳，说多晒太阳能补钙。我也学她，不时仰起脸来，让温暖的阳光轻柔地抚摸我的脸。人到中年，健康比什么都重要。德国人崇尚自然美，欣赏被阳光浸染的小麦肤色。我们也渐渐入乡随俗，夏日出门不再撑遮阳伞，不再刻意追求肤白为美。

"你看这些绿油油的野草，一开春就跟泉水似的，从地下咕咕冒出来，挡都挡不住——都是宝啊，可惜好多人不识货，枉费了大自然的一番好心。"夏一红晒够了太阳，就开始教我认野菜。她折了一根枝条当教具，像个农业专家，在路边的草丛中薅来划去，对我说："你看，这就是荠菜，那是蒲公英。你比较一下，两个很像，容易搞混，但没关系，都能吃。只是蒲公英的味道稍苦，不如荠菜味道好。还有这个，灰灰菜，你掐它的嫩尖吃，煮汤或者下面最好。这个叶子细细的是芝麻菜，超市也有卖，味道很浓，容易辨认，做凉拌菜最好。这个红色的你认识吧？马齿苋，重庆也有，我们都叫它马思汉……"

我就像个听话的学生跟在她身边，她指哪儿，我割哪儿，并努力记住它们的名字和模样。篮子渐渐满了。这条坡路两边的草丛长满了多种可食的野菜，简直就像夏一红家的野菜园。

"从这里，往下走到莱茵河边，往上走到……你不想再走的地方，都是我家的野菜园。怎么样，羡慕吧？"夏一红好像看穿了我的心事，不时抬头眺望远方，感慨道，"住乡下就这点好，除了空气新鲜，还有吃不完的野菜。一出家门，这漫山遍野的纯天然无污染野菜，随便我摘……"

"岂止羡慕，简直是嫉妒！"我趁机狠狠地口吐真言。

"哈哈，那你就经常过来嘛。我的也是你的，你只管过来享

47

受就是了。"

"好呀。"我说，不知她是真心，还是随口一说，"还有这大片的葡萄园。葡萄成熟的时候，你可以随便摘来吃？"

"当然，去年秋天我就干过这事。出来散步，见这满山的葡萄，紫的青的黄的，挂满枝头，忍不住想偷摘几颗尝一尝，反正周围也没人。只是，这些用来榨酒的葡萄颗粒小，肉太小，不过味道还不错。"

"弗兰茨不会说你吗，偷摘人家的葡萄？"我想起大熊的循规蹈矩。有一次开车在郊外的路上，见路边有棵结满红樱桃的樱桃树，我叫他停车停车，去摘点，他不仅不同意，还教育我一顿，说想吃可以去超市买，这樱桃树也许有主人。这种小偷小摸占便宜的事，大熊历来反对我干。

"他不会。但他会提醒我，注意是否刚喷过农药。我采野菜他也担心，怕我采到毒草，会中毒而亡。他还说，只有兔子才吃草，你怎么像兔子，哈哈……对了，我发现这里的农民心眼儿特好，葡萄喷了药，会挂出牌子提醒你：小心，刚喷过农药！过一阵子，他们又把牌子摘掉，好像是通知你：药效过了，现在可以继续偷吃。你说，他们为什么不让牌子一直挂着，那样就可以保护葡萄不被偷了，是不是？真搞不懂这些人是怎么想的。"

不知不觉，我们来到山坡上一处古罗马人留下的废墟处。站在残壁断墙边，夏一红家的村庄，那些红顶白墙的小房子，已经退缩成远景。没有炊烟，只有教堂黑色的尖顶从一坡错落的建筑屋顶支棱出来，伸向天空，像一根烟火人间接收上帝福音的天线。

这是一幅宁静优美的风景画，色彩干净明丽，线条简洁，却透着秩序、富足和安稳。夏一红就住在这幅画里。什么时候，我也能像她，在这样美的风景画里有一幢属于自己的房子？那才是我真正的家，是这个喧嚣动荡的世界上，可以安全舒适地置放肉身和心灵的地方。一想到自己结婚已经第四个年头，还蜗居在一套租来的小公寓里，我心底就泛起阵阵悲哀，嫉妒的小蛇又探出头来噬咬我。

五

我们租住的公寓很小，只有一室一厅，说它简陋寒碜也不为过，因为家具大多是捡来的：老式橡木写字桌是大熊在柏林读大学时，从街头的大件垃圾堆捡的；带转角的皮沙发是他刚参加工作时，租第一套公寓，前房客不要了留给他的；茶几、五斗橱、带两把椅子的小餐桌，是他从一生未嫁的姑姑留下的遗物里挑来的……唯一他自己买的新家具，是一个榉木三开门大衣柜。在经历了几次搬家后，捡来的家具们依然坚固如磐石，唯有这买来的衣柜开始摇晃。为此他没少发牢骚，并借题发挥，上纲上线，说看吧看吧，德国真是今不如昔，连家具都不如从前的结实。

我第一次来德国，他还住在郊外的小村庄，那套一室一厅的阁楼公寓也是租的，房东老夫妻住楼下。没有床，只有两张单人床垫放在卧室的木地板上。参加工作后这十多年里，他就一直这么睡地上。我见了很吃惊，为他感到难堪，他自己却一点也不觉得，还说这样睡觉很舒服，可以横竖随便滚，不用担心掉下床去摔痛屁股。如果换工作要搬家，也方便。德国人工作不稳定，除非你是公务员，换工作搬家是常事。认识我时他已换过两次工作，搬过三次家。但我疑心他是太穷。在国内，我住着自己买下的公寓，不仅比他这公寓大，装修也更好，大理石地板，吊顶，壁纸，各式家电应有尽有。如今要嫁一个床都没有的德国人，婚后跟他受穷睡地铺？我可不干。在内心深处，德国人并非我的首选，因为我不懂德语，英语还有些基础，我更希望找一个英语国家的男子，最好是教师、工程师或公务员。然而我最终还是选择了大熊，他的率真和善良打动了我。我在网络上交往了那么多人，他是第一个来中国看我又邀请我出国看他的人。为了打消我的顾虑，他还打开电脑，调出他所有的银行账户，给我袒露他的老底。

他有十多万欧元的存款，为此他沾沾自喜，说在德国，像他这种年龄的男人，能有如此巨额现金存款的，并不多。他是SAP的程序员，挣得还可以，烟酒不沾，生活俭朴，最大的开销就是旅游，买音乐碟和影碟。作为独子，他父亲还时常打钱给他。在当时的法兰克福郊外，这笔钱虽然不够买一幢像样的花园房，但买一套不错的公寓房还是够的。但他没买，嫌会束缚他自由迁徙，说一旦换工作要搬家，房子将是最大羁绊。

不幸的是，他娶了中国女人为妻，这坚守多年的生活方式就受到了挑战。婚后我提出的第一个要求是买床。且不说睡地铺的感觉多糟糕，我国内的闺蜜为了庆祝我成功再婚，还送了我一套漂亮高档的五件套床具。可这里居然连床都没有，让我怎么向闺蜜交代？我还希望搬家和买房。我不喜欢这个僻静冷清的小村庄，出门散步半天遇不见一个人，去超市买菜也要开车。他到过重庆，理解我对城市生活的依恋，二话没说答应了。于是我们很快就搬进城里，也趁此机会买了床。但买房事大，得慢慢来。我因为生活重心转移了，先是忙着学德语，后又忙着读研究生，小日子就这么凑凑合合过下来，也没觉得有什么不好。

直到遇见夏一红。

夏一红第一次到我家，是她从国内过完春节回来，给我带了点年货。当时我很犹豫。我家那样的条件，我从不请人到家里做客。在那之前,她也曾经想来我家,都被我婉拒。她在城里上德语课,买了月票,多转一趟公交车就能绕到我家门前。有一次她做了豆腐,想顺路给我送一块来;还有一次是烤了蛋糕,也想送一块给我尝尝,却都被我借口大学有课不在家而婉拒了。对此我也感到歉疚,难得她总想着我,做了美食想跟我分享。最后我想,她连身体最隐秘的丑都脱给我看了,我不过穷点,住房条件差点,有什么不好意思给她看呢?

那是一个周六的下午,弗兰茨开车送她到我家楼下,就自己回母亲家了。她红光满面地出现在我家门前,穿了一件旧式的中国村姑大红花棉袄,头发扎成两条齐肩的辫子,一手抱着黄灿灿的迎春花,一手挎着个竹篮,像个喜气洋洋回娘家的中国媳妇。

"嘉陵,新春快乐!"我还没请她进屋呢,她就不由分说自己进来了,给了我一个贴面礼,把一股寒气和一团春意带进我家。

迎春花是她家花园里长的,年货是两包火锅底料和一袋川味香肠,还有半个她头天烤的黑森林花环蛋糕。她把香肠拎出来,愁眉苦脸地央求我说:"拜托,嘉陵,这个你帮我消灭了吧,是我妈做的。我以前很爱吃,吃素后就不碰了。我妈反对我吃素,说我太瘦,总要我吃肉吃肉。我不知道她啥时候塞进我行李箱的,回到德国后才发现。"

香肠沉甸甸的一大包。我惊讶道:"肉食不能入境的,德国海关没查你吗?"我想起自己有一次带腊肉回德国,就被法兰克福机场海关没收了;还有一次带阿胶,仅仅因为包装盒上印有驴头,海关警察就断定那是肉类产品,任我怎么解释都不听,硬是当着我的面,把两盒昂贵的上等阿胶扔进了旁边的垃圾桶。看看人家夏一红这好运气!

香肠半肥半瘦,那股烟熏后的腊肉香,带着记忆中童年的年味扑鼻而来。我向她表示了真诚的感谢,暗暗庆幸这次没有拒绝她,差点错过这难得的美味。

大熊一见有蛋糕,就激动了,赶紧去厨房磨咖啡豆煮咖啡。我们坐在沙发上聊天,听她讲国内过年的见闻。大熊一边吃蛋糕,一边竖大拇指,夸她的烘焙手艺好,蛋糕比外面卖的还好吃。夏一红听了喜出望外,用笨拙的德语混合着英语,结结巴巴对大熊说,她烤的蛋糕比外面卖的更健康,因为她减少了糖和奶油的含量,还加了粗纤维的全麦粉。大熊听懂了,要我跟她学烤蛋糕,还让她把配方写给我。她乐不可支,马上就答应教我,还说:"嘉陵,大熊这么喜欢吃蛋糕,你为什么不自己烤呢?你不知道店里卖的,糖和油含量都超高,吃了对身体不好吗?难怪大熊这么胖。"

那口气,好像我一点不关心自己男人的身体健康,好像大熊的胖是我的责任。幸好她跟我讲中文,大熊不懂,否则还不定怎么想我。我尴尬地笑笑,支吾着说:"我太笨,哪像你有一双巧手。何况我现在学业紧张,也没时间……"可她还在继续说,烤蛋糕多么简单啊,一学就会,也多有乐趣——让我听得头脑轰轰作响,浑身不自在。

为了迎接她的光临,我还专门收拾了房间:买了漂亮的塑料桌布,铺在有刮痕的木茶几上。还买了鲜花插在花瓶里,又学她在桌上点了蜡烛。可她对这些都视而不见,偏偏注意到我家的不堪:家具东拼西凑,餐具不配套,搅咖啡的小汤匙又用来吃蛋糕。她说,吃蛋糕有专门的小叉子,不能用这拌咖啡的小汤匙。这是她婆婆教她的。我第一次听人这么说,蒙了。问大熊,他嘴一撇,不以为然地耸耸肩说,哪有那么讲究。不得不承认,对于生活,我和大熊很有些共同处,那就是都粗枝大叶,得过且过。但夏一红偏偏看不惯。后来她竟然送了我一套吃下午茶专用的汤匙和小叉，不锈钢的。

我当然不认为她是专门来挑刺的，而更相信她是实话实说。在见识了我们生活的粗糙和马虎后，她拿出当年做老师的姿态，对我进行了批评教育："嘉陵，你们也算中产阶级，怎么把日子过得跟难民似的。"她这话像一记耳光掴在我脸上，让我羞愧难当，也无言以对。但她并没觉察到我的不适，还在继续批评我："我们德语班上的难民，好像都过得比你们讲究。"

这太过分了，即使同为性格直爽的重庆人，我也感觉难以接受。这样的直言，通常只发生在好到不分你我的密友之间。而我和夏一红，至少在我看来，还没好到那一步。莫非她已经这样认为？我低头听着，表情讪然。

是的，她说得没错，这其实更像两个拾荒者的家。结婚后，我不仅没劝阻大熊继续捡垃圾，还迅速与他结成联盟。德国有大件垃圾回收日，一年两次或三次，人们如果有大件垃圾比如家电家具等非日常垃圾想扔掉，就提前一天摆放出来，由政府的专车来收走。这一天也成了我和许多人的淘宝日，以及一些东欧穷国职业拾荒者的工作日。从下午开始，挂有波兰捷克等东欧车牌的大小车辆，就会出现在居民区的马路上。他们主要寻找冰箱电视等家电产品和旧家具，拉回去修修补补后再出售。如果这一天我有空，是一定会出去逛逛的。如果大熊也有空就更好了，我们会开车出行，收获更大。

由于小时候受过穷，长大后的我，不仅自己节俭成性，也看不得别人浪费。这大件垃圾回收日，一度成了我的节日，它充满了无法预知的惊喜，带给我的快乐常常比真正的节日更多。说是垃圾，其实有的只是不再被需要或者喜欢，比如我捡过六只纯白细瓷汤盘，全新的，包装盒都没打开。一个双层玻璃茶几也完好无损，捡回家上面搁盆花，下面放报纸，既美观又实用；三幅带框的风景油画、一个带灯的地球仪、一个橡木三角柜，还有些零碎的小摆设，比如古旧的锡盘、木雕花瓶……夏一红火眼金睛，一眼就看出，这个家像个旧物回收站。

"这房子是租的，先就这样凑合吧，一切等买房以后再说。"这是我的真心话。这些捡来的家什，因为喜欢，又没花钱，搬家时如果嫌麻烦，大不了再把它们扔回街头，让别人捡去，也不心疼。如果是花钱买的就不一样了。

"我们德语班有一个来自南亚的女难民，有一天过生日，请我们全班女生去她家吃饭。哇，所有的家具都亮晶晶的，餐盘也带金边，整个家金碧辉煌得像宫殿。她本人也穿金戴银，头巾和裙子上缀满亮片。胳膊上的金镯子一圈又一圈，像个贵妇，怎么看都不像难民。不过我倒很欣赏她：就是逃难，日子也要过得像公主。"

"战争难民不一定都穷，说不定她真是个逃难的公主。"我提醒她。

"不管怎样，我很喜欢马丁·路德的一句话：即使明天世界毁灭，今天也要种下苹果树。"

"那不是徒劳吗？"

"当然不是，而是要活在当下，珍惜当下的意思。如果为了未来而放弃当下，那就太愚蠢了。因为，谁知道未来能不能来呢？就像那个南亚女同学说的，她娘家的豪华房子被炸了，父母和两个妹妹都被炸死，整个家变成了一片废墟。现在她虽然逃了出来，远离了战火，仍然感觉每天都可能是最后一天。其实我也有同感。也许，只有像她和我这种经历过灾难的人，才会懂得珍爱当下，

55

不将就，不凑合，把每一天都当成最后一天，不为虚无缥缈的未来而委屈自己，牺牲当下。"

她的话让我醍醐灌顶，猛然惊醒。晚饭后，大熊开车，我们一起送她回家。在返回的路上，我决定跟大熊好好谈谈。

"亲爱的，跟你商量一件事。"晚上躺在床上该睡觉了，我对身边的大熊说，"我们现在应该买房，不能再等了。钱不够就贷款吧。今天听夏一红说，国内的房价又涨了。她妹妹前年想买房，嫌太贵，想等等再说。没想到这一等更买不起了，因为房价一直在涨，根本没有回落的迹象。"

床头灯的光透过橘黄灯罩漫出来，卧室像罩上一层柔和的薄纱，一切都显得细腻而柔美。大熊两眼还盯着书，肉嘟嘟的下巴凸出一坨，竟有几分婴儿的憨态。

"你看中国，夏一红九十年代花八万块钱买的公寓，现在能卖四十万了。这才几年？北京和上海的房价涨得更厉害。那些早些年没买房的，现在都后悔死了。这都是活生生的教训。德国现在房价稳定，几十年不涨。可谁能保证它永远不涨？如果我们现在不买房，我担心，有一天我们会像夏一红的妹妹那样，错失良机，恐怕一辈子也买不起房了。钱不够，我可以把我重庆的公寓卖了，把钱转过来补贴你，好不好？我有预感，德国的房价很快就会步中国的后尘，飞涨起来！"

他慢慢放下手中的书，迷迷瞪瞪地看着我，若有所思。这个比我大五岁的德国电脑程序员，头脑简单，百事不忧。他浓密的长睫毛眨巴了几下，点了点头，又摇摇头。

"嗯，我看了新闻，中国的房市完全疯了。好吧，你说得有理，我们现在应该买房。但你中国的公寓不能卖，卖了你妈妈住哪里？何况那点钱拿过来也无济于事。"

我不动声色地望着他，心中暗喜，却没说话。其实我哪里真想卖掉国内的公寓，不过想以此表达我买房的决心，激一下将。他竟然信了。

　　平静的生活立即变得激情飞扬。梦想实现的过程，就像服食了兴奋剂，让人总处于亢奋中。大熊负责大的方针，确定了房价、面积、位置等硬性的指标范畴，我就负责寻找房源，主要锁定几家德国的房地产网站，每天都上去逛一圈，有看着不错又符合大熊指标的，就存下来，等大熊回家后过目筛选。有中意的，他就写邮件约时间看房。那一阵子的周末，我们几乎都在看房中度过，也因此对法兰克福周边的民居有所了解。我和大熊不约而同都偏爱旧房，价格便宜是一方面，重要的是，旧房普遍花园大，房子造型也更漂亮。大熊喜爱大花园带来的隐秘性，我则怀着对老电影里的欧洲的向往，喜欢老房子身上的历史感。

　　那段时间，我的想象力空前活跃。每看一幢房子，我都会假想出自己入住其中的情景，有时兴奋到夜不能寐：家具怎么摆，屋顶的斜窗下能否安放一张床，让我也能躺在床上看星星？没有一幢房子有夏一红家那样的玻璃屋顶，客厅带玻璃暖房的也不多。好在几乎家家的客厅都有巨大的玻璃窗或落地窗，可以在窗前放些盆栽，勉强有点"冬日花园"的意思——潜意识里，夏一红的家成了我找房子的参照和追求。

　　遗憾的是，满怀希望东奔西跑了好几个月，仍一无所获。有的是房子的问题，比如照片跟实物差距太大；有的是周边环境的问题，比如离墓园太近，大熊喜欢，我坚决反对；还有的挑不出任何毛病，就是进屋后感觉不好……

　　也有让我们满意的，决定要买，还了价，对方却再无音讯。大熊说是我砍价太狠，对方以为我们没有诚意，才不再理我们。

我说，价格不都是谈成的吗？如果嫌我还价太低，他们可以再还价呀，就像在国内的服装店里买衣服，双方总得在价格上交战好几个回合，才能成交。可德国人似乎不懂讨价还价之乐，不懂我的还价只是试探，这导致我的几次还价都如石沉大海。

希望像鲜花，盛开又凋零，桃花败了，李花又开了。我不急，春天过了还有夏天，夏天还有百合和玫瑰……然而它们不再属于我。大熊突然失业了。

那天他下班回家后，神情沮丧地对我说，今天老板宣布，公司破产了。我顿时就蒙了。这太突然了。德国失业有失业金，不会挨饿，我不怕。可没有工作，银行就不会放贷款。银行不放贷款，我们就买不了房。伸手可及的买房梦就这样破了。我像刚刚起飞的气球正在享受飘飞之乐，突然被一根飞针击中，蔫了，成一张破橡皮坠落地面。但我还得强打精神。失业了，大熊心里一定难受。"没关系，那你趁机好好休息吧，等休息一段时间后，再出去找工作。"我故作轻松安慰他。

不用早起上班了，他掐掉闹钟，一觉能睡到第二天中午，然后再幸福地伸个懒腰，慢悠悠起床冲凉，去厨房煮咖啡，端着餐盘去客厅，往沙发上一坐就是一天。

客厅一角放着他的办公桌，上面摆有他的电脑，现在他又把笔记本放在茶几上，他就坐在沙发上统领三军，常常同时操作电脑、电视和笔记本——把电视当电脑，却在笔记本上看电视。过去收藏的两大箱音乐碟和电影碟，这时也都派上用场。他很喜欢听古典音乐，在我看来近乎病态，比如他总是把两只半人高的橡木音箱假想成乐队，把自己假想成乐队指挥，手边随便什么细长物件，铅笔或刀叉，音乐一响，就成了他的指挥棒。他或站或坐，对着音箱摇头晃脑，挥舞指挥棒，眼微闭，嘴哼哼，一脸陶醉。不知情的人，还以为他在发神经病。他看影碟的方式也很奇葩，都是从前看过的旧碟，看了一遍又一遍，从不厌倦，有的熟悉到台词都能倒背如流，再看还能笑得前仰后合。我在隔壁的卧室为写论文焦头烂额，想他上班辛苦，难得放松，起初也不干涉他，只叫他声音小点，别打扰我。后来我索性早出晚归，整天都泡在大学，把家让给他折腾，只希望他能早点尽兴，玩腻了收心，尽快开始找工作。

可他的思维不跟我同步，甚至朝着反方向飞奔。

有一天傍晚在饭桌上，我终于忍不住，问他有没有开始投简历，找工作。他眼睛一亮，拿叉子的手举在空中，一脸神秘地说："我有一个主意！"这是《乌神帮》里的狗头军师伊冠的一句口头禅。《乌神帮》是一部丹麦轻喜剧，讲的是三个小偷的故事。他们总有精妙的行窃计划，却每次都功亏一篑。在我初到德国的那些日子，大熊几乎天天拉我陪他看碟，其中就有这一部。我不喜欢看搞笑片，觉得无聊，又不忍心让他失望，便强迫自己坐下来，就当学德语练听力。后来我发现，那些电影对他的影响很大，其中之一就是模仿。他但凡想表达一个新想法，总喜欢套用伊冠的这句口头禅，还配合伊冠的表情：对你眨巴几下大眼睛。他说，我们应该去度假，最好是去非洲或者南美。

"什么？你还真当失业就是放长假？不去！一没钱，二没兴趣，三没时间！"我有点生气了。

那双大圆眼睛里晶亮的蓝光慢慢暗淡，他像个受了委屈的孩子，噘着嘴说："亲爱的，我都四年没出国度假了。"

"怎么没有？"这下轮到我委屈了，"我们去年还回了中国。难道那不算出国度假？"

他哭丧着脸："以前我差不多每年去一个不同的国家，跟你结婚后，我就只是去中国，去中国，好像世界上除了中国，就没有别的国家了。亲爱的，我们应该趁着还不是太老，身体还好，去更遥远的地方，比如南美，去度一个长长的彻底放松的假期。"

"怎么，去中国你就不能彻底放松了？"

"当然不能。你不准我这个，不准我那个，我紧张得要命，生怕一不小心又说错话，做错事，一点也不能放松。"他索性放下手里的刀叉，罢食了。

我"扑哧"一声，忍不住笑了，想起有一次回国的尴尬："我的朋友乱丢垃圾，关你什么事？你居然当着那么多人的面，去捡起来，让我的朋友很没面子。我当然要说你。那是中国，很多事情你不懂，我得教你入乡随俗。"

"可那么干净的路面，他怎么可以随手乱扔？何况那是可以回收的塑料瓶。"他摇着头，一脸无奈，"好吧，是我不对。当时我真没想那么多，只是出于本能去捡起来，你就批评我做错了。后来我不就听你的话了吗？啥也不说，啥也不做，就像影子一样，只乖乖地跟在你身后，一点自由也没有，也不放松。那怎么能算度假呢？"

看他一脸的委屈，我哭笑不得，当时的情景重现眼前。那是一个关系不错的高中同学，人家好心请我们吃饭，还约请了另外几个同学作陪。一行人说说笑笑在新建成的南滨路漫步。同学正跟我们介绍重庆近年的发展，谈笑中，随手将刚刚喝光的矿泉水瓶往身旁一扔，不料被大熊一个箭步上前，把瓶子给捡起来，惊得大家都愣住了。同学尴尬得脸都红了，大熊却丝毫没有察觉，手拿瓶子继续走路，神态自若。这太让人家下不了台了，我赶紧道歉，说他在德国就有捡塑料瓶的习惯，因为能换钱，两毛五一个呢——这才缓和了气氛。可我自己却窘得脸发烫，恨不得挖个地洞钻进去——这下好了，同学们都以为我嫁了个爱捡塑料瓶换钱的穷丈夫。

　　我不是不想去周游世界，像夏一红，因为旅游遭遇过不幸，就因噎废食，痛恨旅游。如果我是她，什么都有了，我会十分乐意去游山玩水，去看遍世间美景，尝遍天下美食。但现在这情况，人到中年还房都没有，住在这简陋的出租屋里，靠丈夫的失业金度日，自己的学业也未完成，我怎么可能有那心情和时间？真是亏他想得出来！

　　郁闷的日子我一天一天地苦熬着，看似风平浪静，一如往常，却是暴风雨来临的前奏。不知不觉秋天到了，我们婚后的第一场暴风雨，也随第一场秋雨的降落而悄然来临。

六

当时我的研究生学业接近尾声，耗时一年的毕业论文，《从莫言的〈酒国〉看中国的享乐文化》，却被教授打回来了。不是我担心的语言问题，而是资料引用不当。这让我痛苦。当时莫言还没获诺贝尔文学奖，关于他的研究资料，无论德文的还是中文的，在德国能找到的都不多。大学图书馆已经被我地毯式搜索过，教授推荐的网上资料库我也查过，还是不够。于是我就在网上找了些。但教授不认可网上的资料，建议我去国家图书馆看看。

入秋后，白天越来越短，才下午四点多钟，天色就已暗下来。我被教授叫出来约谈，书包里装着厚厚的六十多页 A4 打印稿论文，像背着一块沉甸甸的砖头。阴沉的天空飘起了毛毛雨，我独自走在回家的路上，心情沮丧到极点，感觉自己像一片落叶，在这凄风苦雨中飘零。论文需要修改和增补，还得继续日复一日地早出晚归，泡图书馆到头晕眼花。这自讨苦吃的研究生学业，何时才能熬出头？

饥寒交迫中，拖着沉重的脚步终于到家。可家里黑灯瞎火，寂静无声。我以为大熊不在家，探头一看，却见客厅一角幽幽闪着一团蓝光，鬼火似的，衬出一个壮硕的背影。原来他坐在电脑前，对我的归来浑然无觉。我在门廊脱外套，换鞋，故意弄出声响，把皮靴用力踢到墙角，书包重重地摔到地上，那背影还是岿然不动。又去卫生间把水开得哗啦响，洗手，用毛巾擦干被雨水打湿的头发，再去厨房，想喝口热水，水壶却空着，只好从冰箱里取出一盒苹果汁，咕咚咕咚，喝得全身透心凉，直打寒战，肚子里的叫声也更响了。心慌得厉害，腿脚乏力到站立不稳，期待他迎上来嘘寒问暖，给我一个温暖的熊抱，却依然没有一点动静。他居然如此无视我，对我不理不睬！一股无名火从心头蹿起，我冲进客厅，发现他居然对着电脑摇晃着头，嘴里还吹着欢快的小曲，一副乐陶陶的样子，我顿时就炸了，冲着他河东狮吼起来："你是聋了还是死了……"

这时我发现他戴着耳机，也许根本没听见我进屋的声音。可一路积攒的坏情绪和遽然飙升的怒火，让我彻底失去了理智。我想抓掉那该死的耳机，他在惊骇中本能地伸手保护，却一把抓住我的手。这时他转身看见我，叫唤了一声："上帝啊，是你……吓死我了……我可怜的心脏。"又试图重新把耳机戴好。

他没看见我湿发凌乱，悲哀无助；也没看出我饥肠辘辘、疲惫不堪，已经接近崩溃的边缘。他甚至忘了我出门一天才归来，应该先给我一个拥抱，如同往常他下班回家，我会上前拥抱他那样。这是我们婚后几年的习惯，他都忘了，居然还想戴上耳机，继续他的网上神游。我更怒了，手被他捏得发软没劲，就用脚，想狠踹他一脚，发泄心中的怨气。没想到他刚好转动椅子，我穿着布拖鞋的脚击中了扶手下坚硬的横杆，痛得我失声大叫，趔趄着后退，跌倒了。

他这才慌了，拧开旁边的落地灯，站起身来，莫名其妙地俯视着我，好像完全不明白发生了什么。

我失去了理智，索性坐在地板上放声大哭，为我青痛的脚，为我饥饿的胃，为他对我的漠不关心，还有这不堪示人寒碜的家，不顺的学业……人生种种的不如意，此刻都铺天盖地向我袭来，洪水一样将我淹没。我成了垂死的溺水者，声嘶力竭地哭着号着，还顺手抓起手边能够抓到的一切，废纸篓，我的拖鞋，朝他砸去。

"这日子我不要过了……我要离婚！我要回中国……"我号啕着，他却站在旁边发呆，像观看一场与他无关的街头表演，直到我的嗓音变得沙哑，他才蹲下来，用一双肥大厚实的熊掌，紧紧钳住我的手："上帝啊，你这是怎么啦？我想我应该打电话叫医生，现在你需要打一针安定……"

刹那间我清醒了，意识到这是另一个世界。面对德国男人，中国女人的撒娇、怄气和哭闹，不是索求爱怜的示威和手段，而是神经病发作。我想起一个同样嫁了德国人的中国女人，她跟我讲过，有一次她跟丈夫吵架，哭闹耍横，摔东西，她丈夫打了急救电话，要把她送去精神病医院。我在心里迅速权衡，审时度势。我可不想挨一针安定，更不想被送去精神病医院，于是我立即收敛，只呜呜咽咽，装出快要断气的样子。他这才把我拉起来，抱到隔壁卧室的床上，然后又站在床边发呆，既不哄我安慰我，也不问我渴不渴，饿不饿，只像个傻子，茫然无助地望着我。

我抽泣着，浑身酸痛，整个人像被刚才这一闹彻底抽空，奄奄一息地躺在床上。也不知道过了多久，我感到他在摸我的额头。"没有发烧。"他说了一句，又把手抽回，继续沉默。后来他终于问我，饿不饿，是否想吃点什么？我猜是他自己饿了，想起该吃晚餐了。我没理他，反正说了也没用——除非我愿意啃他的冷面包。

他踱到门口，想去厨房。我突然想起早晨出门前叮嘱的事，就弱弱地问他："简历呢，投了没有？"

"什么？"他停下脚步，转过身来望着我。

我有气无力地重复了一遍。

"没有。"他又转身想离开。

"为什么？"我的声音大了些。好不容易压下的怒火，又升腾起来。

"我不要去那家公司上班。"他冷冷地说。

"为什么？"我挣扎着支起身体。那是一个中国人推荐的公司。前几天我们在超市碰见，闲聊了几句。人家一听说他失业了，想找工作，就好心告诉我，他们公司也用 SAP 程序，相关部门正在招人，让我叫大熊赶快把简历投过去，还把人事部的邮箱也写给我了。我一回家就兴冲冲地告诉他，他都当场同意了，怎么又变卦？

"他们老板很坏，在海外的分公司雇用童工。"

"那关你什么事？"

"我不会为这种公司工作，也不会买他们公司的产品。"说着他就进了厨房。

"你都失业多久了，还挑肥拣瘦，考虑这些？也不看看，我们家都快揭不开锅了！"我感到自己又要炸了。

"胡说八道！"他又出现在卧室门口，手里拿了一盒牛奶，却不进来，仰头咕咚咕咚喝了几口，竟大笑起来，"哈哈，我们家怎么会快揭不开锅？现在我每个月有失业金，足够维持正常的开销。另外，别忘了，我们在银行还有巨额存款，即使我不工作，我们也可以舒舒服服过好多年。在德国，我们虽然算不上富人，也算中等偏上。不信你去问问左邻右舍，哪家有我们这么多存款？"

我被他呛得一时无语，然后仰天大笑："天哪，就你那点存款，也好意思说是巨款？如果时光倒流十年二十年，也许我承认。可你睁眼看看今天的中国，看看我国内的那些同学，哪个不是有车有房？有的还不止有一套房，有的已住上花园洋房，豪华别墅。而我们，连一幢普通房子都买不起！这把年纪，还租房住，跟难民似的，我都没脸见人了，你还好意思说你有钱。你这是在搞笑玩幽默吗？叫我去问左邻右舍？他们都是些什么人啊，对门吃救济的懒人彼特？楼下领养老金的施密特太太？阿富汗难民？楼上做泥瓦工的科索沃难民？大学毕业刚开始工作的德国小夫妻？你也好意思跟他们比？"

这连珠炮似的在脑子里闪现的中文句子，等转换成德语蹦出来，已经结结巴巴溃不成军，火力大减。又急又气中，我一把抓起旁边的抱枕朝他砸去，同时飙出一连串痛快的中文国骂："你这个笨蛋，不开窍的方脑壳，大蠢猪……"

门铃响了，惊天动地，室内的吵闹声戛然而止。他去开门，进来的是两个警察，一男一女，都人高马大，全副武装。我吓坏了，不明白为什么有警察上门。三个人站在门廊说话，我听不清他们在说什么，忐忑不安，正要下床，就见女警察进了卧室。她来到床前，低头仔细打量我，问我是否挨打了。

"他打你了吗？"她指着门廊里的大熊，又重复了一遍，放慢语速，吐词更清，好像担心我德语不好，没听懂。

我木然地对她摇头说："没有。"

她不信，拉起我的手，把衣袖往上抹，翻来转去仔细察看，面无表情却声音温和："别怕，请如实告诉我们，我们会保护你的。他是否对你动手了？"

男警察也进来了，双手叉腰，同样面无表情地看着我。两个人黑铁塔般的威武身躯，警服，悬挂在腰间的警棍和枪盒，都让我感到紧张和害怕。

"没有。"我怯怯地说,"他没有动手。"

动手？ 是的,但动手的人是我而不是他。我不仅动了手,还动了脚。那一脚踢到旋转椅上,现在我的脚背还痛。谢天谢地,她没查看我的脚。事后我发现,我的脚背有淤青。如果给她发现了,大熊就百口莫辩,麻烦大了。

两个警察转身出了卧室,在门廊跟大熊嘀咕了一阵,女警察又折身进来,问我是否愿意跟他们走,今晚去妇女救助中心过一夜。那里安静,也安全,不会受到丈夫骚扰。

我已经起床,在整理凌乱的头发和衣衫,当即摇头拒绝。

没想到大熊跟进来了,说:"去吧,你需要好好冷静一下。"

他表情真诚,我却很惊愕:他居然想让警察带走我！同时我也很清醒,此时必须保持冷静,否则很有可能真的会被警察带走。于是我冷冷地瞪他一眼,很礼貌地对警察说:"谢谢,不必了,我还是在家里比较好。"

警察走了。当房门锁"砰"的一声又轻轻锁上,我压抑的怒火又爆发了。

"是你报的警？ 想叫警察把我抓走？ 你到底安的什么心？"我怒目圆睁,几乎要再次冲他咆哮,却不敢,担心警察没走远,只能拼命压低嗓音。

他一脸无辜,双手一摊,肩一耸,也急了:"不是我,肯定是邻居。你刚才疯了,又哭又叫那么大声,整幢楼都听见了。人家一定以为我在家暴你,所以报警。可是,如果你无法自己让情绪平静下来,真的应该去妇女救助中心休息一晚,好好睡一觉。等明天醒来,一切都好了。"

"妇女救助中心是什么？ 女子监狱？ 说来说去,你还是想警察把我抓走？"

我已经气得浑身发抖,他却忍俊不禁大笑了,龇牙咧嘴地向我走来,是被我气急又拿我没辙的样子:"你到底什么逻辑!妇女救助中心不是监狱,是专门救助妇女的地方,是为遭遇家暴又走投无路的妇女提供的避难所。你今天情绪太反常了,应该去那里休息一晚上,有什么不好?"

"这么说,你承认你家暴了?"

"上帝啊,你能不能思维正常点啊?"

他已经气得说不出话来,喉头里发出奇怪的声音,眼睛瞪得快要炸裂,张牙舞爪地挥舞拳头,像恨不得把我撕成碎片。我从没见过他这个样子,没忍住,"扑哧"一声爆笑了。他趁势向我扑过来,像一头熊,一把抱起我往床上扔,嚷嚷着要修理我。两个人就在床上扭成一团,胡闹起来,不知怎么气就消了,瘫软着躺了一会儿,两个人都饿了,肚子又咕咕叫起来,便又一起起床进了厨房,去找吃的。他从冰箱里取出奶酪和黄油,又从面包盒里取出几片面包,端着盘子就去了客厅。我这才想起,因为心情不好,回家的路上竟然忘了去超市买菜,冰箱里一颗青菜也没有,只有头天剩下的半碗红烧肉,便烧水下面,把红烧肉热了,混合着胡乱填饱了肚子。

回到卧室,坐在床头,刚打开电脑,床头柜上的座机电话响了。我本能地预感是夏一红。她怀孕以后总来电话,要跟我分享她孕期的感受,比如头天晚上做了个奇怪的梦,梦到生了,孩子一下地就开始奔跑,她怎么追都追不上,后来孩子跑进大海里,不见了,她大哭着醒来;或者她正在做婴儿衣服,想绣一只小鸟或小猫上去,问我德国人这方面有没有讲究或禁忌,诸如此类,让我不胜其烦。大熊的失业,我的论文,窘迫的生活,已经够我烦了,她还整天跟我秀恩爱,晒幸福,不是故意折磨我,刺激我吗？但我心软，纵使内心千般不爽，也会默默听着。后来电话再来，一看是她的号码，我就不接，假装不在。大熊不懂我的心，拿起话筒，也不顾我正朝他摇头递眼色，还大声叫我："嘿，找你的，是夏一红。"

这大概就是异族婚姻最大的硬伤：缺少心有灵犀的默契和懂得。大熊永远不明白，我和夏一红既然是朋友，为什么有时候她来电话我不愿接听？还让他帮忙撒谎，说我睡了。这事我没法跟他解释，他坚决不配合。"如果你没有时间，为什么不直接如实告诉她，而要撒谎？"他盯着我的眼睛质问我。我不敢直视他的眼睛，只能顾左右而言他。

铃声还在继续聒噪，在寂静的夜里听起来尤其刺耳惊心。大熊忍不住了，拿起客厅的电话，走进卧室递给我："是夏一红的，你为什么不接？"

我还坐在床边，瞪了他一眼，极不情愿地接过话筒，正想说今天太累了，回家就早早睡下了……就感觉到有什么不对。

"嘉陵，救我……"电话里的声音细若游丝，好像只剩这最后一口气了。

"怎么啦，一红？"我一个激灵，坐直了身体。

"我……从楼梯上摔下来了……现在躺在地上，不敢动……"

刚才还混乱如一锅粥的大脑，瞬间清醒：她还怀着孩子呢！便惊问："肚子里的孩子没事吧？该什么时候生？"

"不知道……现在肚子好痛。孩子动得厉害，一地的血……预产期还有一个多月呢。嘉陵，我好怕……"

"快打112啊，急救电话……"我一下子跳起来，急得满屋子打转，"或者我帮你打？弗兰茨呢？又不在家？今天不是周末啊……"

69

"他晚饭后就走了……我婆婆病了……我已经给他打电话了，他马上回来，叫我躺着别动……可血还在流。嘉陵，我好怕……我不敢站起来，怕用力不当，动了胎气……"

说着她痛苦地"噢"了一声，然后就没有声音了。我紧张得大气不敢出。是孩子钻出来了吗？她会因失血过多而死吗？人命关天！我冲进客厅去叫大熊。

听完我语无伦次的讲述，他紧皱的眉头松开了，沉着脸冷冷地说："她找错人了，我们不是医生。她应该拨打112，向医生求助，而不是我们。"

真是冷血，我却又如释重负。我对着话筒"喂喂"了几声，希望电话那头的夏一红已经听到。不是我不愿意帮她，是帮不了。就是马上插翅飞过去，又能怎样？德国人的理性有时显得不近人情，却在理。她该懂的。不能怪我们见死不救。

"喂，喂，夏一红，你在听吗？是不是医生到了？"

"没有……是肚子……痛得厉害……现在好像又好点了……"

"一红，不是我说你，都这个时候了，你身边不能没有人。干脆叫你婆婆搬过来吧，你们家又不是没地方住。那样彼此都有照应。"我讲着电话，又回到卧室。

"我早就这样说过啊，可我婆婆不愿意，说她生在那里，也要死在那里。唉，噢……孩子又踢我了，好痛……啊，门铃响了……是邻居来了。对啊，邻居有我家钥匙，一定是弗兰茨给她打电话了……"

她挂了电话，我这才长长地松了口气。

窗外，月亮升起来了，黄灿灿的又大又圆。幽蓝的夜空纯净晶莹，大团的白云如浮冰在海面漂移。我站在窗前，被夜空这神奇的美震得心惊，猛然意识到，今天该是中秋节吧，或者明天？便想起国内过中秋的情景，亲友相聚，吃月饼，喝桂花酒，其乐融融。故乡重庆秋天多雾，中秋节经常无月可赏，但过节的气氛从不缺少。德国是不缺月亮的，四季常有皓月当空，缺的只是过节的气氛和陪你过节的人。你看这两个中国女人，一个高龄怀孕独守空房，倒在血泊中痛苦挣扎，母与子都生死难料；另一个呢，人到中年还寒窗苦读，辛苦一天饥肠辘辘回到家，没有问候关爱，没有热饭热菜，还险些被丈夫叫警察带走。如此冷清凄惨，真是辜负了这中秋的好月。更可悲的是，一个自身难保，却被另一个当救命稻草。个中的心酸和无奈，能与何人说？

七

第二天，甚至第三天，我都没给夏一红打电话，尽管我在心里总想着她。

我似乎想要逃避什么，一大早就去了法兰克福的德国国家图书馆，直到傍晚才回家。我把手机调成静音，不想被打扰，不想被她联系上，却感觉她就躲在手机里，与我形影相随，寸步不离。即使在安静无声的图书馆阅览厅，我的双眼盯着书，仍然很难绝对集中注意力，彻底摆脱她的影子。她的模样不时在我眼前晃动。一旦我闭目休息，我就会听见她的声音在某处响起，时强时弱，时远时近，时悲时欢，在呼救，在呻吟，在大笑，在哭泣……

她现在到底怎么样了？肚子里的孩子保住了吗？是已经顺利生产了吗？联想到她来德国前才失去儿子，此时有可能再遇不测，我就为她担心，暗中祈祷上帝保佑她吧，否则她怎么承受得了。有好几次，我下意识地掏出手机，调出她的手机号，却在最后一刻放弃了。我知道，我的手指一旦按下去，无论她处于什么情况，我都会被卷入新的麻烦。

大熊失业已经让我焦虑不安，论文没过，更加让我心烦意乱。我自己身陷泥淖，自顾不暇，哪有多余的时间和精力，去为一个萍水相逢的女人雪中送炭，或锦上添花？但另一个声音总是不时冒出来，指责我的自私和虚伪，敦促我应该去帮她。她视你为好友，对你掏心掏肺，那么好。现在她有难，于情于理，你都责无旁贷，应该向她伸出援手。

内心有这两种声音和力量在纠结和对抗，时间就过得尤其缓慢，也让人烦躁不安。挨到第三天晚上，电话铃响了，当我终于又听到她的声音，我的心情竟然陡然变得轻松了。

"嘉陵，亲爱的，祝福我吧！儿子，我又有儿子了！"

"哇，太好了！恭喜恭喜……"

"你一定给我打过电话吧？对不起，让你操心了。我的手机在家里，这不，我是用弗兰茨的手机给你电话，报平安。"

"没事没事……"我的脸在发烫，心在发虚，"你和孩子都好吧？"

"都好都好，感谢上帝！前天晚上被拉到医院就生了，又是剖腹。儿子体重不足，才三斤二两，早产了整整四十天。所以还得在保温箱里待一阵子。"

我的脸烫得像在发烧，心慌得厉害。她对我的自私、虚伪和嫉妒，竟毫无察觉？是佯装不知，大智若愚？还是头脑简单，感觉迟钝？抑或，被幸福冲昏了头脑，降低了智商？

她还在电话里喋喋不休:孩子太可爱了，弗兰茨开心得不得了，医院的伙食太糟糕了……这时她问我，能否给她送点吃的？她都快要饿死了。原计划让妹妹过来照顾她坐月子，可她这一摔，把计划全都打乱了。夏二红一个月后才能动身，机票是提前半年就买好的打折票，日期不能改，签证也是一个月后才生效。为这事她都愁死了。弗兰茨她是指望不上了，尽管他请了爸爸假，回家全职照顾她，可他除了跑腿采购，别的还能干什么？

生了孩子要喝鸡汤，她把炖汤的方法一五一十都告诉他了，他可好，今天把鸡汤送来了，黑乎乎的像一锅中药，她的笑脸瞬间拉成苦脸，他却委屈得不行，说完全是按你的要求做的，买的母鸡，放在清水里烧开十分钟，撇去泡沫，再用小火炖一小时，放一勺盐，五十克老姜。炖好后他还不放心，尝了尝，觉得寡淡无味，就自作聪明，倒了些 Maggi 酱油进去，这才觉得味道好些。他兴冲冲地送到医院，还指望得到她的表扬，没想到，她只瞅了一眼就别过脸去，大失所望，说叫你炖鸡汤，没叫你卤鸡。现在你居然把卤水送来给我喝！

"嘉陵，你不知道医院的伙食多恐怖。我半夜才做了剖宫产手术，第二天醒来，饿得够呛，可他们给我吃什么？一个硬邦邦的小面包，两片熏肉，两片奶酪，一杯酸奶，几片黄瓜，还全是冷的！绝对是刚从冰箱里取出来的。更恐怖的是，他们还给我喝冰水！注意，不是普通的凉开水，是冒泡的冰汽水！老天爷呀，我跟他们无冤无仇，他们为什么要这样虐待我？"

我听了也吓一跳。德国女人生了孩子不坐月子，这我知道。年初的一个下雪天，我从外面回家，在房门口碰见楼上的年轻德国女人推着婴儿车出门。匆匆寒暄问候间，我知道她刚生了孩子才三天，正要出去散步，让孩子呼吸新鲜空气，顿时惊讶到瞠目结舌。可怜的孩子，粉红的小脸上眼睛还没完全睁开，就要被推进风雪中去接受考验。她自己也丝毫看不出，是刚生孩子才三天的产妇。

但夏一红毕竟是中国人啊，体质又弱，又高龄，异国他乡即使没有家人侍候坐月子，也不必遭受那样的洋罪吧，吃不上营养可口的月子餐，还喝不上一口热汤水？太可怜了。我的同情心和侠女情瞬间爆发，马上问她想吃什么，我给她做了送去。同时我还提醒她，要告诉护士，中国女人生了孩子是绝对不能喝冰水吃冷食的。她德语不好，我不知道她能否跟医生和护士正常沟通。

她的要求也不高，只想吃碗热乎乎的米饭配时令蔬菜。如果蔬菜里再加点核桃之类的干果，再配个煎蛋，就完美了。我毫不犹豫答应了。

"坐月子不能吃得太素，当心营养不够，没奶水。你不仅要喝鸡汤，还应该多吃鸡肉……"我善心大发，想到那些道听途说的月子餐，好像没生过孩子的我，比生过孩子的她，懂得更多。最后我说："你就乖乖等着吧。明天上午我就去买菜，中午回家做了，晚餐你就可以吃上了。"

"哇，太好了！太感谢了！我最最亲爱的嘉陵，你对我真是太好了！"她在电话里哽咽起来，感激涕零，几乎哭了。

第二天上午，我去了法兰克福的亚洲店，买了德国超市里没有的新鲜油菜，还有她爱吃的醪糟和黑芝麻汤圆，又去找鱼市。那个鱼市我只是听说过，从没去过。拿着从网上查来的地址，居然很顺利就找到了，可惜也都是据说早晨才杀的死鱼，码放在冰块上，并没有国内那种在水里游动的活鲫鱼。我在鱼市里转了几圈，最后挑了一颗肥大的三文鱼头，依稀记得听人说过，坐月子要喝鲫鱼汤或者鱼头汤，能催奶。

秋天了，梧桐树的落叶像地毯一样铺在路面。路边的玫瑰已经凋零殆尽，但草坪还绿着，好像春天并没离去。我一边疾行，一边频频侧目，看那片绿，惊讶德国的草坪为什么在秋冬季节也不枯黄？这些柔弱的小草多么顽强。它们紧贴大地，相互依偎着抵御寒霜，竟然活得一年四季都春意盎然。我突然有些小感动了，为这些小草，也为自己。这一趟辛苦只为夏一红，一个跟我非亲非故、偶然闯进我生命的女人。如果有一天我也病了卧床不起，想吃一口家乡的饭菜，她也会像今天的我，为了我而不辞辛劳吗？

一定会的！想起她一趟又一趟主动把自制的豆腐和蛋糕以及采来的野菜送到我家，对此我深信不疑。一股巨大的暖意弥漫我的全身，像披上一件保暖外套。

等大熊开车陪我到医院，已经下午五点了。在温暖又明亮的妇产科住院部过道上，正飘着淡淡的食物的味道。护士推着高大的餐车在走走停停，为每一位住院的病人送晚餐。我和大熊一前一后从餐车边走过，我捧了一束鲜花，大熊拎着食物篮。好奇中我瞥了一眼餐车，发现每一个餐盘里都一样，只有几片黑面包、干奶酪和火腿肠，还有一小盅蔬菜沙拉，甜点是一小杯布丁。冷，硬，淡，是这顿晚餐给我的印象。其实这也是传统的德国晚餐，他们一天只有中午吃热餐，早晚都吃冷餐。但对于坐月子的中国产妇，这无异于一场灾难。

病房门大开着，夏一红孤单地躺在床上，像睡着了。她小脸蜡黄，像晚期的肝病患者，唯有一头散开的黑发蓬松着，显得格外有生机。我轻手轻脚走近她，她似乎有感应，猛然睁开了眼睛。

"嗨，一红，恭喜你当妈妈了！"我把手里的鲜花在她面前摇了摇。

她好像并不认识我，愣愣地望了我好一阵子，才回过神来，嗫嚅着嘴唇，轻唤了一声"嘉陵"，眼一眨，就滚出两行清泪来。

"大喜呀，还哭！"我顺手扯来床头柜上的纸巾，为她擦泪。

她双眼微闭，任由我动作，像个受了委屈的乖孩子。

"儿子呢？"我环顾左右，没有发现婴儿的影子。

"还在保温箱里呢，"她睁开双眼，忽又笑了，甜甜的，脸像浸进了蜜罐里，"等会儿我叫护士去抱来你看。"

这是一间带卫浴的双人病房，靠窗的那张病床空着，她说产妇下午刚出院走了。对面的墙头挂了一部小电视，下面摆有一张小方桌和两把椅子。方桌上已有一大束鲜花,不知是谁送的。大熊把篮子放在椅子上,就去跟夏一红表示祝福。我把鲜花递给大熊,嘱咐他去找护士要花瓶。

从卫生间里洗手出来,夏一红已经半坐起来。餐车来了,送餐人端着餐盘刚进屋,夏一红就眉头一皱,挥手示意不要了。她愁眉苦脸对我说:"现在我见了面包就想吐,又冷又硬,把我上牙膛都戳破了。"

"伤口还痛吗?"我把装有食物的篮子拎过来。

"伤口不痛,但吃面包把我的嘴戳痛了。"她熟练地举起双手,把头发高高绾起来,然后拉起床边的小桌板,横支在胸前,一边用纸巾擦桌板,一边感慨,说以前生老大也是剖腹。那时候技术落后,麻药几个小时就过了,然后就痛得死去活来。奇怪,这次手术怎么一点也不痛? 她至今没有一点感觉,就好像肚子上有一条拉链,他们趁她睡着的时候把拉链拉开,取出孩子,又把拉链给拉上了……

"饿了吧? 快,趁热吃,先喝汤。"

我把篮子里装鱼汤的保暖盒取出来,放到她面前的小桌板上。揭开盖子,一股带有葱姜味的鲜鱼香气就在房间里弥漫开来。我说:"以前在国内听人说,坐月子要喝鲫鱼汤,能催奶。可惜德国买不到活鲫鱼。不过这三文鱼头汤也不错,你看,白得跟牛奶似的,一看就很有营养。多喝点,喝了多出奶,让儿子长得白白胖胖。"

"哇,真的,这鱼头汤怎么这么白,跟牛奶似的? 好香啊……"她把脸深深埋下去,深呼吸,再抬起来,一双眼就泪汪汪了,"亲爱的嘉陵,我该怎么感谢你呢?"

"少废话,快趁热吃吧!"我把汤匙递给她,没告诉她,我往汤里加了牛奶。

"这种感觉好幸福啊……"她大口大口地喝起汤来，一边喝还一边咂巴嘴，发表感叹："嘉陵你对我太好了。有你这样的朋友，我太幸福了……"

"叫你少废话，快吃！你怎么不听！"我故意像训斥孩子那样训斥她，其实在掩饰自己的心虚。我真的对她很好吗？天知道！篮子里的食物，香菇烧鸡，蒜茸炒藤藤菜，泰国米饭，都装在保鲜盒里，外面又包了保温的锡纸，还热着。我把它们一一摆放在她面前。她停下喝汤，两眼直愣愣地盯着眼前的饭菜，突然双手捂脸，呜呜哭了："嘉陵，嘉陵……"

我吓了一跳，以为她被鱼骨头卡着了，赶紧过去拍她的肩，想安慰她。她却仰起一张泪流满面的脸，对我说："嘉陵，现在我终于明白，什么才是最好的友谊，就是：一个人正饿得慌，另一个人就送来可口的饭菜……"

大熊拿着花瓶回来了，去卫生间接了水，插上花，问我放哪里。我接过来，放在夏一红的床头柜上。

她开始吃饭，有点狼吞虎咽。我说："你慢慢吃啊，别噎着了。"她不好意思地朝我笑了："还是我们中国的饭菜香，热乎乎的，吃下去，浑身都舒坦暖和了。"

渐渐地，她的小脸变得红润，嘴唇也像抹了口红。她用纸巾擦了嘴，满脸都写着心满意足："嘉陵，你和大熊对我这么好，我该怎么报答呢？你看这样好不好，你们没有孩子，我把儿子给你们当干儿子，怎么样？我一定好好教育他，让他以后也对你们好，让你们以后也老有所依。"

"好啊，那我们就白捡一个儿子啦。"我把她的话翻译给大熊听，大熊耸耸肩，嘿嘿笑着，却不言语。

我做梦也没想到，在这个秋天黄昏的医院病房，她突发奇想这么一说，竟然一语成谶。

然后她就双手合十放在胸前，闭上眼睛念叨起来："上帝啊，感谢你赐予我生命，赐予我儿子，赐予我食物和爱，丈夫的爱，亲人的爱，朋友的爱。请保佑我的儿子健康成长，一生平安！请保佑他做我的好儿子，也做嘉陵和大熊的好干儿子，阿门！"

"你真信教了？"我有点惊讶。

"信了，只是还没正式加入，但在心里，我已经是教徒了——自从确认怀孕后，我就相信，是上帝一直在暗中保佑我，爱我，而我从前并不知道。"她双手捧着脸，目光明亮，满脸虔诚。

一个高大的身影闪进来。弗兰茨大概走得太急，满头是汗。他见了我们并不惊奇，只是笑着点点头，把手里的外套和袋子放下，跟我们匆匆握了手，就奔向床头，俯身亲吻夏一红。"感觉怎么样，宝贝？"他问。

"很好！嘉陵送来的饭菜太好吃了。"夏一红羞涩地推开他，孩子似的腼腆地笑了。

弗兰茨这才退后几步，一边掏纸巾擦额头，一边对我们笑笑说："多谢了！如果没有你们二位，我太太恐怕会饿死。"

我们都笑了。夏一红白他一眼，娇嗔道："是啊，还自作聪明，鸡汤里加酱油，白白浪费了一锅汤。你问问嘉陵，那样的鸡汤能喝吗？"她说的是一种英语和德语混合的语言。

"为什么不能喝？我就不明白，你吃面条也放酱油，黑乎乎的面汤喝得精光。为什么鸡汤里放了酱油，就不能喝了？请问这是什么逻辑？"弗兰茨站在屋中间，摊开双手，白T恤，黑牛仔，像个有耐心体育老师，困惑而委屈的目光在我们三人的脸上扫过。

"嘉陵，你跟他解释吧。这个问题我们昨天讨论过了。我跟

79

他说不清楚。"夏一红闭上眼睛直摇头。

我该怎么跟他解释呢？想了想，我说："这是饮食习惯，没有逻辑和道理可讲。就像你们德国人，吃圣诞烤鹅要配红卷心菜，吃烤猪脚要配酸白菜，已经约定俗成了。如果我让你吃圣诞烤鹅配盐水竹笋，吃猪脚配胡萝卜，你会怎样？"

弗兰茨嘴一撇，笑了："但是，如果一个人真的很饿，又没有别的东西可吃，还是会吃的吧，绝不会宁愿挨饿也不吃——我只是往汤里加了酱油，又不是加的毒药，为什么就不能吃了？你说对吧？"他用求助的目光望着大熊。

说罢他从外套口袋里掏出几张中餐馆的菜单，朝我们挥了挥："我开车转了一个下午，把城里和附近的中餐馆菜单全收来了。"他把菜单递给夏一红，"以后你想吃什么，就在上面找，打电话预订，我去取。宝贝，你丈夫再也不会让你挨饿了。"又俯下身去，爱怜地亲了亲她的头。

"城里还有这么多中餐馆？"夏一红低头看菜单，一共有五份，"我怎么只知道这一家'中国城'呢？"

"不都在城里。城里只有三家，其中一家是泰国人开的，另一家是越南人开的。我怕你嫌他们做得不正宗，不好吃，就扩大了搜索半径……"

"辛苦你了，谢谢！"夏一红感激地望着丈夫，沉吟片刻，又说，"能再辛苦你一趟吗？我想儿子了。你去叫护士，把儿子抱出来给我看看。"

弗兰茨出去了。我帮她收拾小桌板，发现她每样都剩了一半，就问："哎哟，是不好吃吗？还剩这么多。"

她一把抓住我的手："嘉陵，你做得太好吃了。真的！是我舍不得一顿都吃完。听弗兰茨说，外面过道上有小厨房，里面有冰箱和微波炉。我故意留下这些,半夜饿了好当夜宵。你不知道,昨天半夜我突然饿了,又不想吃弗兰茨买的饼干和蛋糕,难受得一夜没睡好。"

端着剩饭菜出门时,我感到心酸,想夏一红纤纤病体,又高龄产子,要是在国内,还不知道会被娘家婆家的各路亲友宝贝成什么样子呢,现在一个人在德国,还得忍饥挨饿,连我这破手艺烧出来的饭菜,都被她吃成了山珍海味,幸福得哭,还舍不得一次吃光,要留一半当夜宵。她也太可怜了。

小厨房就在夏一红的病房旁边,里面不仅有冰箱、电灶、洗碗机、微波炉等厨房常见的设备,还有一台综合饮料机,免费供应各种冷热饮料,咖啡、茶、糖包、迷你咖啡奶盒等,一应俱全,摆放得井然有序。喝饮料的玻璃杯,喝咖啡的瓷杯碟,以及大小餐盘和刀叉,干净的和用过的,都各归其位。一回病房,我就兴奋地告诉夏一红,隔壁厨房条件那么好,想喝热水不难呀。护士是不懂中国文化,才给你喝冰水。以后你不必遭罪啦。

护士不同意把孩子抱出来,但同意带我们进去看孩子。夏一红侧身想下床,我去扶她。她穿着白地小蓝点的病号服,一种从后背系带的半长棉布罩衫。刚掀开被子,还没等她双脚落地,弗兰茨已经为她披上睡袍。厚实松软的睡袍是纯白色的,让她看起来像个冰雪娃娃。她走得很慢,小心翼翼,双手微微捧着肚子。弗兰茨在一边搀扶她,我在另一边。我再次问她伤口痛不,她笑说,痛是不痛,但有点担心伤口会裂开,肚子里的肠子会跑出来。毕竟,她听说手术后没有缝针,只用胶带把伤口粘连起来。

"奇怪,为什么这么大的剖宫产手术会不痛呢?你说,是他们的麻药太好,还是操刀医生的技术高超?"她问我。

"不知道。我在德国从没生病住过医院,更没动过手术。"

窗外的天光暗下来，被淡蓝色的落地窗帘挡在外面。长长的走廊灯火通明，深蓝色的地板纤尘不染，反着光，明晃晃的，像一条海底玻璃隧道。偶尔有人在前方走过，如鱼游过。不知从哪间房里传出几声婴儿的啼哭，咿咿呀呀的，稚嫩得像浮游生物吐出的气泡，在水中扶摇几下，破了，又吐出一串，扶摇几下，又破了。夏一红冲我会心一笑，满脸是喜不自禁的浓浓母爱。

婴儿监护室在走廊的另一头。还没走到，大熊就说不进去了，抽身进了旁边的休息室。剩下我们仨默默跟在护士后面，进了一间不大的门厅。护士从柜子里拿出口罩让我们戴上，然后推开前面的门。

房间里全是玻璃暖箱，一排一排的，但大多空着。护士走到一个暖箱前，弯腰查看了箱子边上的小挂牌，示意我们就是这里。我走上前去，看见里面躺着一个通体猩红的小肉团，皮肤皱巴巴的，兜着纸尿布，身上还贴了些不同颜色的电线，电线的另一头连着箱外的什么仪器。小胳膊差不多只有大熊的手指粗，却已经举出投降的姿势，仿佛已知命途多舛，人生不易，不如趁早投降算了，小模样实在让人心疼。他双眼紧闭，像睡着了，五官模糊，看不出像爸爸还是妈妈，唯有头顶黏糊糊敷满皮垢的黑发，很明显是母亲的遗传。

这是我第一次看见初生的婴儿，很震惊。他一点也不像我在电视电影或画上看到的那样，白白胖胖很可爱。事实恰恰相反，他很丑很脏，像一只剥了皮的大老鼠。但我知道，此刻我应该赞美他，于是我故作惊喜："哇，好漂亮可爱的宝宝啊！"

夏一红当真了："是啊，他真漂亮，不是吗？"她幸福地依靠在弗兰茨怀里，目不转睛地望着孩子，双手合十放在胸前，浑身都在微微颤抖，"上帝呀，这就是我的儿子……我的儿子！你们看啊,他的小嘴还在动呢……哦,宝贝,你是不是饿了啊? 或者你想叫妈妈……"

她的声音在口罩下嗡嗡响,像蚊子被捂在下面垂死挣扎。

"儿子,爸爸妈妈来看你了,还有你的嘉陵干妈。你听得见我的声音吗?"

她还在跟孩子喋喋不休,目光深情,好像孩子能听懂似的。弗兰茨一直没说话,他眉头紧锁,眼睛大睁,直愣愣地盯着玻璃箱里的孩子,表情十分严肃,好像那不是他的儿子,而是一件等待他解决的棘手任务。

没有当过母亲的我,无法体会夏一红此刻的心情和感受。我漠然地看了孩子最后一眼,就退后了,心里竟获得了某种奇妙的轻松和平衡。

八

正如我所料，夏一红生孩子，把我卷进新的麻烦。

吃了两天中餐馆外卖，她又给我来电话了，说她没有母乳，觉得愧对孩子。她知道我忙，也不想太麻烦我，就让我只帮忙加工，别的都叫弗兰茨负责。做饭，对于只会煎鸡蛋，拌沙拉的弗兰茨，太难了。由于上次炖鸡汤的失败，她对他不再抱有希望。

猪蹄炖花生，催奶效果立竿见影。她在电话里说。多年前在国内坐月子，母亲经常炖给她喝，出奶特别多。这次母亲又在电话里敦促她，一定要多喝这个汤。为了儿子，她豁出去了，破戒不再只吃素。她让弗兰茨去买猪蹄子，附近的大超市小肉店都跑遍了，都没有。

"德国的猪也长蹄子吧，你说，这猪蹄子都去哪里了呢？"她在电话里问我。

这个我也不知道。来德国这些年，我就没见过超市里有猪蹄卖。

后来弗兰茨想出办法，上网查找屠宰场。果然，第二天他就去拎了两大包猪蹄回来，一分钱没花。他出现在我家门口，一脸苦笑。

"嘉陵，我美丽的太太想吃这些丑陋的东西，就拜托你啦！她说，吃了这个才会有奶，婴儿才能健康成长。唉，你们中国的饮食文化，我不懂。我只知道，德国妈妈不吃这个也有奶，德国的孩子们好像也都能健康成长。"

看着这个仪表堂堂的德国建筑师，为了给妻子搞到猪蹄而东奔西跑，一脸狼狈不堪的样子，我忍不住笑了。那两包猪蹄差不多有十公斤，我叫他先拎一包回去，只留下一包，我家没有大冰箱，一次也做不了那么多。他走后，望着那堆猪蹄我也发愁。虽然都已经去过毛，但不够干净。家里也没有大炖锅，最大的锅一次只能放两只猪蹄。想把猪蹄砍小些炖吧，也不可能，我既没有砍刀，也没有厚实的菜墩子，就只能一次两只地慢慢炖。

就这样，我一边抱怨夏一红烦人，太浪费我的时间，影响我完成论文修改，一边又为她认真地忙碌起来，先一根一根给猪蹄拔毛，再洗净炖上，开锅后还要先打泡沫，过一阵还得去翻动一下，以免粘锅。等猪蹄炖到八成熟时，再加入花生。直到半夜，第一锅猪蹄炖好了，而我的半天时间也没了。

我的焦虑烦躁在与日俱增，却又无法拒绝她的请求，狠不下心来对她说不。我恨自己这样的性格，却又听命于它的摆布，无力自拔，只能默默承受这种撕裂和纠结的折磨。

连日的阴霾终于结束，周日是个难得的艳阳天。午饭后，我和大熊决定去河边散步。

从我们租住的公寓出发，步行大约十五分钟，就到莱茵河了。沿河有一条长长的堤坝，一边是河水在缓慢流淌，波澜不惊，另一边是绿色的草地和草地边多彩的丛林。在宽阔平坦的草地中央，有一棵伞状的银杏树，金光灿烂，落叶在地面摊成一张黄金大饼，看去上漂亮极了。我和大熊不由得停下脚步。德国的秋色，在天气放晴的日子里，真是美得让人心醉。一碧万顷的天空下，偶尔有雁阵呱叫着南飞。远山层林尽染，近处碧波清冽，野鸥翔集，天鹅戏水。三三两两的人们在河堤上跑步、散步、遛狗或骑自行车，各得其趣，都如置身于色彩浓郁的油画中。即使消沉抑郁的人，在这样绚烂的秋色里，也会被染上一抹喜色。

我们手牵着手，走走停停，不觉来到一棵老柳树下。堤坝下的河边有一个垂钓者正在起钩，只见一道青光从水里腾空，是一条上钩的鱼在活蹦乱跳地挣扎。我灵光一闪，想到了夏一红。为了给她买活鱼，我曾专程去法兰克福找鱼市，这个，不是得来全不费功夫吗？我当即决定，要为她买下这条鱼。她三天前出院回家了。喝了那么多猪蹄花生汤，她已经有些奶水了，但还不够。这可怜的女人只有一只乳房，不大补，又能出多少奶水呢？

大熊却反对我去买那条鱼。他说人家正专心钓鱼，你不可以去打扰。

我瞪他一眼，没吱声。经验告诉我，不必多说，直接行动。我一把甩开他的手，跳下堤坝，朝垂钓者走去。

这才想起，还不知道鲫鱼的德语该怎么说，也忘了鲫鱼长什么样子。不管了，重要的是，这是一条活鱼，是全德国超市都买不到的，是夏一红非常急需的。我走近那人，站在他旁边看鱼在河边的水草里游动。他穿着齐腰的塑胶裤，蹚进水里捉了鱼，把它放进水草间的网兜里。我大方地跟他说了一句"您好"，没等他起身回答我，我又问他是什么鱼，今天天气不错，您的运气也不错啊。他把鱼安顿好了，这才回头瞥我一眼，面无表情地嘟哝了句什么。我想，也许真如大熊所说，他不希望被人打扰。又怀疑他回答了我的问题。而我，最终也没搞清楚，那到底是一条什么鱼。

然后他又甩钩了，重新坐在折叠椅上，掏出香烟抽起来，却只望着江面，并不理我，真有点不愿被打扰的意思。我厚着脸皮，继续站在他身边，问他能否把鱼卖给我。也不管他是否听懂了我的中式德语。我告诉他说，我有个朋友高龄生产，没有母乳，需要喝鲜鱼汤催奶。他显然是第一次听说这种事，这才好奇地回过头来，上上下下打量我，问我是否来自越南。

这是个六十来岁的精壮汉子，有一张饱经风霜的棕红色脸，戴着黑色鸭舌帽。在跟我不咸不淡地扯了几句闲话后，他同意把鱼卖给我，要价五欧元，说网兜里还有两条小的，也一起给我，并祝我的朋友喝了鱼汤多多产奶，把孩子喂养得壮壮的。

"德国需要孩子，叫你朋友多生几个吧。"他把鱼装进一只灌有河水的大塑料袋里，递给我，依然面无表情，冷冷地说。自始至终，他的脸上没有一丝笑意。我向他道了谢，拎着鱼就兴冲冲返回到堤坝上，却左右不见大熊的影子。我想他也许生气了，独自去前面的"老渡口"了，就决定去找他。刚走几步，见不远处的石头上坐了个人，正是他，一动不动望着河面发呆呢。

这是一个性格内向、心地单纯仁厚的男人，尊重他人，把搭讪陌生人视为无礼和打扰，所以他迷路时从不问路，宁愿看地图自己找，哪怕多走冤枉路。而我却相反，并不认为问人就是冒犯，搭讪就是打扰。即使有人不乐意，又有什么关系呢，大不了说一声"对不起"。在这一点上，我俩谁也没能说服谁，最终只能各行其是。好在民主和自由的理念已经深入他的骨髓，即使不赞成我一意孤行，他也不会强迫我服从，只是独自生气，闷闷不乐，最后叹息一声。也许，这正是我们这桩中德婚姻在一次次的文化观念冲撞中，摇而不坠的原因之一。

我快步来到他面前，得意地给他看我的收获。塑料袋里有三条鱼，大的一条约一尺长，两条小的约半尺长，都瞪着惊慌的圆眼睛望着我们，嘴巴一张一合，不知是在呼吸，还是在求我们饶命。

"走，马上给夏一红送去。中国人讲'鸡吃叫，鱼吃跳'，活鱼的味道最鲜美了，催奶效果也最好。"

他岿然不动，阴沉着脸，看都不看我一眼。

我们原计划散步到前面的"老渡口"喝咖啡。那是他最爱的咖啡馆，是由一百多年前的渡口船屋改建的，靠河的一面是落地玻璃，外面还有宽敞的露台，一年四季都可以欣赏莱茵河风光，冬天室内还会烧壁炉取暖。大熊最爱他家的奶酪蛋糕。今天一出门，他就啧啧地咂巴着嘴，垂涎欲滴地充满期待。现在我突然要取消计划，他不干了，愤愤地抗议："怎么又变卦了！我最讨厌说好的事情不执行，言而无信，变来变去！"他怒目圆睁，瞪着我。我自知理亏，只好跟他赔笑脸："情况变了，计划当然得跟着变。中国有句俗语：计划不如变化。说的就是这个理。"

"不，今天是周日，我是一定要去喝咖啡的。"他站起身来，不由分说地朝前走了。

"犟牛！"我也急了，在心里骂道，一边小跑着跟在他身后，一边迅速想对策。这个人的生活就像钟摆，周末下午的咖啡和蛋糕，历来是雷打不动的。以前他说，那是对辛苦工作一周的犒劳。现在失业在家，不工作了，这犒劳已成习惯，还得继续。我知道不可能说服他放弃，就想出一个折中方式，建议把地点改在夏一红家。我说，我这就跟夏一红打电话，让她煮咖啡，我们去"老渡口"买上你喜欢吃的蛋糕，带过去，不就两全其美了吗？夏一红太可怜了，只有一个乳房，出的奶根本不够孩子吃。中国女人生了孩子都是要喝活鱼汤的，帮助产奶。可在这奇葩德国，任人跑断腿也买不到活鱼。现在好不容易机会来了，我们当然应该帮帮夏一红。

沉甸甸的鱼袋子被我抱在怀里，水和鱼都在袋子里晃荡。我已经跑得气喘吁吁,整个人也跟着摇晃起来。他心软了,停下脚步瞅着我,讥笑着问:"她喝了那么多猪蹄汤,奶水都不够。现在你确信,再喝下你这三条鱼熬的汤,奶水就够了?"

"试试吧!我只是想尽点心意。"我讪笑道。我没生过孩子,不知道鲫鱼汤是否真能催奶。更何况,这三条鱼到底是什么品种,我还没弄清楚。

电话里,夏一红听说我为她搞到三条莱茵河里的野生活鱼,兴奋得尖叫起来:"哇,亲爱的嘉陵,你太好了!爱你爱你!"我说:"你先别爱我,先把咖啡煮上吧。现在为了给你送鱼,我把去喝咖啡的计划取消了,有人正跟我闹情绪呢。"说着我瞟了一眼身边的大熊。他正双手高高拎起袋子,跟三条鱼大眼瞪小眼呢。电话里的夏一红欢呼起来:"太巧了!你们赶快过来,不要去买蛋糕。我昨天刚好烤了你家大熊最爱吃的奶酪蛋糕。"

夏一红烤的奶酪蛋糕,是深得大熊喜爱的。他妥协了,无可奈何地长叹一声,朝"老渡口"方向深深地望了一眼,就乖乖地跟我打道回府。我们屋都没进,只拿了车钥匙,就开车直奔夏一红家。

是弗兰茨开的门,夏一红抱着孩子跟在后面,脸圆了些,小眼睛都笑得快没了。

"嗨,天赐你看,是嘉陵干妈来了,专门给我们送活鱼来。吃了活鱼,妈妈就有奶水喂饱你的小肚肚了。说谢谢干妈,谢谢干妈!"她托起孩子的一只小手,向我摇晃,嘴里叨叨个不停,好像孩子真能听懂似的。

装鱼的塑料袋像一只透明的软体水桶,我双手举起给孩子看:"来,看看,这是什么?"夏一红也把怀里的孩子往前送。孩子的眼睛大睁着,只是茫然地望着空气,根本不朝鱼袋子转一下。

才两周不见，孩子已经大变样了。医院保温箱里那个红兮兮皱巴巴的剥皮大老鼠，已经被乳汁一点一滴地充盈起来，慢慢变得白胖了。弗兰茨接过我手里的鱼袋，我想摸摸孩子的小脸，又不敢，害怕那娇嫩的小脸会被我粗糙的手指碰破。

"来，给你抱抱，沾沾孕气，说不定你今晚回家就怀上了。"夏一红朝我扮鬼脸，把孩子送进我怀里。

孩子被包裹在天蓝印花的小绒毯里，沉甸甸的，柔若无骨。我小心翼翼抱在怀里，很紧张，感觉就像刚才抱着装了鱼和水的塑料袋子，担心一不小心，袋子破了，鱼和水会洒落一地。孩子的眼睛也像水里的鱼眼睛，圆而亮，惊惶不安地望着我。是在恨我吗？因为我曾经嫌他丑，像剥皮老鼠？我有点心虚地盯着他看，他却突然笑了，娇嫩的小红嘴像玫瑰花蕾在春风里绽放。我的心陡然变得柔软，仿佛怀里抱的不是孩子，是天使。

他好像有点喜欢我呢！

"哇，快看，天赐笑了！天赐对干妈笑了！"孩子的一颦一笑都没逃过母亲的目光。夏一红激动得叫嚷起来。

"天池……天赐？取名了？"

"是啊，他是上天的恩赐，所以我就叫他'天赐'。"

我想起楼上卧室的玻璃屋顶，想象他俩在夜空下做爱的情景。天做被，地当床，是苍天被他们的爱情感动了吗，才赐予他们这个孩子？

"中文名叫'天赐'，德文名叫什么？"我们说着进了客厅。

"德文名？你先猜。我保证你猜不出。"夏一红冲我笑了笑，把地上的篮子提起来，放在沙发上，从我怀里接过孩子。

这么小的婴儿，才抱这么一会儿，居然已让我胳膊酸软。我甩着胳膊反问她："怎么会？取中文名有大自由，可以随心所欲，漫无边际，不好猜；取德文名只有小自由，就在一堆现成的名字里挑，还不容易猜？男孩嘛，不是托马斯、汉斯，就是罗伯特、彼特……未必你还能发明新名字？"

"不是我发明新名字，但你真的很难猜到。"她把孩子抱在怀里摇晃着，然后轻轻放进篮子里，笑道，"弗兰茨（Franz），跟我老公同名，你猜不到吧？"

"啊，跟你老公同名？"我确实感到很意外，"父子同姓，天经地义。同名不会乱套吗？等他大些，你喊一声，弗兰茨，他俩怎么知道，你到底喊谁？"

"是呀，我也觉得很奇怪。但这是我婆婆的主意，我也不好说什么，只要老人高兴就好。无所谓啦，反正我只喊他的中文名，天赐天赐，我的宝贝。"

当时我还不知道，父子同名，在德国其实很正常。那以后的某一天，我在网上读到一篇文章，是介绍德国家族企业"博世"（Bosch）的，才恍然大悟。"博世"的创建人罗伯特·博世，第一个儿子跟他同名，也叫罗伯特·博世。妻子去世后，他再婚又生一个儿子，还叫罗伯特·博世。原来，父子同名，在德国早已有之，它寄托着家族生生不息的美好愿望。我想，夏一红的婆婆让孙子也叫儿子的名字，大约也是这个愿望，毕竟她只有一个儿子。

玻璃屋里的餐桌上已摆好蛋糕和咖啡杯。两个男人站在旁边的棕榈树下说话，看外面花园的风景。夏一红问我喝什么，咖啡还是茶？我说，白开水吧，最近睡眠不好，下午不敢喝别的。

我们终于围坐在一起，享受美好的下午茶时光。玻璃屋外秋阳渐斜，秋风渐起，落叶在草坪上打着转。而玻璃屋内的我们，则被温暖的春意和咖啡蛋糕的香气包围。我问大熊，怎么样，这里不比"老渡口"更好吗？他挑起眉头瞥我一眼，微微一笑，没理我。

中国人对咖啡和蛋糕的热情,远远比不上德国人。我和夏一红都没喝咖啡,只吃了一小块蛋糕,就离开玻璃屋,到了厨房。我想尽快把鱼弄出来,夏一红拿出围裙,一边往自己身上系,一边伸长脖子,看洗菜池的鱼,准备动手。

"你还在月子里,怎么能沾冷水?"我夺过围裙,让她一边歇着去。

"哪有这么讲究!我回家就下厨做饭了。"她乖乖地站着不动,眼睛还惊喜地盯着鱼,"哇,第一次在德国看见活鱼。这是鲫鱼吗?这么大。"

"德国人也普遍比中国人高大,德国的鲫鱼,当然也比中国的鲫鱼大。"

见她"哦"了一声,点头信了,我忍不住笑了:"管他是不是鲫鱼呢,重要的是,它们是莱茵河里的野生活鱼,这很难得,是不是?"

"是是是!嘉陵你真好!野生活鱼,太难得了!"她又感激涕零地望着我,双手捧着脸,像要哭了。

"你去坐下休息吧。哪有坐月子还自己做饭的?趁我在,还不抓紧时间,享受一下月子待遇。"

我系上围裙,撸起袖管,把袋子里的水慢慢放掉,开始杀鱼。左手用力按住鱼头,右手一刀捅进鱼下巴,往下一拉,就开膛了,再抠去内脏,刮鳞,去鳃,一整套动作如行云流水。这是我早年练就的功夫。那时我家在长江边,在船上工作的父亲休假期间总喜欢去河里打鱼,长长的竹竿上挂着渔网,扛在肩头,晚饭后出发,第二天清晨才回家,一篓的鱼虾都归我收拾。那是我年少时最讨厌的家务活。早晨的睡眠那么香甜,我却被大人叫起来,去处理那些湿漉漉滑溜溜的家伙。如今父亲已去世多年,远去的时光，陈年的旧事，回忆起来竟全是温馨的。

夏一红不愿闲着，拿出姜葱为我备料。我让她别动，去躺下休息，她也不听。坐月子是中国女人产后的特权，可以理直气壮地好吃懒做一个月，躺在床上饭来张口，衣来伸手，由着家人好吃好喝好伺候。可夏一红远嫁德国，嫁的又是德国丈夫，身边没有一个亲人，这些福利统统自动取消。

等我用小火把鱼炖上，我俩又一起回到客厅。摇篮里的孩子已经睡去，在浓浓的奶香中不知做着什么梦，小嘴还不时嚅动一下。我们守在摇篮边看孩子，夏一红幸福地嗔怨道："小坏蛋，现在睡得乖，一到半夜就开始闹。出院后我就没睡个好觉。幸好弗兰茨休假，跟我轮换着看孩子，不然我可撑不了几天。唉，有孩子真是 —— 又辛苦又快乐啊。"

"他还回去看他妈妈？"我望了一眼玻璃屋里的弗兰茨。他和大熊还坐在咖啡桌旁，不知道在谈论什么。

"回啊，昨晚才回去，今天上午又回来了。不然今天怎么有蛋糕吃呢？现在我婆婆很喜欢吃我烤的蛋糕，还夸我能干呢。"

"你现在还在月子里，就给她烤蛋糕？"我很吃惊。

"没关系的，慢慢做，也不累。"她淡淡地说。

"可你还在坐月子啊！从前听老人说，如果月子没坐好，会落下病根，一辈子都医不好。"我是真的心疼她了，"这样吧，如果下周末弗兰茨再回母亲家，我来陪你。你自己还在坐月子，又要做饭，又要带孩子，那怎么行啊！"

"真的？太好了。"她喜出望外，一把抓住我的手，当即就带我去看房间。

"你看，这间房我已经收拾出来，准备等二红来了给她住。如果你过来，晚上可以睡这里。弗兰茨回他妈妈家，一般会住一晚上,第二天回来。当然,如果你愿意,也可以上楼跟我睡,随便你。上面的床大,你知道。只是,你过来陪我,大熊舍得吗?他就一个人在家守空床了。"她一脸坏笑。

我瞪她一眼:"我们是老夫老妻了,哪像你们两口子,天天秀恩爱!"

"什么呀,我们也是老夫老妻了。"她用胳膊肘轻轻撞我一下,眼里掠过一丝娇羞。

客房就在客厅旁边,斜对着厨房,里面很小。我上次来时,这里还是她的缝纫室,窗前的桌上摆了一部台式缝纫机,旁边靠墙的单人床上,堆了些布料。现在清爽了,缝纫机不见了,布料也没了。她说,因为孩子夜里哭闹,有时她会下来睡,让弗兰茨在楼上弄孩子。

九

那是一个令人难忘的周末。早晨,大熊还在呼呼大睡,我就悄悄起床了,吃了一碗牛奶燕麦片,出门直奔城里的集市。

集市在老城中心教堂前的广场上,附近的农民每到周六,都会早早地带上自家的农副产品来这里出售。卖肉类和奶制品等熟食的,就在自家的专车上,将车身一侧的车厢板撑起来,车子就变成了小店铺。其他的,比如卖蔬菜和鲜花的,则搭个货摊或把货物直接摆在地上。跟中国不同,这里集市上的产品比超市的贵。大熊说,因为这里的产品有更多的人工投入,而超市的都是流水线,劳动力成本低。谢天谢地,像我这种斤斤计较价格的穷人并不太多,集市才得以天长日久地持续下来,生意算不上兴旺,也算不上冷清,顾客大都是固定的,主要是住在城里的居民,尤其是老人和环保人士。他们宁愿多花钱,也要守护这上百年的传统集市,守护这传统的生活方式,支持当地的小农经济。

虽然集市的产品价格较贵,但这里有着超市无法替代的优势,除了菜品更新鲜,逛集市还有点社交意味。很多摊主都待人亲和,喜欢跟顾客聊上几句。多年下来,买卖双方成了熟人,集市也成了人情淡薄的德国社会里一处轻松愉快的社交地。一些孤独的老人每个周六必来赶集,就是为了在买菜的同时,也能碰到几个熟人,可以聊聊天,冲淡寂寞。我只是偶尔来集市,主要为了买蜂蜜。这里的蜂蜜也比超市的贵,但贵有所值,因为你知道它们来自德国的哪个地区、什么花卉。如果你愿意,你还可以跟养蜂人约定,去现场参观。而超市的很多蜂蜜,只笼统地标明来自欧盟区或非欧盟区,来历不明,质量可疑。

这里的禽蛋产品也有特色,不仅卖一般的鸡肉和鸡蛋,还卖完成了产蛋任务的老母鸡,量不多,每周只有三两只,都是新鲜宰杀的。想着夏一红生了孩子需要营养,我决定送她一只集市上卖的老母鸡。那家鸡场我去看过,知道鸡们吃的什么,住得怎样。它们有可以散步的草地。这样在小农庄里养出的鸡,比大鸡场那些终年挤在格笼里、不见天光的鸡,售价几乎贵了一倍,但味道更鲜美,我相信也更有营养。

那几天我的论文修改进展顺利,心情也轻松了很多。我特意穿上夏一红为我量身定做的棕红色亚麻连衣裙,外罩藕色呢大衣,配上新买的咖啡色皮靴,拎着我买菜的柳条篮,出发了。想着晚上要在她家过夜,跟她一起躺在可以升降的大床上,仰望星空,在星光下入梦,我就兴奋得像小时候要外出春游。

老母鸡是我打过电话预订的。老板还按我的要求,没有砍去鸡头和鸡爪,内脏清洗干净后又塞回腹腔。这样体形完整的鸡,是德国超市里见不到的。超市的鸡都被砍去头脚,只卖鸡身。想着夏一红喜欢吃素,买到鸡后,我又去逛了蔬菜摊,买了新鲜的绿卷心菜。在经过一个卖香料的小摊时,我发现有欧芹和迷迭香,便想起那首风靡全球也令我心醉的英文歌《斯卡布罗集市》。在盈盈一握的小花盆里,它们娇嫩的绿叶是秋天里的一捧春天,仿佛在对我微笑。我蹲下身来凑近了些,一股异香扑鼻而来。于是我毫不犹豫各买了一盆。夏一红送了我亚麻裙子,我不仅要送她老母鸡,还要送她欧芹和迷迭香。

那美妙的旋律就这样从心底升起，伴我步履轻快地走向集市后面的火车站。高跟鞋在古老的碎石地面叩击出清脆的咚咚声，为我心里的旋律打着节拍。秋深了，万木萧条，寒意渐浓，我却陶醉在歌里的春意里，陶醉在甜美的惆怅中。

　　你要去斯卡布罗集市吗？
　　欧芹，鼠尾草，迷迭香和百里香，
　　记着代我向住在那里的姑娘问好，
　　她曾经是我的真爱。

　　叫她为我做一件亚麻衣衫，
　　欧芹，鼠尾草，迷迭香和百里香……

我轻轻哼唱着，先唱英文，后又试着唱中文。但不知何故，唱中文时，我感觉很别扭，简直没法唱下去，好像洋妞穿上绣花小鞋，迈不开脚步，于是我又换回英文。这是为数不多的一首能让我百唱不厌、百听不烦的英文歌，此时哼唱，特别应景。

　　不出所料，懂那么多野菜的夏一红，并不认识我带来的小绿植。待我哼出旋律，她才大喜，说这也是她最爱的歌曲，一转身就去了客厅。很快，客厅飘出轻柔凄美的吉他曲，和着动人的男声和唱，是 Simon & Garfunkel 的版本。我在厨房动手炖鸡，洗菜，切鸡杂，忍不住也跟着哼唱，唱着唱着还来了灵感，脱口唱出我自己的版本，并不时晃动身上的裙子，像在表演。

　　今天我去了周末集市，
　　欧芹，迷迭香和老母鸡。

想着我亲爱的闺蜜一红，
要为她炖一锅好喝的鸡汤。

她送我漂亮的亚麻裙子，
我穿在身上好美丽。
她的儿子也是我的儿子，
要为她炖一锅好喝的鸡汤……

　　夏一红看着我，笑得眼睛都没了。一首经典的世界名曲，就这样被两个中国女人演绎成快乐的"鸡汤之歌"。

　　午饭后我们上楼休息。孩子吃饱喝足后，就静静地躺在大床边的婴儿床里。婴儿床上的横杆挂满五颜六色的小玩具。他睁大眼睛，十分好奇地盯着它们，也不知道在想什么。小家伙现在特别能吃，夏一红那只可怜的小乳房，在蹄花汤和鱼汤的轮番灌注下，终于不负众望，膨胀得像一只皮球，奶量大增，却仍不能满足孩子贪婪的小嘴。夏一红还得在喂奶的间歇，冲些奶粉喂他。

　　顶篷拉着，房间里光线柔和。我们躺在床上午休，轻声说话。楼下的厨房里咕噜咕噜地炖着鸡汤，慢慢地，鸡汤的香味飘满整幢房子，让人止不住垂涎欲滴。终于，时候到了，我让她躺着别动，我要为她弥补坐月子该享的福利，就像她第一次生孩子那样，好吃好喝由我送到床头。她也不客气，哧哧笑着，乖乖地听我摆布。我下楼盛了一碗鸡汤，掐了小片欧芹叶和迷迭香，插在白瓷的汤碗边，为黄灿灿的鸡汤点缀些绿意，再放进托盘里，小心翼翼端上楼，还学着古装戏里的丫鬟，拖起长长的戏腔道："太太，鸡汤好了，请慢用。"

　　她直起身来，眼珠子一瞪："怎么就一碗？你也要喝，我们有福同享！"我妥协了，实在是鸡汤的香味太诱人，便向她行万福礼道谢："遵命！太太有令，小女子不敢不从。谢过太太！"就喜滋滋下楼又盛了一碗，两个人就在卧室一口一口喝起鸡汤，喝得红光满面。我还跟她分享了鸡翅和鸡爪。这鸡爪在德国是稀罕货，超市里影子都看不见。她拈起鸡爪看了看，跟我手里的鸡爪碰一下，笑道："来，碰个爪爪，以后上天可以比翼飞，下地可以齐步跑。"

她斜靠在床头，把顶篷遥控开了一半，翘起兰花指，望着蓝天上悠悠的白云，轻叹一声："唉，这良辰美景奈何天，赏心乐事谁家院？你我这如花美眷，如今却落得幽闺自怜，都把故乡来抛远，任他艳阳好景天，万紫千红都开遍，却在这异国他乡，付了似水流年！"

我没想到，她开口就是大段古诗文。原来她父亲是中学语文老师，酷爱古诗文。小时候她还在襁褓里，父亲就教她背诵唐诗宋词。父亲年轻时被打成右派，发配下乡。为了更好地改造自己，他娶了当地农民的女儿。生下的两个女儿，他为她们取名"一红""二红"，以此表达忠心。但他骨子里对中国古典诗文的热爱丝毫未减，每天下地累得半死，回家后仍要教女儿读书背诗。到七十年代中期，父亲平反，恢复工作，一家人才从农村返回重庆城。难怪她身上既有清丽脱俗的气质，也有朴拙纯真的品质。她血管里流淌的，是知识分子和农民的血液。

跟她相比，我则来自彻底的草根家庭。我父亲是农民，在乡下躲壮丁才逃到重庆，在朝天门码头当苦力，新中国成立后上船当了水手，上了几天扫盲班，只学会写自己的名字。我母亲也来自乡下，父母双亡后，就到重庆城里帮佣。新中国成立后，她进入纺织厂当织布工，也大字不识。我能有幸考上大学，改变命运，除了自己争强好胜的性格，还得感谢遇上了好时代。从小学起，我几乎年年被评为"三好学生",也因此成为父母的骄傲。按父亲的话说,要换在从前,考上大学相当于中状元。吴家祖祖辈辈务农,能出我这么一个大学生,真是光宗耀祖了。

现在,从前的一切都被抛弃在远方,我和夏一红殊途同归,在这陌生的德国开始了人生的后半场。夏一红气质不俗,穿什么衣服都好看。我羡慕她又嫉妒她,同时还很喜欢她。她真诚大方,主动给我做了裙子,手工费、布料钱都不收。她有好吃的也会想到我,宁愿多转一趟车,也要给我送来……我的内心时常纠结。难道这就是人性吗,明亮温暖与阴暗寒凉共存?

空气中的鸡汤香味渐渐淡了,掺进了一股隐隐的臭味。夏一红小眼睛一转,鼻翼翕动:"哎呀,小少爷出恭了!"

那是我唯一不愿意帮她的事。一个出生不足月的婴儿,就喝点奶水,大便竟然那么臭。但我说好今天是来侍候她的,让她好好享受坐月子的福利。于是我勇敢地屏住呼吸,走向孩子。我把孩子抱到卫生间的小桌上,刚撕开他身上的尿不湿,就被臭气熏得差点呕吐。她跟过来,一把抓住孩子的两只脚,像拎小鸡,把孩子的下半身悬空拎起,另一只手熟练地把尿布撕扯下来,包裹成团,扔进垃圾桶,再顺势扯来湿纸巾擦拭,全套动作一气呵成。孩子咿咿呀呀地哭着,擦干净的小屁股白嫩嫩的,她把脸贴上去,左边亲一下,右边咬一口,说:"好香啊我的小臭臭!嘉陵,你不觉得这肉嘟嘟的小屁股就像刚出笼的大馒头吗?热乎乎香喷喷的,真恨不得咬一口!"

我"咦"了一声,皱起眉头,退后一步。"像刚出笼的大馒头?你什么联想!这明明是刚拉完粑粑的臭屁股……"

"不臭不臭,一点也不臭!就是臭屁屁,也是妈妈的香馍馍,是不是啊,我的心肝,我的宝贝!"她还在陶醉着,用湿纸巾擦干净孩子的屁股,不断用嘴去亲吻,然后再为孩子换上新的尿不湿,根本无视我的感受。

目睹了这一幕,我才意识到,这母爱真是可怕,能把臭的说成香的,丑的说成美的,丧失了正确的判断力。不过我怀疑这是个案,她毕竟不是普通的母亲,而是个遭遇了丧夫和失子之痛、承受过肉体和情感双重打击的受伤的母亲。

她那只孤单的小乳房现在变得十分丰满,仿佛兼并了另一只,合二为一后,正继续成长。它充满魔力,哭闹着的孩子小嘴一旦触碰它,就会立即安静下来,一边贪婪幸福地吮吸,一边用小手拍打它,好像它也是可爱的玩具。她坐在床上给孩子喂奶,低着头,目光深情地凝视着婴儿。秋阳从屋顶斜照进来,像一束巨大的顶光打到舞台上,把她和孩子都笼罩在暖洋洋的金光里。香腻的母乳味飘进我的鼻腔,熟悉又陌生,唤醒了我骨子里深藏的幸福感,恍若回到生命之初,那个被母亲的胸怀和乳香拥抱的世界。

我站在旁边看她给孩子哺乳,想起她曾经说过,弗兰茨最初动心的,是她放在网上的一张她和儿子的照片。他说,照片上的她像圣母玛利亚。我没见过那张照片,但此时的她,在金光笼罩下为婴儿哺乳的样子,真的会让人联想到圣母玛利亚。也许,每一个为婴儿哺乳的母亲,身上都有圣母的光辉。

而接下来的一幕,更让人震撼。

"一红,你看上去好美!真的很像……"我看得呆了,有感而发。

"真的吗?"她抬头朝我嫣然一笑,若有所思,突然就掀起另一边衣襟,露出那空空的半壁平胸,"这……也美吗?"

这是我第二次直视它,心头一颤。我怨恨着她:"一红你太残酷了!为什么在你最美的时候,要想起它,展示它,让它破坏你的美？难道你就不能忘了它吗？把它严严实实地藏起来吧，彻底忘掉！"

"彻底忘掉？怎么可能。"她冷冷一笑，低头打量自己的残胸，就像那是她的另一个孩子。

那里的皮肤松弛，惨白，贴在一道道肋骨上，犹如被风吹过的一片沙丘。她爱怜地伸手去抚摸，手指在皮肤上轻轻滑过，像滑过一台年久失修的旧钢琴。"我就喜欢时不时地看看它，摸摸它。这里曾经喂养过一个生命，又曾经有死亡经过，而我依然活着！我多么不幸，又多么幸运！"她说。

然后她抬起头来看着我，目光平静，像已看穿生死。突然她身体轻轻一侧，把怀里的孩子缓缓放下，掀开被子，身体微微一挺，褪下睡裤，把腹部也裸露给我看："还有这个，你也觉得美吗？"

我的眼睛直了，她的下腹部有个十字架！哦，不，那是一横一竖的两条伤痕：竖着的像一条风干的蜈蚣虫，只可见隐略的残肢；横着的像一条粉红色蚯蚓，在雨后的水泥路面伸直了躯体。

"这竖着的一刀，是生老大留下的。那时兴竖切，还用线缝，两边的针脚密密麻麻的，早些年看挺吓人的，就像肚子上爬了一条肥胖巨大的蜈蚣虫。可能是缝合的技术不好，中间长出的一溜新肉硬邦邦的，摸着还硌手。不过现在好了，快二十年了，终于软了，淡了，快消失了。没想到旧伤刚好，又挨一刀添新伤。不过现在的科技发达了，横切，也不再缝针，只用什么胶布一粘就好了。你看还不到一个月，伤口已经长拢了。"

我已经惊得目瞪口呆，仿佛看见无影灯下刀光闪烁，寒气飕飕，她躺在那里，像祭坛上的羔羊任人宰割。"滋溜"一声，先竖着一刀；又"刺溜"一声，再横着一刀。洁白的肚皮盛开出一朵巨大的红玫瑰，花蕊暗红的幽深处，"咕咚"一声，滚落出一个小生命；又"咕咚"一声，再滚落出一个小生命……

"你怎么啦？脸都白了。是我吓着你了吗？"她问。

我一个激灵，眨了眨眼睛，从幻景中回来。

"你有没有觉得，现在我这肚子上，像挂了一个十字架？或者说，一个十字架被刻进了我的肚皮？"

"啊？是的……像……十字架。"我感到眩晕，无力。

"从我这个角度看，更像。"她依然很平静，低着头，用手指在肚皮上一横一竖地比画着，像在观赏艺术品，"这样看，横着的一条，靠上；竖着的一条，下半截长些，真的很像挂在教堂墙上的十字架……"

"一红！"我打断了她。这么津津有味地把玩观赏自己的伤痛，她是脑子有病吗？

她却对我淡淡一笑，继续自言自语："古往今来，世界上的基督徒，有谁比我更虔诚呢？他们信上帝，不过是把十字架挂在墙头，或者戴在脖子上，再勇敢些，文在身上。上帝为了拯救人类，替我们赎罪，让自己的亲儿子耶稣钉在十字架上。我这又是为了什么？命运把十字架刻进我的身体，让我终生扛着。是要我也殉道吗？可我又殉的是什么道呢？"

我觉得口干舌燥，端起桌上的水杯，猛喝了几口。再回头时，见她盘腿坐在床上，双眼微闭，双手合十放在胸前，像在祈祷。她的身体半裸着，端坐在一堆白地碎花的被褥中间，看上去像观音坐莲，又像是波提切利画中贝壳里诞生的维纳斯。秋阳的光辉打在她身上，像天堂的圣光笼罩着她。

这画面像电流一样击中了我。这具残缺的身躯如此娇弱又如此强大，如此世俗又如此神圣。它以撕裂和破碎自己，来成就新的生命。人类就是在这样的欢乐和痛苦中，美与丑中，爱与恨中，生与死中，温柔与残忍中，得以生生不息，代代相传吗？这是女人的宿命，也是人类的过去、现在和未来……一种悲壮的感情在我胸中激荡，将我对她的羡慕和嫉妒、喜欢和怜悯，统统归零，好像她并非我类，而是上帝派到人间的使者，只为完成某个我暂时猜测不透的使命。

孩子哭了，稚嫩的声音打破了房间的宁静。她合上衣衫，侧身把孩子抱起来，低下头去亲吻他，嘴里还在嘀咕着："真不敢相信，我居然又有儿子啦！天赐我的心肝宝贝，上帝该有多么爱我，才会把你恩赐给我。"

晚上我们躺在床上，把顶篷拉开，让整个房间裸露在夜空下。遗憾的是，那晚没有星星，也没有月亮。夜空像一面乌黑的大旗在我们头顶飘扬。不知什么时候，竟然开始下雨了，细密的雨点在玻璃屋顶上胡乱跳动，像天空洒落的大珠小珠，落到这屋顶的玉盘上。这声音让人不安，仿佛屋顶随时会被击穿。我们又把顶篷拉上。

后来孩子哭了，还噢噢打嗝。我翻身起床，把孩子从小床里抱起来，在房间里走来走去，轻轻拍打着，抖动着，诓哄着。不知是我的抱法不对，还是别的原因，没过多久，孩子竟然呕吐了，我的睡衣胸前全糊湿了。我只得把孩子还给她，手忙脚乱先清理自己，换上她的干净睡衣，然后又帮她收拾孩子，擦洗，换衣服。腻人的奶腥味熏得我反胃，想吐。她却屁事没有，抱着孩子继续走来走去，嘴里还哼着《摇篮曲》。可孩子一点也不领情，继续扯着嗓子大哭，听得我心烦意乱，苦不堪言。她看出来了，建议我到楼下的客房去睡，不然两个人都休息不好。我如释重负，逃亡似的来到楼下的客房。

房子的隔音还不错，两道门一关，楼上孩子的啼哭声，传到楼下的客房就只依稀可闻。下面的空气也好多了，没有了令人作呕的奶腥味。我把窗户开了一道缝，让外面湿润的新鲜空气飘进来，就上床钻进被窝，闭上眼睛。可我没能迅速入眠。想着她还在月子里，这大半夜也不能睡觉，还得爬起来哄孩子，不知还要折腾多久，便又开始同情她了，同时也为自己没有孩子而庆幸。真没想到，养孩子会这么辛苦！生产时肚子上挨那一刀仅仅是开始，随之而来的，还有这一番好折磨，没完没了，恐怕一辈子都别想再轻松。

不知过了多久，我坠入了迷迷糊糊的梦乡。又不知过了多久，有奇怪的声音把我从梦中惊醒。我睁开眼睛，竖起耳朵，孩子的哭声彻底没了。夜色深沉，我像躺在寂静的湖底，可那沉闷的声音一下又一下地响起，像从窗外传来，又像从地下升起。我默默地听了一阵，感觉那声音真实有力，不像是幻听，便轻手轻脚下了床，掀开窗帘朝外张望。雨停了，夜色中的花园真的像湖底的世界一样沉静，只是没有游鱼，所有的水草都静止不动。

可那奇怪的声音还没停止。我百思不得其解，也没开灯，就悄悄推开房门，来到过道。这时我听出声音是从地下室传出，带着节奏。我摸到楼梯口，望了一眼楼上。墙头的小夜灯像一只困乏的眼睛，微弱的光晕映衬出楼上的黑暗和悄无声息。该去叫醒夏一红吗？不，孩子好不容易才安静下来，当然不能去打扰她。我抓着楼梯扶手，朝下张望，犹豫了片刻，决定下去一探究竟。

还没下完楼梯，就看见健身房门透出光亮。声音正是从那里传出。这深更半夜的，难道是弗兰茨在健身？不可能！他已经回母亲家了。我觉得蹊跷，蹑手蹑脚下完最后几步楼梯，赤脚一踏在瓷砖地面，一股刺骨的寒意迅速从脚底传遍全身，让我不禁打了个寒战，整个人也更清醒了。我踮起脚尖走过去，伸长脖子，从健身房门上的玻璃小窗往里一望，果然是弗兰茨！他赤裸着上身，两只戴着面包手套的黑拳头，正朝那红色拳击柱左右开弓。每砸出一拳，那柱子就发出一声闷响，像被砸得痛了。我不敢呼吸，也不敢多看，赶紧掉头，猫一样溜回楼上的房间。

这下我彻底失眠了，黑暗中睁大眼睛。弗兰茨为什么半夜突然回来了？这都快凌晨两点了，他回来了为什么不去睡觉，还要去健身？

第二天早晨，一阵孩子的啼哭声把我惊醒。天已大亮，小闹钟显示八点过了。我头痛欲裂，眼睛发涩，浑身无力。真想再睡一会儿，可我知道该起床了。

夏一红正在厨房忙碌，一手抱着孩子，一手冲奶粉。我揉了揉眼睛，走过去跟她道了早安，就接过她手中的开水壶说，让我来吧。我决定不提昨晚的事，佯装不知。这是她家的秘密，她也许不希望被我知道。没想到，她竟然主动跟我说了。她抱着孩子在我身边来回走动，轻声诓哄孩子，突然伸过来一张诡异的笑脸。"我跟你说呀，弗兰茨半夜回来了，好像跟他妈妈吵架了。"那表情还有点幸灾乐祸。

"啊？"我故作惊讶，"怎么可能？他那么好的脾气，怎么可能跟妈妈吵架？"

"唉，脾气太好也不一定是好事！如果有事总憋在心头，时间长了会憋出病的。"

"不会这么严重吧？"水开了，我把开水倒进她放了奶粉的奶瓶里，扭紧盖子，用毛巾包着轻轻摇晃，问她，"他为什么跟他妈妈吵架？"

她摇了摇头，转过身去。"谁知道！他没说，我也没问。"

"那你凭什么说他跟他妈妈吵架了？"

"因为不正常啊，他从来没有半夜又跑回来过。"

孩子又哭了,她摇晃着他,轻叹一声,过去把门轻轻关严,又回身坐下,撩开衣衫,把乳头塞进孩子嘴里。孩子这才安静下来。

"唉,他妈妈也可怜,一辈子守寡,就靠他。所以我总是支持他回去。即使上次摔了一跤,差点把儿子摔没了,我也没有责怪过谁,只是怨自己走路不小心。可是……"

她突然不说话了,好像有什么难言之隐。我没吭声,继续用力摇晃奶瓶,眼睛还盯着她的脸,期待她能往下说。

"嘉陵你知道吗,那天晚上,弗兰茨赶到医院时,泪流满面。一个大男人,竟然当着医生和护士的面,'扑通'一声跪在我床头,泣不成声,一个劲地跟我说:'对不起,亲爱的,对不起……'还用头撞床。床是铁床,被他撞得'砰砰'响,把医生和护士都吓坏了。当时我的心都碎了。可怜的弗兰茨,他真的太不容易了,一头是固执的老母亲,一头是我和孩子。两头都需要他照顾。他就只好来回奔波,两头跑,还要上班……他真是太不容易了!"

"那就把老太太接过来吧,问题不就解决了?你们家房子也够大的,就让她住楼下这间客房,也不用爬楼梯,多方便。"

孩子又哭了。也许母亲的乳房已吸不出乳汁,他感觉被骗了,就吐掉乳头,仰天大哭。我赶紧把奶瓶递给她,她先把奶瓶贴在脸上,试试瓶温,再把奶嘴塞进孩子口里,孩子这才又安静了。她低头看着孩子,沉吟了片刻,说:"还用你说!我早就这么建议了,弗兰茨也同意。可我婆婆不愿意啊,说她死也要死在那幢老房子里。我就不明白,那房子就在墓地旁,又老又破,有什么值得留恋的?"

"那你们就干脆搬回去吧,将就老人。"

"可弗兰茨又不愿意了。再说我也不愿意。谁愿意住墓园边与鬼为邻?"

107

十

夏一红的难题,在那年年底得到解决:他们一家三口终究还是搬去婆婆家了。

消息是她在跨年夜里打电话告诉我的。

电话里,她先祝我新年快乐,然后就说她在婆婆家呢。婆婆圣诞节前摔了一跤,需要人照顾,她和弗兰茨就带着孩子搬过来了。

"是我提议的,全家搬过来住一阵子。心疼弗兰茨呀,不然怎么办?我婆婆现在生活不能自理,虽然有个护工每天来一趟,弗兰茨还是不放心。你知道他是个大孝子,唉……"她的声音听起来既无奈,也有一种轻松感。

我问她不怕了吗,那房子窗外就是墓园。她说当然还怕,但没办法。跟弗兰茨两头跑的辛苦比起来,她那点害怕算什么!何况她现在有儿子了,胆子莫名其妙就大了许多,不像从前怕得厉害。弗兰茨也很体贴她,主动去买了折叠床,安放在楼下的客房里,要睡下面陪她和孩子,为她壮胆。但晚上孩子太闹了,她还是叫弗兰茨上阁楼去睡。他又开始上班了,她不忍心他夜里休息不好。

电话里,她还得意地告诉我说,她买了一百多欧元的烟花爆竹,准备今晚新年钟声敲响的时候,让弗兰茨去门口放,把这幢百年老屋里的阴气邪气、晦气霉气，统统赶走，顺便也敲山震虎，吓唬吓唬隔壁墓地的那些死人：今后都乖乖躺在里边，不许乱跑，更不许随便过来串门。

讲着讲着，我俩都笑了。这种关于鬼魂的说法，德国人哪里会信？但弗兰茨好像真信了，答应多放些烟花爆竹。她说，不仅要在房子的大门前放，还要在朝墓园的侧门外放，正对着墓地。他都同意了。真是难得！德国男人对妻子言听计从的，并不多。

"到时候，噼噼啪啪震天响，肯定会把他家的列祖列宗都吓破胆的，以为老屋易主，住进了东方大神，从此再不敢登门回访。"电话里，她很为自己的妙计得意。

我想说："你就不怕把那些千年睡鬼吵醒了，集体从地下爬出来，跑来你房间，抗议你打扰了他们的安宁？"但话到嘴边又被咽回去了。过新年呢，何必说这些扫兴的话。于是我只问："弗兰茨是真信还是假信？也许只是想讨你高兴？"

"不知道，没问。管他呢，只要能驱鬼辟邪就行了——其实我也知道，这只是一种心理暗示，自我安慰。但我需要这种安慰。"

那一年，期待中的白色圣诞没有来临，但白色的跨年夜却不期而至。雪是从黄昏开始下的，最初星星点点，羞羞涩涩，越临近午夜，越恣意奔放，不顾一切，急急的，好像生怕赶不上这场盛大的人间庆典。当新年钟声敲响的时候，天空简直像繁花盛开的李树，白色的花朵在春风里飘飞，浩浩荡荡，无边无涯。我们楼里的几户邻居跟往年一样，都端着香槟，聚集在门前的屋檐下。当新年的钟声从不远处的教堂传来，我们就举杯，相互祝福新年快乐，万事如意。孩子们急不可待地冲进雪地，点燃爆竹和烟花，又捂着耳朵跑回来。寂静了一年的德国夜晚，终于在这个跨年的午夜沸腾了，鞭炮声此起彼伏，震耳欲聋；烟花在夜空竞相绽放，与飞雪共舞，格外妖娆，整个世界成了一片欢腾的海洋。

仰望着夜空的姹紫嫣红，不知何故，我又想到夏一红，想她此时一定抱着孩子，站在婆婆家的房门前，看弗兰茨独自忙前忙后，点鞭炮，放烟花吧。在这漫天飞雪中，她笑靥如花的小脸，跟我一样，也正被这缤纷的焰火映照吗？我已经默默许下新年的心愿：我的学业尽快结束，大熊尽快找到理想的工作。她会许下什么心愿呢？从此阖家团圆，不再分离？孩子健康成长？余生安稳静好？

她婆婆呢，美丽优雅的白格夫人，此时也在夏一红身旁吗？陪着孙子和媳妇，看儿子点燃烟花爆竹？不，德国老人不一定喜欢热闹，何况她还在养伤期间，行动不便。也许她坐在轮椅里，或者躺在沙发上？奇怪的是，无论我如何努力，都想象不出她萎靡病态的样子。她永远以夏一红结婚那天的雍容华贵和傲然挺拔，屹立在我的记忆里。此时此刻，她更可能是独立在门帷深处，或窗帘背后，静静注视着窗外的一切，或者观察夏一红的举动，看这个来自中国的儿媳在如何使唤自己的儿子。

婆媳关系历来是人类最吊诡的关系，貌似亲近，却暗藏危机。何况这一中一德，中间还横亘着文化的差异，语言的障碍；何况白格夫人一生寡居，弗兰茨是她唯一的儿子，寄托了她全部的爱；何况夏一红来自远方，背景模糊，动机可疑，有可能将她的儿子拐去中国……想到这些，我不由得为夏一红捏把冷汗。

烟花渐渐稀疏黯淡，雪花依然来势汹汹，漫天狂舞。我呆呆地望着天空，仿佛看见白格夫人的身影在飞雪深处静穆着，她蓝色的眸子像猫的眼睛在暗处闪烁。丹弗斯太太！一个久违的名字突然从记忆里蹦出来——是多年前看过的希区柯克电影《蝴蝶梦》里的女管家。她已经被我遗忘多年，没想到在这个欢乐喜庆的新年夜，与我头脑里的白格夫人合体了。那是一部黑白电影，幽灵一样的女管家神出鬼没，害得年轻的女主人新婚燕尔一入夫家就不得安宁。可白格夫人跟丹弗斯太太有什么关系？我为什么会把她俩联系在一起？仅仅因为二人都身材高挑，冷艳，神秘？还是别的什么原因？女人的直觉？如果白格夫人也像丹弗斯太太，把夏一红视为她固守的旧生活的破坏者，视为她痴恋的旧爱的掠夺者，就太可怕了。

但不管怎样，瑞雪给人间带来了吉祥，新年也真的带来了新气象。夏一红全家团聚了，她从此不再当周末寡妇，弗兰茨也不再两头奔波，孩子也正在健康成长。她的生活已经完美无缺，我的呢，虽然无法跟她媲美，也在慢慢变得更好。一月底，大熊的工作有了眉目。他发出的三份求职申请，两份已经有了回复，请他去面试。我的论文修改已经完成，正在等待教授的审核。在这段等待的时间里，我去驾校报了名，开始学车考驾照。我希望，待硕士文凭一到手，就开始找工作，然后开着自己的小车去上班，跟无数来德国留学后工作的白领一样，有体面的工作，不错的收入。生活正在朝预期的方向步步挺进，虽然速度有点慢，也令人欣喜。

这年的春天来得特别隆重。四月初，当窗外的樱花开得云蒸霞蔚，宛如粉红的祥云从天边飘来，我接到夏一红的电话邀请，一个月后，去她婆婆家参加天赐的洗礼。这消息把我高兴坏了。我刚顺利地考下驾照，又接到教授的邮件通知，说我的毕业论文通过了。硕士学业终于结束，又一次自我挑战成功。当我跟一个二十岁出头的德国同学，在教授的办公室接过硕士毕业证，我由衷地为自己感到自豪。

与此同时，我旅居德国的第一份职业正式开始。教授问我是否愿意从事翻译工作，有一家德国出版社准备出一位德国诗人的德汉双语诗集，正在找一位中文译者。我受宠若惊，当即答应。人生兜兜转转二十多年，我这个曾经热爱过舒婷北岛的中文系大学生，又回归中文和文学，这让我欣慰。漫长的寒冬终于结束，窗外的喜鹊每天都用欢快的歌声将我唤醒。我知道，我生命的又一个春天来了。

　　那一天的天气奇好，我至今还记得沿途一树一树的紫丁香，马路两旁的油菜花地像黄金编织的地毯，一块又一块铺展在绿色的田野上。舒卷的白云在蓝天飘荡，阳光在辽阔的天地间舞蹈。我们敞开小车的顶篷，听着欢快的ABBA音乐，摇头晃脑地跟着哼唱，任春风挟裹着大自然的芬芳扑面而来，热情地与我们相拥亲吻，又呼啸而去。

　　白格夫人的家在陶努斯山区。我们很顺利就找到为孩子举办洗礼的教堂。教堂不大，古老得像一个饱经风霜的老人，静穆在小镇的旧城中心。我们在斜对面的停车场泊好车后，出来一上马路牙子，就看见夏一红一家从旁边的支马路缓缓行来。就像她结婚那天一样，一家人里最耀眼的，依然是气度不凡的白格夫人。她走得很慢，高昂着头，腰板笔直，粉红连衣裙外罩着白色的半长披肩，金发像皇冠在头上闪光，浑身都是女王的威仪和风采。

　　夏一红和弗兰茨像她的侍从，一左一右走在她身边。那天弗兰茨穿了一套深色西装，系了一条跟母亲的红裙相呼应的红领带，不知是巧合，还是故意。而夏一红永远是三个人中的异数，是这个华丽家庭的一抹素色。她推着婴儿车，纤瘦的身体微微前曲着，穿一条色泽陈旧的碎花长裙，头发用一根米色绸带高高束起，同样米色的围巾长及膝盖，像哈达一样在胸前飘拂，一对硕大的老银耳圈把她的小脸衬托得更加尖瘦。她这身波希米亚风格的穿戴，适合去参加文青聚会，去街头闲逛，去看画展，去浪迹天涯，却不太适合庄严的教堂礼仪。跟她衣冠楚楚的丈夫和华丽优雅的婆婆在一起，也显得极不和谐。但她似乎毫不在乎，安然享受着自己的我行我素。老远见了我们，她就笑开了，兴奋地朝我们招手，好像她是天下最幸福的女人。

她又瘦了，孕期和月子里积攒起来的那点丰腴已荡然无存，即使抹了口红，描了淡眉，施了薄粉，也没有与丈夫和婆婆相宜的气势。

我送孩子的礼物是一只毛绒大熊猫。我把熊猫举到孩子面前，摇晃着，弯下腰去对他说："嗨，天赐，看看这是什么？喜欢吗？"

"哇，好可爱的大熊猫，谢谢干妈，说谢谢干妈！"夏一红也俯身望着孩子，想教他说话。童车里的孩子一双滴溜溜的蓝眼睛转来转去。见了熊猫，他的目光停下来，愣愣地盯着熊猫看，然后突然张开小嘴，笑了，像认出了久别的老朋友，激动得挥舞小手想抓熊猫，嘴里也哼哼唧唧地嘟噜着，一串晶亮的哈喇子从嘴角溢出。

"他在说谢谢干妈呢。"夏一红朝我粲然一笑，帮儿子翻译。

我们一起朝教堂走去。大熊跟弗兰茨说着话。夏一红放慢脚步，对我轻声抱怨说，太遗憾了，原计划今天好事成双，她和儿子一起受洗。没想到，神父竟然拒绝了她的入教请求。

"啊，德国不是信仰自由吗？怎么会拒绝你入教？"我很惊讶。

她嘴一撇，摇摇头，表示也不能理解。弗兰茨带她去见了神父。神父很老了，跟弗兰茨家还是世交。他开初也挺高兴的，说母子俩同时受洗，很有意义。然后神父跟她进行了简单对话，提了几个问题，她也没多想，就如实答了。神父听完态度就变了，表情严肃地告诉她，他不能接纳她入教。

"为什么呀？"我问。

她冷笑道，神父问她信不信佛。她说信，还自作聪明补充说，她曾经什么都不信，现在什么都信，遇见庙宇就去烧香，遇见教堂就去祈祷。她用半生的德语夹着半熟的英语，告诉神父她的逻辑：信的神越多，受到的庇护也越多，逢凶就会化吉，一生就会平安。她以为神父会为她的真诚感动。没想到，老人脸上的笑容不知啥时就消失了，只用奇怪的目光看着她，好像她是天外来客。然后他沉重地对她说，很抱歉，你不能入教。因为基督教只承认一个神……她这才恍然，后悔自己没做功课。她还以为，人人都能入教呢。没想到，入教也是有门槛的。

我也是第一次听说这种事。作为一个无神论者，我向来不关心宗教的事。无论在中国，还是在德国，我什么神都不信。

"我虽然行过死荫的幽谷，却不害怕遭难，因为有你与我同在；你的杖你的竿都安慰着我……"她自言自语背诵着什么，又扭头对我说，"今天不能跟儿子一起受洗，是很遗憾。但我不会放弃。我信西方的基督，也信东方的佛祖。在德国我唱哈利路亚，在中国我念阿弥陀佛。神父有权拒绝我入教，但无权剥夺我的信仰！"

她表情凛然，语气铿锵："我有中文版的《圣经》，现在每天读几段，在家做祷告。我相信，只要心中有上帝，我人在哪里，哪里就是教堂，不一定非去实体的教堂不可。现在我才明白，上帝早就自有安排。"说着她对我神秘地一笑，"别忘了，我是自带十字架的人，我自己就是自己的教堂！"

说完她头一仰，把垂悬在脸侧的头发拨到耳后。我再次看见她耳边那道细长伤疤。那是她死里逃生的印记，也是她坚定信仰的理由。

教堂门前已经聚集了不少人，个个衣着光鲜，面带微笑，中老年居多，也有少数年轻人和小孩子。

"弗兰茨家原来有这么多亲友？"我想起夏一红结婚登记那天的冷清，有点吃惊。白格夫人就这一个儿子，为什么儿子结婚不举办隆重的婚礼，孙子的洗礼却如此热闹？难道她觉得儿子娶的是中国人，没面子，或者另有隐情？我心里升起一团疑云。

"是啊，他家世世代代住在这里，三亲六戚挺多的。但他们平时很少往来，所以我几乎不认识他们。"夏一红的目光在人群里逡巡，偏过头来对我低语，"我只认识那边推轮椅的那个，索菲亚姑妈，弗兰茨父亲的妹妹。她跟我婆婆关系最好，来往最多。坐轮椅的是她丈夫。其他人嘛，我就基本不认识了。对了，旁边穿灰色套装的那位，是索菲亚姑妈的女儿，弗兰茨的表妹，她好像嫁了个美国人，听说要移民去美国了。"

弗兰茨过来了，把孩子从婴儿车里抱出来。孩子被包裹在有蕾丝花边的白袍里，头上戴着有荷叶边的小白帽，看上去像一颗大白兔奶糖。几个亲友过来了，围着孩子叽叽喳喳，这个摸摸手，那个捏捏脚，赞不绝口。我抽身出来，走向人群外的大熊。这时我看见白格夫人在不远处跟神父说话。神父真的很老了，穿着白色的长袍，佝偻着背，硕大的头颅低垂着，好像脖子断了。在跟人打招呼说话的时候，他的头只能吃力地微微抬起。站在挺拔玉立的白格夫人身边，神父就像个在老师面前低头认错的小学生。

教堂里是另一个世界。五月的阳光透过拱形窗的彩花玻璃照进来，成了一汪斑斓清凉的水。这里是红尘闹世的幽深断层，寂静肃穆，透着阴凉。那些墙上的浮雕石刻，玻璃窗上细密的彩绘，据说都是《圣经》里的人物和故事。我没读过《圣经》，也不喜欢进教堂,总感觉教堂里阴森森的太压抑。当神父在前面开始讲话,苍老的声音在教堂的穹顶下颤颤巍巍地响起来,沉静的空气就如死水泛起微澜。坐在最后一排的我,没注意聆听神父的讲话。我感兴趣的是这些来宾,想知道他们跟弗兰茨家是什么关系。索菲亚姑妈坐在前排的白格夫人身边。作为弗兰茨父亲的妹妹,她是弗兰茨父亲家族的重要代表。可弗兰茨结婚那天,她为什么没来? 是他们没有邀请她吗?

那是我第一次见识真正的洗礼,它原来只是一个很简单的宗教仪式:由神父将圣水浇洒在孩子头上。所谓圣水,我问了大熊,就是一般的自来水,被倒进教堂的施洗盆里,被神父或者牧师祝过圣(相当于被和尚念过经),就成了圣水。半人高的施洗盆是石头的,在神坛的旁边,已严重风化,石盆的边沿和下面石柱上的浮雕已模糊不清,像遭遇了数百年时光的侵蚀。

神父讲话完毕,全体起立唱歌后,弗兰茨就抱着孩子上前了,夏一红也紧跟其后。他们站在施洗盆边,老神父在一旁念念有词,同时用小银壶从石盆里舀出圣水,分三次浇洒在孩子头上。每浇洒一次,老神父的另一只手都会在胸前画十字。他硕大的头颅低垂着,好像随时会从肩上掉落。孩子仰躺在父亲怀里,头被父亲的大手托着。当圣水第一次浇洒在他的额头上,他就哭了,"哇"的一声,声音稚嫩,清脆响亮,好像在抗议。众人都会心笑了。我担心水太凉,会不会让孩子感冒。一个同样身穿白袍的年轻人,恭敬地站在神父身边,双手捧着一只装有白毛巾的银盘。老神父浇完三次圣水,用银盘里的毛巾轻轻擦干孩子的头,洗礼就结束了。

孩子还在哭,哭声揪心,好像很不喜欢这番折腾。夏一红为他戴上小白帽,心疼地接过来抱在怀里,亲吻他,温柔地拍打安抚，掏出奶瓶喂他。孩子这才安静下来，开始吸食。众人的表情松弛下来，纷纷投来赞赏的目光。夏一红总算借助儿子，做了一回受人瞩目的主角。

然后是拍照。在教堂门前的石梯上，高大的弗兰茨抱着孩子站中间，俨然一棵大树的主干。亲友们众星捧月，围站在他的左右两边和后面，是这棵大树繁茂的树冠。他的一边依偎着他娇弱的妻子，如一片摇摇欲坠的枯叶；另一边他的母亲傲然挺拔着，是这棵树上最绚丽的花朵。夏一红叫我和大熊也一起去合影，我们没去。大熊从来不喜欢照相，我就陪他站在一旁，看他们拍照。弗兰茨支撑着整棵树，他怀里的孩子拖着白袍的长摆，是树干上生出的一枚花骨朵。这真是一幅有意思的画面，色彩和构图都像极了一棵庞然大树。

午餐在离教堂不远的半山坡上，一家名叫"猎人"的德国餐馆里。一些人开车过去，一些人步行前往。我和夏一红推着婴儿车慢慢走去。路上我再次问她，白格夫人为什么要给孙子取儿子的名字？她不担心搞混吗？刚才神父讲话的时候，提了好几次"弗兰茨·白格"，把我都听糊涂了，不知道他是指你老公，还是你儿子。

她朝我笑道："谁知道呢，无所谓啦。奶奶喜欢叫他Franzchen，就是在名字Franz后面加上后缀chen，就成了昵称，有小宝贝的意思。我听着像在叫'弗兰茨心'，或者'弗兰茨行'，哈哈，还挺好听的。现在我有时也这么叫他。那些亲戚朋友，也都喜欢这样叫他——好像也不会搞混的。"

索菲亚姑妈推着轮椅和几个亲友走前面。那轮椅也不总被推着，电动的，可以自己前行后退或转弯爬坡，开关按钮在扶手上。索菲亚姑妈喜欢推着它，说它是自己的助行车。她身材壮实，圆脸，大眼，喜欢笑，且笑声爽朗。夏一红说，索菲亚姑妈比婆婆的年龄还小五岁，可脸上那么多皱纹，看上去比婆婆老多了。也许高冷和不苟言笑，是不长皱纹的秘密。

我问夏一红，弗兰茨的姑父是什么病啊，为什么坐轮椅？她摇摇头说，不太清楚，好像是在二战中受了伤，体内有弹片没取出来。早些年他还能工作，能行走，后来就不行了，动了几次手术后，反倒站不起来了。

然后她把头凑过来，对我说："他有一只眼睛是假的，你看出来了吗？我也是不久前才知道。那天他过生日，请我们全家去吃饭。他逗天赐玩，逗着逗着，居然把眼珠子摘下来放在手心，吓了我一跳。弗兰茨这才告诉我，说他那只眼睛在战争中被炸伤，摘除了，安了一只玻璃珠子。"

我们加快了脚步，赶上去跟索菲亚姑妈并行。夏一红跟他们介绍说，我是她的老乡，是她最好的朋友。趁着她跟他们说话，我悄悄打量老头的眼睛，真没看出有什么异样。

"哈哈，美丽的姑娘，我最大的遗憾，就是还没去中国旅行。我计划明年去，然后就没有遗憾了。"轮椅上的老人朝我大笑，声如洪钟。一把灰白的络腮胡罩去了大半张脸，有点像晚年的海明威。

"欢迎啊，我们中国地域辽阔，美景美食数不胜数，真的值得一去。"我很高兴他性格开朗健谈，一边跟他说话，一边继续观察他的眼睛，想辨别哪只是真的，哪只是假的……就见索菲亚姑妈一巴掌拍在他的肩头上，嗔怨道："你是老糊涂了吗？明年不去坐邮轮了？订金都缴了，怎么又想去中国了？"

"啊？什么邮轮？"他脖子一缩，佯装不知，调皮地冲我们眨眼睛，然后才扭头一本正经对妻子说，"哦，我想起来了。是的，明年我们坐邮轮。那我们就后年去中国吧。世界太大，时间太少，我还得腾些时间给医院。好吧，我努力争取少进医院，多留些时间去看世界。我说得对吗，美丽的姑娘。"

说着他对我们又狡黠地笑了，真是个乐观豁达的可爱老人。这时我看出他左眼是假的，因为那左眼永远直视前方，不能转动。如果他朝前看，两只眼睛就看不出一点区别了。

可是，坐轮椅怎么去旅游呢？我问夏一红。她笑着摇头，也不知道，说他们俩一辈子都租公寓住，也不买房，钱都花在旅游上了。

老人的轮椅上别满了花花绿绿的徽章和饰物。他得意地指着它们说，都是他从世界各地带回来的纪念品。话匣就这样打开了，他挨个介绍那些徽章和饰物的来历，眉飞色舞，滔滔不绝。遗憾的是，他的黑森方言口音太重，像大舌头说话一样吐词不清，我和夏一红都没听明白。我俩只是机械地对他点头，微笑。就这样一路到餐馆，我们都听他口若悬河，一个人唱独角戏。其实我更想知道，他那只眼睛是怎么受伤的？坐轮椅怎么旅行呢？几次想开口，却插不上嘴。

餐馆外已经有人谈笑风生，露台的一圈木栅栏上开满火红的天竺葵。餐桌就摆在露台中央的遮阳伞下，两排长桌，已摆好杯盘，插好鲜花。雪白的桌布上还撒了些缤纷细碎的花朵，其间点缀有造型各异的小天使像。每一个小天使都胖嘟嘟的，背着两只小翅膀，或坐或卧，造型十分俏皮可爱，像从天堂飞来人间的一群小宾客，来庆贺夏一红儿子的洗礼。

那天我们吃的是自助餐。不锈钢大餐盘在靠墙的长桌上摆了一排，还有放在精致小玻璃杯里的开胃小吃和餐后甜点。待大家就座，服务员为大家上好酒水饮料，弗兰茨就起身发表致谢感言，然后大家集体举杯祝福，这才开始取食进餐。橘红的遮阳伞挡住了阳光，也为每一张脸涂抹上喜庆温柔的光泽。五月是吃芦笋的季节，这一年一度的本地时令蔬菜，在大棚蔬菜不分四季充斥超市的今天，尤显珍贵。我和大熊拿着盘子，都拣了些芦笋，浇上黄灿灿的荷兰汁。德国人的餐桌很难让我能大快朵颐。瞟了一眼没有我最爱的半肥瘦肉菜，我便悻悻地只拣了一点奶油焖的三文鱼块和炒面。大熊的餐盘却堆成了小山，炸鸡胸，炸猪肉丸，炸牛排，炸薯条。我用胳膊肘碰他，低声提醒他少吃点。失业以来，他每天都在尽兴吃喝，人就像发面馒头般迅速膨胀，衬衣都快扣不上了。可他只咂巴嘴，还故意露出馋相来气我。

神父也来了，换了一身普通人穿的西服，若不是那颗低垂着的硕大头颅，我差点没能认出来。夏一红跟弗兰茨和白格夫人坐在一起，她一直抱着孩子，给他喂食。中途弗兰茨接过孩子，她端着餐盘绕过来，关照我们多吃点。我趁机拉着她悄声问："就是这个神父吗，拒绝你入教？"她睨了他一眼，朝我点头，愤愤道："就是他！跟我婆婆还是世交好友，一点面子也不给。又不是求他升官发财，谋私利，至于这么高标准严要求吗？真的是个死不开窍的方脑壳！"

白格夫人这天特别开心，她的笑容比儿子结婚那天灿烂多了。儿子结婚，她的笑是十五的月亮，美丽却带有高高在上的冷意；今天孙子受洗，她的笑成了夏日的骄阳，灼热得让人不敢直视。我甚至听到她笑出声来，也许是坐她身边的索菲亚姑妈，或索菲亚姑父讲了什么笑话吧，周围的宾客都捂嘴而笑，发出克制的吭吭声，唯有她笑出了哈哈声。这笑声与她在夏一红结婚那天的高冷形象完全不符，仿佛是她体内藏着的另一个人笑出来的。

吃饱喝足，我去了一趟卫生间出来，就径直来到露台边，站在木栅栏前看风景。群山起伏，满目苍翠。没有风，也没有云，天空像一张铺展开来的纯蓝色丝巾。旁边的坡地有两匹白马在低头吃草，静享它们的阳光午餐。不远处的前方，褐色的老教堂和红顶白墙的居民房，掩映在花红柳绿中，像罩在华丽的锦被里午睡。难怪夏一红搬过来一住就是半年。这山里如同世外桃源，比起她莱茵河畔的村庄，别有一番幽静和古韵。我望着林荫下灰色的小道，想象她推着婴儿车在那里散步的情景。这古色古香的德国小镇是她眼里的西洋风景，她又何尝不是当地居民眼里的一道远东风景？

"嗨，嘉陵，"夏一红过来了，拍着我的肩膀，"你是想留下来聊天，跟他们去山上散步，等三点钟又回来喝咖啡吃蛋糕，还是跟我去我婆婆家？孩子困了，现在我想带他回去睡觉。"

"我当然跟你走啦！"我不假思索地回答她。

弗兰茨跟几个男人在旁边的花坛前抽烟，大熊还在埋头吃甜点，捧着一大杯冰激凌，吃得专心致志，目不斜视。不用问，他一定更愿意留下来。

十一

　　白格夫人的家并不像夏一红所说，在森林里。它只是在一片小树林里。我们推着婴儿车从餐馆下来，过了一个池塘，几幢老屋，在教堂前拐进一条支马路，再步行大约十分钟，就到了。

　　房子的外墙是土黄色的，有红沙石的基座和黑木窗框。花园很大，由一道大约两米高的黑铁栅栏围着，一边与邻居的花园接壤，另一边和屋后是小镇的墓园。如果不细看，那墓园就像它的花园，因为栅栏两边的树在空中长成了一片。那条街是小镇的老区，两边全是同款的房子，独幢，方方正正的一楼一底，上有阁楼，下有凸窗，都有红沙石的基座和大花园。尽管有的刷白了墙体，换了崭新的红瓦和雪白的塑钢窗，我凭着一度密集看房积累的经验，一眼就看出它们都上了年纪。这种风格的建筑在德国的大规模登场时间，大约在二十世纪初期，算起来有一百年左右的历史了。

　　推开马路边的铸铁大门，是一条宽敞的碎石铺成的大路，直抵房子和车棚。房子比地面略高，大门前有一个小平台，得从侧面的几级石梯上去。正前方的一丛杜鹃花已高过平台，另一侧的丁香长势茂盛，已经掩去半边窗口。杜鹃已经花败红残，紫蓝的丁香开得正艳，香气四溢。夏一红把婴儿车停进车棚，挎起大包，把装孩子的篮子与车身分离，拎着就噔噔噔上了石梯。我抱着大熊猫拿着杂物跟在后面。这房子的大门有红砂石的门柱和拱顶，又在台阶之上，显得尤其高大气派。拱顶中间还立着一个已经发黑的石雕兽头，龇牙咧嘴地怒视着远方。两扇厚实的橡木门，各有一只嘴含扣环的铜狮子头，也是怒目圆睁的样子。站在这样的房门前，人还没进屋，就感受到某种震慑和威严。

门开了，一股百年老屋特有的阴冷和陈腐气扑面而来。门厅幽深，像洞穴般神秘。夏一红把篮子放在门厅梳妆柜旁的墙脚，见孩子还熟睡着，就为他轻轻掖了掖身上的绒毯。

"你婆婆家……从前肯定非富即贵！"我跟了进去，睁大眼睛东张西望，既兴奋又紧张。

"谁知道呢。这房子是弗兰茨外公外婆的。我婆婆就在这里出生长大。你还说，让她搬去跟我们住。你看看她这个家，她舍得吗？她说她生在这里，也要死在这里。"

她站起身来，轻声嘟噜着，就拐进了左边的过道，留我独自在门厅里，不知该跟她进去，还是留在这里看孩子，便踯躅着，继续好奇地打量四周。

门厅正对着楼梯间，有磨得溜光的橡木栏杆旋转着上下。右边一扇垂挂着墨绿丝绒门帘的拱形门内，应该就是客厅了。我蹑脚走进，立即被一股华丽而陈腐的气息包围，仿佛跌入时间的深潭：到处都是古玩摆设，大的小的，充斥着每一个角落。细长的格子窗垂挂着跟门帘一样的墨绿丝绒落地窗帘，内衬一层白纱，把窗外被树林遮挡的天光分割成几条灰色的光带，让房间像笼罩着一层雾霭。窗与窗之间，挂着有镀金画框的静物油画和各类瓷盘锡盘。一台黑色钢琴摆在入口正对的那扇窗前，右边还有大壁炉，拐进去是凸窗间。沙发前的茶几上，一大束鲜花十分耀眼，成为客厅的中心和亮点。我的目光掠过茶几桌面与壁炉的边框，发现它们都是同款的墨绿色条纹大理石板，上面枝形吊灯的彩瓷支架，跟壁炉上的两盏彩瓷烛台也配套，像是迈森瓷器的某个系列。

正仰头观看大吊灯，就听"咚"的一声闷响，把我吓得一个哆嗦。还没弄清是何声响，又"咚"的一声，还拖着长长的回音，像空寂山谷的古刹钟声。定睛一看，原来屋角有个巨大的落地钟，有两米高吧，也是橡木的，造型十分典雅气派，钟盘和钟摆都金灿灿的。两点了，在这幢百年老屋里，时光的脚步走得尤其缓慢沉重，还一步三叹。

这间华丽又暮气沉沉的客厅，让我想起电影《蝴蝶梦》里的曼陀丽庄园，丹弗斯太太神出鬼没的那些帷帘低垂的房间，又感觉像福尔摩斯叼着烟斗沉思踱步的凶杀案现场，或者《简·爱》里，被壁炉的火光映出悲怆背影的罗切斯特枯坐的客厅。如今演出早已结束，幕布尚未落下，舞台布景也都还在。它们并不属于手机和网络盛行的当下，而属于从前的老欧洲。时光流走了，残骸尚存；繁华凋零了，往事依稀。

"嘉陵，你想喝点什么？"夏一红进来了，她换了一身居家便服，手里端着一杯水。

"谢谢，我不渴。你婆婆还弹钢琴？"我转身指着窗前的钢琴。

"弹呀，她过去不是钢琴老师嘛，弗兰茨也会，偶尔还坐上去弹一曲。"

说着她朝那钢琴走去，轻轻摸了摸钢琴盖板："我婆婆还说，等天赐大点，她就教他弹钢琴。她还想教我呢，可我连五线谱都不会认，怎么学？"

她脑袋一缩，对我羞愧一笑："我发现，当过老师的人都有职业病：好为人师。我小时候还在襁褓里，我爸就教我背诵古诗文；

现在天赐才几个月，我也天天教他背唐诗宋词。没想到德国人也不例外，天赐还这么小，我婆婆就等不及了，有时会抱着他坐在钢琴前，捉着他的小手去叮叮咚咚敲琴键……"

有她在，我就不再偷窥，而是正大光明地四处看。拐进旁边的凸窗间，我发现那里有一壁橱的书。

"哇，你婆婆还喜欢读书？难怪她气质那么好，真是腹有诗书气自华啊。"

"是啊，她到现在还每天看书呢，就坐在这里。"

凸窗间有一个高靠背的单人布艺沙发。夏一红一屁股坐下去，拉开旁边的落地灯，阴冷的房间霎时就弥漫着淡黄的暖光，仿佛照进了冬日的阳光，变得温馨起来。

"我觉得吧，她年轻时肯定是文艺青年。弗兰茨的外公是教授，还在法兰克福大学教过书呢，算是你的前辈老校友了。"

沙发旁的小圆桌上有几本书，夏一红抽出一本，放在胸前翻开来。

"你看，我婆婆平常就这样，懒洋洋地坐在这里，胸前捧一本书。"她把白格夫人看书的样子演示给我看，然后按了沙发扶手上的开关，就见沙发底下伸出来一个脚踏板，随着椅背的缓缓下沉，脚踏板也慢慢升高。她双腿一伸，舒服地搁到脚踏板上，身体就几乎呈平躺状。"这沙发真好，还可以当床睡觉。"她说，两眼一闭，手和书都平放在胸前，"我婆婆可会享受了，看书累了，就这样躺下养神或午睡。"她又让沙发恢复了原状，直起腰身望着窗外，道，"或者这样，看风景，发呆。"

凸窗正对着花园入口，透过白纱帘外的树林间隙，能隐约看见大门的铁栅栏。如果有人或车进来，也会进入视野范围。我想，白格夫人一定经常在这里临窗眺望，等儿子回家。短暂的母子相聚后，她一定也站在这里目送儿子离去，依依不舍，期盼着下次相见。可怜天下父母心，古今中西都一样。

"嘉陵，你看这是本什么书啊？字体好奇怪，这是德语吗？"她把手里的书递给我。

浅蓝的硬壳封面上，有一圈玫瑰暗花，中间是一行漂亮的黑色字体。我也没看懂是什么意思，但我知道，这是一种花体字母的德语，也叫尖角体，一种德语的古体字，相当于中文的繁体字。我家也有这样的书，是大熊的。他还曾经想教我认呢，我嫌太难，没学。我翻了翻，从内容的排版看出是诗集。

"哇，你婆婆这么老了，还有雅兴读诗？"我很惊讶。

"啊，是诗集？"夏一红也很吃惊，"我还以为，她读的是消磨时间的通俗小说，或侦探小说，没想到……"

四目相交，我俩的眼神不约而同遽然一亮，又迅速黯淡。我们都想起了我们也曾经热爱诗歌。二十世纪八十年代的中文系大学生，有几个不爱诗歌呢？自己不写，也会摘抄或背诵别人写的好诗句。我就有一本厚厚的笔记本，抄满各种喜欢的诗句，舒婷的"我如果爱你，绝不像攀援的凌霄花，借你的高枝炫耀自己"，北岛的"卑鄙是卑鄙者的通行证，高尚是高尚者的墓志铭"，顾城的"我是一个任性的孩子，我想在大地上画满窗子，让所有习惯黑暗的眼睛都习惯光明"，等等。如今二十多年过去了，我那抄满诗句的笔记本早已不知去向，但当年那些热爱过的诗句，还残留在大脑里，有的仍能脱口而出。只是，对诗歌的热情已随青春一同远去。

"难怪她有时候脑子不清醒！"夏一红感叹着站起身来，拿起小桌上的另一本书，翻开来，"这本不是诗集，*Soweit die Fusse tragen*，这书名是什么意思啊？我认识这每一个单词，但连成句子，就不懂了。好烦啊，德语！"她眉头一皱，气呼呼把书塞进我手里。

这是一本铁锈红的硬壳书，封面带有织物的纹理，却空无一字，像一块被洗净熨平的旧帆布。烫金的书名是印在书脊上的。我默念了几遍，大致懂得，却一时想不出该怎么用中文准确表达。当时我还不知道，电影《极地重生》就是根据这书改编的。它是用现代简体德语写成，有些页边已发黄起毛，是经常被翻阅摩挲的样子。我想再看看书的内容，夏一红却一把把书夺回去，放回原处，拉着我就往外走。

"走，趁他们不在，我带你参观房子吧。"

客厅门正对着一条过道，过道左边是厨房，右边是卫生间和小客房。夏一红拉着我的手，径直走向过道尽头的小门，说要让我欣赏外边的风景。

小门外也有个小平台，是她每天练瑜伽的地方。隔着几棵稀疏的紫杉，能看见爬满青藤的围墙。围墙外就是墓园了。从平台上望过去，那些高低错落的墓碑一目了然。

"你每天……就在这里……对着死人练瑜伽？"我倒抽了一口冷气，浑身发紧，说话都变得结巴了。

"是啊，这叫向死而生，懂不？"她居然轻蔑地笑了，像个不怕死的女英雄，头一昂，胸一挺，双手伸展，一条腿向后高高抬起，摆了一个飞燕的姿势。

"老天啊，你……不怕那边的死人爬起来为你喝彩吗？他们睡在里面正无聊呢，这下可好，来了一个东方美女，为他们免费表演瑜伽，让他们大饱眼福。你……真的不怕？"我感觉身上的汗毛都倒竖起来。

"以前怕，很怕很怕。现在突然不怕了，真的，我自己也觉得好奇怪。"

她敛起笑容，目光平静地直视前方，头一仰，发一甩，耳旁的伤痕又裸露出来，为她纤秀的小脸平添了几分凛然之气。

"为什么会……突然就不怕了？"我的舌头发硬，好像不再听我使唤。

"不知道。"她冷笑，"你看这些德国人，房子就建在墓地旁，跟死人为邻，一辈子不仅过得怡然自得，还乐在其中。弗兰茨说，死人是最好的邻居。他们只是静静地躺在地下，不给你制造任何麻烦。活人就难说了，如果运气不好，邻里纠纷会烦死你。他还说，墓地里花木葱茏，又安静，其实就是个大花园，有什么可怕的？你仔细想想，这世界其实就是一个大墓园呀。自从有了人类，几千年来有多少人死去？在这有限的土地上，无限的人在出生和死亡。他们就埋葬在我们脚下的泥土里。我们走过和正在走的路、住过和正在住的房子，谁能保证，地下没有埋葬过死人？你想想，可不是吗？"

我心里一怔，不得不承认，弗兰茨说得有道理。是啊，几千年来，如果把那些死去的人们平铺开来，恐怕能把地球上的陆地面积覆盖好几层了。所以，我们脚下的每一寸泥土里，都可能有死人的尸骨。这——太可怕了！我捂住嘴巴，轻轻地"啊"了一声，内心悚然。

可夏一红依然神情坦然，她说："难怪《圣经》上说，我们来自尘土，复归尘土。现在我基本接受了弗兰茨的观点。我婆婆每隔一天就要去墓地，几十年如一日，风雨无阻。她的父母和哥哥，都葬在里面。她要让他们坟头的烛火永不熄灭。你知道吗，就是那种水杯大的红烛，装在漂亮的玻璃罩里，一根可以燃两天。弗兰茨一买就是一大箱，放在旁边的车棚里。我婆婆说，只要她活着，他们就还活着，只是活着的方式不同而已。她还说，她能在烛火中看见他们，跟他们对话……这个就有装神弄鬼的嫌疑了。我怀疑她脑子有毛病。"

"她是不是……诗读多了，脑子就不正常了？"我想起大学时几个写诗的同学，都疯疯癫癫，思维怪异，言谈和举止异于常人。白格夫人既然爱读诗，思维还能正常吗？

"唉，有时候我觉得她好可怜，二十来岁就守寡，孤零零地住在这里，跟个守墓人似的，一辈子就守着这幢房子，守着长眠墓园的亲人。但有时候我又不这么想，觉得她也许很幸福。因为在她心里，她一直跟他们在一起。她相信他们还活着。她每天化妆，出门不出门，都把自己打扮得漂漂亮亮，好像每一天都是个隆重的日子。下午一杯咖啡，一块蛋糕，然后弹几支钢琴曲，晚上再来一杯红酒。我们想象中的寡妇生活，不是应该暗无天日，凄凄惨惨戚戚吗？怎么被她过得这么有滋有味，有音乐和诗歌，有鲜花和美酒。我觉得吧，她真正把别人眼前的苟且，过出了诗意和远方。这一点实在让我佩服。"

她把飞燕式换成了金鸡独立，目光平静地望着前方的墓园。

"搬过来后，我越来越喜欢我婆婆了……不，准确地说，应该是欣赏，欣赏她的生活方式和态度。我每天在这里练瑜伽，看着这些墓碑，想象睡在那下面的人，我就为自己还能睡在温暖的床上感到幸福。真的，住在这里让我学会了感恩，学会了珍惜，也学会了包容。只要一想到，终有一天，我们也会跟他们一样，躺在冰冷阴暗的地下，让泥土和蛆虫慢慢吞噬我们的身体，直到我们彻底化为黄土，或者被一把大火烧成灰烬，融入大地……我就感到，活着真好！现在活着的每一天，每一秒，都多么值得好好珍惜。"

她走到铁栏杆前，歪着头，指着前方，说那棵开白花的小树旁，有一块高大发黑的石墓碑，那就是弗兰茨家的家族墓地。婆婆说了，她死后也要葬在那里，跟她的父母和哥哥在一起。

"弗兰茨的爸爸呢，没葬在里面？"

"没有，他死在战场上了，不太清楚埋在哪里。"

说完她就带我进屋，来到她住的那间客房。客房也有一扇客厅那样细长的两边挂有墨绿窗帘的格子窗，光线比客厅更暗。她开了灯，指着门边的一张折叠床说："你看，这是弗兰茨新买的，有时候他也睡这里陪我。"

她的床在窗边靠墙，床前放了一张婴儿床。她走上前去，一脸神秘地对我说："嘉陵，你来看看我儿子的床。"

那是一张深褐色的小木床，有四根精致的螺旋柱。夏一红握着螺旋柱顶部的小球，让我猜猜这床的来历。"弗兰茨小时候的？"我脱口而出。"太对了！"她惊喜地朝我猛点头，"还是当年他奶奶送的呢。半个多世纪了，老子睡了，儿子睡。有意思吧？"

我摸了摸小床的珠子栏杆，抬起头来，一眼就看见窗外的墓园，树林中参差的墓碑赫然在目，吓得我再次打了个哆嗦。我瞥了一眼旁边的夏一红，她正弯腰收拾婴儿床里的玩具。我很想问她，你住在这里真的能安然入睡、不做噩梦吗？但我最终没开口。

床对面有一个棕色雕花大柜子，一眼就看出是老古董。旁边是一个像半截棺材的黪黑木箱，夏一红走过去伸手一拨，木箱的黄铜锁扣发出"哐当"的脆响。"这个你肯定猜不出，连我婆婆也说不清楚，是哪代祖先留下来的。"说着她用双手提起盖板，一股薰衣草香气喷涌而出。里面是满满一箱折叠整齐的衣物。

她顺手取出一件，向我抖开，是一条绿白相间的格子花小绒毯。

"你看，这是弗兰茨小时候用过的毯子。这箱子里全是弗兰茨小时候穿过和用过的，我婆婆专门挑出来，洗了，烫了，要我给我儿子穿。你说她是节俭呢，还是脑子有病？家里又不穷，犯得着吗？"她唉声叹气地摇着头，把小毯子给我摸，"不过，东西倒是好东西，好像是开司米的。你摸摸，细腻柔软，手感很好，适合婴儿娇嫩的皮肤。"

毯子已经严重褪色，白的部分已经发黄，有的地方毛绒脱落，薄得像一层汤水。但手感确实细腻柔软，应该是质量上好的婴儿毯。

她把毯子叠好放回去，又取出一条咖啡色的灯芯绒背带小短裤说："你看看，这是弗兰茨上幼儿园时穿的。我笑弗兰茨，你妈妈为你留着这些，是指望你有朝一日成名成家，这房子成为你的故居对外开放，好把你穿过用过的，都拿出来当展品，供游客参观吗？哈哈……"

我也笑了："德国人恋旧，但凡古旧的东西，都被他们当成宝，而且越古老越好。"我蹲下身来，发现木箱上也有雕刻，构图对称，两张似人似兽的怪异的脸，四周细碎的花叶藤蔓。它们散发着幽暗的光，像从岁月的海底沉船里打捞起来的百宝箱。

"唉，恋旧也得有个度吧。这些旧衣服，再怎么洗烫，毕竟几十年了，不知道积攒了多少细菌。孩子细皮嫩肉，抵抗力差，万一感染了怎么办？我可不愿意拿儿子的健康去冒险。"

"那你怎么办？"

"怎么办？我在决定搬过来的那一天，就告诫自己，要理解，要包容，绝不跟老人有正面冲突。我们毕竟是两代人，又有文化差异，矛盾肯定难免，但我要努力化解。有了这样的心理准备，就简单了。当她把这一大堆旧衣服给我，我并没有当场拒绝，反而说了些感谢的话，同时也为难地告诉她说，我已经做了些小孩衣物，另外，我妹也从中国带来了很多，都穿不过来。好在她也不强求。这次洗礼，她又旧话重提，拿出孩子身上的那件小白袍，还有小帽子，说是当年弗兰茨受洗时穿过的，要我今天给儿子穿。我犹豫了一下，同意了。一是，我不知道洗礼要穿专门的礼服，没准备；二是，就几个小时，应付一下，遂了她的心愿，也让她高兴高兴吧。果然，你看见了吗？今天她多开心啊。"

我向她竖起大拇指，想，她真是聪明又善解人意，能伸能屈。如果换个德国媳妇，恐怕不会轻易妥协。

"走，我带你上楼去看看。"她小心翼翼地关上木箱，就往外走。过门厅时，她踮起脚尖去看孩子。孩子睡得正香，她朝我一笑，头一甩，示意我上楼。

十二

房子挑空很高，楼梯也长，铺了暗红厚实的地毯，踩上去软绵绵的，并没有嘎吱响，像夏一红所说的那样。这里只从屋顶的一扇小天窗采光，几大幅色彩幽暗景致荒芜的油画，酷似卡斯帕·大卫·弗里德里希的作品，沿楼梯从底楼挂到二楼。二楼的房间都关着门。夏一红径直走向一扇门，抓住门把手，轻轻一拧，回眸一笑，说："来，先给你看看我婆婆的房间。"

门慢慢开了，里面黑魆魆的，只在关闭的窗帘中间缝隙处，劈进来一道薄光，像一把寒光闪烁的大刀砍进房间，扎在中间的大床上。一些微尘像逐光的飞蛾在刀光里翩跹。我抽了抽鼻子，嗅到一股略带苦涩的怪味，像汗水和香水混合的气味，同时我惊愕地发现，床上好像还睡着人。

"有人睡觉？！"我一把抓住夏一红的胳膊。

"怎么可能！"她侧身摸到开关，开了灯。

原来床上的被子很蓬松，像宾馆那样被整齐地摆放成长条形，乍看就像躺着人，而且还是两个——因为床上有两床被子，两个枕头。"你婆婆不是一个人吗？为什么床上有两床被子？"我问。

夏一红也怔住了，迷迷瞪瞪地望着床上："是呀，她一个人，怎么会有两床被子？好奇怪！我还一直没注意……也许是怕冷？这房子太老，挑空太高，周围树又多，室内就很阴冷。冬天最冷的那几天，开足暖气也不够热，还得把客厅的壁炉也烧起来。老人都怕冷，我妈也是，每年早早就用电热毯了——对啊，电热毯！我该送我婆婆一床电热毯，她一定需要。"

我的目光还在好奇地逡巡，掠过有软垫靠背的大床、床头柜上的台灯、靠窗一边摆有化妆品的梳妆台、落地窗帘、床对面的一壁橱柜、靠里边的大衣柜……这些家具都是赭红色的，有流线型的边缘和刻纹。床头的靠背软垫和梳妆椅的靠背软垫是同款布料，还有窗帘，都是紫红与宝石蓝花纹的锦缎，色泽发旧，残光犹存，在酒红色地毯的映衬下，有一种凋敝的美，像美人迟暮，令人唏嘘。

"嘉陵，你过来看照片。"夏一红叫我。

门边的墙上挂了些照片，有彩色的也有黑白的，都嵌在漂亮的相框里。

"你看我婆婆年轻时多漂亮，这是她的结婚照。"夏一红指着中间的一张黑白照，问我："你觉得弗兰茨像不像他爸爸？"

我凑近了些，看见照片上的新郎一身戎装，穿着二战时德国军人挺括的制服，身材英武，五官俊朗，帅气逼人。这是弗兰茨的父亲？乍看还以为是年轻时的弗兰茨。他身边的新娘，年轻的白格夫人，天哪，美得不逊于任何一个好莱坞明星！这个一袭曳地白裙的新娘，丝毫没有丹弗斯太太的阴郁寡欢，她更像风情万种又傲气倔强的斯嘉丽，电影《乱世佳人》里的女主角。真是一对璧人，那么青春，那么美好。可这画风怎么似曾相识？我眼前突然出现另一幅画面，夏一红结婚那天，弗兰茨和白格夫人在过道并肩走来时，不正是这样，携手相依，深情款款，完全是照片上这一幕多年后的重现啊，虽然人已经老了，但身体和五官的轮廊还在，眼睛里的爱还在，海枯石烂的心也还在。

"像吧？"夏一红得意地问我，"弗兰茨现在老了，可你看他年轻的时候，这张，他刚当兵入伍的时候，跟他爸爸，简直就是一个模子里倒出来的。"

我的目光顺着她的手指，落在一张弗兰茨的单人照上。也是一身戎装，英气逼人。我不由得失声："哇，这哪里是像，简直就是一个人啊。"

夏一红更得意了，手指爱怜地抚摸着照片上弗兰茨的脸，说："弗兰茨年轻时真漂亮啊，如果去演电影，绝对能迷倒一片。你再看他小时候，也好可爱。"

这才发现，弗兰茨整个成长过程，都浓缩在这些照片里：躺在摇篮里的小婴儿；被妈妈抱着，跟外公外婆的合影；被索菲亚姑妈牵着在公园里蹒跚学步；抱着花筒要上学了……这个从没见过父亲的遗腹子，在缺少父爱的人生路上，一路幸福地长大成人，并不缺爱。

"你看出来了吗？他们结婚的时候，我婆婆已经怀上弗兰茨了。"夏一红的手指又回到那张结婚照上，说，"就像唐朝诗人张籍在《征妇怨》里写的：'夫死战场子在腹，妾身虽存如昼烛。'她这一生，真是如昼烛——白白浪费了一支好蜡烛。"

我睁眼细看新娘的腰身，虽然披着长及地面的白纱，仍能看出她白裙下面饱满的腰。

"原来他们是奉子成婚？"

"是啊，不然谁会在战争时期顶着炮火仓促结婚，条件那么差，敌人的飞机还在天上飞。德国人那时候也有封建思想，跟前几年我们中国人一样，不能容忍未婚生子，认为那是伤风败俗，丢人现眼的。所以他们必须结婚，要名正言顺地生下孩子……

他爸还在前线打仗呢，专门请了假回来完婚。"

"挺浪漫啊！"我想起那些战争片里的爱情故事，"他们是怎么相识相爱，又是怎么偷情怀上孩子的，你知道吗？"

夏一红狠狠瞪我一眼，朝我屁股上打了一巴掌。"什么偷情怀上孩子，好难听！人家是爱到深处，情难自禁，好不好？怎么相识相爱的，我不太清楚。但什么时候怀上弗兰茨的，这个可以推算出来。弗兰茨1944年9月出生，怀上他的时间，往回推吧，应该是1943年的年底，也许就是他爸爸从前线回家过圣诞节期间。"

"当兵打仗，还能回家过圣诞节？"

"当然。士兵也有探亲假。第二年春天，他爸又回来了一趟，举办婚礼。"

"哦。"我点了点头。对于这方面的知识，我知之甚少。我对整个二战历史的了解，仅仅来自教科书里空洞的概述和几部电影、几本小说。

"他爸是哪年入伍的？"

"不知道。这个得问弗兰茨，或者问我婆婆。"

我还盯着那张结婚照，盯着年轻的白格夫人。"一红，我觉得你婆婆年轻的时候像演《乱世佳人》和《魂断蓝桥》时的费雯·丽，你觉得呢？"

她盯着照片看了一阵，才点头说："嗯，好像是有点像。"

"现在她老了，我怎么感觉……她好像完全变了个人，像《蝴蝶梦》里那个阴郁神秘的丹弗斯太太。"我盯着夏一红，看她的反应。

她大惊，双手捂嘴："你是说那个神出鬼没的女管家？"

"对！"

她一把抓住我的手,紧紧捏着。"天哪,经你这一说,我觉得两人真有点像! 我还记得那个丹弗斯太太,阴着脸,一身黑长裙……不过我婆婆比她漂亮,也比她温和。她俩只是身材很像,都瘦高挺拔,还有……走路都轻,不出声,有时候让人感觉,她似乎只是一个影子,不知啥时候就飘到你身边,或跟在你身后,当你猛然一回头,你会跟她碰个正着,或吓一跳。"

她的小眼睛紧张地眨巴了几下,充满恐惧。

"难怪,当我第一次走进这幢房子,第一眼见到我婆婆,我就有一种奇怪的感觉,好像她在这幢房子里无处不在。其实她对我真的很好,说话从来轻言细语,态度温和,面带微笑。可我有时候就是会觉得,她脑子后面好像还有一只眼睛。那只眼睛冷冷地,无时无刻不在盯着我。所以我在这屋里从不乱动。我很少上楼来,也几乎不去地下室。一般我只在底楼活动,我的房间,厨房,客厅,小阳台,然后就是每天带儿子外出散步。我还以为是自己太敏感,疑神疑鬼。毕竟,这房子位置不好,鬼气重,难免让人神经兮兮。"

见她紧张成这样,我反而笑了。她还得住在这里呢,我怎么可以制造紧张氛围,让她害怕? 于是我歉意地牵过她的手,甩了甩,安慰她说:"别紧张。你婆婆就是太漂亮了,太有气质,像个隐居的大明星,才会让人浮想联翩。其实呢,人家这高冷孤僻也许就是性格而已。"

她赶紧推着我往外走,熄了灯,关了门。到了过道,她还不放心地回头张望,对我耳语:"你还别说,其实我真的有点怕她,也不知道为什么。想跟她亲近吧,却总是亲近不起来,好像她身上还有一只无形的手,在推开我。"

"你怎么会有这种感觉?"我觉得奇怪。她悻悻一笑:"我也不知道。事实上她对我真的很好，要我干什么，总会客客气气用商量或者请求的口吻，'一红，也许你可以……''一红，请你……好吗？'如果我不愿意，比如给孩子穿弗兰茨小时的旧衣服，她也不生气，依然还是对我笑眯眯的，表示理解和尊重。唉，也许真的是我想多了。"

隔壁是弗兰茨外公外婆住过的房间，也一片暗黑。她伸手在门边摸到开关，开了灯，却不进去。我俩就站在门口张望。里面的一切似乎都保留着老人生前住时的样子：中间有一张没挂帐帘的架子大床，床上用一张大白布罩着。墙头挂了两张较大的黑白人像，一男一女，都脸形消瘦，表情严肃。男的戴着夹鼻眼镜，八字胡，女的穿着维多利亚时代的高褶领衬衣。因为隔得较远，我没看清是照片还是画像。二人炯然的目光让人发怵。墨绿丝绒窗帘把阳光严实地挡在外面，空气中有一股浓浓的霉味和尘埃味。我俩都不约而同退后了一步。

"他们就是弗兰茨的外公外婆？"我指着墙上的肖像问。

"是的。"夏一红迅速关了灯，带上门，根本不愿再多看一眼。

"这么好的天气，为什么不开窗透透气？"我问。

"我怎么知道！我很少上楼。还是第一次来时，弗兰茨带我上来过。当时就觉得这间房太阴森，没敢多看。今天是我第二次上楼来。"

我们站在二楼的走道中间，环视周围。她指着其他几扇门说，对面那间是弗兰茨舅舅住过的，旁边是杂货室，另外一间是卫浴室，都没什么意思。走吧，我们上楼。这幢房子最精彩的房间在阁楼。

阁楼上面亮堂多了，因为过道顶上有一扇天窗。夏一红推开每一扇房门给我看，卫浴室、储藏室、衣帽间，都是斜顶，顶上都有玻璃天窗。这里的每一间房都比楼下的房间亮堂，因为有日光从天窗直接进入。衣帽间的三面墙都是镶入式壁橱，里面挂满衣物，隔板上也堆满了折叠整齐的织物，一溜的白色，像宾馆里的储物柜。夏一红说，家里的床单、被套、桌布、毛巾之类，就放在这里。

"你婆婆怎么喜欢白色？太不禁脏，她不怕洗起来麻烦吗？"我讨厌白色。

"是啊，害死人啦。"夏一红也对此不满，"弗兰茨的内衣内裤、袜子，也都是白色。我嫌洗起来麻烦，为他买了深色的，他不喜欢，说从小习惯了穿白色，穿别的颜色感觉不舒服。我怀疑我婆婆有洁癖。她好像从来不嫌麻烦，定期洗，洗了熨，不仅衬衣、桌布、床单要熨烫，甚至内衣内裤也都要熨烫得平平展展。所以她从不感觉空虚寂寞，一个人也有做不完的家务活。"

她拉开另一扇橱柜门给我看："你看看这些旧衣服，全是弗兰茨从小到大穿过的，我婆婆硬是舍不得丢。有时候我真的怀疑，她是不是脑子有病？经常去墓地的人，还看不透生死，舍不得放弃。人生一世，所有的东西，包括生命，都是从上帝那里借来的，最后都得还给上帝，还有什么舍不得呢？她倒好，把所有属于过去的东西，统统当宝贝收藏起来。唉，我真不明白她是怎么想的。"

"天哪，这简直太匪夷所思了！"我感叹道，"你应该告诉她一句话：旧的不去，新的不来。这是我们中国人的智慧。像她这样恋旧成癖，难怪会一辈子守寡——她哪有空间来接纳新事物呢？无论是现实的空间，还是感情的空间。"

她扭头看我，用目光肯定我说得对。我得意地笑了，抬头推开头顶的斜窗。温暖的阳光伴着清新的空气涌进来。我踮起脚来朝外张望,看见有白云飘过不远处的山巅,就说:"一红,你和孩子应该搬上来住。这里的光线和空气都比楼下好。你看这窗外,蓝天白云,不比你住底楼,整天看窗外的墓地强?"

"理是这个理,但不现实。"她比我高,不用踮脚,脖子一伸,就能轻松欣赏到窗外的景色,"这里的光线和空气肯定比楼下好。可每天抱着孩子上楼下楼,太不方便。"

我本来还想说,孩子太小,阳气不足,墓地阴气太重,离太近了,恐怕对孩子的身体不好。但听她这一说,我不再吱声。

"走,跟我去见证奇迹吧!"她眼睛一亮,拉着我的手到了隔壁。

门开了,我跟在她身后,眨了眨眼睛,发现自己仿佛在飞机上,正透过舷窗俯瞰大地:地面是一座山峦环绕中的欧洲城市。

红顶白墙的古风建筑、马路、铁路、河流、桥梁,都疏密有致。这座迷你城市的中心是教堂和广场,商业楼和居民区沿纵横的街道铺展开来,周边还有公园、足球场、带花园的居民房。然后是人,正悠然过着自己的生活,或走或坐,或在河边遛狗,或在花园劳作……却都被按了暂停键,静止不动,就像前些年深圳的"锦绣中华"微景观。然而,这里是弗兰茨的卧室,是他从小到大,甚至现在,睡觉的地方。他的单人床靠在墙头,被这座微型的城市挤到了边缘。

我看得目瞪口呆,夏一红拿起两个遥控板朝我晃动。

"注意啦,前往重庆的火车马上要开了……"她笑着。就见中心广场旁的火车总站,一辆白色火车缓缓驶离了站台,子弹头车型,跟现在德国的特快列车一样。旁边一列红色货车也随后启动。两辆火车在各自的铁轨上慢慢前行,时而并行,时而交错,绕城一圈后,白色的那辆沿着假山上墙了,越过床头,在靠墙的床沿一路向前，钻进墙角柜里的隧道，拐个弯出来，上了一座索道桥，又钻进书橱，从写字桌上凌空飞过，最后驶上另一堵墙上的高架桥，咣当咣当地跑一圈后，沿一坡绿地下山，又返回地面，最后回到火车总站。另一辆红色的货车在城里转悠几圈后，已经停靠在河边的码头。那码头堆有集装箱，还有吊车，河里泊着几艘轮船。

"我只会遥控这个，别的就不会了。"夏一红把下巴朝床头一努，"你看，还有好几个遥控板呢，有遥控船的，有遥控汽车的，太复杂了，我都不会。等弗兰茨回来再演示给你看吧，等这些车呀船呀全都动起来，那才壮观！就像一座真的城市那样。有些小人也会动呢……"她讲得眉飞色舞。

随着一阵隐约的轰隆声，屋顶的玻璃斜窗伸出一张紫蓝的顶篷。房间迅速暗下来，城市却亮了，先是所有建筑的窗口，然后是路灯，整座城市灯火辉煌，成了一座不夜城。尤其漂亮的是桥上和河岸的路灯，像一串珍珠，与河面的倒影相映成趣，让我想起重庆的夜景。

"还有河！这是真水吗？"我觉得这一切太神奇了。

"水还有假的？你好生看，水里还有鱼呢。弗兰茨在水里安了泵，给鱼供氧，水也能一直循环流动。"

真的，假山脚下是一片水域，水里真有小鱼在游动。

"你说，他怎么能不每个周末回来嘛，除了看妈妈，他也放心不下这一屋子宝贝。"

我蹲下身，把手指伸进水里，凉凉的，果然是真水，水边还长有绿色的水草。一只小木舟泊在水草间，野渡无人，但岸边坐着一个戴斗笠的垂钓者，旁边还有几只野鸭。靠城区的一边是码头，停靠着几艘大轮船。河流穿城而过，水源是另一头山谷间的一条瀑布。我寻思,假山下一定埋有水管,那瀑布的水就从这边抽过去,形成一条循环流动的河流。

这房间的地面凹凸不平,铺着塑料或木制的地皮、草坪和山丘。所有的机关暗道都藏在下面:水箱,水泵,管道,花花绿绿的电线……

"天哪,这都是弗兰茨自己搞的? 也太厉害了吧!"我已经找不出语言来形容内心的震惊。

"是啊,不务正业!"夏一红幸福地嗔怨。

"这么浩大复杂的工程,得花好长时间吧?"

"漫长的一生! 从幼儿园时代就开始了。听他说,最早他只是喜欢火车,想开火车去找爸爸。谁知铁轨越搭越长,火车越跑越远,后来又加上汽车。有了汽车就要建公路。建了公路,又觉得公路两边还应该有花草树木和房屋。等到上了中学,学了物理,懂了些机械和电的知识,就开始安装路灯,所有的建筑也装上照明系统……结果呢,找爸爸的初心被忘得精光,几十年下来,不知不觉就打造出了一座城。还没完呢,你以为! 得与时俱进! 汉堡有一家博物馆,Wunderland,你知道吗? 中文应该叫'神奇世界'吧? 听说就是这样的,全是模型,规模宏大。以前他每年都会去参观学习,回来再进行升级改造。你看那边山下停的飞机,就是他前两年才添置的,可以遥控起飞,呜呜叫着满屋子打转。唉,我家弗兰茨就是一个长不大的老顽童啊,童心不灭,玩兴太大。这爱好也太烧钱了,就那小飞机就三百多欧元。还是你家大熊好,不抽烟,不喝酒,也不玩这些败家玩意儿。"

"我家大熊? 就他挣的那点钱,想玩他也玩不起啊。"我心里又泛酸了。

靠墙的那座假山顶上,支着一行醒目的红色字母:"弗兰茨的帝国"。"帝国"一词,让人联想到希特勒的第三帝国。莫非,这里也寄托了弗兰茨的政治理想? 要缔造出一个幸福安宁的第四帝国? 人心难测。这是他政治理想的投影,还是仅仅童心未泯,为自己打造的理想国、桃花源? 一个看似老成稳重的建筑师,形象不错,却不爱社交,不好女色,情史简单,一生就陪着母亲,玩玩这个,年过半百,才从遥远的中国娶回一个身残体弱的半老女人。现在上帝开恩,意外得子,终于过上了正常的家庭生活。不可思议!

我正胡思乱想着,夏一红突然关了电源,竖起耳朵,小眼睛一转:"孩子哭了。"就扔下遥控板,"咚咚咚"地下楼了。屋顶的天窗还拉着篷子,刚才万家灯火的城市现在陷入黑暗中,停电了。我犹豫着,最后环顾了一眼这间神奇的卧室,也跟着匆匆下楼了。

孩子果真在哭。夏一红在卫生间给他换尿布。我站在门道里对她说:"你耳朵好尖,我怎么没听见孩子哭?"她娴熟地擦洗着孩子的屁股,头也不抬,说:"当妈的,孩子身上的汗毛动一动,都有感应。"

门把手上挂着孩子换下来的小礼袍。我拿起来抖开,料子柔软细滑,看不出是丝绸还是化纤。礼袍的胸前绣有暗花,领口和袖口,还有下摆,都镶有同色的蕾丝花边,做工相当精致,但明显旧了,白得不再新鲜。

"真有意思,这件小袍子,父亲穿了,儿子又穿。五十多年过去了,还没坏,质量真好。"

"唉。"她长叹一声,一边收拾孩子,一边说,"要不是为了让婆婆高兴,我才不会让儿子穿有五十多年历史的旧衣服呢。"

卫生间里的灯光也照亮了过道,让一壁的老照片从暗中浮现。一转身,我的目光就与照片里的人目光相遇,不禁悚然一惊。难怪夏一红说她害怕起夜。如果换了我,深更半夜独自一人,与这些人的目光相遇,我也会怕的。怎么说呢,照片里的人并非面目可憎,凶神恶煞。恰恰相反,他们个个五官端正,衣着得体。但他们明显属于另一个时代,另一个世界。男人还戴着礼帽,蓄着上翘的山羊胡或八字胡;女人或戴宽檐飘带帽,或穿立领束腰裙。他们都体面而优雅,就像楼上弗兰茨的外公外婆。只是,那表情,那微笑,那目光,让人感觉诡异,仿佛远在千里,又近在咫尺。事实上,他们中的有些人真没走远,正长眠在窗外的林子里。

十三

门铃响的时候,我和夏一红正在厨房给孩子喂食。

厨房跟餐厅连在一起,中间有一道拱顶敞门。厨房的另一扇门通往门厅,餐厅的另一扇门通向客房外的过道。餐厅有一张两边各配四把椅子的大餐桌,餐桌中间摆有鲜花,上面吊着一盏跟客厅同款的枝形彩瓷吊灯,只是型号小点。细长的格子窗垂挂着跟客厅和客房同款的墨绿丝绒窗帘,一壁古旧的橱柜里,摆满了镶金边的玻璃酒具和瓷盘。五月的阳光在窗外的树叶间跳动,似乎想进来,却被高大的松柏和窗前的丁香挡住了。这里的家具也是深褐的橡木家具,即使宽大的餐桌铺了雪白的桌布,屋里也显得阴暗。厨房白天也开着灯。

"外面的树太多了,把光都挡了。你们应该把窗前的丁香砍矮些,让窗子全都露出来。"我不喜欢厨房太暗,严重影响做饭和吃饭的心情。夏一红家的一体式厨房是白色的,我很喜欢,并暗中决定,买房后我自己的厨房也要像她家的那样,白得像雪,不染尘埃。

"唉,这里什么都不能动,必须保持原样。我婆婆说了,除非她死了。"

"可这么好的天气也开灯,太浪费电了。她那么节约,弗兰茨小时候的衣服都保存得好好的,要留给孙子穿。这该节约的又不节约了。"

"是啊，所以我怀疑她脑子有病嘛。"

孩子胃口很好，一瓶胡萝卜土豆鸡肉泥，夏一红小匙小匙地喂他，很快就被他吧唧着小嘴吃光了。当夏一红拿着空瓶走开，他又哭了，皱着小眉头，在我怀里脚蹬手舞，好像还没吃饱的样子。我抱着他在厨房里走来走去，诓哄着，他还伤心地哼哼唧唧，直到夏一红兑好一瓶牛奶过来，把奶嘴塞进他嘴里，他才又重新安静下来，一边吧嗒吧嗒地吸奶，一边瞪大眼睛看着我。

门铃响了，奶瓶的牛奶正好见底。夏一红迅速擦干净孩子的嘴，撤下孩子胸前的兜布，从我怀里抱过孩子。我们就一起迎了出去。门已经开了，弗兰茨拎着大包小包进了屋，门外还站着光彩照人的白格夫人，女神一样，被芬芳的空气和金色的阳光簇拥着，笑容满面，娇喘吁吁。

"哦，弗兰茨心！我的太阳！我的心肝宝贝！"一见到孩子，她就张开双臂，"来吧我的弗兰茨心，来让我抱抱！"

夏一红把孩子送进她怀里，一双手还托在下面，担心老人抱不住孩子。弗兰茨从屋里折出来，将孩子从母亲怀里接过来，交还给夏一红，搀扶老人进了屋。外面还站着笑眯眯的大熊，双手端着盖了锡纸的大餐盘，像个任劳任怨的忠实跟班。

白格夫人径直上楼去了，一手抓着楼梯扶手，一步一步走得很慢。当她从我的面前经过，她对我微笑着点了点头，那光洁的额头，高挺的鼻梁，深陷的眼睛，瘦高笔直的身板，再次与我记忆中的丹弗斯太太重叠了。我想，如果丹弗斯太太终于见到她痴心爱慕的女主人，也许就该露出这样的微笑吧？

我跟着大熊进了厨房。大餐盘里是剩下的午餐菜肴和蛋糕。夏一红抱着孩子跟过来，看了一眼，说："这蛋糕看起来很不错，嘉陵，我们也吃点蛋糕吧，我有点饿了。"就指挥我拉开橱柜门，取出两只蛋糕盘。又嘀咕说："还剩这么多菜，你们得吃了晚餐再走……你看我婆婆多节约，去餐馆吃饭，剩下的菜饭从来都要打包回家。"

孩子又被放进篮子里了，吃饱喝足后，就瞪大眼睛哼哼唧唧跟自己玩。夏一红把篮子拎进客厅，放在沙发上。我端着两盘蛋糕跟了进去。两个男人一站一坐在里面说话，表情沉重。我听出他们在谈论各自父亲的往事。原来，弗兰茨的父亲只是失踪。他们推测他已经战死，但家里从未收到阵亡通知。

"失踪比死亡更糟糕，因为你还怀有希望，哪怕这希望很渺茫，你也无法跟过去彻底了断。这很麻烦。"弗兰茨在壁炉前踱来踱去，低着头，双手插在裤兜里。大熊坐在沙发上，表情悲哀地望着他。我给了夏一红一盘蛋糕，就在她旁边坐下来，一边吃蛋糕，一边听两个男人说话。

大熊问："国际红十字会，去查询过吗？"他的声音低沉，说当年他父亲从苏联战俘营回来，家乡东普鲁士已经被划归波兰了。父亲就是通过国际红十字会，找到了逃离家乡、已落脚柏林郊外的奶奶和姑姑，终于与家人团聚。

弗兰茨冷冷地"哼"了一声，愤懑道："早去过了，相关信息也登记了。现在他们还有了专门的网页，致力于寻找二战期间失踪的人。你知道吗，迄今为止，还有一百三十多万德国人下落不明。这一转眼都六十多年了，这些人活不见人，死不见尸，大部分是军人，也有一些平民百姓。一百三十多万啊，想想他们每个人身后的家人，亲友，又是多少？这些人就在我们中间，也许，他们看起来过得还不错。可有谁知道，他们内心承受着怎样的痛苦煎熬？"

大熊哀叹一声，垂下眼帘，不吱声了。我听了心里也很震惊，回头看身边的夏一红，她正笑眯着眼睛，手里拿着半颗在蛋糕上沾了奶油的草莓，放在儿子嘴边，逗他舔食。她的心全放在儿子身上，压根儿没听两个男人在谈论什么。

　　沉默中我想，此时的白格夫人在干什么呢？她会不会发现有人进过她的卧室，偷窥过她的照片？我扭过头去，正想跟夏一红说我的担心，就见她从门廊出来朝客厅走来，高昂着头，面带微笑，落脚无声。她换了一件宝石蓝衬衣，配齐膝的蓝灰色折叠裙，娉娉婷婷从我们的面前走过，却并不看我们一眼，好像我们都不存在。她像走向舞台一样，径直走向窗前的钢琴，欠身，抚裙，落座，轻轻掀开钢琴盖板，起腕。"砰"的一声脆响，琴声骤起，像一片月光破云而出，把黑夜照亮。

　　白格夫人的背影犹如少女，平肩细腰，金发在脑后松松地绾个髻。她的两条细长胳膊优美地张开又收拢，升起又落下，像燕子在春天起舞。阴冷的客厅亮了，也暖了，泉水叮咚，百鸟齐鸣。我们静静坐着，像置身于春意盎然的花园，又像漫步在洒满月光的原野。

　　"这是什么曲子？"我问夏一红。她瞟我一眼，摇摇头，撇撇嘴。弗兰茨已经走到凸窗间，背对我们站在窗前，像在欣赏外面的风景。大熊像个小学生似的端坐着，正含笑聆听。"是巴赫的《英国组曲》。"他觑我一眼，轻声说。

　　巴赫是大熊的最爱，难怪他听得一脸陶醉。我回头跟夏一红对望，不约而同都面露赧色。

　　我俩都出生在二十世纪六十年代中期的中国，成长的岁月里，每天唱的听的，都是斗志昂扬的革命红歌。对于外国歌曲，我们最熟悉的莫过于《国际歌》，那时候大会小会总是唱，另外就是几支电影插曲。西方音乐史上那些如雷贯耳的名字,巴赫、亨德尔、海顿、莫扎特、贝多芬等,我是在八十年代读大学期间才首次听说。即使现在,定居德国好几年了,身边还有个热爱古典音乐的德国丈夫,我对他们的作品仍然不熟悉。这事每每想起,我都感到沮丧和悲哀,为自己无法提高的音乐素养。

夏一红说过,弗兰茨四岁就跟母亲学弹钢琴,还一度梦想长大后当钢琴师。但他后来改变了主意。出生后从未见过父亲的他,成长的岁月,是跟母亲在外公外婆家度过的。也就是在这幢房子里。他父亲家位于法兰克福城里的房子,在1944年春天被盟军的飞机炸成废墟。爷爷在那场轰炸中丧生,奶奶和姑姑因为去亲戚家了得以幸存。父亲在前线音讯杳然,生死难卜,奶奶对小孙子疼爱有加。童年时,母亲经常带他去看望奶奶。那时奶奶独居在一间政府安置的小公寓里,墙上挂有一张照片:中年的爷爷和奶奶,少年的爸爸和姑姑,在自家房子的花园里幸福地笑着。身后就是他们的家,一幢漂亮的一楼一底独立房,斜顶上有一扇像眼睛那样的半圆形老虎窗。

奶奶后来患上老年痴呆症,谁都不认识,只认识弗兰茨,还总是把孙子当成儿子。弗兰茨十六岁生日那天,她拉着他的手说,儿子你终于回来了,走,我们回家。花园的苹果成熟了,我得回家为你爸爸酿苹果酒。等大家费了半天劲儿,终于让老人明白,她家的房子早没了,她就指着照片对弗兰茨说,我们得把房子再盖起来,不然爸爸回家会找不着我们——没有人知道她口里的"爸爸",到底是指她自己的丈夫,还是上了战场一去不返的儿子。

她来自波罗的海边上的一个渔村。在一次帆船大赛上,她与来自法兰克福的爷爷在沙滩舞会上一见钟情。后来她随爷爷南下,跟他在美茵河畔的法兰克福成了家。生下两个孩子后,在银行工作的爷爷买了一块地,要为妻儿盖一幢漂亮的房子。他知道妻子思念家乡,就特意模仿她娘家的房子,在新房屋顶开了一扇半圆的老虎窗。那是波罗的海一带的居民建筑常见的窗户,在出海的人眼里,那一扇扇屋顶的老虎窗,是家人远眺和等待他们归来的眼睛。

奶奶死后,留下一笔丰厚的遗产,主要是卖掉房子的地皮所得。钱被分为三份,一份给儿子,一份给女儿,一份给孙子。儿子迟迟未归,他的那份就一直在孙子手里。

弗兰茨的理想就这样拐了弯。读大学时,他选了建筑和机械专业。多年以后,当他终于计划结婚,就用奶奶留下的那笔钱,在莱茵河畔的葡萄村庄买了地,自己设计建造房子。这时候,奶奶的嘱托,父亲家那幢毁于盟军炮火的房子,又重现眼前。他找出奶奶留下的那张照片,久久打量照片上的亲人和房子。房顶的那扇老虎窗就慢慢活了,像奶奶的眼睛在凝视他,又像他从未谋面的父亲的眼睛,在世界的某处遥望他,寻找他,死不瞑目。他陡然悟到,原来他们还可以用这种方式活下来,活在一幢房子里,活在他心里,就果断在自己的新房屋顶,也设计了父亲家屋顶那样的老虎窗:就像一只深情的眼睛在执着地等待。

"嘉陵,你看我儿子!"夏一红在轻声叫我。小家伙被她双手掐腰举在膝上,两眼正一动不动地望着弹琴的白格夫人,小嘴还吧吧地嚅动着,笑着,手在晃动,脚在蹦跶,像在跟着音乐跳舞。

"每次奶奶弹琴,他都很兴奋,手舞足蹈,好喜欢音乐的样子。"

"说明他有音乐天赋啊。肯定是继承了奶奶的音乐基因。"

一曲终了,白格夫人像一尊雕像,在窗前朦胧的光里,参禅入定般一动不动。室内陷入短暂的沉默,只有孩子在哼哼唧唧,像在说：奶奶，不要停下，我还要听！白格夫人慢慢转过身来，冲着孙子笑了，温柔道："怎么啦，我的弗兰茨心？你是还想听吗？"孩子又哼唧两声，像在回答：是的，我还想听！白格夫人会心地点了点头，慢慢转身。琴声再次响起，欢快而清亮，居然是我熟悉的旋律！我惊喜得跳起来："这是一首中国歌曲，她怎么也会？！"

我清楚地记得，第一次听到这首歌，还是在国内上大学时，为了参加学校的"红五月歌咏比赛"，班长在阶梯教室教我们唱的。当时就觉得旋律欢快，歌词也美，很喜欢。没想到时隔二十多年，在遥远的异乡，这首歌居然被一个德国老太太弹奏出来。

"这怎么可能是中国歌曲？"弗兰茨从凸窗间走过来，在沙发上坐下。

"是啊，胡说八道！"大熊也白了我一眼，直摇头。他早就习惯了我的无知和信口开河，"这是一首德国民歌，名叫《来吧，五月》，啥时候成了中国歌曲？"

我糊涂了，求助地望着夏一红。她嘴一撇，做了个不知道的表情。

熟悉的旋律像久别的朋友在召唤。我忍不住了，一步冲过去，站到白格夫人身边，跟着她的弹奏唱起来：

　　……当小鸟唱起歌儿，报告春天来临，
　　在草地上跳舞，又是一番欢欣，
　　啊来吧亲爱的五月，快带来紫罗兰，
　　也多多带来布谷鸟和伶俐的夜莺……

我一边唱还一边摇头晃脑，恨不得要跳起舞来。白格夫人惊讶地抬起头来望了我一眼,也来了兴致,跟着一起唱起来。她唱德语,我唱中文,两种截然不同的语言,在同一旋律下琴瑟和谐,像在跳一曲优美欢快的双人舞。

她的嗓音很专业,浑厚圆润,小舌音异常清晰,像有小兔子在喉咙里蹦跳。那明亮的蓝眼睛不时回望我一眼,精美的红指甲在雪白的琴键上飞快地聚散起落,像红梅花儿在雪地里纷飞;身体也随之大幅度摆动,仿佛我俩是在同台演出。她甚至舍不得停下来,一遍又一遍反复弹奏,直到我唱得嗓子发干,歌词颠倒全乱套了,红梅花儿才慢慢停落在雪地上。

掌声响起。他们都在为我俩鼓掌。白格夫人缓缓起身,笑吟吟地朝他们点头致谢,然后亲切地拥抱了我。她轻轻拍打我的肩说:"姑娘,你唱得真好,谢谢你!"

她也叫我"姑娘",就像我公公。据说在欧洲人眼里,中国女人普遍显年轻。这让我开心。松开我后,她又握住我的手,两眼湿润地看着我,嘴唇哆嗦着,问我:"在中国,你们也唱这首歌?"

"是啊,白格夫人。"我又兴奋又紧张,像被老师点名表扬又提问的小学生,"我二十多年前就会唱这首歌了。那时我还在读大学。我和同学们都很喜欢这首歌。不过我一直以为,这是一首中国歌。现在才知道,它原来是德国民歌。太巧了,你也喜欢。我好高兴……"

她对我突然的友好和亲昵,让我受宠若惊,也心慌意乱。她实在太高,大约一米七五,这样近距离地面对面,我仰望她,她俯视我,让我感觉很不自在。另外,她的手冰凉,骨感,像夏一红的手,又不完全像。夏一红的手皮肤细腻,大小跟我的手相当,握在手里像握着一把易碎的玉壶,让你心生爱怜;她的手很大,手指奇长,皮肤干枯,让你想起金庸笔下的九阴白骨爪,心生恐惧。我试着抽回我的手,她却紧紧捏住,不肯松开。

"太好了！这是我最爱的一首歌。真没想到,在遥远的中国,你们也喜爱。这真是太好了！啊,来吧,亲爱的五月……"她终于松开我的手,缓慢转身,朝凸窗间走去,嘴里还在呢喃着：

　　美丽的五月,
　　群芳争妍吐媚,
　　在我的心里,
　　绽开了一朵爱的花蕾。

　　美丽的五月,
　　百鸟放声歌唱,
　　我对他啊,
　　倾吐了思恋与渴望。

这是海涅的诗,她居然脱口而出！我不由得暗暗吃了一惊。她站在窗前,轻轻撩起雪白的纱帘,朝外张望。

"妈妈,你太累了,"弗兰茨起身过去,挽着她的胳膊说,"走,我扶你上楼休息吧。"

"不,我一点也不累。"她轻轻抹开儿子的手,转身又慢慢朝我走来,到我面前,她停下脚步,低下头来打量我,"姑娘,请问你是谁？叫什么名字？"

我如实回答了,还提醒她我们见过面,在弗兰茨和夏一红结婚那天,在市政厅,我是他俩的翻译,然后我们还一起去中餐馆吃了饭。

"是吗？对不起,我记不得了。"她再次握住我的手,又说,

"谢谢你，姑娘，你用中文唱了我最爱的歌。我能请你再唱一遍吗？我还想听听。"

我看了一眼身后的夏一红和大熊，见他俩都只面带微笑，旁边的弗兰茨也没反对，就轻轻地哼唱了几句。歌词段落全乱了，好在她也听不懂。她低着头，听得很认真，还跟着我哼了哼，眼里是幸福又激动的光芒。

"姑娘你唱得太好了。"她再次俯身拥抱了我，拍着我的肩说，"谢谢你，我还是第一次听人用中文演唱这首歌。"

然后她就退后一步，直起腰身，歉意道："对不起，我有点渴了，得去喝点水。"说完她就朝客厅门走去。弗兰茨疾步上前拉住她："妈妈你坐下歇歇吧，这茶几上有水，我去帮你拿杯子。"她望着他愣了几秒钟，一把甩开他的手，好像有点生气了，说："我有那么老吗？杯子都不能自己去拿？"

弗兰茨僵住不动了。我们都默默地望着她朝外走去，高昂着头，步履缓慢而稳健。到了客厅门口，她突然又停下来，慢慢回转身来，对我们报以少女似的羞涩一笑："对不起，我有很多年没有像今天这样唱过歌了。如果没唱好，请你们原谅。"

我也感觉嗓子干涩，想喝水，端起茶杯，发现空了。而泡茶的壶还在厨房。于是我拿着茶杯也去了厨房，见白格夫人站在厨房的窗前，端着水杯。她没察觉有人进来，还面朝窗外独自呢喃，好像在对着窗外的丁香花说话。我为自己倒了茶水，喝了一口，见她仍然没动静，就悻悻离开厨房，准备返回客厅。当我的目光掠过过道墙上的照片，我停下脚步，想等她出来，请她讲讲照片上的人和故事。

客厅里传来大熊和弗兰茨不温不火的说话声。夏一红抱着孩子在那里走来走去。白格夫人终于出来了。仗着她刚才对我的好，我勇敢地上前叫住了她。

"白格夫人，我可以问您一个问题吗？"我依然很紧张。

"当然可以，姑娘。"她笑容慈祥地停下脚步。

"请问，这是您和弗兰茨爸爸的结婚照吗？"我指着墙上的一张结婚照，明明那新娘不是她，但我想以此跟她拉开话头。

"哦不，我亲爱的姑娘，这照片上的新娘不是我。"她并没走近看照片，反而把头略略后仰，微眯着眼睛。显然她熟悉那上面的每一张照片。

我轻轻地"啊"了一声，故意装出失望的样子，再看看照片，又回头看她。"哦，对不起我认错人啦！"

这时她也凑过来，指着旁边的另一张照片。那上面有四个人，一对年轻夫妻并肩站着，女的怀抱一个婴儿，男的面前站着一个穿背带裤的小男孩。

"你看这个，这是才出生三个月的我，受洗的那天。你认出来了么，就在我们今天的教堂门前？这个小男孩是我哥哥。"

我睁大眼睛，这才发现，那照片上的教堂果然就是今天的教堂，我认出那拱形的哥特式大门。当年她也在这里受洗？我再次抬头看她的脸，又去看那照片上的女婴。这中间隔了多少年？难以置信！数十年的光阴流走了，却又在这幢房子里打转。"好有意思，您和您的孙子，都在同一座教堂受洗。"

"还有呢，我儿子也在这座教堂受的洗！"她两腮泛红，目光温柔，"但他受洗的照片不在这里，在楼上我的房间里。你想去看吗？"

"想！"我冲口而出。担心她没听见，我又使劲点头。真不敢相信，她会主动邀请我去她的房间看照片。这就意味着，我已经赢得了她的好感和信任。可我又感到很不安，不知道这样做是否

155

合适？弗兰茨和夏一红乐意吗？尤其是弗兰茨，他刚才还担心母亲太累。也许他并不希望我打扰老人？于是我犹豫了："可是，白格夫人，您会不会太累了？是否需要先休息一下？"

"哦，不，姑娘，我一点也不累。今天是个难得的好日子，我怎么可以累呢？走吧，请跟我来。"

她冰凉的大手再次拉住我的手，头也不回朝楼梯走去。我其实还在犹豫中，但双脚已不自觉跟她走了。刚到门厅，三个人从客厅出来了，夏一红抱着孩子走前头，满脸欣喜："走，嘉陵，去阁楼，看弗兰茨演示他的电动玩具。"

我为难了，手还被白格夫人紧紧攒住。"可是你婆婆叫我去她房间……看弗兰茨小时候受洗的照片。"

十四

一推开门，白格夫人就侧身开了灯，走到旁边的照片墙前。

"怎么不开窗帘？外面阳光很好。"我跟进了屋，实在不习惯大白天却拉着窗帘开电灯。

她朝窗户望了一眼，淡淡道："不，我不能让阳光进我的房间，它会偷走我心爱的东西。"

她的手指向一张照片，那背景正是今天的教堂。高高低低的两排人，中间站着一个抱孩子的年轻女子，一边是神父，另一边是一对中年男女。年轻女子身材瘦高，面带微笑，怀里的婴儿也包裹在一件白袍里。

"你看，这才是弗兰茨受洗的照片。那也是五月，跟今天一样阳光灿烂，空气中满是丁香的芬芳。"

"啊，真的！"我凑近了仔细看那照片，很惊喜。

"我的小弗兰茨今天受洗的地方，也是他爸爸和我，我们一家三代受洗的地方。时间过得真快呀，好像只是眨了眨眼睛。这是1945年5月，战争刚刚结束，我们就决定让孩子受洗。感谢上帝，让大家都活下来了。当时物资匮乏，法兰克福一片废墟。我喜欢的店铺都没了，哪儿都买不到漂亮的童装和布料。我就把我父亲当年在巴黎为我买的芭蕾舞裙，改做成这件小礼袍。你看这都多少年了，小礼袍的颜色还那么雪白。不是吗？一红也喜欢，说孩子穿上它就像天使。"

她用一双慈母般的眼睛看着我,等待我做出肯定的回答。

"是的,非常漂亮。孩子今天真的像天使。"我再次被震惊了。原来孩子今天穿的小白袍,不仅仅是父亲穿过那么简单,它还是白格夫人当年的芭蕾舞裙改做的。我眼前出现了少女的白格夫人跳芭蕾的样子,美丽动人,艳惊四座,就像《魂断蓝桥》里的玛拉在舞台上那样。

这时我突然意识到,白格夫人年轻时多么像电影《乱世佳人》里的斯嘉丽!斯嘉丽在战争中颠沛流离,穷困潦倒,为了保住心爱的家园,她决定把自己打扮得漂漂亮亮,去找白瑞德借钱。可她没钱打扮自己,就一把扯下家里的丝绒窗帘,为自己做了一条华丽的裙子,穿在身上摇曳生姿,去找那个爱慕着他的男子。白格夫人为了心爱的儿子能早日受到上帝的庇护,买不到受洗的礼服,就剪掉自己的芭蕾舞裙。这两个都经历过战争的女人,为了保护心中的爱,都有着同样的聪明和果敢和不顾一切的决绝。

"他就是……弗兰茨的父亲吗?"

我指着照片上她身边的一个瘦高男子。话说出口,才意识到,她的儿子和孙子都叫弗兰茨,我的表达也许不清楚,就赶紧补充:"我的意思是,这位先生是您的丈夫吗?"

"哦不,他是我父亲。"她微笑着摇头,细长的手指指向了另一张照片,那是夏一红刚才给我看过的那张结婚照,镶在镀金雕花的相框里,"他才是我的丈夫。这是我们举行婚礼的时候。你看他多么漂亮,不是吗?"

"哇,是的,您的丈夫很漂亮,您也很漂亮。"我盯着照片上的一对新人,真诚地赞美着,还故作惊讶,"白格夫人,您年轻时好像比现在胖点……"

"哈哈,不是胖,是我的弗兰茨已经在路上了。"她开心地笑了,还轻抚着自己平坦的肚子,"我们原计划等战争结束后再结婚。可我怀孕了,而该死的战争还没结束……"

她耸耸肩,朝我摊开双手,像个恋爱中的少女,既娇羞又幸福地微笑着,丝毫没有未婚先孕的难为情。

"我父亲说,"她皱着眉,噘着嘴,双手叉腰,模仿父亲说话的样子和腔调,"'孩子不能没有父亲。你们必须在孩子出生之前登记结婚。'于是我们就结婚了。"

她脸上的表情生动又俏皮,可爱极了。原来她的高冷只是假象,或者说,只是她的另一张面孔。"可那时不是在打仗吗?你们还可以结婚呀?"我想听她的爱情故事,就故意把话头往深处引。

"是的,他还在前线。他是春天走的,圣诞期间回来度假。没想到,就在那么短暂的几天时间,上帝居然让我们有孩子了。"

她的红指甲在那张黑白照片上摸来摸去,像红蜻蜓在黄昏寻找栖息地。"可惜孩子出生的时候他没回来,孩子受洗,他也没回来。那年的春天特别寒冷,四月还下了一场冰雹,好像天空在哭泣。我为他担心,天天去教堂,祈祷上帝保佑他。五月战争结束了,天空突然放晴,丁香也开了。布朗神父对我说,他马上就要回来了……"

我踮起脚尖,盯着照片上的神父问:"谁是布朗神父?就是今天主持洗礼的那一位吗?"

"是啊,"她后退一步,用奇怪的目光打量我,"难道你没认出他吗?哦,是的,现在他老了,老得连我都快认不出了。"

"他为什么总低着头?是患了什么病吗?"照片上的神父站得笔直,微昂着头,双目平视前方,表情慈悲又威严。

"他呀，一辈子都在低头祷告，所以到现在，他的头，想抬也抬不起来了，哈哈……"她居然打趣地笑了。

"神父不退休吗？他这么老了，还为孩子主持洗礼。"

"你是说布朗神父？他呀，早退休了。可那有什么关系呢。他是我们家的老朋友了。他父亲主持过我父母的婚礼和我的洗礼，他又主持过我的婚礼和我儿子的洗礼，所以他很乐意，为我们家的下一代主持洗礼。"

"您的儿子，弗兰茨和夏一红的婚礼，也是由他主持的吗？"我顺着她的话往下说，虽然我早就知道，他们并没举行教堂婚礼。

她愣了，皱了皱眉头，好像没听懂我的话，若有所思地看着我。我立即明白，也许她不想谈论儿子的婚事，就换了话题，指着照片上的她说："白格夫人，您的婚纱好漂亮。"

那双正在黯淡的眸子突然又亮了，好像玻璃珠子被洗去尘埃。她把手往下一挥，有点不屑的意思。"别提了，战争期间，有钱也买不到好东西。这还是我母亲的婚纱。她比我矮点，我们就在裙摆下又加了一圈荷叶边。我肚子也大了，又放宽了腰部。披纱也是母亲当年的，但我在披纱上点缀了一些不同颜色的雏菊，还用红玫瑰编了漂亮的花环戴在头上。可惜这不是彩色照片，你看不出它们的色彩多么美丽迷人。还得感谢五月啊，人间最美丽最慈悲的季节。尽管战争破坏了我们的生活，物资严重短缺，但大自然依然宽厚仁慈，并不计较人类的愚蠢。它一如既往地慷慨大度，长出丰富的蔬菜和果实，填饱我们饥饿的身体，又开出那么多美丽的花儿，安慰我们痛苦的灵魂。所以，五月的新娘是最美丽的，因为全世界的鲜花都为你盛开，为你装扮。不是吗？"

"是的，是的。"我把头点得像鸡啄米，目光还盯着那张结婚照。即使隔着悠长的时光，我仿佛仍然能听见照片深处轰隆的炮声,看见远方的天空硝烟翻滚。但没有什么能够阻挡爱情的发生,切断生命的延续,即使惨绝人寰的战争,也不能让春天和爱情从人间消失。

"白格夫人,您一点也没变,还像结婚时那么年轻漂亮。"片刻的沉默后,我无话找话,打破冷场的尴尬。

"谢谢你,姑娘。"她目光温柔,抬手捋了捋鬓角的头发,欣然接受我的赞美。

"您的新郎也……很漂亮。"我试图找个别的词来形容她丈夫的英俊,可一时词穷,没能找到合适的,只好继续使用这个形容女人的"漂亮"一词。

她再次不谦虚地接受了,还进行了补充。

"是的,他漂亮极了。他们谁都比不上他! 他有一头栗色的鬈发,眼睛美得像蓝宝石,鼻子高挺,像米开朗琪罗雕出来的大卫的鼻子。对了,他的嘴才迷人呢,是我童年最爱的小熊软糖,我真想永远含在口里……"

她一脸陶醉,嘴唇嗫嚅着,长睫毛扑闪着,潮湿的眼睛里有大海的波光。那一串红蜻蜓再次翩翩飞舞,在她年轻的新郎身上久久流连。

"白格夫人,请问,您和您的新郎,是怎么认识的?"

话一出口我就有点后悔,担心她会反感。德国人注重隐私,私生活不愿被人打听。但她出人意料地欣然作答:"我们从小就认识啊。我父亲跟他父亲在大学时代就是朋友。他们经常在一起踢足球,还是大学划船俱乐部的成员。"

"真好!"我想说,原来你们是青梅竹马啊,却不知道"青梅竹马"这个成语,用德语应该怎么说,就只好支支吾吾,"从小就认识,是最好的爱情。请问,你们这是在哪里举办的婚礼?"我还指着那张结婚照。

"就在这里呀,就在这幢房子前,难道你没看出来吗?"她略带嗔怨地瞅我一眼,"他家在法兰克福,房子被炸了。他可怜的父亲,我亲爱的汉克尔叔叔,也在那次轰炸中丧生。美茵河边的法兰克福,曾经多么美丽富饶,商铺云集,车水马龙,一条街一条街全都被他们炸成了废墟。他们简直疯了,不仅把歌德故居炸了,连皇帝大教堂也不放过,那可是神圣罗马帝国皇帝和后来历代皇帝加冕的地方!"

她的手开始颤抖,嘴唇哆嗦,胸脯也剧烈地一起一伏。稍后,她长长地舒了一口气,才又接着往下说:"幸好,我们家在这郊外的山上,盟军的飞机也从这里飞过,但没扔炸弹。所以,我们家这房子才幸存下来。"

说着她往后退了半步,目光依然停留在照片上,说:"那时候,我们刚在厨房的窗外种下丁香 —— 还只是一株小树苗呢,所以在照片上看不见。而今你看,它长势多旺,快要把我厨房的窗都挡住了。可惜,照片的玫瑰门没有了。它多么美丽,芳香醉人,从春到夏都红艳艳的,就像天上的彩虹落在我们家门前。奇怪的是,就在我母亲去世那年,它们突然也死了 —— 两株玫瑰同时死的。它们是我父母结婚时种下的,一起殉情,要去天堂继续陪伴我父母。姑娘,你知道吗,我们德国人的一生要做三件事:盖一幢房子,种一棵树,生一个孩子。如果这三件事都完成了,这一生就完美了。"

照片上的玫瑰开得真好,密密匝匝围了一圈。在玫瑰拱门的上面,房子门楣上的兽头清晰可见。

照片上的人物渐渐活了。我似乎看见他们拍完照后拥抱亲吻,转身进屋。佳期如梦,他们上楼来到这间卧室,就在我身边的这张床上，度过了此生最后的良宵。晨曦初露，马路上有军车驶过，新郎匆匆穿上戎装，吻别新娘。楼下花园的甬道上，他一边跑一边回头望，看见她在窗口的倩影，美若孤悬天边的新月。他朝她挥手，含泪跳上军车，绝尘而去。她已泪流成河，一张脸紧贴在窗玻璃上，泅出润湿模糊的脸影——这是电影或小说里的情景？还是半个多世纪前，发生在这里的真实一幕？我看看照片上娇媚的新娘，又看看身边垂老的白格夫人，再环视周围，想象这里曾经发生的一切，一时不知身在何处，恍若走进了某部西方的二战爱情电影，又恍若电影里的人物走下银幕，来到我身旁。

"白格夫人，请问您的丈夫是哪一年参军的？"

"1943年春天。那年我十九，他十八。"

她敛起笑容，转过身去，心事重重地踱来踱去。见她并不忌讳我的提问，我壮起胆子，继续向她隐秘的往事挺进。

"他上了前线，你们怎么联系呢？"

"写信啊。"她低着头，像在自言自语，"战争期间，邮路不畅。一封信有时一周能到，有时需要一个月，甚至更久。如果运气不好，还会走丢。但不管怎样，我会每天写上几句，就好像他还在我身边，我在对他讲话那样。我每周一去邮局投寄，一周一封，从不间断。我们的身体虽然分开了，但我们的心依然紧紧连在一起。"

"你们举行婚礼的时候，1944年5月，战争还没结束，他也可以离开战场，请假回家结婚吗？"

"当然。即使在前线，也不是每天都在打仗。况且我们情况特殊，他家出大事了，房子被炸，父亲遇难。我肚子里的孩子也在一天天长大，我们必须结婚。他有足够的理由请假回来。"

我沉默了。一个二十来岁的士兵，从惨烈的东线战场匆匆返回,一手埋葬父亲,一手迎娶怀孕的新娘,他该是怎样的心情? 悲喜交加? 爱恨交织?

"你们的婚礼——很热闹吧?"我苦笑着,把话题往快乐的方向引。

"是的,很热闹,所有的亲友都来了,还有邻居。"她的脸又舒展开了,伤心的往事荡起了幸福的浪花,"他们带来了祝福,带来了食物,带来了苹果酒和鲜花,也带来了欢乐。布朗神父说,那是他主持过的最隆重最有意义的婚礼,人最多,也最疯狂——大家都压抑得太久了,难得有机会纵情一乐,连一些过路的,附近村庄的人,我们并没有邀请他们,听到这里有音乐声,也来了。我们敞开大门,来者不拒。食物虽然不够丰富,总归是够吃够喝的。重要的是,我们能一起欢乐,暂时忘掉这该死的战争。陌生人也像朋友一样,相互拥抱和祝福……"

卧室里窗帘低垂,她站在柔和的灯光中,好像站在舞台上,双手优美地比画着,正倾情演一台独角戏。

"突然,飞机来了,在我们头上低空飞过。大家吓得四处逃散,有的跑了,有的躲进地下室。我和我的新郎就钻到厨房的餐桌下。对,就是现在那张橡木餐桌。雪白的桌布从四面垂落,把我俩包围,那是我们童年玩过家家游戏时的婚房。我的新郎抱着我说,米雅,现在我们真结婚了,可这婚房好像太小了。我笑了,说不小不小,你抱着我正好。天上的飞机轰隆隆飞过,房子好像也摇晃起来。他用身体护着我,一只手摸着我的肚子说,孩子别怕,爸爸为你唱首歌吧,于是他就轻轻唱起来:'所有的鸟儿都来了,有的唱,有的叫,有的叽叽,有的喳喳,春天正在悄悄来到……'这是一首儿歌,我们小时候都喜欢唱。我也跟着他一起唱,好像天上的飞机真成了鸟儿,也就不再害怕了。后来他又唱了《莉莉玛莲》：'无论在这安静的房间，还是在世界上任何地方，我都渴望你迷人的双唇，米雅米雅，你是我的米雅……'哈哈，他竟然把歌词改了，把'莉莉玛莲'改成我的名字。不过我喜欢。可他唱着唱着竟哭了，泪水打湿了我的脸。我说，亲爱的，你为什么哭啊？今天是我们结婚的大喜日子。他就笑了，说，傻瓜，我是高兴呀，终于又跟你在一起了！还能活着抱抱你，真幸福呀！我们就这么抱在一起，后来不知怎么就睡着了。也不知道过了多久，是索菲亚把我们叫醒。就她知道我们喜欢钻到桌子下玩耍。她掀开桌布对我们说，舞会又开始了，你俩快出来吧！等我们迈着僵硬的腿脚走出来，外面天色已晚，院子里燃起了篝火，人们又在继续唱歌跳舞，大杯喝酒。只有布朗神父垂头丧气坐在一角，脖子上缠着纱布。原来他受伤了。飞机飞过的时候他没躲藏，一个人还站在门前为大家祈祷。没想到，飞机飞得太低，气流把屋顶的瓦片卷起来，有一块砸中了他的后颈窝。当时伤势并不严重，只是皮破了，流了些血。他也没重视——战争期间，想重视也没条件啊，好的医疗资源都去部队了，法兰克福的大医院？别提了，那边正在遭轰炸呢。没想到，后来他的脖子慢慢就直不起了，好像是伤到了什么神经。我说，对不起啊，是因为我的婚礼，你才受伤。可他却说，不，这是上帝的安排……"

"后来呢？"我的声音几乎颤抖了，"您和您的新郎，又去跳舞了吗？"

"跳呀，后来音乐更响了，歌声也更大了，可气氛变了，欢乐少了，更多的是愤怒，悲痛和绝望，因为我们都知道发生了什么和即将发生什么。唱歌和跳舞都成了发泄。没过多久，突然有人喊叫：看啊，那边……我们抬起头来，看见法兰克福那边的天空红彤彤的，在燃烧。大家都惊呆了，拥抱在一起，沉默了……"

她慢慢移步到了窗前,双手把窗帘轻轻撩开。外面天光温和,阳光已经退去。她一动不动地望着窗外,修长的背影在户外的天光和室内灯光的交映中,俨然一尊夕阳余晖里的女神雕像。

"后来……您的新郎……"我怔了一会儿,不知该说什么。

"第二天早晨他就走了,"她竟然自己开口了,"搭乘一辆军车重返前线。我就站在这里目送他离去。他说,米雅,等着我,我很快就会回来的!我说,你放心吧,我和孩子会等着你的!我相信他一定会回来。从小到大,他从未食言。他是一个信守承诺的人啊……"

果然,两人分别的情景,如同我想象中的那样。我上前站到她身边,沿着她的目光往外望。窗下是通向大铁门的空空的甬道。她是否看见了当年的他,还在甬道上一边跑一边回头跟她挥手?

"他……后来……"我想继续追问,又不敢,紧张得如临雷区,大气都不敢出了。

"他们说他失踪了,哼,只有我知道,他正走在回家的路上!德国战败了,一切都变得混乱,无序。他既然没有阵亡,就肯定还活着,就肯定会回来——即使被俘虏!你知道吗,有人当了俘虏,还从战俘营里逃回家了,一万四千多公里的距离,步行了八年……整整八年!这是真事。我猜他是迷路了,受伤了,或者生病了……那地方很冷,能冷到零下四十摄氏度呢,很容易让人生病的。如果那样,他就需要更多的时间。"

"啊,一万四千多公里?步行回家?"我很惊讶,当时还不知道,她讲的正是客厅那本书里的故事,电影《极地重生》男主原型的真实经历。

"我收到的最后一封信,是他1944年8月21号写的。信上说,部队伤亡惨重,开始撤退。战争马上要结束了,他很快就可以回家了。他感谢我的护身符，让他再次化险为夷。"

"护身符？什么护身符？"

"就是我的爱呀。他当兵离开我的那天，对我说：'亲爱的米雅，只要你还爱着我，我就不会死。你的爱就是我的护身符。'这可不是他说着玩的。有好几次，死神与他擦肩而过：子弹把他的肩章打飞了，炮弹在不远处爆炸时，弹片飞溅到他的头盔上叮当作响。身边的战友死的死，伤的伤，唯有他还安然无恙，这，就是因为有我的爱在保护他。他说：'亲爱的，只要你还爱着我，我就不会死。'是的，是的，亲爱的，我一直都爱着你……我怎么会舍得让你死呢……我要活着，永远活着，那样你就不会死去！"

她陷入了沉默，依然矗立窗前，面朝窗外。我费力地吞咽了一口唾沫，滋润喉咙，又怯怯地问："后来呢？"

她没有反应。

我怀疑自己声音太小，她没听见，就鼓起勇气，略略提高了音量："后来他回来了吗？"

她突然转身，用惊喜的目光盯着我，一只手贴在耳朵上做聆听状："我好像听到他的脚步声了！"

我下意识地后退了一步，心底蹦出来两句古诗："可怜无定河边骨，犹是春闺梦里人。"一千多年前中国唐诗里的悲剧，竟然在二十一世纪的德国上演。从二十岁的花样年华，到如今的风烛残年。白格夫人的一生都在等待中度过。而她春闺梦里的情郎，照片上那个年轻英俊的德国军人，也许早已成一堆白骨，在辽阔的俄罗斯原野，在某处不为人知的丛林或山谷，被铁蹄践踏，被冰雪覆盖，被荒草淹没。一股寒气袭遍全身，我鼻子一酸，双手捂嘴，眼里盈满泪水。

她已经变得焦躁不安，在房间里急促地转来转去，去梳妆台前对镜补妆，又转到壁柜前，拿起一帧照片亲吻。

"回来了，亲爱的你终于回来了！"她的声音因激动而战栗。放回照片后，她又抓起旁边的一只手雷状小黑瓶，双手哆哆嗦嗦地摩挲着。我凑过去看照片，认出是她丈夫的头像。天哪，那是一双怎样的眼睛，深情而梦幻，仿佛九寨沟的海子，让人情不自禁，想投身进去，融化其中。我的心跳骤然加快。难怪她说，他们谁都比不上他！

一股略带苦涩的奇香飘进我鼻孔。我看见白格夫人双眼微闭，对着那小黑瓶在深呼吸，深呼吸，然后又迅速拧紧瓶盖，翕动鼻翼，表情陶醉像吸了大麻，正飘然欲仙。

"这是他用过的香水，是他身体的味道。你嗅到了吗？这屋里满满的都是他的气息，就好像他还在这屋里，从未离开……所以我不能开窗，不能让阳光和空气进来……"她颤颤巍巍地放回瓶子，跟跄着冲到大衣柜前，一把拉开衣柜门，"快……他回来了，我要穿上最漂亮的衣裙迎接他归来……"

大衣柜里整齐地挂满了衣裙，按不同的色系排列，下面还摆着相同色系的皮鞋。她取出一条银灰色衬衣配黑裙的套装，在身上比比，问我，漂亮吗？不等我回答，她已经又把它挂回去，取出刚才参加洗礼的那条红色连衣裙，拎着它就朝梳妆台走去，却在床头转角处突然停下，慌乱的目光落在床上，一时呆了。

看她这失魂落魄的样子，我明白了，夏一红是对的，她就是脑子有毛病，一直活在自己的梦里。此时她从床上看见了什么？年轻时短暂的恩爱缠绵？漫长岁月的夜夜相思，孤枕难眠？他年轻的令她销魂的肉体？他漂亮的令她思念的脸庞？她这一生就靠着他留下的气味和幻影，年年岁岁，撑到今天。

不！顷刻间我内心大恸，决定帮她清醒过来，撕碎梦想，重返现实。随着一股热血冲上脑门，我对她冲口而出了一句让我追悔终生的话："白格夫人，您真的以为，您的丈夫随时会回来？所以你在床上还为他留着被子？"

她慢慢转过身来，用惊愕的目光瞪着我，面部开始痉挛，细密的皱纹倏然变粗，像冬眠后的小蛇在她脸上扭动着醒来。她的蓝眼睛也不再像美丽的海洋之星，而成了两只孵出小蛇的母蛇的眼，寒气飕飕，杀气腾腾。这是一张完全陌生的脸，狰狞而恐怖。她突然问我："你……是谁？为什么在我的房间？"

我的双腿发软，正想解释说，是您请我来的呀，就见她手一松，手里的衣裙滑落到地，身体摇晃着往后退，好像突然发病了，站不稳快摔倒了。我本能地冲过去想扶她一把，不料却被她用力一推。

"滚……你滚出去……"

她像一头狂怒的母狮朝我咆哮。那个我永远发不出的小舌卷音R，被她格外清晰地拉长了吐出来，像一串连珠炮向我袭来。我趔趄着"咣当"一声跌倒了，同时听到她也发出一声惨叫。她高大的身躯摇晃了几下，随梳妆椅一起訇然倒下，如雪山坍塌。

地板在颤抖，房子在晃动。随着一阵急促凌乱的脚步声，最先冲进来的是弗兰茨。"上帝呀，发生什么事啦！"

我挣扎着正想爬起来，弗兰茨像马一样从我身上跨过，直奔他母亲。当我意识到，白格夫人摔倒了，我的全身顿时彻底瘫软。这时大熊跌跌撞撞进来了，傻子一样站在我身边不知所措，只是双手抱头憨憨地嘟哝："天哪，你们这是怎么了？"

夏一红也跟进来了，抱着孩子在门口尖叫："妈妈咪呀！不是说看照片吗？怎么打起来了，还两败俱伤……"

"滚……滚出我的房间！……让我永远不要再见到她！"

白格夫人的声音再次响起，颤抖着，嘶吼着。气急败坏的弗兰茨也大声怒吼："走啊，你们！"又觉得不妥，补充了一句，"对不起，请你们马上离开！"口气十分冷硬。

大熊这才慌了，一把将我拉起来，拖着就匆匆往外走。

十五

时至今日，我还清楚地记得那个丁香花盛开的五月的下午，记得在白格夫人家发生的一切。

毫无疑问，那是美好的一天，也是糟糕的一天；是快乐的一天，也是痛苦的一天；是收获满满的一天，也是损失惨重的一天。像戏演到高潮，曲高弦断，精彩的一切戛然而止。你以为剧终人散了，其实那只是中场休息。

可当时的我，并没预料到这些。面对剧情的急转急下，我震惊，我屈辱，觉得自己比窦娥还冤。白格夫人的突然摔倒，把我置于不义之地，让我成为罪人，虽然事实上是她自己不慎摔倒，但我有口难辩。我到底做错了什么，或者说错了什么，导致她情绪失控？现在我大致明白了，但当时百思不得其解。

回家的路上，大熊一边开车，一边责怪我："我叮嘱过你一万遍，这是德国，你不能随便打听别人的隐私，你为什么总是不听？那么好奇，什么都想知道，什么都问，是缺乏教养，是侵犯隐私，你懂吗？如果白格夫人有个三长两短，我看你今后怎么心安！"

这最后一句让我心惊。白格夫人会死吗？如果她死了，我的后半辈子良心还能安宁吗？然而，事实上我才是受害者啊。我好心上前想搀扶她，却被她一巴掌撂倒。这天大的冤屈，我向谁诉说？想到这个，我委屈得哭了："不……我是冤枉的，无辜的……"

车子慢慢减速，在田野边的一处岔路口停下。大熊长叹一声，探过身来拥抱我，安慰我："好了，好了，希望你这次能长记性，以后不要再犯了。"

我泣不成声："是她自己喋喋不休说个没完……兴致那么好，我当然得陪着。谁知道……我不过就那么一问……不想回答就不回答，也犯不着生气，还动手打人，狠狠地给了我一巴掌……我胸口现在还痛呢，说不定肋骨已经断了……她自己没站稳摔倒了，我却成了罪犯……什么逻辑啊！"

大熊"扑哧"一声，反倒笑了："好，我们现在就开车去警察局，告她伤害罪好不好？你呀，就是不会察言观色，审时度势。有时候，人家脸色都变了，你却觉察不到。老人本来就糊涂。弗兰茨也说，她脑子有时不清醒，你还凑上去……她真打你了？哪里痛？"

"也没打，就是推了我一巴掌。"我顺势推开大熊，努力让自己冷静下来。

"好了，事情已经发生了，哭也没用。现在让我们祈祷吧，愿上帝保佑她平安无事。"再次发动汽车前，他在胸前画了个十字。

车窗外暮色渐起，万物朦胧。山峦，田野，树林，房屋，一团又一团的花红树绿，都已失去了白天的艳丽，像被泼了污水。泪眼婆娑中，我又看见刚才的一幕，向我下逐客令的，不仅有疯癫中的白格夫人，还有弗兰茨！他没疯，为什么不问青红皂白，就赶我们走？连一秒钟解释的机会也不给我。这实在伤我的自尊心。

尽管这样，我还是希望白格夫人平安无事。"上帝啊，请保佑她平安吧，否则我就惨了！"我也双手合十放在胸前，默默祈祷。从来不信上帝的我，此时真希望有上帝存在，能帮我一把。过失杀人也是杀人，也算背上一条人命。真那样，我的后半生将永无宁日。

车子在暮色中的乡间马路上飞奔。我俩都沉默着，任浩荡的春风在窗外的暮色中浊浪般地汹涌而过。真是乘兴而来，败兴而归。

过了一阵，大熊又开口了："你总说，德国人冷漠，现在你该明白了吧，人与人之间需要距离。距离可以是保护墙，保护自己不受伤害，也不伤害别人。像今天这事，如果换个德国人，是绝对不会发生的。"

事不关己高高挂起，对他人的事不好奇，不打听，这到底是对对方隐私的尊重，还是人心冷漠？我糊涂了。言多必失，有时难免。即使那样，也没什么大不了。毕竟，只有很少人像白格夫人，一言不当就反应过激，撕破脸皮。她高冷的外表下，藏着一颗敏感而脆弱的心。她为什么不肯面对现实？二战中那么多女人失去了丈夫，人家怎么能收拾起一颗破碎的心，重组家庭，开始正常的新生活？以她的条件，再找个男人重组家庭，绝对不难。可她宁愿自欺欺人一辈子。这到底是怯懦，还是坚强？是虚度时光，浪费生命，还是爱得忠贞，爱我所爱无怨无悔？难怪弗兰茨说，失踪比死亡更糟糕，因为死亡是结束，你可以在大恸之后获得新生；而失踪还给你留下希望，让你跟过去藕断丝连，很难跟往事彻底一别两宽。

或者真如夏一红所说，她脑子有病。是因为思念过度而郁积成疾吗？

那天夜晚，是我此生度过的最漫长难挨的一个夜晚。我躺在床上，浑身酸痛，心怀恐惧和屈辱，承受着肉体和精神的双重折磨。我担心白格夫人熬不过今夜。多年前，我父亲就是在一次摔倒后的次日走的，脑出血，时龄七十。白格夫人都八十多了，这一跤摔倒，明天还能站起来吗？一想到如果她死了，我就成了间接杀人的凶手，我就焦灼不安，难以入眠。

时间一分一秒地过去，好不容易熬到第二天下午，我鼓起勇气，给夏一红打电话，问她婆婆怎么样了。夏一红的声音冷冷的，带着怨气，说情况不妙，昨天一直躺在床上，晚餐也没下楼来吃。今天一早，整条胳膊都肿了，弗兰茨班也没去上，请假送她去医院了，拍了片，好像骨折了。

"我们原计划，天赐受洗后就搬回去住，现在看来不行了。去年圣诞，她去墓地上坟摔伤了髋骨，养了这半年，好不容易才康复，现在胳膊又断了，又需要人照顾。唉，她可真是倒霉啊！"

然后她就用责备的口气问我："你们昨天到底怎么了嘛？明明见你俩又说又唱还挺高兴的，怎么去看个照片就打起来了？我不是跟你说过吗，她脑子有时候不清醒，你怎么也不小心点？我都尽量让着她，不惹她生气，你还去惹她。真是！"

"天哪，我怎么可能跟她打起来，又怎么可能不小心，去惹恼她？！"我委屈得泪水往外飙，急得跺脚，拿着电话在房间打转。但我仍然耐着性子，把当时的情形一五一十地陈述了一遍。最后我说："我至今也不明白，我哪句话说错了，惹怒了她？可我发誓，我一直都对她小心翼翼，恭恭敬敬……"

"那就奇怪了。她怎么可能因为你的一句话不对，就崩溃？不，她一向待人谦和，温文尔雅，虽然有时候神经兮兮的，但那仅仅是言谈举止上有点奇怪，不合常情。她从来没有暴力倾向，从来没有！"

"我说的最后一句话是：白格夫人，您真的以为，您的丈夫会随时回来吗？所以您还在床上为他留着被子？然后她整个人都不对了，脸色变了，身体也开始发抖，好像急症发作，要晕倒似的。在这种情况下，我还能无动于衷，袖手旁观吗？我是好心想去扶她，怕她摔倒。没想到，她反过来给我一巴掌，把我撂翻在地。我这冤屈去哪里申？"

电话里的她沉默了，片刻后才说："你这句话也没问题呀，她一个人，床上却有两床被子，我还准备问她呢。如果她是因为怕冷，我就送她一床电热毯。你一定还说了别的什么，刺激了她？"

"没有！我发誓真的没有！"我努力回忆当时的情景，实在想不出，哪句话会刺激她，"那之前我们相谈甚欢，都是关于照片上的人和故事——也都是她讲，我听；她主动，我被动。她滔滔不绝，我沉默少语……"

"我不信。你肯定说什么刺激她了，不然她不会……"

"不信就算了，反正我问心无愧！"我气呼呼一下挂了电话。

她不信我！我气得两眼发花，脑子里嗡嗡作响。这时我又听到白格夫人那拖着哭腔的女高音："滚……""我永远不要再见到她。"还有弗兰茨那一声冷冷的逐客令。我的自尊心已经碎了一地，心也在滴血。万幸的是，她还活着，没让我成为过失杀人的凶手。但过失伤人也是罪啊。我想，我是没脸再见这家人了，我跟夏一红的友谊也到头了。

念头一起，我竟意外感到轻松，仿佛从某种无形的捆绑中解脱出来。

跟大熊商量后，我们决定不去医院探望，而是邮寄鲜花，附上一张道歉和祝福的卡片，也算为这事打上一个还算说得过去的结。

生活又按它自己的轨道运转起来。大熊开始上班了，新公司就在法兰克福，工资比以前略有提高。我们再次把买房大事提上日程，并很快有了心仪的目标。那是一幢建于二战前的老房子，各方面都满足了我们的要求：有足够多房间，花园够大，地段够好，出门步行一刻钟内就有超市和地铁站，离大熊上班的公司也不太远。由于房子老旧，需要维修，价格相当便宜。我和大熊合计着，有些维修，比如刷墙和地板打磨等，我们可以自己处理，便很快缴了订金，办好贷款，签下合同，欢欢喜喜当上房主。

维修开始了，许多未曾预料的问题也随之出现。原来整幢房子的电线还是两相的，必须全部换成三相。大熊开始在墙上重新打槽和布线，然后再铺平墙面。这打槽的工作最辛苦，噪音大，灰尘满天，让我俩都苦不堪言。我要给他当助手，还承包了所有没有技术含量的杂活儿，比如撕旧墙纸，敲旧瓷砖，清理垃圾等。厨房很小，有一扇小门通往隔壁的大饭厅。我们决定把中间的隔墙打掉，改成夏一红家那样带饭厅的大厨房。这打墙的活儿也归我。

生活一下子忙碌起来，买房的兴奋，迅速被维修工作的烦琐和辛苦所替代。大熊要上班，只有周末有两天时间。偌大的房子里，常常只有我一个人在独自忙碌。每天早餐后，我就开着我的二手小车出发了，像蚂蚁搬家、燕子筑巢，把一些零碎家什先搬去放进地下室，然后再细细动手打造梦中的家园。

老房子用料太扎实，看似薄薄的一堵墙，我抡起铁锤敲了整整一天，才把它变成一堆烂砖。胳膊酸痛，浑身无力，晚餐吃泡面端碗的手都在发抖，就这样也不舍得休息，第二天又去撕墙纸。想着这活很轻松吧，其实不然。楼上楼下好几间房，一间一间慢慢撕，先用湿布把墙面抹湿，再用手撕或刀刮，站在梯子上，没动几下，这胳膊就抬不起来了，沉重得像绑了砖头，得歇歇再干，干干再歇，如此反复。

建筑垃圾不能乱扔，只能等大熊周六有空，用拖车运到指定的垃圾场。为了节省大熊的时间，我提前把室内的垃圾搬到院子的拖车上。在搬运那堆废砖时，我的脚不慎被砸伤，痛得我"哇哇"大叫乱跳。当我撑着快要散架的身体到楼梯口坐下，脱掉鞋袜，去卫生间拿纸巾擦拭正在渗血的伤处，我看见镜中自己灰头土脸的样子，再看看周围，这空荡荡的房子里只有斑驳的四壁，遍地的垃圾。想着这乱糟糟的建筑工地，不知何时才能成为我舒适的家，人就几乎崩溃了，泪水"哗哗"流了一脸，恨不得放声大哭一场。四十多岁的人了，夏一红在享受她的第二春，国内的同学们，不是业界精英、公司高层，就是学校的教授或高级教师，房子车子、票子孩子，一样不少，还经常出国周游世界。如果不远嫁他乡，留在国内，我肯定也是他们中的一员，生活应有尽有，风光又滋润，哪儿会吃这种苦受这种累？！莫非，出国是我一生所犯的最大的错？

在我情绪低落的时候，大熊就会开导我。他说，你想想那些因为战争而流离失所的难民，还有那些挨饿的非洲饥民，他们不知有多么羡慕你现在的生活！你看，这么大的花园是我们的，树上的鸟雀在为我们唱歌，窗口的鲜花在为我们开放，客厅的大壁炉在等待着冬天燃起炉火温暖我们……我们梦想的家园已经初具规模了呀，别泄气，再加把油，我们就美梦成真了。

好吧，我擦干眼泪，继续辛苦。

终于坚持到还剩最后一道工程，刷墙。我俩都累得不行了，就商量，干脆请人吧。结果呢，找来三家公司报价，最低的也要九千多。我吓得几乎当场晕倒。按当时的汇率，将近人民币十万块了。没错，只是把一幢居住面积两百多平方米的房子内墙刷白，包工包料，就要这么多。想起我出国前，这笔钱能在重庆城内买一套八十多平方米的公寓房了，我实在无法接受，心一横，牙一咬，决定自己上。

可这看似简单的体力活，还真不容易。刚开始时还行，多刷两下，脖子和手臂就像灌了铅一样沉重。刷上的颜色不均匀，得用力，可我哪里还有力？屋顶也得刷，脖子仰到僵硬，那几天走路都仰着头。尽管我不停地安慰自己，劳动减肥，劳动光荣；省钱就是挣钱，这一刷子就挣十块，两刷子挣二十，全部刷完，就挣十万……可还是内心抓狂。国内还有人羡慕我能远嫁德国，谁会相信，我这辈子干过的最累最苦最脏的活儿，全是在德国干的。以前说出国是洋插队，我这完全是重新回炉，仅仅这幢房子的装修，就生生地把一个娇滴滴的女教师，改造成近乎全能的装修工：会刷墙了——尽管刷得不太均匀；会翻新木地板了，从建材市场租来打磨机，先推着在房间走一遍，再蹲下涂漆，尽管涂漆的时候我累得快趴下；会贴瓷砖了，相比起来这个最轻松，只考技术，不需体力，厨房灶台那面墙就是我的杰作。

为了省钱，我们率先收拾出楼上的主卧室，就退了租的房搬过来。定制的一体化厨房没到，煮饭和吃饭就在原封未动的地下室，把洗衣房当临时厨房，电炉放在桌板上。就这样，我们像民工一样住在施工现场，随时都在敲敲打打。大熊要上班，早出晚归，穿戴整齐，拎着公文包，跨过堆满垃圾和建筑材料的过道，至少在周一到周五还像个白领。我则成了彻头彻尾的女民工，包着头巾，一身满是污迹的工装。有一次去附近的建材市场买涂料，在收银台前排队，身后的德国老太太问我，姑娘，请问你刷墙怎么收费？她想把她客厅的墙壁换一种颜色。

想想刷墙的天价收费，我心头暗喜：又多一条就业之路。别人要九千，我只要八千，兴许还能迅速致富。

　　这期间，我偶尔也会想到夏一红，心里总是五味杂陈。她给我打过几次电话，有时我正干活，没听见，或者听见没接，因为手头不便或心情不好。有一次她在我家座机上留言，说她婆婆已经完全康复，她和弗兰茨带着孩子已搬回家了，并叫我给她打电话，邀请我去她家里玩。我没回复。后来我们搬家了，大熊又发现了更便宜的手机卡，我俩的手机就换了新号，从此我们就失联了。

　　没想到，在三年后的法兰克福街头，我们又见面了。这是命运的安排吗？

十六

  那天，在开车送她回家的路上，我又问起白格夫人。我回忆起我们最后的那次相聚，那个丁香花盛开的五月的周日，老教堂里她儿子的洗礼，她婆婆坟场边的家。老人因我而摔断了胳膊，一直让我深感内疚。可当我再次表达对老人的歉意，她居然冷冷地回我一句："哼，你没有半点对不起她。"

  我很吃惊，瞬间察觉出，这婆媳之间出问题了。

  "怎么啦，跟你婆婆吵架了？"

  她闭上眼睛，没理我。

  "婆媳吵架很正常，别动不动就闹离婚。"

  "我没有……动不动……就闹离婚！"她似乎怒了，从牙缝里挤出这几个字。

  "在一起时间久了，难免产生矛盾。反正又不住在一起，就少往来吧。她那么老了，说句不好听的话，还能活几年？你就别跟她计较了。"

  她的眼睛闭得更紧了，眼皮剧烈跳动着，嗫嚅着嘴唇，欲言又止。这不符合她一向快言快语的性格，肯定有什么难言之隐。

  "弗兰茨有外遇了？"我试探着问她。

  她坚定地摇头。

  "那么，是你有新欢了？"我的嗓音高了点，带调侃口吻。

"怎么可能!"她突然睁眼,瞪着我。

"那你还离什么婚啊!"我颇为不解地摇摇头,"离了婚你准备怎么过? 靠什么养活你和孩子? 社会救济? 或者出去找份工作,自食其力? 没有德国的大学文凭,年纪也大了,你恐怕很难找到好工作,除非你愿意去中餐馆当服务员,或者去宾馆当清洁工……"

我一边真诚地劝她别离婚,同时又有点幸灾乐祸,好像遥遥领先的跑步冠军摔了一跤,让我也有了赶超获胜的机会。

"我没说一定要留在这里!"她恶狠狠地打断了我,"我想带天赐回国。我在国内有两套房子,还有门面收租金,这你又不是不知道! 如果我愿意,我还可以回学校工作,教书或者去图书馆。我跟我们校长关系不错,我只是办了停薪留职……我不是养不活自己和儿子,非得赖在德国不可!"

"哦,这样啊。"我说,"回国再干几年就退休,还有退休工资,也挺好。可是,你和弗兰茨那么恩爱,又有孩子,我就不明白,为什么一定要离婚? 要把一个好端端的家给拆了,给儿子一个破碎的成长环境?"

她又闭上眼睛,不说话了,只用牙齿咬唇,咬出一道乌痕。

"到底发生了什么事嘛,非离婚不可!"她越欲言又止,我越好奇,最后竟忍不住朝她吼起来。

"嘉陵,别问了……我说不出口……"她的声音越来越弱,带着哀求和哭腔,好像我在拿刀逼她。

"好吧,不问了。我只是不忍心,看着这么好的一个家,这么美满的一段姻缘,在我的眼皮下毁了。天赐还这么小,我也不忍心,看着我的干儿子在一个破碎的家里成长,长成一棵歪脖子树。"

说到天赐，我觉得自己太虚伪了。三年多时间没来往，我何曾想过这孩子？现在这么说，好像我一直在关心他。原来我也有撒谎的天赋，无师自通，张口就来。我的脸一阵发烫。沉默。车子在莱茵河边的公路上飞奔，熟悉的风景，绿树如烟，河流似带。窗外的风呼呼啦啦地咆哮着，像万马哀嚎奔腾而过。

"好吧，我告诉你。"她突然冷笑了，声音轻柔而平静，"弗兰茨跟他妈上床。"

我一时没明白她的意思，把"跟他妈"理解成语气助词，比如骂人时说："这人蠢得跟他妈一只猪似的！"我懵懂地看了她一眼。

"就是……跟他妈……上床！"声音更轻了，却如五雷在我头上炸响。

"怎么可能！你在写小说编故事吗？"我心大乱，手脚失衡，汽车开始左右打晃，我使劲握紧方向盘。

"哼，这种狗血剧情，即使写在小说里，编在电视剧里，也太荒唐，不会有人相信的。可它偏偏就发生了，而且就发生在我的生活里。你说我这是他妈的什么命！"

说罢她突然仰天大笑，双手抱头："哈哈，我夏一红的命就这么好，一辈子不走寻常路，只撞大运……"

到她家了，房间里很乱，地上到处是孩子的玩具。她拎着大包进了厨房，不时用脚把地上的玩具踢开去。

等她收拾好东西，她为我俩各倒了一杯柠檬水，在餐桌边坐下，才又开口："嘉陵，这种丢人现眼的事，如果换了你，你会怎么办？"

我避开她的目光，用舌头舔了舔嘴唇，不知道该怎么回答。

"我本来已经想好了，谁也不讲，就让它烂在肚子里，恶心也只恶心我自己。没想到今天遇到你了。你是我在德国唯一的朋友，是我这场婚姻的见证者，是亲眼看着我怎么一步一步走过来的。我可以对别人保持沉默，但是对你……我做不到！"

原来我在她心里如此重要！我放下水杯，用悲悯的目光看着她。那衣衫下的半片残胸，刻进肚腹的十字架，赫然重现在我眼前。这具可怜的身躯已经遭受了那么多磨难，为什么，现在支撑它活下去的情感支柱也要倒塌？

"亲爱的，你想多了。"我决定好好开导她，安慰她，"上床有什么，母亲和儿子，不过就是太寂寞了……"

"太寂寞了？"她怒目圆睁，愤愤道，"嘉陵，这种事情，你以为是我自己抓屎往脸上糊？"

凄厉的寒光在她的小眼睛里闪烁，刀子一样令人发怵。我又想起白格夫人那间永远拉着窗帘的卧室，床上两床醒目的白被褥……这时我混沌的大脑豁然清醒，明白了她为什么突然发疯。是我无意中踩爆了她的雷：在她圣洁的婚床上，她和她儿子，也许有过她自己都不敢面对的时刻，却被我这个冒失鬼逼着她面对。

"不过……也许……就是一起睡觉而已，也不一定有什么吧……"我语无伦次，想要努力安慰她，却又感觉底气不足。

"我也很愿意这样想。可不行啊，你想想看，他说他从小就跟他妈睡。他妈二十岁生他，小时候就不说了。他十岁时，他妈三十，睡在一起，勉强正常。可他二十岁时，他妈四十；他三十岁时，他妈五十……你还觉得睡在一起正常吗？即使清醒的时候不发生什么，午夜梦回，荷尔蒙醒来，迷迷糊糊中，难道还会无动于衷？嘉陵，你我都是过来人，不要自欺欺人了。尽管我也努力相信，他们是纯洁的母子关系，睡在一起，不过是因为孤儿寡母，相依为命，就像当年我跟我儿子……"

她又陷入回忆中："尤其是车祸后的那段时间，我是每晚一定要抱着儿子睡的，否则就害怕一觉醒来，儿子也突然不见了，跟他爸一样，从我身边消失了……可那也仅仅是在一段特殊时间内，一年两年。后来我就叫他自己睡了。我不相信他们只是母子情深，寂寞难耐。难怪她一辈子不嫁人，也难怪弗兰茨五十多岁了还单身，曾经有过一个女朋友，都盖好房子要结婚了，也突然分手。现在我全明白了。那女的肯定跟我一样，发现了他跟他妈不清不白，才跟他分手。这种事换谁也受不了！他妈就是想霸占他，永永远远霸占他，白天母子，夜晚夫妻，还假装糊涂。禽兽不如！"

说完她愤然起身，去了客厅，嘴里还在念叨："我真傻，还支持他每个周末回去，还煞费苦心地讨好他妈，包包子，烤蛋糕，努力要做个好儿媳。没想到，我是在成全自己的男人去睡他妈！恶心死人了！"

"咣当"，"咣当"，她东一脚西一脚，把地面的玩具踢得满屋子乱飞，一屁股瘫倒在沙发上，双手捂脸。看她如此痛苦无助，我心乱如麻，不知该如何安慰她，就走过去坐在她身边，一只手轻轻搭在她肩上。沉默片刻后，我怯声问："你是怎么……发现的？"

"去年回去过圣诞，半夜儿子发烧了，我就上楼去叫弗兰茨。可他不在阁楼上自己的房间。我觉得奇怪，不过当时也没多想，就又去找他妈，想问问她该怎么办，需不需要送医院。敲门半天没人应，推也推不开，反锁了。我还以为她睡得太死，正急得不知怎么办，门开了，出来的是弗兰茨，穿着睡衣。当时我整个人都傻了，大脑一片空白。他低着头，什么也不说，出来就反手把门带上，要推我下楼。我还没有反应过来，他妈跟出来了，穿着粉色性感睡裙,气势汹汹质问我:'你是谁? 为什么半夜来打扰我们?'瞧,我还没问她呢,她倒先发制人,简直是乾坤颠倒。可我当时像见了鬼,大脑短路,一句话也说不出。"

"弗兰茨也没跟你解释吗?"

"当时没有。孩子在楼下哭呢。我人已经傻了,好像完全失去了意识,跟着他下楼后,我只是呆呆地抱着儿子,没吵没闹,由着他为儿子测体温,把湿毛巾敷在儿子额头上……那晚上我出奇地安静,跟个石头人似的,一句话也没说,一滴泪也没流,只抱着孩子坐了一夜,好奇怪。他也是,只是默默地陪着我们。我所有的感觉和意识,都是随着第二天黎明到来的……"

"后来他怎么跟你解释这事?"

"怎么解释? 他说他从小就跟他妈睡,直到战后他舅舅回来。他家在战争期间收到过舅舅的阵亡通知,以为他死了,没想到他居然又活着回来了。而他爸,只上了失踪者名单,他妈就认定他爸还活着,一定会回来。舅舅回家后,他妈就在阁楼上他的玩具房里铺了床,说等他爸爸回来后,他就上阁楼自己睡。结果他爸一直没回来,他就一直没上去睡。"

"他舅舅……后来呢?"

"好像回家不久就死了。战争中受了伤,很严重,又害肺病。回家时只剩半条命了。后来被送到医院,也没治好。死后就葬在他家旁边的墓地里。"

"哦……"

"是啊,他舅舅还传过死讯,都活着回来了。他爸呢,阵亡名单上没有,战俘名单上也没有,不过是失踪,当然更有理由回来。他妈就是这么想的。而且,她手里还捏着战争结束前几个月,他爸给她写的信,叫她等他,说他一定会回来的。她就深信不疑

185

了，相信他爸正在回家的路上，随时可能推门而入。有时半夜三更，院子里有点风吹草动，感应灯突然亮了，他妈就会发神经，以为是他爸回来了，赶紧爬起来打扮梳妆……"

我又想起那天在她房间，她回忆往事时的一往情深。她居然幻听到丈夫回家的脚步声，然后就陷入惊喜和慌乱，要穿上最美丽的衣裙迎接归人。半个多世纪过去了，她春闺梦里的情郎恐怕早已尸骨无存，可她还在痴心等待，从二十岁的青春妙龄，到如今的白发老妪。这是一场怎样的人生啊！我鼻子一酸，泪湿双眼，长叹道："唉……你婆婆其实也挺可怜的！"

"可怜？可怜之人必有可恨之处！二战中死了那么多人，成千上万的战争寡妇，人家怎么没有缠着儿子？她是什么母亲？自私，无耻，荒淫，歹毒！"

"可是，你不是说她脑子不清醒吗？她可能真是……神经错乱吧？"

"装的！该清醒的时候，她比谁都清醒。她只在该错乱的时候才错乱。"

她咬牙切齿，眼冒凶光。我不知道该怎么安慰她。这种事，好像外人怎么说都无济于事。于是我只好说："不管怎样，我还是觉得，你不该离婚。"

我的话是真诚的，可惜，面对她巨大的痛苦，实在苍白无力。

"弗兰茨后来没有表达过后悔和歉疚吗？"

"后悔和歉疚？哼，以前还有所顾忌，偷偷摸摸，被我发现后，索性光明正大了，根本不顾忌我的感受。你说，这日子还怎么过？"

这也太不可思议了。我惊愕得甩头，语不成句："不过……也许……老太太都这么老了，肯定不会有什么的，只不过是几十年养成的习惯而已。真的,人老了,旧习惯是改不掉的。"

"肯定不会? 那你可就小看她了。"她冷笑,"我可知道她有多风骚。这么老了,每天比我更爱打扮,描眉、抹眼影、擦胭脂、涂口红,绝不嫌麻烦。给谁看呢? 家里就我和弗兰茨。衣服上午一身,下午喝咖啡又换一身,如果要去墓地上坟,就再换一身。我看着都累。女为悦己者容。谁是她的悦己者? 她身边转来转去的,就她儿子!"

我心里涌起巨大的悲哀,又想起那个五月的下午,白格夫人对我说过的话:"他们都说他失踪了,只有我知道,他正走在回家的路上,随时可能推门而入,重回我身旁……"谁说她不是时时刻刻在准备迎接丈夫的归来?

她还在继续刚才的话题:"我说,要我相信你们清白,也行,从今以后,周末不准单独回去,要回我们全家一起回,晚上你必须睡楼下,跟我们在一起。他同意了,但他妈不。他不上去,他妈就一夜不睡,四处找他……"

我默默地望着她的眼睛,努力做一个好听众。

"她楼上楼下到处找,跟梦游似的,还不停地呼唤他的名字:'弗兰茨,我的弗兰茨,你在哪里?'声音虽小,听起来却很恐怖,像坟场里的鬼在招魂。奇怪的是,她明明知道弗兰茨在我房间,却从不进来,也不来敲门,只在外面游荡。她甚至还跑去花园,嘴里嘀嘀咕咕的,像在跟鬼说话。那天夜里下着小雨,外面很冷,都零下了,她穿着睡裙竟出门了。弗兰茨听到开门声响,就急了,说再不管她,会出事的。结果他妈一见他就扑进他怀里。我冲过去,他妈假装不认识我,问我是谁。我说我是你的儿媳妇,是这个男人的妻子。现在我要叫我丈夫回去睡觉。说着我就去拉弗兰茨。你猜她怎么着? 她说弗兰茨是她的丈夫,紧紧抓着他不放。

187

我就要弗兰茨当场表态，趁机把关系理清楚，让她清醒过来。弗兰茨急得哭了，说，妈，我是你的儿子呀……结果呢，他妈甩手就给了他一耳光。"

"天哪，她就是神经错乱。你们该送她去精神病医院。"我感到毛骨悚然。坟场边的百年老屋，孤独而癫疯的老太太，被两个女人争夺的美男子。这是在演鬼片吗？

"没用。见了医生，她一切正常。你又不是没见过她平常的样子，谁会相信她有神经病？有时候甚至我也怀疑，她是真的脑子有病，还是装的？以此掩饰她霸占儿子的龌龊行径？唉，不管了，现在我已经决定成全她了。"

她家门前泊着一辆蓝色的宝马，是她的，比旁边我那辆红色的二手欧宝小车华丽多了。我坐上副驾，陪她去幼儿园接孩子。身下的皮椅细腻又温润，而我的车座椅还是帆布的。我的内心又开始失衡了。在这之前，我还为自己有一辆二手欧宝而知足呢，去哪里都开着，虽不得意，却也自在。看看人家，儿子周岁生日时，弗兰茨就送她这辆新款宝马，她还不稀罕，也不爱开，进城依然坐火车，只在家附近开开，比如接送孩子，去超市买菜或者去看医生。这人跟人就不能比。

车子下完坡，在河岸边的一片新区停下。旁边的白栅栏里，就是天赐的幼儿园了。我们泊好车，刚一走到幼儿园门前，就见一群小朋友从里面出来。"妈妈！"一道清脆欢快的童声响起，一个小男生噔噔噔地朝我们跑来。

"天赐！"我惊喜地张开双臂，蹲下身来，想拥抱他，他却一头扑向我旁边的夏一红。夏一红弯腰抱住他，朝他的小脸一阵狂亲，然后指着我问："天赐你看这是谁，还认得吗？"孩子偷偷瞅了我一眼，又迅速把头别过去，不再看我。

"她是嘉陵干妈呀，你不记得了？你那么喜欢的托尼就是她送你的。快叫干妈好。"

"干妈好。"他鹦鹉学舌，再次偷偷瞟我一眼，又不好意思地把脸贴在母亲怀里。

"什么托尼？"我不记得我送过孩子什么托尼。

"就是他受洗那天，你送他的大熊猫啊。这孩子也不知道为什么，给它取名托尼，天天睡觉都抱着，可喜欢了。"

"弗兰茨，再见！"一个穿花裙子的小姑娘怀抱布娃娃，被母亲牵着，从我们身边走过。

这下他可大方了，抬头朝她使劲挥手，大声道："再见，瓦丽莎。"

是流利的德语。我这才想起，孩子还有个德文名，跟他父亲同名，也叫弗兰茨。

车上，我坐后排，挨着他的小童椅。小家伙变化太大了，肌肤雪白，小嘴红润，眼睛蓝莹莹的，睫毛又长又翘，头发浓黑，像母亲，头顶却又生出一撮金发。好有趣的混血孩子，才三年不见，就长成一个粉雕玉琢的中德混血小美男子了。

"天赐，背几首唐诗给干妈听。"孩子一出现，夏一红就像变了个人，阳光一扫脸上的阴霾，连声音也跟着清亮了。

"哪一首？"

"随便。背你最喜欢的吧。"

"最喜欢的？没有。我都喜欢，又都不喜欢。"他的小身体在童椅里扭来扭去，不时悄悄瞥我一眼。如果我也正看他，他就赶紧别过头去，看窗外。

"那就唱一首歌吧，唱《世上只有妈妈好》。"

"世上只有妈妈好，没妈的孩子像根草……"他噘起小嘴，

189

用流利的中文唱起来。

到家后,夏一红进了厨房,从冰箱里取出一只大碗,撕开上面的保鲜膜。一股清香扑鼻而来,是一碗白嫩细碎的槐花。她说是一早出门摘的,现在要摊槐花饼。她一边说,一边动作麻利地系上围裙,拿碗,打鸡蛋,加水调匀,再加入面粉和槐花。

"槐花也能吃?"我从没吃过,很好奇。

"我一定要把天赐带走,离开这个变态的家。"她没回答我的话,一边忙一边愤愤地说,"德国法律,离婚必须先分居一年。我们已经分居五个月了。我让他就住那边,别回来。他不,还是像从前一样每天回来,说想孩子。律师说,一个屋檐下住不同的房间,也算分居。德国的法律,我搞不懂!"

"他同意离婚?"

"不同意!但他也说,他会尊重我的选择。他想要孩子,怎么可能!所以我们一直在扯皮,都想要孩子。他说他爱我,爱孩子,也爱他妈,说我们仨对他都很重要,他一个都不想失去。哼,想得美!不过我有时候也同情他,觉得他很可怜。他妈把他害了,让他一辈子屈从于她的淫威。真没想到!"

孩子进来了,抱着熊猫,向我走几步又不走了,只是怯怯地望着我。

"哇,这熊猫还在?"我惊喜地蹲下身去,抚摸他手里的熊猫。

"这就是托尼,我的……"他语塞了,看看我,又望望正在摊饼的母亲,用德语说出"好朋友",然后腼腆地低下头,用手拧了一把熊猫耳朵,转身跑了。

"好朋友!"夏一红逮住机会就教他中文,"说,用中文说,好朋友,好朋友,说三遍!"她拿着锅铲追进了客厅。

孩子乖乖地照办了,又按母亲的要求,把整个句子用中文重复了三遍，夏一红这才心满意足地返回厨房。

"一红，你这个中文老师好厉害。"我朝她竖起大拇指。

她用嘴角扯出一丝苦笑："必须的。自从进了幼儿园，他的德语就突飞猛进，中文就陡转直下。这里除了我，没人跟他说中文，所以我必须坚持。我要他跟我只讲中文，他讲德语，我就不理他，说我听不懂。谁叫他是中文老师的儿子呢。中文老师的儿子中文不好，天理难容。"

我们围坐在一起吃槐花饼。我问天赐，好吃吗？他鼓着腮帮子一边咀嚼，一边点头。我又问他，喜欢吃中国饭，还是德国饭？他眉头一皱，颇为厌烦地瞪我一眼。夏一红给我递眼色，示意我别跟他说话。直到把盘里的饼吃完，他端起水杯喝了一口，才表情严肃地对我说："吃饭的孩子是沉默的鱼，不可以说话！"他说一遍中文，又用德文重复了一遍，口气像在教训我。

我不明白他的意思，夏一红就笑了，说这是一句德国谚语。以前住在他奶奶那边，吃饭的时候，他的小嘴总叨叨不停，他奶奶就这样教育他。没想到他竟记住了。

这是我有生以来第一次吃槐花饼。吃着吃着，竟吃出了奇迹：呼出的口气有香味。我把手张开放在嘴前，大口出气，又回吸，竟是浓浓的槐花香，就像我手里捧着盛开的槐花。想起古语有"吹气若兰"之说，现在该是"吹气若槐"了。我惊喜地看着夏一红："好香呀！"她回我浅然一笑："你才晓得呀。"

吃完饼，我陪她在厨房收拾，提醒她说："一红你要注意，孩子是德国籍，如果有人知道，离婚后你要把孩子带回中国，法院恐怕不会把孩子判给你。"

她正把餐具放进洗碗机，一下就警惕地直起身来："啊？为什么？"

"我也不知道为什么,只知道这是德国的法律。也许,因为德国需要孩子吧。"我想起那个钓鱼人说过的话,"你看,政府不断提高儿童津贴,出台各种政策来鼓励多生孩子。他们绝对不会同意,离婚后,你把孩子带回中国。"

"那怎么办? 我已经跟律师说了呀,离婚我一定要孩子,然后我要带着孩子回中国。"她急了,眼里充满恐惧,"嘉陵,我的情况,前前后后,你最清楚。你一定要帮我想想办法。"

"最好的办法,是不离婚。"我说的是真心话。

她别过脸去,抓起抹布擦灶台,很用力,像跟灶台有仇似的:"不离婚? 没有尊严地活着? 哦,不,嘉陵,那样的生活我不要! 即使全世界男人都死光了,我也不会要一个跟他妈上床的男人,不管他多英俊,多富有。这一桩龌龊事,就足以抵消他所有的好。我不怕孤独! 别忘了,遇到他之前,我好多年都没有男人,只有儿子。不也一样过来了? 我不是一个贪心的女人,更不是一个缺了男人就活不下去的女人!"

我的心又隐隐作痛了,想起她残缺的身体,多舛的命运。还以为,她嫁到德国是苦尽甘来,没想到,竟陷入这样的境地。

房门开了,我听到孩子尖叫着"爸爸,爸爸",朝门口跑去。弗兰茨下班回家了。我们已经三年不见,他还是一眼就认出我来。

"嗨,是嘉陵! 好久不见,你好吗? 很高兴我们又见面了。"他抱着孩子过来跟我握手。

"别理他!"夏一红背对着他,对我递眼色。

他没什么变化,身材依旧,风度依旧,只是,笑里透出苦涩和一丝不自然。我跟他握手,目光躲闪,不太敢直视他的眼睛。

他问起大熊的近况,眼角的余光不时投向夏一红。夏一红却并不看他,冷着脸从另一道门去了客厅。他便也失去了跟我继续寒暄的兴致，悻悻然转身去揭开锅盖，发现里面还有吃的，惊喜道："哇，好香！是留给我的吗？"

客厅里静静的，夏一红没有搭理他。孩子却说话了："是的，爸爸，妈妈今天烙的槐花饼可好吃了，你吃吧。"

"哦，太好了，谢谢！"

我不知道夏一红是故意多烙了一张饼，还是无意中剩下的。总之，这情景让我感觉到，他俩的感情并没有完全死去。我走进客厅，跟夏一红说，我该走了。她正收拾散落一地的乐高块，起身对我冷笑道："你看，这个人多么虚伪，越来越会演戏了。"

五月的黄昏，紫蓝的天空飘着玫瑰色晚霞。这是美好的一天，也是悲伤的一天。一段友谊失而复得，一出悲剧正在上演。我和夏一红在路边拥别。"真好，我们又联系上了。"我说，"多保重。现在你有我的地址和电话了，有什么事情，随时给我来电话。如果你愿意，可以带天赐过来住几天，散散心。我家的房子虽然比不上你家的豪华，但好歹，也可以算你在德国的一个伸脚处。"

"嗯，太好了，谢谢你！"她的眼睛又红了，快速眨了眨，要哭的样子。可她分明在笑，咧着嘴，"今天我好高兴，真的，上帝终于让我们重逢了，在我最需要你的时候，把你又送到我身边。"

我又闻到槐花香，从她的口中，也从我自己的口中，呼出的芬芳。这个在痛苦中挣扎的女人，自己都快崩溃了，还能让我们都芬芳起来。我使劲捏了捏她的手，转身走了。

车子启动，我摇下窗玻璃跟他们挥手。弗兰茨抱着儿子站在门口，夏一红对孩子说了什么，就见天赐也朝我挥动小手，口里使劲叫喊着："干妈再见！"多么幸福的三口之家！我听到有愤怒的声音在心底响起：是谁要拆散他们？！

到马路尽头的转弯处,我再次回首。那扇眼睛似的窗口闪烁着迷人的暮光,像夏一红哭红的眼睛在巴巴地目送我,像弗兰茨幽怨的眼睛在独自悲伤,也像白格夫人迷茫而坚定的眼睛在眺望远方。

一幢房子,一扇窗,到底承载了多少人的梦想? 多少人的悲欢?

十七

　　大熊的父亲，我公公，也参加过第二次世界大战，在1945年战争结束前两个月受伤被俘，被苏联红军抓到乌拉尔战俘营，半年后因伤势加重被遣返回德，住院治疗三个月。康复后，他拖着一条瘸腿开始了新生活，参加职业培训，在一家小公司谋得一份会计工作。后来遇到大熊的母亲，小镇中学的俄语老师，两人相恋成家。夫妻俩一共生育两个孩子，大熊上面还有一个姐姐，半岁时夭折。母亲在大熊四岁那年去世。两年后，公公决定为年幼的儿子再找个母亲，通过报纸广告征婚，结识了丧夫不久的安妮。安妮的老家在西里西亚，跟公公的老家东普鲁士一样，战后被割赔给了波兰。两个都失去了故乡的人，惺惺相惜，就这样走到一起组成家庭，相濡以沫后半生。

　　这些，就是我从大熊嘴里听到的他家的历史。

　　西里西亚这个名字我不陌生，早在大学时代的外国文学课堂上，老师讲过一首海涅的名诗《西里西亚的纺织工人》，说它是被恩格斯高度评价的"最有力量的诗歌之一"。因为我母亲也是纺织工人，我仔细阅读了那首诗，印象深刻，其中的一些诗句我至今犹记：

　　　　忧郁的眼里没有泪水，

> 他们坐在织机旁，咬牙切齿：
> 德意志，我们在织你的裹尸布，
> 我们织进三重诅咒，
> 我们织，我们织……

不知道是因为这首诗的先入为主，还是因为大熊的讲述，我在安妮身上总是看见西里西亚纺织女工的影子：目光忧郁，即使微笑也藏着恨意。

安妮的父母当年是开制衣坊的，雇了十多名缝纫工。这个西里西亚制衣坊老板的小女儿有过快乐无忧的童年。然而，德国战败了，她失去了一切，失去了父亲和哥哥、故乡和家园，不得不跟随母亲和姐姐一起，加入浩浩荡荡的难民大军，一路西逃到德国，最后在图林根州的这个小镇定居下来。为了养活家人，母亲带着两个女儿重操旧业，在家里开起了裁缝店。后来姐姐嫁到别的城市，安妮跟一名从战场返乡的小镇青年结了婚。母亲去世后，裁缝店就由安妮经营。

公公终于有了新的伴侣，大熊却依然没有母爱。在大熊的口中，安妮表面笑容可掬，内心却阴毒。她从不当面斥责大熊，却总在背后讲大熊的坏话，挑拨父亲揍儿子，就像天下所有歹毒的继母，想着方法来折磨继子。家里的底楼是裁缝店，大熊放学回家早了，她不让他进屋，说会影响她工作。可怜的大熊便背着书包四处游荡，去捡街头的垃圾玩，或坐在父亲回家的路口，等父亲下班一起回家。大熊上小学五年级时迷上音乐，想学钢琴。父亲同意为儿子买琴，安妮却坚决反对。凡此种种，让大熊对她耿耿于怀。自从离家去德累斯顿上了大学，大熊就很少再回家。我们结婚后，也只在每年的圣诞期间回去几天。圣诞节是德国最隆重的宗教节，是德国人一年一度的家庭团聚日，也是我跟公婆唯一相处的日子。

公公有一对灰蓝的眼睛，一只典型的鹰钩鼻，鼻梁高拱，鼻尖下钩，自带凶相，但他其实心细而善良。大熊第一次带我回去，抵家是一个雪天的黄昏。进屋后，我把湿漉漉的皮靴脱在过道的墙根，第二天上午想出门时，却找不着了。原来被他擦拭干净，放在隔壁卫生间的暖气片上。我相信这是他独特的父爱，沉默少语，却用行动温暖你。但我总怀疑他对我持有戒心。当我们其乐融融地围坐在一起，喝咖啡，吃蛋糕，谈兴正欢，只要我问起他战争往事，他就立即阴下脸来，或支支吾吾，闪烁其词，或双手抱头，说他头痛病发作，让谈话立即陷入僵局。

我猜他是有过痛苦的经历，才如此敏感，讳莫如深。这个一身伤残的老人，就像一本精彩的二战回忆录，我渴望展阅，却无法打开。我想他是不够喜欢我，信任我，才不肯对我推心置腹。于是我暗中计划，等买了房子，就接老人过来一起生活。我要为他养老，在朝夕相处中，用我的孝心和体贴的照顾，慢慢敲开他紧闭的心门。遗憾的是，这个计划最终没能实现。就在我们买房的第二年夏天，装修工程像老牛拉破车，还在吭哧吭哧缓慢而吃力地推进中，老人突然走了，跌进自家花园的池塘，溺水而亡。

安妮说，他是去给池塘的鱼喂食时，不小心落水的。每天下午茶后，他都会去花园走走，秋冬要去给鸟房子里放鸟食，春夏要去给池塘投鱼食。那天安妮像往常一样，收拾好餐桌就坐下歇息，打开电视，在迷迷糊糊中打了个盹，醒来发现，旁边老头的座椅还空着。叫了两声，没人应，便纳闷了，拄着拐杖去了花园。她沿老头每天散步的小路慢慢寻去，来到池塘边，发现睡莲开了好几朵，却不见游鱼，因为水面漂满五彩的浮萍。然后她又发现鱼食桶也漂在水面，这才明白，那不是浮萍是鱼食。这时她看见了鱼食桶旁老头的帽子，睁大眼睛再一看，原来老头就俯身扑在水里，两条腿还挂在岸边。等她惊慌失措地叫来邻居，把老头从水里捞起来，人已经没有了呼吸。

公公家的花园很大。因为我们总是圣诞节回去，我从未见过它春夏的样子，不知是否也有鲜花盛开。我也曾经走近那池塘，但一条鱼也没见过。公公说，冬天它们都潜在水底冬眠呢。花园的正中是草坪，四周长了些高大的松树和低矮的灌木。那池塘就在草坪的一角，在几棵高大的紫杉下。在我看来，公公的花园就是一座荒芜冷清的杂草园，要么满地枯枝败叶，要么覆盖着厚厚的积雪。它唯一热闹和充满生机的时候，是每天的下午茶后，当公公一颠一簸地出现在花园的小路上，会呼啦啦飞来好多鸟儿，死寂的园子便活了。

晚年的公公十分热爱小动物，除了池塘里的金鱼，就是鸟。他在花园里放了很多鸟房子。下午茶后，他就挎着篮子，拄着拐杖，去给花园的鸟房子放鸟食。他的右腿不能弯曲，直挺挺的像裤腿里撑着一根木棒；左胳膊不能伸直，总是呈九十度横亘在胸前，形成一个天然的挂钩，正好用来挎篮子。身体原有的对称与平衡被打破了，让他走路的样子十分滑稽。严格地说，那不是走，而是拖，靠健康的左腿拖拉着僵硬的右腿，拐杖助力，将整个身体一步一步往前挪动，到了鸟房子前，再把拐杖往胸前一靠，腾出右手，从篮子里抓一把鸟食，放进鸟房子里。那些鸟房子造型各异，有大有小，都色彩斑斓，俏皮可爱，有的悬挂在树枝上，有的捆绑在树桩上，或者支起在路边的杂草丛中，高低错落，别有趣味，成为花园里一道另类风景。

也许是他长久的坚持，在寒天冻地里觅食不易的鸟们，都知道何时何地有免费的午餐。它们早早就潜伏等候在四周的树上和屋顶上,只等公公蹒跚的身影出现在园子,就抖着翅膀,乌压压地从四面八方高歌着飞来,在公公的花园低空盘旋。这时候,荒芜冷清的花园就热闹起来,像鸟们在举办歌舞会。

也不知道为什么,我总怀疑,公公对鱼和鸟的关爱,不仅仅是因为晚年生活太单调,或者喜爱小动物那么简单,而是有着不为人知的深层缘由。也许,他把它们当作倒在他枪口下的逝者的亡灵,想以此获得灵魂的救赎?或者,把它们视为阵亡的战友转世,以此缅怀和祭奠?我渴望有朝一日,公公能像夏一红那样,毫不保留地给我讲他的人生故事,尤其是他在战时的经历。可惜再也没有机会了。抑或,他已看穿了我的心事,宁愿把它们带去天国,也不遗留人间被人诟病?

我们匆匆赶回去奔丧,处理公公的后事,然后挑选了一些老人的遗物,装满两辆车——大熊的车和公公的车,就一人一辆,开回家了。

公公的猝然去世,除了带给我们巨大的悲痛和遗憾,也给我们带来意外的财富——我们继承了一笔遗产。公公的银行卡上有一笔不菲的存款,他有退休金、鳏夫费(大熊生母当年工资收入的一部分)、战争补贴、伤残军人补贴等,合计每月有两千多欧元。在和安妮共同生活的几十年里,两人并没办理结婚手续,经济上实行AA制,由公公负责食品采购,安妮承担水电等杂费。公公去世后,安妮决定搬去养老院,把两人当年合买的房子卖了,一半的房款也给了我们。大熊总说,公公是因为还深爱着自己的生母,才没跟安妮办理结婚手续。我却很俗气地认为,两人是出于经济利益,才选择了非婚同居。按德国法律,丧偶者一旦再婚,女人的寡妇金和男人的鳏夫费就自动取消,双方都会有经济损失。

现在我们发现，这样做还有一个好处，那就是避免了遗产纠纷。

捉襟见肘的日子终于结束。我们顿时财大气粗起来，把房子余下的维修工程全都交给公司来完成，几个卫浴室全部更新，荒芜的花园请园艺公司来打理。最让我开心的是，我们还请人在客厅外的露台上搭建了一间玻璃暖房，即我梦中的"冬日花园"。在买房搬家后的第三年，也就是跟夏一红重逢的前一个月，我们才终于结束漫长而折磨人的旧房改建。

那天告别夏一红后，在开车回家的路上，我感觉自己就像做了一场梦，整个人都恍恍惚惚。我机械地驾驶着车子，下山，拐上莱茵河边的国道，一路向西。紫红的晚霞在天边燃烧，让我想起白格夫人曾经说过，在她婚礼那晚的舞会上，她看见法兰克福的天空在燃烧。

那晚燃烧的天空，是否也像此时被晚霞染红的天空？

这样想着，两个时空重叠了，我仿佛置身于二战时的这片土地。

作为一个出生于六十年代的中国人，多年以来，二战只是存在于电影和书本里的遥远历史。然而此时，它就近在眼前，并且把我卷入其中。我看见二十岁的白格夫人笑靥如花，幸福地挽着她一身戎装的新郎；前线的战火纷飞中，年轻的士兵蹲在战壕里给新婚的妻子写信；炮火终于停歇了，士兵从死人堆里爬出来，借着硝烟和暮色的掩护，穿过雪原，跌跌撞撞朝着家的方向狂奔，就像电影《极地重生》里的男主角，什么也挡不住他回家的脚步……我还看见我年轻的公公捂着流血的伤口，拖着沉重的脚步，埋头行走在浩浩荡荡的战俘队伍，一路向东……

那些电影和书本里的故事和人物，从遥不可及的时空里来到我面前。原来他们中竟有我们的亲人，他们跟我们血脉相连，同呼吸，共命运。在他们身后，马蹄嗒嗒，炮声轰隆，城市和村庄还在燃烧。年轻的士兵倒下了，血流成河，尸横遍野。家园沦陷，故土永失，母亲和妻儿在哀号，在逃亡，痛苦和悲怆像瘟疫一样四处蔓延，天空、大地、河流，无一幸免。人类无处可逃，无论时空相隔多么遥远。

美国科学家爱德华·洛伦兹说过，一只蝴蝶在巴西轻拍翅膀，可以导致一个月后得克萨斯州的一场龙卷风。这就是著名的"蝴蝶效应"，它诠释的是一种自然现象，是否也适用于人类社会？尤其是，进入全球化时代的人类社会？

我想起可爱的小天赐，他才四岁，未经世事，是否已经感受到母亲的屈辱和悲伤，父亲的隐忍和无奈，奶奶的执念和病态？他是他们的后代，稚嫩而细小的血管里，流淌着他们的血液。时间并不能把一切杂质清除，把一切伤痛治愈。它们像风像沙像水流，沉入地下，融进植物的生长里……

就这样一路思绪繁杂地回到家。推门，进屋。门廊边的一间房，原计划留给腿脚不便的公公，现在成了大熊的工作室。我正换鞋，大熊从工作室出来了，笑眯眯地给了我一个熊抱。

"今天我碰到夏一红了，她和弗兰茨在闹离婚。"我迫不及待地对他说。

他愣了一下，耸耸肩，轻叹一声："这就是生活，什么都可能发生！"转身又进了工作室。

这就是大熊，天塌下来也不急，失业就当度长假。你能拿这种人怎么办呢？路上遇见闹哄哄的一堆人，我要冲过去看热闹，他却从不多瞟一眼，好像天生没有好奇心。对他来说，政府出台了什么新令，他支持的党派能否在大选中获胜，或者某个来历不明的病毒邮件，都远比施罗德总理有几个女人，超模海迪·克鲁

201

姆离婚了，宝马女舵主红杏出墙遭遇渣男骗色骗财……都更能激发他的兴趣。他说："那些八卦跟我有什么关系？那是他们的私生活。而任何政治上的风吹草动，都可能影响到我的生活，所以我不能掉以轻心。"而我对政治，从来只是敬而远之，搞不太懂，也提不起兴趣。

看他又坐回到电脑前去当键盘侠，在论坛上跟人唇枪舌剑，我忍不住了，冲过去抖出了他们离婚的原因。

"胡说八道！"他朝我翻了个白眼，根本不信。

人家自己都亲口讲了，他居然说我在胡说八道。这什么人啊！我又失望又气恼，转身离开，目光掠过墙上的一张照片。那是幼儿时的大熊与父母的合影，是我们回去处理公公的后事时，他从公公卧室的墙上取下带回来的。我端详那照片，又想起了白格夫人，便感叹说："跟弗兰茨的爸爸失踪相比，你爸爸真是太幸运了。虽然在战场上负了伤，当了俘虏，但至少活下来了，还回了家，遇到你妈妈，结婚成家生下你，享受了幸福的后半生。"

"我爷爷还不是一样啊，被抓走后也音讯全无！大半夜的，还穿着睡衣，外面正在下大雪，就那样一去不回，生死不明！"他似乎某根神经被我刺激到了，气呼呼地脱口说出这段历史。我大惊。这事我从没听他说过。原来他对父亲的家事并非一无所知，或知之甚少。我再次转到他面前，盯着他的眼睛问："那你奶奶怎么办，是不是也等了他一辈子？"

他眼睛一闭，头往椅背上一靠，一言不发。

"后来你奶奶又结婚了吗？"我努力让自己语气平和，以免他警惕我别有用心，让这个难得的话题又戛然而止。

"结什么婚！爷爷被抓走时都六十多了，奶奶也不年轻了。"说着他突然愤怒了，瞪圆眼睛恨恨道，"德国败局已定，战争马上要结束了。苏联红军还对我们东普鲁士……"他突然不说了，张大嘴巴，好像刹那间意识到不该对我说这些。

我的好奇心已经被激活。这段家事他从没说过，岂能让它就此溜走。我问："他们为什么抓走你爷爷啊？一个六十多岁的农民，他们抓他去干什么呢？"

"我怎么知道！别问了，我头痛！"他也学他父亲，遇到不想说的话题，就说头痛，也不知是真痛，还是装的。我爱怜地将他的头搂进怀里，一只手轻轻抚摸他的脸，抚摸他满是胡碴儿的两腮，揉捏他肉墩墩的下巴。见他实在不愿多说，我便悻悻离开了。

回到厨房，我为自己倒了一杯水，坐在餐桌前，还在想他刚才的话。比起白格夫人，大熊的奶奶应该相对幸运些吧，同样是守寡，二十岁跟六十岁，究竟不同。可眼睁睁看着自己的丈夫被抓走，身上还穿着单薄的睡衣，消失在外面的大风雪中，她的心一定痛死了，余生是怎么熬过来的？我的心也开始疼痛。

我不知道，这样直接或间接被战争伤害的女人，在德国还有多少？身边熟悉的人，无论是大熊家的亲戚，朋友家的老人，还是邻居深居简出的老太太，无论何时遇见，她们都外表优雅、面带微笑，待人也平和有礼，貌似正在养尊处优，安享着幸福的晚年。可谁知道她们经历过什么？是否也像白格夫人和大熊的奶奶，深藏着一颗不为人知的受伤的心？或许那颗心至今还在流着血，滴着泪，破碎不堪，疼痛不已？

大熊知道父亲的家事，知道爷爷奶奶的不幸，可他从前为什么绝口不提？他胸无城府，不会撒谎，但我能感觉到，有些事他并不想告诉我，却又总是在无意中泄露点什么。莫非他也像弗兰茨，内心隐藏着巨大的秘密和难言的隐痛？这些战后出生的德国人，躲过了战争的血腥和残酷，却躲不过战争留下的伤痛。他们是从战争的废墟里长出的植物，是从烧焦的泥土里开出的花朵，身上不可避免地带着战争的记忆和毒素。那是整个国家和民族的劫难，无人幸免。如果你走在德国街头，随便问一个擦肩而过的德国人，你会发现，他们谁没有直系或者旁系的上辈参加过二战？谁不是二战德军直系或者旁系的后代？在他们的心里，谁又没有一本战争的血泪史或忏悔录？

窗外的天光暗下来了，树影在昏黄的路灯光里影影绰绰。我呆坐在厨房，任思绪自由地飘荡。忽然一声轰隆巨响，吓得我差点弹跳起来。这个大熊！以前住公寓时，他最大的憋屈，是不能尽兴听音乐，因为音量稍大，邻居就抗议，说影响他们休息。搬进这幢独立房后，花园大，没有紧挨的近邻，他终于可以无所顾忌地听音乐了，就喜欢把音量开到震天响，好像房间里有春雷激荡，有千军万马。他喜欢古典交响乐的恢宏磅礴，气吞山河，我却受不了，嫌震得我头晕耳聋，人都快要炸裂了。

起身过去，见他站在客厅中央，面对电视两旁的音箱，双眼微闭，挥动两臂，正忘情地指挥着他假想中的乐队，俨然充满激情的乐队指挥。以前他这样，我会笑他神经病，此时仿佛明白了什么，只感觉心情沉重。我默默地看了他一会儿，就轻轻关上客厅门，上楼去了。也许，音乐是他心灵的避难所，就像弗兰茨阁楼上的玩具房，是他心中的桃花源。这两个娶了中国妻的德国男人，都不约而同在逃避着什么。

月亮渐渐升起来了，黑夜中的世界被撒上一层浅浅的白霜。我坐在书房的藤椅上，望着窗外惨白的月色，好像看见1945年年初的东普鲁士，那一场大雪正纷纷扬扬，撒落在辽阔的原野上。在苍茫的白雪深处，一行黑影像蚂蚁在蠕动。镜头拉近，是一队苏联士兵正深一脚浅一脚，走向一幢孤独的农舍。睡梦中的老夫妻被惊醒，手忙脚乱地爬起床来，外衣还没穿上，房门已被撞开。风雪挟裹着一群呱呱乱叫的士兵，洪水般地涌进屋来。他们在屋里翻箱倒柜，寻找食物和值钱的东西，然后用枪托子顶住爷爷，把他连推带踹押出了房门。奶奶在推搡中摔倒了，爬起来后，抓起爷爷的外套追出去，却只见苍茫的雪地里，一行黑影正在渐行渐远。她跌跌撞撞冲进雪里，呼天抢地，声嘶力竭，可呼啸的寒风和漫天的飞雪，很快将她和她的呐喊，以及雪中的一行黑影，全部吞没……

刚刚还同床共枕的丈夫，就这样被抓走，穿着单薄的睡衣，消失在寒风刺骨的雪原深处，从此音讯杳然，生死不明。可怜的奶奶！大熊说她高寿，活到九十八岁。带着如此惨痛的记忆，莫非她也像白格夫人，靠着坚信丈夫会回家的信念，在等待中度过了漫长寂寞的后半生？

夜里我失眠了，躺在床上辗转反侧。一些疑问像夏夜灯下的飞蛾，在我的脑里嗡嗡盘旋。为什么大熊不愿意说父母的家事？夏一红到底该不该离婚？弗兰茨和他妈真有那种关系吗？我又想起那幢与墓园一墙之隔的百年老屋，阴森诡异，混杂着腐朽的气息和丁香的芬芳；想起白格夫人床上的两床被褥，在昏暗的房间里显得多么触目惊心；想起她那张美丽高贵的脸，突然抽搐，变得多么狰狞恐怖……

德国人被战争摧残的人生，被战争扭曲的人性，如果放在十年前，还完全属于另一个世界，跟夏一红和我都毫无关系，即使在书本和电影里出现，作为战争的发动者和受害者，他们的悲剧，最多让我们叹息一声，或许同情，或许说他们罪有应得。可在二十一世纪这个地球村时代，全人类拥有了共同的命运，他们的

205

不幸也成了我们的不幸,他们的痛苦正在影响和改变我们的生活。看看今天的夏一红吧,就是一个鲜活的例子。

大熊的鼾声响起来,均匀而沉重,像一列蒸汽式火车喘着粗气,在旷野上迟缓而坚定地行驶。我撑起头来,默默凝视他的脸。借着窗口的月光,他酣睡中的模样竟有着婴儿般的恬静和可爱,没有欢乐,也没有悲伤。已经凌晨一点了,我还没有丝毫睡意。于是我起床下楼,来到厨房,为自己倒了半杯红酒。这是我对抗失眠的方法,虽然并不总是奏效,我仍然愿意一试再试。一口微甜的红酒下肚,会变成一支催眠曲在体内唱响。端着酒杯,我又走进大熊的工作室,开灯,再次端详墙上的照片。大熊一点也不像他父亲,他是照片上他母亲的翻版,圆脸、圆眼、薄唇,嘴角微微上翘,自带笑意。母亲把自己的整张脸都传给了儿子,让它陪伴儿子一生。但四岁丧母的大熊,对母亲没有半点记忆。

父亲呢?两人相依为命这么多年,感情笃深,他为什么也不愿意多说说他?每当我问起,他总闪烁其词。他到底想要隐瞒什么?他家还有多少不想让我知道的秘密?他曾经说,我心软而敏感,有些事情,不知道最好,省得痛苦。因此,社会上的负面新闻,他从不主动告诉我。"9·11"这么天大的事,我是第二天才知道。当我责怪他,为什么不及时告诉我?他耸耸肩说,你知道又有什么用?徒添悲伤!也许他是对的,就像今天,夏一红离婚的消息让我震惊,他不小心透露的爷爷奶奶的不幸,也让我伤心,浮想联翩。今夜失眠,明天就惨了,我会头昏脑涨,浑身酸软,什么事都干不了,就像大病来袭。

知道越多越痛苦。傻子为什么快乐,因为无知。可是我,愿意做一个快乐的傻子吗?对世间万事不闻不问,以不知为上策。

夏一红也是。按她的说法,弗兰茨从小就跟母亲睡,几十年来，这个事实从未改变。当她尚不知晓，她爱他，相信他也爱她。两人婚姻甜蜜，生活幸福。可她一旦知情，她对他就只有厌恶和恨，也开始怀疑他的爱，怀疑这场婚姻是一场骗局。幸福被摧毁，生活变得七零八碎，孩子也将失去温暖的家，失去良好的成长环境，大家都深陷痛苦的泥淖。然而，事实有任何变化吗？没有！唯一的变化，就是她从无知到知之。

难道，这就是真相的意义？

十八

新家附近有一所小学，新开设了中文课。我凭着国内多年的教学经验和德国大学的汉学硕士文凭，很顺利就应聘成功，成为这所小学的首位中文教师，从此开始了我在德国的教书生涯。

我教的其实是兴趣班，一周只有两个下午有课。学生们都是自愿想学中文的。如果学着学着没兴趣了，下学期就不再来了。因此我压力特别大。这不仅是保住这份工作的问题，也是对我教学能力的检验。我绞尽脑汁来留住学生，让他们喜欢上我的课，对中文的兴趣只增不减。

教他们认字，我用识字卡当教具。识字卡的一面是实物彩图和德语单词，另一面是汉字和拼音。我通常会让他们先看图和德语单词，回忆上一堂课学过的内容，说出它的中文发音。这时有的同学会兴奋得尖叫，那是能说出中文发音或故意调皮捣蛋的，其他人都沉默不语。然后我再转过卡片，先给他们看汉字，继续帮助他们回忆。尖叫的同学更来劲了，不管对错，都吼得更欢；沉默的这时也跃跃欲试。我让他们尽情发挥一阵子，最后才把拼音露出来，课堂就成了欢腾的小海洋，说对了的孩子又蹦又跳，把桌面当鼓擂得山响，庆祝自己又会了一个中文词。没答对的和没开口的也跟着起哄，高声朗读拼音，或趁机发泄心中的懊恼和不甘。

德国小学课堂的闹腾，让我这个曾经的中国中学语文教师眼界大开，也头痛不已。想让这些习惯了自由的洋娃娃们，像国内的孩子那样，上课双手背在背后，或交叉放在桌面上，不讲话，不搞小动作，乖乖听讲，基本上只是我的一厢情愿和痴心妄想，门儿都没有。作为学校的首位和唯一的中文老师，我曾经踌躇满志，想着以自己的学历和资历，要教这些小孩学中文，不说大材小用，至少是轻而易举的小儿科吧。然而我错了，这比在国内带高中毕业班冲刺高考的难度更大。

这些长着天使般可爱脸蛋的洋娃娃，一进教室，就变成大闹天宫的猴子，上蹿下跳，吼来嚷去，精力过剩，好像都患有多动症，从来不会安安静静地坐一分钟。只要我开口，无论中文德文，他们都会扯开嗓子鹦鹉学舌，声音比我的更高亢，还嘻嘻哈哈，好像我不是来给他们上课的老师，而是马戏团的小丑，来给他们逗乐来了。这里没有师道尊严，也没有课堂纪律，只有自由的空气。除了闹腾，吃东西的，喝饮料的，上厕所的，互动的，随意走来走去的，不一而足。面对这儿童游乐园般的课堂，我先是震惊，后是焦头烂额，在一筹莫展中，苦苦思索应对之策。

校长是个身材娇小面目和善的中年女人，她笑眯眯地鼓励我说，这很正常，爱玩是孩子的天性和权利。因势利导吧，激发他们对中文的兴趣更重要。

于是我彻底放弃了从前在国内的教学方式，将填鸭式教学，改为寓教于乐的互动游戏，孩子们喜欢，我也轻松。不是喜欢学舌吗，那就从学舌开始吧，我一句中文说一遍，他们会自觉跟着吼十遍，这也不失为一种学习方法，就从最简单的开始，打招呼，问候，慢慢扩展到自我介绍，相互介绍，介绍家庭……孩子们来劲儿了，一堂课总是闹哄哄的，才十二个学生，像有一百二十只鸭子被关在一起呱呱呱。幸好教室的隔音好，门窗一关，这些鸭子的呱呱声传到外面，就变成蚊子的嗡嗡声了，对隔壁班没有什么影响。受罪的只有我一人，嗓子嘶哑，头脑昏沉，下课后步行回到家里，筋疲力尽，像在波涛汹涌的长江里游了一千米。

在如此喧哗的课堂上，手机振动的声音，很容易就被淹没掉。夏一红的电话就这样被我错过了。直到下课后看手机，我才发现有未接来电。想着她的电话通常都跟煲粥似的，短不了，我也不急着立即回复。到家后，先喝一杯蜂蜜水滋润喉咙，再躺在沙发上闭目小憩，恢复体力。这时我突然预感不祥，抓起手机拨过去。对方的声音果然异样，怏怏的像在病中。背景嘈杂，不像在家里。

"你在哪里？"我敏锐地感到她出事了。

"机场。"她冷冷地说，停了一会儿又补充道，"回国，马上就要登机了。"

"你怎么突然要回国？"我很诧异。

她长叹一声，期期艾艾，说今天好悬，差一点就聪明反被聪明误了。紧接着又是一声长叹。

原来，自从上次听我说，如果离婚，依她现在的情况，恐怕很难得到孩子的抚养权，她就开始琢磨，怎样才能得到孩子。于是她决定铤而走险，先把孩子弄回国。到时候，天高皇帝远，弗兰茨，德国的法律，就统统拿她没辙了。中国地广人多，她带着孩子，随便换个地方住下来，弗兰茨都不可能找到她。以后呢，再慢慢想办法吧。国内办事灵活，大不了花点钱，找找关系，就可以为孩子上户口，母子俩就能永远生活在一起了。她悄悄去旅行社订了机票，还请他们帮忙为孩子办了签证，就趁弗兰茨上班不在家，收拾了行李，叫了出租车，带着孩子直奔机场。

一切看似顺利，她既紧张又激动，已经开始幻想回国以后的生活，孩子上什么幼儿园，今后再上什么小学。只要回到中国，她就如鱼得水了，不像在这边，因为语言障碍什么都不懂，行动严重受限。可她万万没想到，她和孩子证件齐全，过安检时却被拦截。他们问她，孩子的父亲是否同意孩子离境？如果同意，请出示孩子父亲的同意书。她蒙了，不知道德国还有这条法律。自己的孩子，作为母亲，她居然无权单独带孩子回国？这是什么鬼逻辑！情急之下，她脱口而出的话竟是，孩子没有父亲。可不懂事的儿子出卖了她。四岁的天赐在旁边大声纠正她说，不对，我有爸爸！讲一遍中文，又用德文重复了一遍，一脸的骄傲。这下完了，海关警察立即看出有猫腻，不仅不让她离境，还要把她和孩子都带走，好像她是拐卖孩子的人贩子。

"唉，这事也不能怪孩子。天赐是个诚实的乖孩子，从不撒谎。只怪我功课没做好，不懂德国还有这条法律，一时慌了，脑子短路，不知怎么就飙出了这么一句。"电话里她哀叹着，为孩子辩护。

他们不让她带走未成年的德国公民，态度之坚决，好像天赐根本不是她夏一红的孩子，而是他们这帮海关警察的孩子。她方寸大乱，怎么也没料到会这样，脑子顿时成了一锅粥，不能正常思维了。时间一分一秒地流走，她怕赶不上航班，急得人都疯了，混乱的头脑却又蹦出来第二个谎言，想要补救第一个谎言。她说母亲突然病危，想见自己和孩子，她是临时决定回国的，就没考虑那么多。又承认她确实有丈夫，但已经分居，所以就说没有……她的声音越来越大，底气却越来越弱。她从来没有撒过谎，突然挑战自己，明显力不从心，漏洞百出。

这时她蹩脚的德语也来添乱，人越急，说话越结巴，越词不达意。想着他们可能会扣下孩子，她害怕得浑身发抖，双腿打闪，突然就泪奔如涌。孩子受到惊吓,大哭起来。周围的旅客都朝这边张望,嘀嘀咕咕,现场起了小小的骚动。这时过来了两个警察,她以为他们是来带走孩子的,本能地弯腰想抱紧孩子,不料腿脚一软,竟跪下了,铸成她一生都不忍回眸的一幕。

请让我走吧！我是中国人,我要回国……她把孩子紧紧搂在怀里,先是哀求,英文、德文、中文,轮番上阵。可他们都无动于衷。最后她怒了,呼的一下站起身来,歇斯底里地嘶吼起来,骂他们不通人情。她是母亲,他们居然不让一个母亲带走自己的孩子,全天下没有这种荒唐事！她就像一头发疯的母兽,为了保护怀里的幼崽,不顾一切。

两个警察颇为惊讶,皱皱眉头,却依然不为所动,只冷眼看她,好像看街头艺人表演。就这么让她发了阵疯,两个警察相互看了一眼,决定采取行动。女警察走上前来,用英语对她说,请你冷静！这里是公共场所,如果你继续这样大吼大叫,影响他人,我们会强制把你带走,你将承受严重的后果。

后来她就乖乖跟他们走了,一手抱着孩子,一手拖着行李箱,垂头丧气,来到一间办公室。女警察递给她纸巾擦泪,还拿来一块巧克力给孩子,却被孩子一手打掉。他们再次问起孩子的父亲,说要跟他取得联系,问明情况。夏一红低头不语,心里打鼓,想都不敢想,如果弗兰茨知道她想偷走儿子,会做出什么可怕的反应。

男警察叉着两腿站在对面,耐心地提醒她说,孩子在未成年之前,如果要离开德国,必须父母双方同意。像她这种情况,如果孩子父亲不能同行,可以写个证明,签上名,他们也会认可放行的。她这才后悔死了。写证明还不简单？她可以随便找个人代笔,再签个名。德国人头脑简单,容易轻信,警察也不可能核实真假。她这才突然想起我，后悔事先没向我咨询，自作聪明，坏了大事。谁知道德国还有这种奇葩规定！

那通电话，她就是在这时打给我的，借口带孩子去卫生间，躲在隔间里，悄悄拨通了我的手机，想让大熊冒充弗兰茨，给警察打个电话，或者让警察给大熊打电话，就说他知道并同意她带孩子回中国，这事就完美解决了。可是我当时正在上课，没接听——也幸好没接听。这种弄虚作假的事，大熊是绝对不会干的，搞不好还会把我也臭骂一顿。她在德国待了这么多年，居然还不了解德国人！

警察并没有跟着她进卫生间，却在她带孩子出来的时候，问她身上是否有手机。还是那个女警察，冷冷地说，如果能跟她丈夫通个电话，问明情况，抓紧时间，她和孩子还能赶上这班飞机。她心急如焚，归心似箭，却也清醒，这事绝不能让弗兰茨知道。要偷走他儿子？偷走白格家香火单传的这根独苗，那还了得！恐怕他会杀了她吧？她想起他为了争夺孩子的抚养权，那咄咄逼人和寸步不让的架势，她就心颤。正当她在犹豫中不知所措，孩子再次出卖了她。他对那个企图用巧克力拉拢他的女警察说，妈妈有手机。她只得悻悻地掏出手机，答应跟丈夫通电话。

巧的是，弗兰茨也没接听，不知是在工地上，太闹没听见，还是在开会，调了静音。她开始还暗暗松了口气，以为警察会就此作罢，为她放行。不料他们见她又在撒谎，就叫她把电话号码告诉他们，由他们联系。

等弗兰茨匆匆赶到的时候，她已经成了一只泄气的皮球，瘫软在办公室的沙发上。飞机已经飞走了。她放弃了抗争，像一个人赃俱获的罪犯，被抓了现场，只能听凭命运的裁决。孩子蜷缩在她怀里，似睡非睡地迷糊着。弗兰茨满脸通红地冲进来，像一头惊慌而恐惧的公牛。她只用眼角的余光瞟了他一眼,便垂下眼帘,不再看他。奇怪的是,此时她居然不再畏惧,反而有一种视死如归的凛然或麻木,像待宰的羔羊,只等待他手起刀落。

然而,他没有。

她只听到他急促的喘息声,听到他跟警察说话的声音。这时怀里的儿子突然醒来,惊喜地大叫了一声"爸爸",就扭动身体想扑向爸爸,却被她死死抱住不松手。只听"扑通"一声,有人在她面前跪下,是弗兰茨,他一把将她和孩子搂进怀里。

房间里安静极了,她被他搂得太紧,几乎不能呼吸。空气中,只有警察错愕的目光在扫来扫去,相互碰撞。在父母的双重挤压下,孩子在"嗷嗷"大叫,那稚气的童音里充满欢喜和委屈,让紧张凝重的空气一下子就松弛了。

"爸爸,你也跟我们去中国吗?"他终于挣脱了母亲的手臂,扑到父亲身上,把自己像猴子那样,挂在父亲的脖子上。

弗兰茨抱着儿子站起身来,红着眼睛,轻轻拍打孩子的屁股。他用嘴抵着儿子的小脸,轻声说:"对不起,天赐,爸爸要工作,暂时不能陪你们去中国。"然后他原地转了几圈,靠着妻子坐下来,一手揽过她的头,亲了亲她的额头,说,"想回中国,怎么也不告诉我一声?我当然会同意。但你一个人带着孩子,还有行李,应该让我送送你们。"

她大惊,不敢相信地望着他。

他抱着孩子又站起身来,朝两个警察歉意地笑笑,说最近太太心情不好,跟他闹点小脾气。中国女人,跟丈夫一吵架,就想回娘家。这是她们的传统文化。对不起,给你们添麻烦了。

两个警察面面相觑。男警察说,你应该带你太太去看心理医生。她在大庭广众之下,而且还当着孩子的面,又哭又闹,严重影响公共秩序，对孩子的影响也很不好。这样的事情不应该发生。

　　夏一红尽管没能全听明白，已经猜到八九分，便站起身来，低着头，急不可待想要离开。三个人就出了办公室，弗兰茨一手抱孩子，一手拉行李箱，夏一红只是默默跟着，内心既惊又悔，还有劫后余生的庆幸和感激，走得重一脚轻一脚，像是踩在云端里。她没想到，弗兰茨并不反对她带孩子回国。早知如此，她何须费心这番周折，偷偷摸摸，跟做贼似的，还在这国际机场丢人现眼。

　　在候机厅里，弗兰茨停下脚步，低头看她。她别过脸去，不愿迎接他的目光。儿子还挂在他身上，小脑袋耷在他的肩头。他松开行李箱，一手将她揽进怀里。她又听到他的心跳，均匀，有力，像有榔头在里面一下一下地捶打着。尽管她竭力克制自己，还是止不住流泪了，身体突然发冷哆嗦。他把她搂得更紧了，沉默了一会儿，才说："你想回中国，为什么不告诉我？我可以安排好工作，跟你们同行。"

　　语气里没有责备和怪罪，只有体贴和不舍。她的心跳顿时乱了节奏，呆呆地，没有回答。她拿不准他是佯装大度，顺水推舟，还是傻，头脑简单，压根儿没识破她的阴谋诡计？

　　她又闻到他身上的汗味，那是他锻炼后、做爱后，浑身汗淙淙时特有的气息，混合着淡淡的香水味、狐臭味、体液味，曾经令她着迷，此时却让她恶心，因为她又想到他妈。她试着推开他，却没成功。她的手指正好触碰着他皮带上的金属扣。那条咖啡色的"老板"牌牛皮皮带，是她来德国的第一年，她送他的圣诞礼物。他很喜欢，一直系着，说系上它就感觉是她在抱着他。一些远去的温情顷刻之间又回来了，却又变得混乱零碎，被现实搅得模糊不清，铁爪一样抓扯着她的心。那些长久等待后的柔情缱绻，那些金风玉露一相逢,便胜却人间无数的时光,此时恍然如梦。

　　他的一只大手爱怜地揉搓着她的头发,问:"今天一定要走吗? 或者先回家,等我忙过这段时间,我们一起回中国? 你知道我很喜欢中国,你任何时候想回中国,我都非常乐意陪你同行。我今年的休假还没用,够我们一家三口去中国待上一阵子——但我必须提前计划,做些安排,不能这样说走就走。"

　　她顿了顿,说:"今天一定要走,我妈妈病了——她必须为自己的这场突发行动找个理由。"弗兰茨信了,问她妈妈什么病,要紧不。脸上露出担忧的神情。事实上她母亲健康着呢,头天她还跟母亲和妹妹都通了电话,夏二红已经把她的房子收拾出来。她恨不得现在就插翅高飞,远离这个肮脏的男人。她终于推开了他的身体,退后一步,拉起行李箱,做出要走的样子。他就说,好吧,我们去改签机票。

　　从法兰克福飞往中国的航班,每天都有好几趟。他们顺利改签到下一趟航班,还有三小时。一家人就在大厅坐等,两个人都没有说话,只有孩子在父亲身上爬来爬去,兴奋地嘀咕,要坐大飞机去中国啦……看着儿子对父亲那样依依不舍,她心里隐隐作痛地想,如果计划成功,小家伙再也见不到父亲了,还不知道怎样伤心。转念又自我安慰道,没关系,小孩子嘛,一有好吃的好玩的,就会把伤心事忘得精光。

　　分别的时候两个人都很平静,像一对感情稳定的老夫妻。他嘱咐她一路当心,说他会争取早点去中国跟他们团聚。她沉默着,既没摇头拒绝,也没点头同意,唯有儿子激动得蹦跳叫嚷,说爸爸一定要早点来呀。

　　就在她过了安检在等待登机的时候,我的电话来了。她跟我大致陈述了事情的经过,声音很小,惊魂未定,像一只刚刚成功逃脱猎人追捕的小动物。

"嘉陵你说，弗兰茨是大智若愚呢，还是头脑简单？难道他真的这么傻，没有看出我的计谋？不知道这是放虎归山？如果我和孩子一去不回，他能拿我们怎么办？我在中国随便搬个家，他都不可能再找到我们。为争儿子的抚养权，他寸步不让，说他无论如何要儿子。这下可好，人家海关警察火眼金睛，帮他成功地拦截下我们，他又亲手把我们放走。这个人的脑子里到底想的什么？我真的不懂。"

我也觉得不可思议，却哈哈笑了，安慰她说："这就是德国人啊，脑子基本不会转弯，用我们重庆话说，就是'方脑壳'。他们哪有我们中国人聪明，心眼多，又灵活，七弯八拐，随便一绕，就把他们给绕晕了，东南西北都找不着了。要论耍心眼，玩计谋，德国人哪是我们的对手？就他们那智商……"说着我突然就哑了，心生愧意，意识到不该这么说。

"可是，一红，难道你不觉得，他对你这种无条件的信任，很难得，很可贵吗？将心比心，也许我们……"

"嗯，好像是有那么一点点。他这样做，我反倒有点于心不忍啦。"

"就是啊，我们不能欺负老实人，对吧？人家那么信任我们。"

说出这话，我自己也一怔。这话是对夏一红说的，也像是对我自己说的。曾几何时，夏一红对我，不也无条件地信任吗？

这时，我听到喇叭里宣布登机的声音。

"好了，嘉陵，要登机了。这次回国，我买的是单程机票，也不知道还回不回德国。我把我妹的电话号码给你。如果你回重庆，一定跟我联系。"

217

"好，回重庆我一定找你。你和孩子多保重啊！也许暂时分开一阵，都冷静下来，好好想想，不是坏事。反正我不希望你们离婚，真的。离婚对孩子不好。"

"是啊，现在儿子真成了我的软肋。"

挂了电话，望着窗外暮色渐起，我也陷入夏一红的困惑：弗兰茨到底是真傻还是装傻啊？他到底有没有意识到，夏一红这一走，有可能就不再回来？要真那样，他就失去儿子了。这么大的风险，难道他真没看出来？还亲自上前神助攻，临门一脚，把人送走，将胜券在握的一手好牌，出奇制败。他可真是，被人卖了还帮人数钱！

十九

再见夏一红,已是第二年夏天。我母亲八十大寿,我和大熊回重庆为老人祝寿。

重庆夏天的热,让习惯了德国高寒气候的大熊始料不及。他对这座城市的全部感受和记忆,只来自两次春天里的短暂逗留。这座城市街景繁华,人口众多,依山傍水,入夜时的万家灯火,都给他留下难忘的印象。但时间能改变城市的面貌,季节能改变人对城市的感受。当我们走出机场大厅,还没看清阳光下城市的模样,滚烫的热浪就阻挡了我们前行的步伐。

天空无云,只有能晃瞎眼睛的白光,像无数飞刀在空中乱舞,锋利,灼人,让人不敢睁开眼睛,更不敢走进那光刀里。尽管只是站在大厅外的阴凉处,排队等候出租车,大熊已经被热得像狗,张大嘴巴,伸出舌头,直喘粗气。

"上帝呀,我感觉进了桑拿房!"他的额头发红,大滴的汗珠往外冒。

这是我熟悉的重庆夏天,虽然我也不喜欢这样的炙热,心理上却感觉很亲切。我打趣说,你是难得的贵客,所以要用似火的热情来欢迎你。我一边说一边掏出纸巾,帮他擦去额头的汗,并惊讶他怎么这么敏感。面对同样的热,我浑身没出一滴汗,也不感觉特别难受。

上车后,我让大熊坐前面的副驾,请司机把冷气全给他。司机瞅了他一眼,歪着嘴笑道,今天还降温了,三十九度。昨天、前天都是四十度以上。怕要了他的命哦! 我翻译给大熊听,他一巴掌拍在额头上,惨叫了一声:"上帝啊,救救我吧……"

"你的上帝在德国,可管不到重庆。"我突然想起夏一红关于上帝的妙论。

便又想到夏一红。最后一次跟她联系,还是她回国前在法兰克福机场。转眼这都一年多了,不知道她近况如何,离婚了吗? 我想她应该还在重庆,如果回德国,她肯定会联系我的。她叮嘱过我,回重庆就跟她联系,还把她妹妹的电话号码告诉了我。可我这没心没肺的人啊,几乎把她给忘了。随手写下的电话号码,也不知道去了哪里。现在回重庆又想起她,想联系她也不可能了。

当时还没有智能手机,更没有微信,人与人之间很容易就失联了。

重庆变化很大,两年没回来,已不敢相认。机场路拓宽了,中间的隔离带是一溜开满红花的小树。一些硕大的广告牌耸立在马路两侧,背后的农田全消失了,大片裸露的红土地上,密集的楼群在生长,挖掘机和推土机在轰轰隆隆地响着,工人像蚂蚁在烈日下忙碌。这种大兴土木的场景很激动人心,就像小时候看过的电影里,那些农业学大寨时修沟渠、筑堤坝的情景,热火朝天,大干快上,有一股改天换地的英雄气概。故乡正在日新月异。我睁大眼睛,望着窗外,也止不住心潮澎湃。

母亲已在翘首等待。一下车,我就看见二楼我家的防盗窗后,有一张熟悉的脸在朝我微笑,在发锈的黑铁栏杆之间,像一朵风干的花朵,色泽暗淡,形容枯槁,却依然保持着盛开的姿态,就为等待女儿的归来。我的心狂跳起来。离乡去国这些年,母亲是我最大的牵挂。

　　这幢建于二十世纪九十年代初的教师宿舍,并不在校园里。它位于校园外的一处居民区,楼高九层,没有电梯,家家户户有空调。哥哥长江下楼来帮我扛行李。一进到凉快的室内,大熊就长长地松了口气,一脸舒爽,像从三伏天一脚踏进春天。他亲切地拥抱了长江和母亲,我却在旁边扭扭捏捏。这真是一件奇怪的事。在德国,我已经习惯了跟别后重逢的亲友拥抱,比如跟一年一见的公公,跟夏一红。可千万里归来,面对自己的亲人,即使是母亲和哥哥,我也张不开双臂。我只轻唤了一声"哥""妈",就把这重逢的欢喜表达了。这让大熊很不理解。

　　这套七十多平方米的两室一厅,是我出国前的家。它是我和前夫当年用八千块钱申请的学校集资房。房改那年,又补交了两万,买下产权,便成了我们的私有房产。后来社会上兴起商品房,房价一路疯涨,都说我白捡了一套房,是揩了社会主义的油。但在当时,那两万块钱也是巨款,是我和前夫所有的积蓄。前夫跟我是学校的同事,他教数学,我教语文。在全民下海经商的二十世纪八十年代末,他以精于算计的数学头脑,辞职去了南方经商。我不知道他是否赚到钱,只知道他很快就赚到女人。也许是心中有愧,离婚时他自愿净身出户,这套房子就归了我。父亲去世后,我把母亲接来跟我同住。两个失去了丈夫的女人,就在这里相濡以沫,直到我上网遇到大熊,远嫁德国。那之后,母亲就一个人住在这里,笑言帮我看房子。

　　长江从冰箱里拿出可乐给大熊喝,又端出切好的冰镇西瓜。母亲颤巍巍地跟在我身后,一边笑一边抹泪,佝偻着背,身材比从前更矮小了。

　　"妈妈真是个老不死啊,害你们又花些冤枉钱,专门回来给

221

我过生日。"

"妈,你又来了!"我最不爱听母亲自轻自贱的话。

我在卧室收拾行李,母亲站在旁边看,手里捏着一张看不出颜色的布手绢,一边抹眼泪一边感叹。

给母亲的礼物,除了几盒德国保健品,还有一条胸前绣了几朵蜡梅花的红丝裙,是我一年前在法兰克福的国际服装展上买的。这种国际展会的参展商品质量上乘,款式雅致。但因为面对欧美市场,最小的号码对于身材矮小的母亲,也太大。可我实在喜欢,希望母亲能在八十岁生日穿上它,美美地喜气一番。买回来后,我去找夏一红帮忙改小,以为她有缝纫机,也就几分钟的事。没想到,她说丝绸面料不能用缝纫机,结果她就用手工,花了好几天时间,先把裙子剪短,锁边。剪下的面料也没浪费,被她做成一条丝带。她说这丝带既可以围在脖子上当丝巾,如果我母亲穿上裙子嫌太宽松,也可以用它当腰带。这让我对她非常感激。

我抖开裙子,在母亲身上比了比,让她试穿给我看,过两天的生日宴上就穿它了。不料母亲一边嗔怨一边后退:"我不穿!我还能活几天?这么好的裙子,别让我这个老不死的给糟蹋了。你留着自己穿吧。"

这就是我亲爱的母亲,当了一辈子纺织工,为国家奉献,为家庭奉献,从来不舍得对自己好点。她还穿着我出国那年为她买的蓝地白点纺绸衫,已经洗得看不出原色和花纹。她的灰白短发稀疏又凌乱地支棱着,眼窝深陷。那双世界上最清亮仁慈的眸子,已经被蒙上时间的尘埃,显得混沌充满忧伤。母亲从来不打扮自己。记忆中,即使盛年时的她,也只有青蓝二色的素衣,从没穿过红色或其他鲜艳的衣裳,更没涂抹过胭脂口红。她唯一用过的护肤品,是一种"百雀羚"牌雪花膏,也只在冬天,抹在干燥紧绷的脸上和皲裂的手上。

我突然联想到白格夫人。她跟我母亲差不多同龄，但两个人对自己和生活的态度与方法，都天壤之别。我当然不会作简单的类比和褒贬，毕竟她们的环境不同，所受的教育和生活条件都不同。但同为女人，我已经有了自己的心理趋向。对于穷苦一生的母亲如今这种人到暮年万事休、了无生趣的等死心态，我除了心疼，还是心疼。

俩人也有相似之处，那就是恋旧。老房子拆迁，母亲恨不得把所有的旧物搬过来：结婚时买的大木床，竹碗柜，请木匠打的大衣柜，生第一个孩子时买的绷子床，斗"黑五类"时分的五斗橱，大大小小的泡菜坛子……当时我正准备出国，也懒得多管。待我出国一年后回来，我这个语文老师充满书香气息的家，已经被挤得满满当当，每一个犄角旮旯都塞满了从前父母家里的旧物，就像一间堆放杂货的仓库。大熊性格随和，我想住家里多陪陪母亲，他便耸耸肩，放弃了想住宾馆的打算。

生日宴在我们回家后的第三天举行，吃午餐，下午棋牌娱乐兼自由活动，六点再晚餐，地点就在我家附近的一家三星级酒店里，是长江负责联系的。他订了十六桌，每桌价格六百八，不算酒水。晚餐按惯例，吃午餐的剩菜，不够加菜另外单算。长江得意地告诉我说，原价每桌八百八呢，因为他一个朋友的朋友是酒店餐饮部经理，才给了这个优惠价。除了传统寿宴的五福拼盘，鸡鸭鱼肉，长寿面，还有大虾，很上档次。人家给足了他的面子。

久不走动的亲戚们被请来了，父亲宜宾乡下老家的，母亲垫江乡下娘家的。没地方住，就安排到附近的招待所。还有从前的老邻居们，母亲织布厂的老姐妹，长江和长英的同学朋友，一百多人，盛况空前，令我大惊。真没想到，我家还有如此庞大深厚的人脉资源。

在餐厅入口,他们还设了签到处,摆一张小桌,由哥哥长江的儿媳和姐姐长英的女儿坐在那里签收礼金,来宾姓名和礼金数目都要登记,方便以后还礼。百元钞票很快塞满了桌子下面的大皮包。我瞥了一眼登记簿,送两百的居多,也有送一百和五百的。按预先的约定,也是我的一句豪言,母亲生日的所有开销由我承担。但这些礼金一分也不属于我。换句话说,就是我投资,他们收益。我突然感到很不爽,好像当了冤大头。长江看透了我的心思,在人群里穿梭应酬了几圈后,走过来拍拍我的肩说:"嘉陵,你以为这些钱都是钱吗?全是债!别人还我们的,我们以后要还别人的。晚上我和妈、长英,我们三个再一起结算,各人的人情归各人去了结。你一个没请,无债一身轻,也好也好。"

他黑瘦的脸笑开了花,露出醒目的烟熏牙,小眼睛灼灼闪光,将内心的喜悦展露无遗。国内的这些人情往来,从来都很让我头痛。长江却乐在其中,精于盘算其中的得失。后来长英跟我抱怨,说长江怎么什么人都请!有的八辈子打不着一竿子,有的过去关系就很一般,早就没有联系了,他不知道通过什么七弯八拐的关系,也把人家请来了。

"哼,这种事,只有他才做得出来!"长英愤愤不平地说

这两个冤家,长英和长江,我唯一的姐姐和唯一的哥哥,前几年为争父母房子的拆迁款,闹翻了。长江自恃为儿,独吞了全部十五万房款;长英自卑为女,历来忍让弟弟,却也不愿意吃这大亏,就找母亲哭闹。唉,都是太穷惹的祸。他俩在学生时代都积极响应国家的号召,去上山下乡当知青。回城后,长江顶替父亲的工作,在长航客轮当服务员;长英顶替母亲的工作,在织布厂当纺纱工。这两家大型国营企业都曾经辉煌过,却都在九十年

代一个转型,一个倒闭,两人先后都成了下岗工人,年龄大,没文凭,就再也找不到像样的工作,只能四处打零工为生,日子一度异常艰难。

父母的老房子拆迁时,母亲已住在我那里,而我已出国。两人为此在母亲面前由斗嘴争吵,到大打出手,气得老人下跪求和,一病不起。为了母亲,我专程回国平息战火。长江坚持父亲的观点,嫁出门的女,泼出去的水。他是吴家唯一的儿子,理所当然继承一切,死活不肯分给长英一分钱。长英呢,不屈不挠,要母亲一碗水端平,女儿也是人。再说了,二老生病住院时,他吴长江在哪里?每天去医院端茶送饭的,是她吴长英!母亲左右不是人,不敢得罪儿子,又为女儿伤心难过,就只哭。最后只能我出面,咬咬牙,拿出私房钱来补贴长英,算她该得的拆迁款,长英这才消了气,答应至少在母亲面前,跟长江和平相处。母亲这才慢慢从病床上撑起来。

生日这天,母亲穿上我为她买的红丝裙,被长英的女儿和长江的儿子搀扶上台,头戴金色纸寿冠,端端地坐在挂有大红寿字的舞台中间,讪讪地笑着。宴会由一家婚庆公司承办,从布置现场到组织节目,都由他们"一条龙"服务。一个穿红旗袍的姑娘手拿话筒主持寿宴,她宣布寿宴正式开始,请寿星上台,发表生日感言,接受后人的跪拜祝福,吹烛许愿,全场齐唱生日快乐歌,最后共同举杯,三呼寿比南山,福如东海……开吃!

母亲在发表生日感言时,舌头突然不灵活了。发言的内容,他们提前拟好,教她牢记。谁想到她一上台就全忘了。当了一辈子纺织工人的母亲,从没在大庭广众下发过言。她开初是不愿意上台发言的,却架不住儿子的撺掇。长江说,八十岁了,该风光一回。有我们给你扎场子,你虚啥子?母亲向来听儿子的,便只好从了。后来长江又鼓励她说,就像当年背毛主席语录,早请示,晚汇报。你不也会吗?

上台后的母亲,只说了一句"谢谢你们",就张大嘴巴,茫然无措地望着台下。她有些紧张,更因为惊讶。大厅金碧辉煌,艳红的地毯,华丽的吊灯,那么多熟悉和不熟悉的脸,都齐刷刷地望着她。一生默默无闻的母亲,第一次如此受人瞩目,成了这么大场合的核心人物,被吓着了。"我该说啥子呢?"她拿话筒的手在颤抖。主持人笑眯眯地弯下腰来提醒她:"老寿星,您就随便说两句吧。今天是您的八十大寿,是个特殊的好日子。您看,来了这么多亲朋好友为您祝寿,您肯定有些感想吧?"母亲眉头一皱,望着主持人实话实说:"我跟我儿子说,老家的亲戚多年都没走动了,就趁这个机会,请他们来走一趟,不然怕以后没得机会了……啷个就来了恁个多人哦?好多人我都不认得……还硬要我上台发言。发啥子言嘛,又不是开群众大会,批斗地主……"

她的手一直在抖,话筒都快横搁到膝盖上了,只有最前面的少数人勉强听清她说些什么。大家都伸长脖子望着她,不知哪位吼了一声:"吴婆婆,把话筒拿高点,我们听不到!"主持人这才帮她把手抬高些,让话筒正对着嘴。母亲一边由她摆布,一边继续自言自语:"我妈才活到七十岁,老汉死得更早,才四十多就走了。我老头也才活到七十三,今天我都八十岁了,活得比他们都长。我都不好意思了,人活得太久没意思,自己遭罪,还拖累儿女……"

主持人打断了她的话:"老寿星你千万别这么想,现在生活这么好了,你要活到一百岁。"

母亲赶紧摇头,声音也大了:"不要不要!我才不要活那么久!一百岁,人家都骂我老不死……"

她这一摇头,把头上的寿冠摇落了。众人大笑。主持人慌忙捡起寿冠,为她戴上。看着母亲尴尬地坐在舞台上,一脸无奈,像个小丑让众人围观取笑,我很难过,在心里埋怨长江:母亲的生日,不该让母亲不快乐!母亲不愿意上台发言,为什么硬要她上台发言?这不仅是为难母亲,简直就是羞辱母亲,让母亲出丑!一颗心正为母亲揪着,主持人宣布的下一个节目,更是让我惊慌失措。头天我已经叫他们取消,为什么还有?长江一时也慌了手脚,东张西望,要找婚庆公司的负责人理论。但主持人的声音再次响起:"请老寿星的儿女,孙辈,依次上台行跪拜礼,感谢老人的养育之恩……"

婚庆公司的负责人是个年轻小伙子,不知从哪个角落跑过来跟长江道歉:"大哥,对不起,昨天我已经交代了,没想到今天临时换了主持人。"长江脸色铁青,怒目圆睁,又不便发作。一百多双眼睛都盯着呢,老母亲也还在台上等着,如果现在宣布取消,众人会怎么想?儿孙们不愿意上台为母亲行礼?大不孝啊!他向我和长英递了个眼神,说了一声"上吧",就率先拉着我嫂子上了。长英见状,赶紧叫上身边的姐夫紧跟着,也上了。现在就剩我了,脸在发烧,心在乱跳,上也不对,不上也不对,焦急万分。最后我心一横,硬着头皮,叫上大熊也上了。

这都什么时代了,对父母养育之恩的感谢,还要以当众下跪磕头的方式来表达?我已经窘得无地自容,却感觉被一只无形的巨手推动着,上了舞台,并肩站在长江的身边。长江用胳膊碰了我一下,低声说:"现在时兴这样,这叫弘扬传统文化。"我又把这话转译给大熊,好像无论多么不堪的事,只要冠以传统文化之名,就可以变得堂而皇之,理直气壮。事实上我正后悔不迭,怎么让长江来操办这场寿宴!这才多久没回国,不仅高楼多了,有钱人多了，人们的精神追求也两极化到令人咋舌：一方面西化得厉害，大街上遍布欧美名店，新楼盘多是洋地名，从"加州花园""纽约纽约""英伦风情"到"莱茵河谷""澳洲草原"……坐车随便逛一圈，就像环球一日游；另一方面又古风盛行，年轻人结婚兴穿唐装汉服，幼儿园孩子背《弟子规》，电视里天天讲国学，这老人过生日，后人还得行跪拜礼……

好在大熊万事淡泊，还信守诺言。说好在中国听我的，就真听我的。他虎背熊腰，个头又大，一上台就成了全场的焦点。我叫他跟着我行动，我又紧盯着身边的长江。长江下跪，我也下跪，他也赶紧跟着下跪。我们磕头，他也磕头。他的动作不仅比我们慢一拍，还格外笨拙、费劲和夸张，惹得众人哄堂大笑，像在观看熊猫表演。这是名副其实的"出洋相"，窘得我恨不得遁身而逃，但他自己不感觉尴尬，还笑眯眯地环视台下，跟人对笑，耸耸肩，摊摊手，为自己动作不到位而表示歉意，将欢乐的气氛推向高潮。

我们行完礼就退到一边，由下一辈人上前行礼，长江的儿子媳妇和长英的女儿女婿，以及他们的小孩，嘻嘻哈哈站成一排，重复我们刚才的动作，高呼我们刚才的祝福。年轻人没有心理负担，喜笑颜开，跟玩似的。然后音乐响起，服务员推着装有蛋糕的餐车出来，蛋糕上一颗硕大的寿桃，周围插了八根已点着的小红烛。母亲被他们搀扶起来，吹烛许愿。全场起立，合唱祝你生日快乐。

经过这番折腾，我的情绪低落到极点，面对满桌向往已久的梦中美食，也失去了胃口。说笑声，杯觥交错声，猜拳行令声，咀嚼声，咂嘴声，不绝于耳。现场已经成了欢乐的海洋。大熊这个刚才出够洋相的人，不仅毫无窘态，反而开心得像个孩子，即使对桌上许多菜肴怀有戒心，不敢轻易动筷子，也不影响他的好心情。他一杯一杯喝冰镇啤酒，大块大块吃拼盘里的卤牛肉，用蹩脚的中文跟邻座聊天，闹了笑话也浑然不知，还傻乎乎地跟人同笑同乐。

母亲和几个多年不见的长辈亲戚坐一桌。他们都曾经以中青年的形象出现在我的记忆里。这一转眼，我已中年，他们也老了。几十年光阴遽然而逝，让人不免唏嘘感叹。酒过三巡，菜过五味，吃的气氛开始稀松，有人走来走去找人叙旧。我又见到曾经的邻居、童年的玩伴，大家都随时光的流逝而四处飘散，一别经年，如今又带着已改的容颜回来了，一时既惊喜又伤感。感谢母亲的这场寿宴，否则我们恐怕永远不会再见。我心底的尴尬和不快，这才慢慢被冲淡。

按计划，第二天是带领老家来的农村亲戚们一日游，让他们看看重庆新貌。长江已联系了旅行公司，租了一辆大巴车，还请了导游。我和大熊也兴致勃勃准备参加，不料半夜大熊突然发烧，恶心呕吐，我急忙叫了出租车，把他送去医院。

医生测了体温，决定马上输液。灯光昏暗的过道，已经东倒西歪地坐了一些输液的病人。连日的高温，空调房内和室外的温差太大了，人总在这样的大温差里进进出出，就会生病。医生这样解释说。我翻译给大熊听了，他没反应。德国的夏天没这么热过，室内也几乎都没有空调。他这是人生第一次，连续几天，每天冰火两重天，在户外四十度的高温和室内空调的冷气之间切换。用他的话说，就是天天在蒸桑拿。这个有着熊一样强壮体魄的日耳曼男人，被我戏称为"一头来自德国的大熊"，就这样在重庆的夏天里不堪一击，倒下了，成了一头病熊。

护士拎着输液瓶来了，站在急诊室门口，望了望外面昏暗的过道,又瞅了瞅垂头坐在急诊室里的大熊,跟医生小声嘀咕了几句,就打开旁边的体检室,请大熊进去。里面有一张挂着塑料帘子的小床。她们让大熊享受特殊的外宾待遇,躺在小床上输液,而不像其他病人,坐在过道的塑料长凳上,伸着胳膊,守着一根挂有吊瓶的铁杆输液。

我坐在小床边的椅子上,默默守着大熊输液。不久进来两个白大褂,其中一个径直走向小床,用英语问大熊,现在感觉怎么样?我发现她眼熟,起身打量她的脸,原来是夏一红的妹妹夏二红。

她也一下就认出我了:"哎呀,是你啊,吴嘉陵!"

原来夏二红是这家医院的护士长,今晚正巧值夜班。听护士说急诊室来了一个德国病人,在输液,她就过来看看。没想到居然是熟人。夏一红生天赐那年,她来过德国,照顾她姐姐。我们还一起吃过饭。她跟她姐姐长得很像,都是小眼睛,锥子脸,黑发茂盛,身材纤细,姐妹俩就像一条流水线下来的产品,只是生产日期不同。她比夏一红小三岁。

"好巧,弗兰茨也在重庆。"她激动地说。

"真的?那就太好了。一定要聚聚。"我说,又想起跟夏一红在机场的那通电话,"你姐姐怎么样,她和孩子都好吗?"

"都好。她今年春天刚搬了新家,买了一套江景房。天赐在小区上幼儿园。来,我把我姐的手机号告诉你,你直接跟她联系吧。她要知道你们回重庆了,一定很高兴。"说着她掏出手机。

二十

　　夏一红的新家在长江边一处新开发的高档小区。隔得老远,那四根古希腊风格的大圆柱子撑起的大门,门前的两尊狮身人面大石雕,以及高墙背后一幢幢冲天而起的大高楼,已让人震撼。

　　年轻的门卫一身白装杵立在门口。这么热的天还戴着大盖帽和白手套,让人感觉威严而怪异。我报上姓名,由他们用对讲机跟夏一红联系。只有业主同意,他们才让访客进入。

　　这是一个崭新的、华丽的世界。相比起来,我家那边简直就是贫民窟。夏一红啊夏一红,你莱茵河畔的家已经让我羡慕嫉妒,在婚姻危机中逃回重庆,还以为你跌入人生的低谷,在痛苦中挣扎,没想到你又住进豪宅,再次过上让我羡慕嫉妒的生活。

　　大理石的拼花地板门厅,碎石铺成的墙上是一壁水帘,周围还生长着葱郁的绿植。这幢黄褐色石材外墙的大楼里,竟然有大自然的清凉气息,仿佛这楼房是建筑在山壁上,将自然和现代融为一体。夏一红家住二十层,一出电梯,就看见对面的房门口站着笑脸相迎的她,黑发如冠,一袭浅灰色亚麻长裙。她的身后,是笑容可掬的弗兰茨。他们又成了相爱的一对,如同我初次见到的那样——至少看起来如此。

　　拥抱,寒暄,进屋。很清爽舒适的家,实木地板,镶入式壁橱,主色调是咖啡色和白色,不豪华,却雅致。我闻到了玫瑰和茉莉的芳香，循香而去，见客厅一面巨大的落地窗外，有如黛的青山，东去的长江。重庆城最美的山水风光，竟然做了她家的壁画。我失声惊叹："哇，好漂亮的家！夏一红你太土豪了！"我咋咋呼呼直奔落地窗外的阳台，等她跟来，我压低了声音问她："这房是弗兰茨为你买的吧？想留住你的芳心，不要离婚？"

"什么呀，我自己买的！"她瞪我一眼，"他想赞助，我没要。都要离婚了，不想又跟他有经济纠缠。我把老房子卖了，另外，别忘了我在滨江路上还有门面。当年滨江路刚开发，谁都不知道前景如何。那门面才卖三十多万，我还嫌贵，犹犹豫豫差点没买。可当时我手里有钱啊，我又不会做别的投资，还是买吧。没想到撞上狗屎运了。你看看现在的滨江路，人气多旺？我那门面当年月租一千八，现在多少？一万八都不止！这才几年？"

"天哪，一红你原来是富婆啊，一辈子衣食无忧了。"我重新打量这个女人，眼都绿了。

阳台上有一株半人高的茉莉花，还有几盆红玫瑰。香气正是来自它们。我像狗一样凑过去，翕动鼻翼，享受这些我童年就熟悉并喜欢的香气。

凭栏望去，对面是巍峨高耸的南山，山下是滚滚奔腾的长江，在山与水之间黛青的底色上，是积木般层叠矗立的楼群。高山与流水，人与自然，动与静，刚与柔，在这里相互依存，和谐相处。这就是我的故乡重庆，在短短的十多年里，就变得如此整洁、摩登、繁华。我张开双臂，恨不得把这座美丽迷人的城市拥入怀中，亲吻个够。

"重庆这几年新建的楼盘都好漂亮，花园小区、幼儿园、游泳池、网球场、超市、餐馆，各种配套非常齐全，环境优美又宜居。我最后选中这里，主要是看中这里的双语幼儿园——还不是为了孩子。"

"弗兰茨什么时候来的？他是怎么找到你的？"

"他这都来第二次了！"她轻声道，回头扫了一眼，两个男人还站在客厅说话。"唉，嘉陵你说，我该怎么办嘛。"她又堆起一脸愁容，"想跟他断又断不了，儿子跟我要爸爸啊。我想起我老大，失去了爸爸，好可怜。可那是天灾，没办法。这次完全是人祸，谁是罪魁祸首呢？是我吗？是我要让孩子没爸爸吗？真想不通，为什么我的两个儿子都要失去爸爸！"

"那就好好过吧，别想那么多，问题不就解决了。"我伸手拍了拍她的肩。

"我真的好难，离也不行，不离也不行。"她小眼一眨，眼角又滚出泪珠来，她用手擦泪，左一下，右一下，哽咽着，"离，孩子痛苦；不离，我痛苦。你不知道，天赐见到他有多高兴，就像小狗见到主人，疯了似的。"

"天赐呢？"我左右看看，没发现孩子。

"在隔壁楼。今天他幼儿园里有个小朋友过生日，我们刚把他送过去。下午再去接他。"

太阳正在升起，江面金波荡漾，瓦蓝的天空也被染上道道红霞。江风带着花香温柔地拂面而来，也轻轻撩动她的黑发。我又看见她脸侧的伤痕，在黑发掩映的耳边隐现。但她不再像法兰克福街头重逢时那样，一脸的戾气。此时的她宛如温开水里的茶叶，正在慢慢舒展开来，皮肤滋润而有光泽。这是故乡水土的滋养，对此我深有体会。

两个男人出来了，站在旁边看风景，用德语聊天。弗兰茨穿着红色短袖T恤衫和米色短裤，体态依然矫健，像个资深健身教练。他意气风发，神态悠然，看不出半点深陷婚姻危机的愁苦。

233

阳台很宽大，中间摆了一套原木桌椅。夏一红端出煮好的咖啡和泡好的茶，还有一大盘切好的新鲜水果，几碟点心。茶是她自制的花茶，阳台上新鲜的玫瑰和茉莉，加绿茶泡成。红白的花瓣，青绿的叶片，在玻璃壶里的水中沉浮盛开，升起袅袅馨香。我们在阳台上坐下，大熊忍不住啧啧称赞，说这里的风景太美了，太美了。

"看样子，你是不想回德国了？"我品了一口香茶，问她。

"重庆的生活也不错，不是吗？"她低眉浅笑，眸子里闪过一丝惆怅，"我是不想了，可孩子怎么办？天赐是德国籍，我想给他换成中国籍，咨询了专家，说很麻烦。"

"那就回去吧……"

她摇了摇头："即使回去，这个家也不可能再回到从前。别看我们现在不吵不闹，貌似和谐，其实都是假象，都是为了孩子。告诉你吧，我们一直婚内分居，各睡各的，夫妻只是徒有其名。"

"这问题全在你身上！"

"是的，我知道，是我迈不过心里的坎。怎么办？"她朝我凄然一笑。

有汽笛声从江面传来，是一艘漂亮的游船驶离了朝天门码头，正沿江而下。长长的笛声在空中盘旋，像带着怒气，在为夏一红鸣不平。

她突然抬起头来，用悲哀的眼光望着我。

"嘉陵，你还记得我肚子上的十字架吗？现在我才明白，那是我的宿命。开腹剖肚，文进我的肉身，是让我一辈子都扛着。可我就是不明白，我一生都在行善积德，从未作恶伤人，上帝为什么这样待我？把一个离他天遥地远的中国女人，也死死钉在十字架上——哦不，是把十字架死死钉进我的肉身，让我负痛余生。耶稣被钉十字架,是为人类赎罪,痛有所值。我呢? 我又是在为谁赎罪呢? 我的痛又有什么意义呢?"

我无言以答,只是心疼地望着她。

太阳升高了,阳光慢慢爬上餐桌的果盘。我们回到室内。夏一红请的钟点工买菜回来了,一个年龄跟我们相近的女人。两人开始在厨房准备午餐。朱砂红的大理石操作台上,摆满各种新鲜食材。这厨房没有她德国家里的厨房大,但结构合理,还带一个放杂物的小阳台。我看帮不上什么忙,转了一圈,就返回客厅,在大熊身边坐下来,加入两个男人的闲聊。

"弗兰茨,你对重庆印象如何,喜欢吗?"趁着他俩说话的间歇,我插嘴了。

"我很喜欢重庆。"他朝我认真地点点头。

"你看人家。"我用胳膊碰了碰身边的大熊,对弗兰茨说,"他嫌太热,都中暑了,还去医院输了液。"

"是的,太热了。我也不喜欢这么热。"弗兰茨连声附和。他坐在对面的红木椅上,皱眉朝阳台外望了一眼。

"如果仅仅是热,也没关系。我尤其受不了这里的湿,一出门衣服就湿漉漉地粘在身上,很不舒服。"大熊苦着脸对弗兰茨抱怨。

"你自己爱出汗,还怪重庆空气太湿。"我故意跟他针锋相对,"我就喜欢重庆空气湿润,滋养皮肤呀。回重庆后,我不擦任何护肤品,皮肤也润润的。不像在德国,太干燥了,每天抹厚厚一层保湿霜,皮肤还是紧绷绷的。难怪德国女人显老,空气太干燥,人就容易长皱纹。"说完我朝大熊翻个白眼,又问弗兰茨:"你喜欢重庆什么呢?"

他嘴角一扯,淡淡一笑,双手抱着后脑勺,想了想,说:"你知道,在德国,我是在陶努斯山区出生长大的。但我喜欢河流。所以,当我为自己建造房子,我就选择了莱茵河边。"

说着他站起身来,踱到落地窗前,望着外面说:"我特别喜欢重庆的长江。你看它奔腾不息,多有活力。当我第一次陪一红来看房子,站在这里朝窗外一望,哇,太震撼了,我感觉全身的血液都奔腾起来。买!我当即就说,就买这套,我喜欢这风景!如果可能,今后我就在这里终老,死后把骨灰撒入长江,跟这河水一起咆哮,奔腾入海,而不是躺在德国的地下,被蛆虫噬咬,腐烂成泥。"

我想起他母亲家窗外的墓园,那里有他家的墓地。原来孝顺的他藏有一颗叛逆的心!白格夫人知道吗,她唯一的儿子并不想像她那样,成为家族墓地的守墓人,也不想死后跟她和家人葬在一起。如果她知道,会不会伤心?不敢多想,我立即朝他叫嚷起来:"不许说死!弗兰茨,在中国不能随便说死,不吉利。还有呢?说说你还喜欢重庆什么。"

他耸耸肩,一只手托着下巴,嘿嘿一笑,瞅了一眼我身边的大熊,就低头在屋里踱来踱去,像里尔克诗里那只巴黎植物园里的豹,被铁栏杆围困,强韧的腿脚迈出柔软的步态,迷茫的心中怀揣伟大的意志,眼帘偶尔掀起,望望窗外的远山,再低头看看近处的我们。

"我还喜欢这座城市的老而不衰。它也有历史,也遭遇过战争,也被狂轰滥炸过,被摧毁过,也是建立在废墟上,但它走出来了。你看这里的人民多么乐观。他们似乎一点也不在乎这里曾经发生过什么,他们永远朝前看,只关注当下和未来,相信明天会更好,所以生活得忙碌、充实、快乐。不像我们德国人,总往后看,目光总盯着从前的过错和罪恶,总在反思、忏悔和自责,好像一朝犯错，就永不翻身；一辈人犯罪，世世代代都是罪人，子子孙孙都得替父辈甚至祖辈赎罪。这太荒谬，对后辈太不公平！"

他越说越激动，还挥舞拳头，像个充满激情的诗人或者演说家。我和大熊都惊愕地望着他。这些话题太敏感，如果在德国，德国人多半会讳莫如深，避免谈及，害怕政治不正确。他却如此直言不讳，慷慨陈词。大熊的脸阴下来，心事重重，却不言语，只偶尔摇头，不知是在感叹赞同，还是反对。

"生命只有一次，它应该被快乐地度过，像阳光和鲜花一样，灿烂，温暖，明亮，尽情绽放。难道重庆的人就没有烦恼吗？当然有，也许比我们德国人的烦恼更多，但他们好像无所谓，白天工作，再苦再累，一到晚上，就聚在一起喝啤酒，吃火锅，唱歌跳舞，把所有的烦恼全都忘掉……"说着他竟然甩胯扭腰，跳起舞来。

这时夏一红从厨房出来了，"哼"了一声："这个人最近爱上跳坝坝舞，每天晚饭后，他都带天赐去小区外的滨江公园，跟一群大妈跳'小苹果'，连天赐都会跳了，笑死人啦！"

他双手一摊，头一扬："跳坝坝舞有什么不好？听着欢快的音乐，呼吸着江边新鲜的空气，男女老少聚在一起，不寂寞，还健身。德国如果有坝坝舞，我也去跳……"

他嘴里哼哼着，前进，后退，转身，送胯，动作娴熟。可他身材太高大，怎么看都觉得笨拙滑稽。我和大熊都忍不住捂嘴而笑。

"你来重庆了，你的家……怎么办？还有你母亲……"我想起他家玻璃暖房里的植物，还有他母亲。但话说出口我又后悔，意识到不该跟他提他母亲。

果然，他脸上飞扬的神采不见了，舞也不跳了，只低下头来，快快地说:"我邻居有我房子的钥匙，会去帮忙开信箱，取邮件，为植物浇水。至于我母亲，索菲亚姑妈会去看她。她住得不远，离我母亲家步行只要十来分钟。"

"索菲亚姑妈？就是丈夫坐轮椅的那位？"

"对，她丈夫坐轮椅，我的汉斯姑父，可惜他去年死了。"

"啊，他死了？什么病呀？他为什么坐轮椅？"我眼前又浮现那张满是络腮胡的脸，像极了晚年的海明威。他声如洪钟的大嗓门，顽皮的笑，让我难忘。

我的话音刚落，就感到屁股被大熊的手指戳了一下。这是我俩的约定。如果我跟德国人说话不当，犯了德国人的忌讳，他得及时给我暗号，制止我。反之亦然，如果他跟中国人说话犯了忌讳，我也要立即提醒他，让他住口。

"哦，汉斯姑父的病有点复杂，"弗兰茨似乎并不觉得我的提问有什么不妥，他仰头望着天花板，很认真地想了想，"他在战争中受过伤，有一只眼睛是玻璃球。他坐轮椅是后来的事，因为他中风了……"

"他也参加过战争？"我的兴趣更大了，起身拿起茶几上的茶壶，装着要去续水的样子，离开了大熊。他对我的警告已经升级，刚才只用手指轻轻戳我，现在加大了力度。再不离开，我怕他会使劲拧我。

"那个时候的德国男人，有谁能够躲过战争！问问你的丈夫吧，他也了解那段历史。"弗兰茨不满的目光瞪了我一眼，又落在大熊身上。这下大熊恼了，恶狠狠地对我说："多么愚蠢的问题！他们那辈人，谁能幸免？战争把整个国家和民族都卷进去了。"

我不管他，抱着茶壶又走远几步，继续缠着弗兰茨："他们仨，你父亲，舅舅，汉斯姑父，战前就相互认识吗？"

"是的，他们是一所学校的同学，战前就是朋友，后来又一起应征入伍，但去了不同的前线。我父亲和舅舅去了东线，上了苏联前线；汉斯姑父向西去了法国，在诺曼底战役中丢了一只眼睛……"

"他是怎么受伤的呢？"我不看大熊，只望着弗兰茨。

"怎么受伤的？盟军的炮弹在不远处爆炸，有弹片钻进他的身体，其中一块正好击中他一只眼睛，就这么简单——这是他自己讲的。后来他被送到布劳西外格的医院，安上一只玻璃眼球。"

"他跟索菲亚姑妈，是在战前就恋爱了吗，还是他负伤回家后？"

"抱歉，他们什么时候开始恋爱，我不清楚。我只知道他们什么时候结婚。那一年我刚上小学，母亲带我去参加婚礼。汉斯姑父一见我就大叫起来：你们看呀，小弗兰茨来了！他可真像他父亲啊……他身材高大，声音洪亮，那时还没坐轮椅，站在那里这么一嚷嚷，简直就是一呼百应，全场的人都围过来了，把我和母亲围在中间。他们都对着我指指点点，这个说我的眼睛像父亲，那个说我的鼻子像父亲，另一个又说我的嘴巴像父亲。那情景，我记忆犹新。"

"你舅舅也参加了他们的婚礼吗？"

"我舅舅？让我想想。哦，不，他回家不久就病逝了，没能活到索菲亚姑妈结婚。战争结束时，我舅舅被苏联红军俘虏，但他在随战俘转移的途中逃跑了。也不知他路上走了多久，到家时瘦得皮包骨头，还患上疟疾和肺结核。母亲第一个看见他，倒在家门前的石梯下，衣衫褴褛。她还以为是个逃难的，饿晕倒了，赶紧进屋去叫我外婆，两人拿来面包和水，结果一看……当时我舅舅连站立的力气都没有了。他们很快就把他送去医院。遗憾的是，那时战争刚刚结束，医院的条件相当不好，药品紧缺。他最终没能活着出院。"

说着他突然愤怒了，转向大熊："你说这事多荒唐！他们在战争结束前就说他死了，家里还收到过阵亡通知书：为祖国光荣捐躯了！这通知书现在我母亲还保存着，蓝色的信封，我看过。结果呢？战争结束后，他居然活着回家了！"

他显得焦躁不安，拿起茶几上的烟盒和打火机，去了阳台，站在正午的阳光下抽烟。大熊站起身来，生气地瞪了我一眼，也跟过去，站在玻璃门边跟他道歉："对不起，弗兰茨，请原谅嘉陵。她总喜欢打听战争的事。我提醒过她无数次，叫她不要问，她偏不听。唉，我真拿她没办法。请原谅她吧。"

弗兰茨仰头朝天吐烟圈，一口烟出来，没缭绕几下，迅速被惨白的阳光吞没。他闭着眼睛，脸部的轮廓恰似对岸南山的投影，鼻梁成了一道山峰，冰山一样泛着白光。这样过了好一会儿，他才转过身来淡淡一笑，对大熊说："没关系。中国人好像都这样。一红的妹夫也是，总问我二战的事。他还对希特勒感兴趣。真不可思议！"他冷冷地"哼"了一声，停顿片刻，又说，"感谢上帝，一红对这些事不感兴趣，她从来不问。"

原本轻松快乐的别后重逢，被我搅成了忆苦大会，气氛变得郁闷沉重。我也感到很抱歉，就放下茶壶走过去，对他说："对不起，我没有别的意思，就是对那段历史感兴趣。关于二战，从前我们只是从电影和书本里了解一点。现在遇到你们，家里就有亲历过战争的人，当然想更多地知道……"

"没关系，我理解。"弗兰茨把半截香烟戳进手里捧着的烟灰缸,"你问我什么都可以,但我有一个请求:如果见了我母亲,请一定小心,千万别跟她提战争。她太敏感,会受刺激⋯⋯"

我的脸像被电流击过,一下有了灼伤感。被白格夫人扫地出门,落荒而逃的那一幕,又重现眼前,窘得我一时无地自容。我支支吾吾,向他道歉:上次真的很对不起⋯⋯我不是故意的⋯⋯

"开饭了开饭了!"夏一红的声音救了我。

三个人就转身返回客厅。弗兰茨从我身边走过,拍拍我的肩说:"都过去了,别提了。"

饭后,两个男人去房间里捣鼓电脑,我和夏一红就懒懒地半躺在客厅的皮沙发上,聊天,她打电话去问候儿子乖不乖。空调嗡嗡地吹着冷气,房间里如沐三月的春风。而落地窗外,下午的阳光格外刺眼,似有大火在熊熊燃烧。我们聊起从前没有空调的夏天,中午放学,石板路太烫,我们几乎总是跳着回家,因为脚上的塑料凉鞋底子太薄,走路慢了就会烙脚。夜晚的家里像蒸笼般闷热,全家人就在门外搭起凉板睡觉。我们都喜欢去防空洞乘凉。那些抗战时期为躲避日机轰炸而挖掘的无数洞穴,在战后漫长的几十年里,成了重庆人夏天的避暑天堂。往往是外面越热,洞里越凉快。在七弯八拐的黑黢黢的洞子里,无论是童年时摸黑逮猫,还是少年时聚在里面摆龙门阵,留下的都是美好的记忆。

两个男人摇摇晃晃出来了,该喝咖啡吃蛋糕了。我们又围坐在一起,吃吃喝喝,直到外面日头偏西,才下楼,去小区的另一幢楼接孩子。按夏一红的计划,接了孩子我们先在小区转转,去江边走走,然后就去船上吃鱼。不远处的长江边有一家用旧趸船改建的水上餐厅,不仅鱼好吃,还可以观赏夜景。她已经订了位,一定要带我们去享受享受。

路上我们遇到几个外国人。夏一红说,小区住了好多外国家

241

庭，有领事馆职员、外企高管、外教等，还有几户像她这样的跨国婚姻家庭。近几年重庆的发展相当不错，引进了好多外资企业。她建议我和大熊也在这里买套房，跟她做邻居。大熊英语好，他做的SAP程序在重庆也有不少用户，他肯定能在重庆找到工作。我是第一眼就喜欢上这个小区，听她这一说，也心动了。精装房，还不用自己劳心费力去装修。可一问房价，我就只能伸舌头，除非把我们德国的房子卖了。

二十一

夏一红最终还是回到了德国。

秋天了,我家花园的那棵核桃树把她吸引来了,那也是我家唯一让她羡慕的地方。她不喜欢老房子,嫌有历史的陈腐味,住着不舒服,有压抑感。但她喜欢我家那棵核桃树。对于吃核桃补脑这一古老的中国传说,她深信不疑,长期坚持让儿子每天吃几粒核桃。我俩很快就达成协议:核桃成熟时,她来随便捡。作为回报,她只需在圣诞期间为我烤一箱核桃饼。

核桃树入秋就开始陆陆续续掉果子。我每天黄昏都会去园子里走一圈,把掉落的核桃捡拾起来,已经积攒了两大桶,搁在玻璃暖房里晾着。她来之后,我俩又一起用竹竿打那些树上的核桃。

"哇,这么多核桃,太幸福了!"她站树下哑巴着嘴,挥舞竹杆,不时感慨,"你儿子吃了这些核桃,一定会变得更加聪明。上学成学霸,今后考入名牌大学,成社会精英。我俩就等着享这小子的福吧。"

不知什么时候起,每每跟我说起天赐,她就说"你儿子",而从前她只说"你干儿子"。刚开始我听着别扭,后来竟然听出了幻觉,好像天赐真是我儿子了。

树上还有不少呢,竹竿已经够不着了。核桃树比我家房子还高,估计跟这房子差不多老,或者更老,却依然春夏枝繁叶茂,秋天硕果累累，然后就是遍地的枯枝败叶和烂皮残果。刚搬来时，面对这从天而降的遍地核桃，我曾有过不劳而获的大惊喜。但大惊喜很快变成大烦恼。这核桃不能敲开就吃，它外面还有一层讨厌的绿皮。绿皮会枯萎变黑，如果遇到下雨，就成一摊烂泥。都捡吧，太多了，要一颗一颗剥皮清理，工作量太大，太麻烦。扔了呢，又觉可惜。这满树满地的核桃很快就成了我们的负担，以至于我们想把树砍掉。最终没砍的唯一原因，是费用太高。园艺公司要价八千欧元，黑工也要五千，因为树太大，工程也大，树干要用切割机切短，树根要用挖掘机清除，还要用专车把垃圾运走。夏一红来我家后，爱上这树。她坚决反对我们砍树，主动承包了这棵树的所有工作。我们吃不完的核桃，也由她全部承包。

打完了竹竿够得着的核桃后，我俩就坐在玻璃屋休息，剥核桃，在桌上铺了些旧报纸，再把核桃堆上去，戴上手套，我剥皮，她用钳子开硬壳，掏核桃仁。"其实德国的生活还是不错的，既可以过得很现代，又可以过得很田园，你说是吧？"我安慰自己，也安慰她。

"嗯，还行吧。对于我这样的素食者，德国最吸引我的，是这遍地的野菜和野果子，还有森林里的野蘑菇。"她一边夹核桃，一边吃，有时还喂几颗进我嘴里，说新鲜的味道就是不同，特别香。

"天赐回来感觉怎么样？喜欢上学吗？"我问。

"喜欢。这边上学也没作业，跟玩似的，比国内的幼儿园还轻松，又有了那么多新朋友，开心死了。小孩子嘛，只要吃得好，玩得好，爸爸妈妈都在身边，就什么都好。不过他在重庆这两年也没白待，中文基础打牢了，还学了好多重庆方言。在学校还用重庆方言骂德国同学。有一天老师问我，'哈儿'是什么意思？哈哈，你看，他把重庆话推广到德国来了。我问他，为什么用中文骂德国同学？他就说，他不是骂，是着急。他都会算乘法和除法了，他们算加减法还出错。哼，不是哈儿是啥子？"

我笑了，想起在重庆见他的情景。小区里有那么多小朋友，中国的，外国的，还有些来自重庆周边区县暴发户的孩子。孩子模仿能力强，跟重庆的小朋友玩多了，自然就会说重庆方言。

那天夏一红化了淡妆，穿了一件棕色亚麻长袍，黑发松松地绾在头顶，用一把月牙檀木梳别着，胸前还挂了一串佛珠，说是在重庆的寺庙里请的，手腕也戴了几串珠子，看上去就像中国古画里的道姑或村妇。

那天是周末，她独自开车来我家。弗兰茨带孩子去奶奶家了。

"现在一到周末，天赐就嚷嚷要去奶奶家。他爸为了笼络他，开始让他上阁楼玩了。两个人还要一起建飞机场呢。我看他已经玩上瘾了。另外，他奶奶现在在教他弹琴。唉，也好，至少我又可以省一笔钱了。"

我点头称道："是啊，外面学钢琴，听说好贵。"

她垂下眼帘，一脸无奈："唉，都是为了孩子，否则我真不想回来。我重庆的家多舒服呀，每天在阳台上练瑜伽，面对祖国的美好山河，打坐，参禅，不要太美——可天赐想他爸，跟我闹得厉害，我又心软，思前想后，还是决定牺牲自己，成全儿子……"

当时这天各一方的父子两人，只能通过skype在电脑上视频。家里虽然有些弗兰茨从德国带去的玩具，乐高积木、遥控汽车、带铁轨的小火车等，可天赐玩不了几天就腻了，每天嚷嚷着要爸爸。夏一红怎么劝他安慰他，都没用。有一次跟爸爸视频完后，夏一红关了电脑，他却不肯离开，抱着电脑大哭起来，说，爸爸你出来，不要总躲在电脑里。我要你出来抱抱我！夏一红心都碎了，这才明白，无论她怎么努力，都无法填补儿子缺失的父爱。

白格夫人从前说过,她并不害怕战争,但害怕战争带来的分离。这话当时像一缕风,只从夏一红的耳边轻轻飘过。她之所以还记得,是因为当时很惊讶,觉得婆婆的思想觉悟太低,对战争的认识太肤浅。战争是国家民族的大灾难,她却只计较个人得失。在重庆的某个冷雨敲窗的夜晚,当她怀抱儿子蜷依床头,安慰着因为想爸爸而哭闹的孩子,不知怎么,忽地就想起婆婆说过的这句话,顿觉心惊:现在没有战争,可她儿子也正在经历婆婆害怕的那种亲人间的分离,而她自己,好像正是这场分离的制造者? 哦,不,她也是受害者。她这样做,只是在维护自己的尊严。弗兰茨和他妈才是元凶! 可事实上,难道不是她夏一红这个受害者,又在施害儿子吗? 如果她不坚持要离婚,要回中国,儿子怎么会跟爸爸分离?

她要坚持留在中国的决心,就这样动摇了。跟儿子的幸福相比起来,自己的痛苦和屈辱又算什么? 她反正早已遍体鳞伤,不在乎再挨这一刀。可儿子何罪,要承受这样的痛苦折磨?

回德国后,她一直没去婆婆家。周末弗兰茨带孩子去,她不反对,毕竟天赐闹着要去。当然她也有私心,就是让天赐去学琴。天赐还很小的时候,奶奶就喜欢抱着他坐在钢琴前,捉住他的小手去敲打琴键,要培养他的乐感和对音乐的热爱。她是她厌恶和憎恨的女人,却是儿子喜欢的奶奶和免费的优秀钢琴老师。她该怎么办呢?

"忘了那事吧,一红,别再胡思乱想了,那是自讨苦吃。要让天赐知道了,他肯定会说:妈妈你是个哈儿,哈哈……"

她抬头看我,眉角轻轻一挑,凄然笑了:"是呀,我也想忘,可说着容易,做起来太难。"

"要不……你去看看心理医生吧,据说德国的心理医生很厉害，有什么心理障碍，让专家帮忙疏导一下，就排除了。"

她拿眼瞪我，有点生气了："我又没有心理疾病，去看什么心理医生！"

我猜她也许后悔了，不该把那件事告诉我。中国人讲，家丑不可外扬。她外扬了，而且还是她捕风捉影来的丑。现在看来，生活还得继续。早知如此，她又何必把那么不堪的家丑抖出来？现在她骑虎难下，一定悔青了肠子。我得给她台阶下。知情太多的人，通常没有好下场。我必须消除她对我的顾虑。

"反正，一红，不管你怎么想，我绝不相信他们有什么，从一开始就不相信。真的。你自己也是当妈的，比我更了解，妈和儿子之间是怎么回事。让我们来假设一下吧：如果你没遇到弗兰茨，一直跟你大儿子相依为命，你会不会，也想跟儿子亲近？他是你身上掉下来的肉啊，你难道不想多抱抱他，让他的身体，给你一份踏实的幸福？让你感觉到你的人生并不虚空，你活着还是有意义的。甚至，通过触摸儿子的真实存在，来证明，你也曾经有过如花似玉的青春，有过甜蜜美好的爱情，也被一个男人深深爱过，你的生命……也不虚此行？"

她的头慢慢抬起来，目光迷茫地望着我："你……真这样认为？"她眨了眨眼睛，顿了顿，又说，"是的，也许我会，可不管怎样，儿子成年后，我是绝对不会再跟他同床共枕，那样成何体统！除非……也许……哦，不，我不知道。"

"体统？什么是体统？说到底，那不过是别人的看法。你要摸着你的心，面对绝对真实的自己，问一问，跟儿子同床，就一定会有那种事吗？别忘了，德国人睡觉，即使是夫妻睡在一张床上，也是各盖一床小被子，不一定有肌肤相亲。不像中国，两个人盖一床大被子，想不触碰都不行。"

"不知道……我不知道……"她使劲甩头。

我决定好好安慰她,就站起身来,过去俯身拥抱她:"亲爱的一红,请相信我,不要再胡思乱想了,好吗? 你那不仅害人,也害自己和儿子呀。"

她一动不动,没理我。我猜她内心正在挣扎,还摇摆不定,就再接再厉地开导她:"母子毕竟是母子。一个长年幽居的寡母,太可怜了。儿子就是她的全部啊,一周才回一次家,她当然想要跟他亲近……"

我又回到座位上,戴上手套继续剥核桃皮。她依然埋着头,左手拿核桃,右手捏钳子,"咔嚓"一个,把核桃仁拣出放进碗里,再"咔嚓"一个,再拣出核桃仁,动作不紧不慢。过了一会儿,她"哼"了一声,冷笑道:"欧美人变态的真多,恐怕不是我们中国人的逻辑思维能理解的。奥地利不是还出了个禽兽不如的父亲吗? 把亲生女儿囚禁在地下室,当他的性奴,还让她生下七个孩子。你能用一句'父女毕竟是父女'来解释吗? 他妻子还在呢,又不缺女人! 这种事如果写进小说,都不会有人相信,说你是在胡编乱造。可它却真实地发生了,就在文明富裕的欧洲小国奥地利!"

我心里一惊。这件事我当然知道,德国媒体都炸锅了。一个健康漂亮的十八岁女孩,被亲生父亲关进家里的地下室,直到四十二岁才重获自由。在漫长的二十四年间,她为父亲产下七个孩子。朗朗乾坤,阳光普照下的人间,怎么会发生这种令人发指的事? 简直太不可思议了。

"你怎么也知道这件事?"我问。以她的德语水平,还读不了也听不了德语新闻。

"国内的电视也报道了呀。那父亲还是个工程师呢。记者去采访他的邻居,邻居们都不相信,说他是个受人尊敬的好父亲。

唉,这人性的黑洞,谁能一眼看透呢?"

"太变态了!"我不得不承认,她是对的,欧美人变态的就是多。早年看过的西方电影《沉默的羔羊》《阿姆斯特丹的水鬼》等,都给我留下深刻印象,它们全是变态杀人的故事。真是万恶的资本主义!

"你说,为什么在讲人权、自由和民主的西方国家,会有这么多变态?"她停下手中的活,迷茫的小眼睛十分真诚地望着我。

"其实吧,我觉得,哪个国家、哪个时代,都有变态和神经病。"我说。

她又埋头剥核桃,慢慢悠悠地说:"是啊,有时候我也自问,是不是我冤枉他们了?弗兰茨吧,别看他人高马大,风度翩翩,看起来挺沉着稳重的,其实呢,他的心理年龄远远低于实际年龄。他的天真和愚蠢,有时会超出你的想象。也难怪,有那么个神经病和严重心理变态的妈,他要是正常了,才怪!"

桌上的垃圾已堆积成小山,我拎过来垃圾桶,把那些核桃皮核桃壳小心翼翼抹进桶里,又把垫底的报纸拿起来抖抖干净,再铺回原位。她茫然的目光在东游西荡中突然停下,落在桌面的报纸上,瞪大了眼睛伸过头去。

"嘉陵,这篇文章——你看了吗?"她问我。

那是从亚洲店拿的中文报纸,上面广告居多,配了些国际国内新闻。我凑上前去,看见她手指下一行醒目的黑字:"六十五岁的儿子抱九十岁的母亲游西湖",还配有照片,儿子笑容满面地怀抱着幼童大小的老母亲,正在西湖边看风景。"你看看,这就是母子情,"我说,"儿子小时,妈妈抱儿子;儿子大了,妈妈老了,就轮到儿子抱妈妈了。真好,相互陪伴,相互照顾。"

她迅速浏览完文章内容,感慨道:"我看还是中国好,有传统的伦理道德束缚着，人的行为就规范多了。不像西方，所谓的人权和自由，不过是种种荒唐和变态的借口。"

晚餐我们一起吃了火锅。她又恢复吃素了，我煮了大白菜、木耳、海带、土豆片和她带来的豆腐。我是无肉不欢的，就开了一罐午餐肉进去。吃完饭天色已暗，我留她在我家过夜。我家也有客房，在阁楼上，带有独立的卫浴室。但她不，说她习惯了周末独处，便拎了一袋核桃仁，一大桶还没来得及处理的青皮核桃，钻进了她的蓝色宝马。

很巧，当晚的电视又播放了奥地利的乱伦案。大熊在他的工作室上网，我叫他来看，他半点兴趣也没有，还批评我无聊，说世上的烂事太多了，你关心得完吗？气得我看了一半，也关了电视，上楼了。他一向反对我关注负面新闻，无论是哪国的。曾经在新浪网上看到一条国内虐狗的报道，气得我心绞痛。他不但不安慰我，同情我，反而奚落和讥讽我，说我不听他的话，自己要看那些坏消息，活该难受！

"如果你无法接受它，也无法改变它，就别去面对，否则就是自找苦吃！这话我跟你说过一百遍，你不听，怪谁呢？"

也许他是对的。像我这种敏感又脆弱的人，是很容易受伤的。遗憾的是，我强大的好奇心和严重匮乏的自制力，总是让我听不进告诫，吃尽了苦头。我来到书房，打开电脑，在谷歌里搜索奥地利乱伦案的资料。我突然很想弄清楚，这位父亲为什么这样做？他到底经历了什么，才变得如此丧尽天良禽兽不如？

跳出来一长串相关的文字和图片资料，连德语的维基百科也有了这个男人的词条：

约瑟夫·弗瑞茨（Josef Fritzl），1935年4月9日出生于奥地利城市阿姆施泰滕，从1984—2008年，把亲生女儿伊丽莎白囚禁在地下室长达二十四年，并与她产下七个孩子……

弗瑞茨这名字的发音很像弗兰茨，让我不由得将两人联系起来。虽然前者是姓，后者是名，但对中国人来说，都差不多。
一段关于他出生地的描写，引起我的注意：

弗瑞茨于1935年出生于阿姆施泰滕，从小与母亲相依为命。母亲文化程度不高，以帮佣为生。1938年，希特勒来到这座城市，被当地政府授予"荣誉市民"称号。1945年4月，大量战争难民逃到此地，被政府分派到各家安置。但他母亲坚决抗拒，不接受难民，跟警察发生了肢体冲突，最后被以袭警罪关进了纳粹的毛特豪森集中营，十岁的弗瑞茨成了孤儿，被安顿到寄养家庭。一个月后战争结束，美军解散了集中营。母亲回家了，性情大变，动不动就对儿子拳打脚踢。他开始憎恨母亲，发誓以后要报复她，甚至强奸她。但两人依然生活在一起。长大后，有一次跟母亲发生了争吵，他竟把母亲囚禁在楼上的一间小屋里，并用砖头封死了窗户，直到多年以后，母亲在那间屋里死去。

又一个跟单亲母亲相依为命长大的男人，简直就像弗兰茨和白格夫人的奥地利版。

"她虽然独自把我养大，但她从没爱过我。她打我，踢我，直到我瘫倒在地，浑身是血。"他对采访的记者说，"她是帮佣，工作辛苦，我知道。但她从没亲吻过我，拥抱过我，尽管我竭力讨好她，以求她对我好一点，她还是动不动就骂我是魔鬼，是罪犯……我怕她,也恨她。她让我感到自己一无是处,生命没有价值,更没有尊严。"

他学习不错,顺利读完大学,成为一名机械工程师,还会自制炸药。二十一岁那年,他在自家房子里迎娶了十七岁的妻子,婚后两人育有多名子女。他并不认为自己囚禁女儿、让女儿多次怀孕产子,是犯下了滔天大罪。他说那一切都出于爱。他要保护她,防止她出去"误入歧途"。

一篇又一篇的报道里,内容大同小异,没有一篇提及他父亲。他有父亲吗? 当然。可为什么所有的报道和采访里,都找不到他父亲的影子? 是上战场牺牲了? 还是加入了罪孽深重的纳粹组织,让他羞于提及? 一连好几天,我在忙完正事之后,都在网上寻找答案。我几乎查遍网上所有关于此案的德语资料,只在一篇心理医生写的报道中,发现了他父亲的蛛丝马迹。

报道说,他母亲曾经结过婚,由于没能很快怀孕,被丈夫抛弃,也被周围的人嘲笑鄙视。这让她感到羞辱难当,决心要不顾一切,证明自己有生育能力。于是她胡乱跟人睡觉,直到最终如愿怀孕,生下儿子。但没有人知道孩子的父亲是谁,她自己不知道,儿子更不知道。面对心理医生,弗瑞茨自嘲说,自己不过是一个"证据儿童"——证明母亲能生育而已。尽管他是母亲唯一的孩子,母亲却从没像一个母亲爱儿子那样,爱过他。

原来他只是希特勒推行的人种繁殖计划的产物。1933年,刚当上第三帝国元首的希特勒,为促进雅利安人口的迅速增长,推行过一个名叫"生命之源"的计划,即鼓励纯种的雅利安妇女多生育,并把生儿育女确定为帝国公民婚姻的意义。生育越多越光荣,希特勒还为此设立了"德意志母亲十字奖章",来奖励那些多生育的德国女子,而不生育的夫妇则遭人唾弃。弗瑞茨和他母亲,就是希特勒"生命之源"计划的牺牲品,是那个特殊时代的悲剧产物。

作为"证据儿童"的弗瑞茨,命运比弗兰茨那样没见过父亲的"战争儿童"更悲惨。他也经历了战争的残酷,但他没得到母亲的爱。那是一场毁灭性的灾难:母亲对他肉体的虐待,尊严的践踏,情感的伤害,心灵的摧残,彻底扭曲了他的人性。童年是一个人生命的底色。如果你足够幸运,在遭遇了不幸的童年后,能拥有良好的学校教育和社会环境,包括友善的人际关系,再加上强大的自我修复能力,你的人生也许能在灰暗的底色上,仍然画出美妙的图画。遗憾的是,并非每个不幸的儿童都有这样的好运气。我探究弗瑞茨童年的经历和家庭背景,并非想为他的罪孽开脱。我只是相信,人性本善,每一个婴儿都是坠落人间的天使,是后天的环境,人世间的美好或者龌龊,决定了天使继续是天使,还是变成魔鬼。

不敢想象他不幸的女儿和那几个尚在人间的无辜的孩子,将要面对怎样的一生。太可怕了。

那几天我心神不宁,总是把这个被媒体称为"奥地利鬼父"的男人,跟弗兰茨放在一起联想和对比。他俩迥异的外貌有时重叠,构成一张轮廓扭曲五官模糊的脸,出现在我的眼前或梦中。有时他俩又各自为战,互为对手,在街头追杀,在拳击台上对殴,从淘气的顽童,到菁菁学子,再到现在的沧桑初老。他俩都从未见过父亲,从未感受过丝毫的父爱,又都在被时代碾压的单亲寡母陪伴下长大,与母亲有着非正常关系。不同的是,弗兰茨的生命是爱情的结晶,弗瑞茨却是仇恨的产物。弗兰茨身上,凝聚着母亲对儿子和丈夫双重的厚爱。这爱浓得化不开,几乎要让弗兰茨窒息,而弗瑞茨却是另一个极端。他在诞生的同时就完成了他生命的意义,那就是,证明母亲不负元首,尚能为雅利安民族的繁衍做出贡献。母亲对他的嫌弃、暴戾和凌辱,在他身上积郁已久,终需寻找出口释放。他可怜的女儿就成了他的发泄对象。

相比之下,白格夫人对儿子周末的霸占,一周一次的同床而眠,就显得温情和慈悲多了。说到底,她不过是在爱和索取爱。

二十二

日子静静地流走,看似波澜不惊,却暗流涌动。不久后的一天,我在家里的地下室发现了秘密。

搬家后,一些暂时不用又舍不得扔掉的家什,就堆放在地下室,有大熊的,也有他父亲去世后留下的,还有我的。由于持续而漫长的装修工程,这些杂物一直没顾上整理。现在装修结束,我和大熊除了共有一间大卧室、衣帽间,还各有自己的书屋或者工作室。是时候清理地下室了,那些杂物该留的留,该扔的扔,让它们各归其位。我准备向夏一红学习,把那间堆放杂物的地下室改成健身房,因为那间房采光较好。清空后,把墙刷白,买个跑步机摆在那里,再搁盆绿植在窗前。那窗一半在地上,一半在地下,下午能斜斜地洒进些阳光,适宜龟背竹或绿萝等喜阴植物生长。我和大熊都步入初老的年纪,他已腆起啤酒肚,我也有了水桶腰。我们无儿无女,一个寂寞凄清、多病而无助的悲惨晚年,正在不远处等着我们,想想都觉得恐怖。必须行动起来了,即使不能像白格夫人那样优雅到老,也该以夏一红和弗兰茨为榜样,注意饮食,多运动,努力延缓衰老的脚步,把那个可怕的终点推得远点,再远点。

榜样的力量,朋友的日常,就这样在潜移默化中影响和改变着我们的生活。

我先收拾自己的杂物，把那些千里迢迢从国内带来的中文书刊、影集、衣物和小摆件，以及来德国后上学读书的学习资料，从大纸箱里取出来，一一认真查看和筛选。没有保留价值的，统统扔掉；一些不再喜欢或身体发胖后不再穿的漂亮衣裙，也狠狠心，放弃再度苗条的幻想，扔进街头的旧衣回收箱。书籍被我抱到楼上的书屋里，摆进我新买的白色书柜，在窗明几净的空间里，让它们与青翠的云竹和雅丽的兰花为邻，那才是它们该待的地方。

　　让我发愁的是大熊和公公的杂物，太多了，大大小小的纸箱堆成小山。我从外围入手，各个击破，先翻出来一箱餐具，都是我从公公家的厨房里挑的，一件一件包在旧报纸里。有一套薄如蝉翼的日本茶具，六只意大利刻花水晶杯，还有一套我不喜欢但大熊喜欢的俄罗斯刀叉，不锈钢的。我把日本茶具和意大利水晶杯摆进客厅的玻璃橱柜，让它们装点我的客厅，也当作对公公的纪念。如果来了客人，就取出来用用，观赏和实用两不误。但那套俄罗斯刀叉我实在不喜欢，尽管它们还是全新的，整齐地躺在铺有黄绸的礼品盒里闪闪发光。我嫌它们款式难看，个头太大，造型笨拙，想趁大件垃圾日摆出去，让需要的人捡去用，大熊却不同意，一定要继续珍藏。于是我只好让它们继续待在地下室。

　　另一个大纸箱里全是公公的衣物，有皮外套、西装、毛衣、围巾、手套、皮鞋、帽子等，都八九成新。我不明白大熊为什么留下它们？他自己的个头比父亲高大，除了围巾和手套，其他的他都穿戴不了。这些东西他想留给谁呢？我把它们全都拿出来，发现箱底还有个一尺见方的白铁盒子，沉甸甸的，上了锁。铁盒子上搁了两个牛皮纸大信封，里面装着照片。我兴奋起来，拿着信封就上了楼，坐在客厅的沙发上，饶有兴致地看起来。

　　一个信封里全是彩照，都是公公和安妮以及他们和一些老人的合影，背景不同，像是外出度假拍的。照片背后还用铅笔写了日期和简短的说明。后来我知道，这都是他们在故乡拍的。这些经历过战争又痛失了故乡的老人，一次又一次相约着，作为观光客重返故乡，直到衰老和疾病让他们不得不停下脚步。东普鲁士，西里西亚，当年德国东部的大片辽阔土地，战后都赔偿给了波兰，可那里是他们出生和长大的地方啊，有着他们前半生最美好难忘的记忆，现在却只在记忆里、照片上。又一段令人伤心的历史。

另一个信封里全是黑白老照片，有大熊的，从童年到青年。当我看到大熊一岁的生日照，我的心都快融化了。那是大熊所有的老照片里我最爱的一张，他穿着格子毛衣，怀抱一只小布熊，正抬眼望着前方咧嘴笑。我情不自禁，亲吻了照片上那肉嘟嘟的小圆脸，满头的小卷毛，长睫毛下晶亮的眼睛。一岁时的大熊太可爱了，名副其实的洋娃娃。我想，如果我们有孩子，一定就是这个样子。那我该是多么幸福的母亲。我把照片轻轻贴在脸上，贴在胸口，想象我正抱着这个孩子，我的孩子。巨大的遗憾让我几乎落泪。我没有孩子，这是我一生永远的痛。纵使如大熊所言，没有孩子省去了多少麻烦，终究——意难平！

终于看见公公年轻时的样子，一身戎装的"德国鬼子"。他看上去不如弗兰茨的父亲俊朗多情，却有着军人特有的威严：帽檐下的双眸冷峻幽深，高高隆起的鹰钩鼻不怒自威，这跟我认识的那个目光仁慈和蔼可亲的老人判若两人。如果不是这标志性的鼻子，我几乎要怀疑这不是他。

他的军服是深色的，大盖帽有灰白边线，帽檐正中有展翅的鹰，鹰下面有骷髅头。当时我还不知道，这是纳粹党卫军的帽徽。我只惊讶于公公的年轻和威武，惊讶于他高高拱起的鼻梁寒光闪烁，跟他坚毅的目光一样令人生畏。他脸上的皮肤跟身上的制服和军帽一样，都挺括而紧致，青春之气咄咄逼人，令人感叹时光的无情。

有一张照片，是几个士兵站在一辆坦克前行纳粹礼。照片的后面，是铅笔写的一串阿拉伯数字：20/04/1941。这天是希特勒的生日，我知道。因为每年的4月19日，我的生日，公公会来电话祝我生日快乐。我惊诧于他怎么记得住我的生日，从不早一天或晚一天。他的回答让我难忘："你的生日比元首的生日早一天呀。"我这才明白，这么多年过去了，他还一直记得希特勒的生日。照片上这群年轻士兵，是在为元首庆生表忠心吗？ 出生于1921年的公公，这年刚满二十岁。他身边的士兵们也跟他一样风华正茂，青春的脸上有着庄严神圣的表情。年轻人，你们可知自己将成炮灰？你们中又有几人活着走下了战场？ 一个漂亮的少女吸引了我。她和幼年的大熊有多张合影：她抱着他在动物园里看猩猩；她牵着他在湖边喂鸭子；她扶着他坐在秋千上……还有几张她的单人照。她的头发像大熊母亲，也是浅色，有着绸缎一样的光泽，但俩人其实并不像。她是瓜子脸，迥异于大熊母亲的圆脸。她是谁？为什么目光忧郁？ 即使微笑也像在哭泣。她还出现在大熊父母婚礼的集体照上，站在身披婚纱的大熊母亲的后面，两根齐肩的小辫子扎着蝴蝶结。

我猜她也许是大熊家的某位亲戚。关于父母的家族，大熊跟我讲得很少。但我知道，他母亲曾经有两个哥哥，都在二战中阵亡了。也许她是其中一位的女儿，大熊的表姐？ 她是否还活着？ 为什么大熊跟她不再联系？

那天的晚餐，我做了意大利面，拌上肉末西红柿酱，一人一盘。饭桌上，我迫不及待，问他是否有个姐姐或者表姐。

他眉头一皱，警惕起来："怎么突然问这个？"

我把照片给他看。他像触电一样，怔了半晌，才承认她确实是他姐姐，不过早就死了。然后他问我："这照片你从哪里来的？"

"地下室的纸箱里。"我有点得意。早就叫他收拾地下室，他迟迟不动，就不能怪我动手了。见他表情异样，我起了疑心，问："你怎么从没跟我说过，你还有这个姐姐？"

"她早就死了，有什么好说的。"他又低下头去，继续吃面。

"早——是什么时候？"我还盯着照片上的少女，她那么健康，怎么会"早就死了"？

他默默咀嚼食物，眼睛只盯着盘里的面条，不看我也不看照片，过了一阵才闷闷地说："她跟妈咪同一年离世。"

"同年？她怎么死的？"

"好像是——自杀，不过，也有可能是他杀。"

"啊，是非正常死亡，为什么？"我大惊，像侦探发现了新线索，既兴奋又紧张，死死盯着他的脸。

"我怎么知道！"他有点不耐烦了。

"她为什么跟你妈妈同年离世？是巧合，还是——"我觉得这事背后大有蹊跷。

"为什么为什么，你为什么有那么多为什么！"他生气了，凶巴巴地朝我吼起来。我不再吱声，收起照片。两个人继续埋头吃面。他加快了速度，匆匆吃完，嘴一抹，起身去了客厅，顺手还从冰箱里拿了一瓶啤酒。

看他这反应，我心里的疑团更大了。他为什么从没对我说过，他曾经有过这个姐姐？那么，在他父母结婚前，他妈妈还有过另一段婚姻。男方是谁？为什么分手？这个女儿这么漂亮，为什么自杀，或者被杀？母女俩为什么会在同一年离世？两人的死有关系吗？

吃完面条，我匆匆收拾了餐桌，就拿着照片又进了客厅，温

259

柔地依在他身边坐下。

"亲爱的,你姐姐好漂亮。你看这些照片,她一定非常喜欢你。"我把那几张两人的合影递给他,同时悄悄观察他的表情,"死的时候,她多大?"

他正看电视,调低了音量,接过照片,一张一张看起来,表情也变得忧伤,喃喃道:"听父亲说,那天正好是她的十八岁生日。她刚刚开始上大学。学校放秋假,第二天开学,下午她独自返校,就在小镇的火车站……"

"天哪!十八岁的生日!"我惊讶得张大嘴。

"听说是火车进站的时候,她从站台上跳下去的。但也有人说,她是被人推下去的。当时站台上有不少人,都是返校的学生。后来警察去做了调查,可惜最终没能查出真相。"

我心跳加速,仿佛看见那可怕的一幕。他姐姐的死因原来还是一团谜。我坐直身体,直视着他的眼睛问:"你那么爱看侦探电影,读破案小说,收藏了全套夏洛克·福尔摩斯和阿加莎·克里斯蒂的作品,对他们的书几乎能倒背如流,对每一个案子都了如指掌。为什么对你自己姐姐的死因,没有兴趣追究一下?"

"她死的时候,我才四岁,懂什么?对她,对妈咪,我一点记忆都没有。"他眼睛红了,说话的声音也开始哽咽。

是啊,一个四岁的孩子懂什么?我拉过他的手,声音软了:"亲爱的,你曾经说过,你妈妈是病死的。她什么病啊?是死在你姐姐之前,还是之后?"

"爸爸只说她是病死的,什么病我也不清楚。我只是从她俩的墓碑上看出,两人是同一年去世的。姐姐在前,妈咪在三个月后。"他抓起旁边的纸巾盒,抽出纸巾,很响亮地擤鼻子。

我又低头看照片,一张一张看得更仔细了。看到那张婚礼上的集体照时，我把照片递到他面前，问："亲爱的，你妈妈以前结过婚，你姐姐的生父是谁呢？"

他朝照片瞥了一眼，双眼一闭，使劲摇头："不！妈咪以前没结过婚！她是圣母玛利亚，我姐姐没有父亲！"然后把我的手连着手中的照片一起推开，用可怜的目光望着我，哀求道，"对不起，请你别再问了，我什么都不知道。现在我头很痛，能不能让我休息一下？"

看来这是个伤心的话题。我起身离开，回到厨房，把照片摆放在餐桌上，慢慢清理杂乱的思绪。姐姐自杀时十八岁，大熊四岁。推算起来，姐姐该出生于1945年。大熊母亲出生于1928年，这一年才十七岁。大熊说过，他父母的故乡虽然都在东普鲁士，但结婚前两人并不认识。作为德国东线战场的前沿，东普鲁士不仅青年全都打仗去了，老年如大熊的爷爷也被苏军抓走了，这个十七岁的少女，她能跟谁怀上孩子呢？

轰隆的音乐声又在客厅骤然响起，把我吓得差点从椅子上跳起来。强大的声波震得我再也坐不住了。不用看，我就知道大熊在干什么。气势磅礴的交响乐是他精神的避难所，也是他情绪的发泄口，于我却难以忍受。我赶紧离开厨房，上楼去了我的书屋，随手关紧书屋门。

这才是属于我的世界。雪白的窗帘、书橱，印有中文字的书和杂志，写字桌上翠绿纤细的云竹，窗台上袅娜的蝴蝶兰……这里宁静舒适，与世无争，是我身体和精神的家园。我坐在藤椅里，双眼空茫，却总看见两张美丽的脸：大熊的母亲和姐姐。她们到底经历了什么？大熊为什么不愿多说？迷雾在我的心里翻卷，搅起心底强烈的好奇。我想知道，是什么让一个十八岁的少女自杀或者被杀？母亲为什么会在女儿死后也迅速离世？她真

261

的是因病而亡吗？还是伤心过度？或者，为了什么隐秘的原因，抛下丈夫和年仅四岁的儿子，随女儿而去？

就像探究"奥地利鬼父"变态背后的历史，我再次上网求助谷歌，输入关键词：1945，东普鲁士，企图发现一些历史的碎片，看看能否拼凑出我想要的答案。

维基百科上说，从1945年1月到4月，苏联红军在东普鲁士展开反攻，他们以伤亡五十八万四千士兵的代价，最终全面占领东普鲁士，摧毁了二十五个德国师，捕获了二十二万德国士兵。

姐姐的生日在十月初，那么，她该是在年初被怀上的，正是苏联红军反攻和占领东普鲁士期间。我的心开始隐隐作痛。再往下读，那些文字和图片，犹如万箭穿心……

万籁俱寂中，我似乎听到大熊年轻的母亲在呼天抢地……我的双耳开始轰鸣，泪水如决堤的河水奔涌，漫过脸颊，又湿了胸襟。我不敢细想十七岁的她在这样的环境里遭遇了什么，还有她的母亲，以及大熊的姑姑和奶奶，她们是怎样躲过凌辱和追杀，一路西逃，幸存下来。多年以后，一个被我唤作大熊的男婴就从她们中间诞生了，又带着她们痛苦的记忆长大，最终成为一个遥远的东方女人的丈夫。

东普鲁士，无数德国人永远失落的家园，我亲爱的公公和未曾谋面的美丽的婆婆以及我亲爱的丈夫心中永远的痛。现在，我的泪水也为它流淌，为永失那片辽阔丰饶的土地，为那里的人民遭遇的不幸，为我丈夫长久的沉默隐忍……真想立即跑下楼去，抱着大熊放声痛哭。

可怜的大熊，对不起，我再也不逼你讲父母的故事，没完没了地追问你努力要遗忘的苦难的家事和国事。你就尽情地玩耍吧，躲进你喜爱的音乐世界里，指挥你假想中的乐队，跟人在网络论坛上舌战，读一千遍夏洛克·福尔摩斯和阿加莎·克里斯蒂的侦探小说，看一万遍他们的电影，或者去周游世界……我再也不说你玩物丧志，不思进取。我要好好爱你，让你彻底忘掉历史留给你的痛苦和耻辱，把你空缺的母亲和姐姐的爱，都为你补上，加倍补上……

那夜我很晚才进卧室。大熊已经进入梦乡，鼾声均匀。月光透过纱帘，把他熟睡的脸映衬得柔和而安详。他又成了那张一周岁生日照片上的洋娃娃，脸上只有甜蜜幸福，没有悲伤。这个被上帝放进篮子里的日耳曼男孩，从天边飘进了我的怀抱。命运让我去国离乡，来到这遥远陌生的国度，就是为了安抚和陪伴这个无辜的可怜孩子吗？

我俯身轻吻他的脸，就像亲吻自己刚刚产下的婴儿。

一连好几天，我的内心汹涌着巨大的悲哀，却一反常态地静默着，只认真做好分内的事，去学校上课，操持家务，继续收拾地下室。那些老照片被我放进了我的书屋。我买了几个漂亮的相框，从中挑选了几张装进去，摆放在我的书橱和写字桌上，有大熊父母的结婚照，他姐姐抱着他的一张合影，还有公公当兵时的一张半身照，以及大熊服兵役时的一张全身照。每当我走进我的书屋，我都会在心里跟照片上的他们问好，跟他们一一作目光的交流。他们都是我的婆家人，按中国人的传统观念，尤其是我父亲的说法："嫁出门的女，泼出去的水"，由他们组成的这个夫家，才是我应该归属的家。

我开始在网上搜寻那个年代的故事，无论是文字读物，还是图片影像，都引起我空前的关注和兴趣。有一天我突发奇想，想弄清楚公公当年是什么兵种，什么军衔。我知道，答案就在他照片中的军服上，就在他的帽徽、领章和肩章里。几乎不费吹灰之力，我就在网上找到了答案：骷髅头帽徽是党卫军的标志！这下我彻底傻眼了。

党卫军不同于正规军，它是希特勒组建的特种部队，一般被认为杀人如麻，心冷似铁。我想起电影《辛德勒的名单》，那个仪表堂堂的党卫军军官，刚从女人的温柔乡里爬起来，去阳台上伸个懒腰，看见楼下院坝的囚徒，一侧身就抽出枪来，把他们当活靶子，一枪一个。杀人杀得如此轻松稔熟，动作潇洒如每天的晨练，看得我当时浑身哆嗦。可我亲爱的公公慈悲善良，怎么可能是他们中的一员？！

忘不了第一次见到公公，他亲切的拥抱给我带来了温暖和感动。此生除了恋人，没有谁像他那样拥抱过我，即使父母，记忆中也不曾有过那样的时刻。那以后我们每年回去过圣诞，老人都会一见面就拥抱我，还亲昵地拍拍我的肩，好像我是他思念等待已久的女儿。我又想起他拄着拐杖，拖着残缺的身躯，一颠一簸，去雪地的花园给鸟投食的情景。我还见过他给柴堆里过冬的刺猬送食物、饮水和毛毯，将受伤的鸟儿捧回家里精心照顾……他慈悲为怀，善待生命，热爱小动物，甚至为关爱它们付出了自己的生命——他是在给池塘里的金鱼投食时不慎跌入池中，溺水身亡，怎么可能是凶残无情嗜血成性的党卫军人？！

这事我不敢问大熊，也不敢跟任何人提起。在德国，但凡跟纳粹和党卫军相关的人和事，都极其敏感，人人唯恐避之不及。被誉为"德国道德良心"的作家，诺贝尔文学奖得主，写出惊世之作《铁皮鼓》的君特·格拉斯，就因为晚年在自传回忆录《剥洋葱》里，坦白了早年曾经加入过党卫军，立即成为众矢之的，一生荣誉摇摇欲坠，甚至有人呼吁要撤回他的诺贝尔奖。难怪公公对往事缄默，也难怪大熊对父亲的往事佯装不知。可怜的大熊，我才用他母亲和姐姐的死，挑开他深藏心底的旧伤，哪里忍心再用他父亲的黑历史，去撕开他竭力遮掩的另一处伤口？于是我沉默着，任凭内心翻江倒海。那个心地阳光、简单快乐的大男孩消失了。现在我多了一只眼睛，看见他扛着一座山。

有一天他来到我的书房，无意中看见书桌上他父亲那张身着党卫军军装的照片，眉头一皱，呆了。照片旁边，是他自己服役时的戎装照。我装傻，故意一脸陶醉地说，你和你爸爸，穿军装的样子都好帅哦。知道吗，我年轻时的梦想，就是要嫁个这样的军人。他盯着我看了好一阵，确信我只是犯花痴，紧皱的眉头才舒展开来，摇头独自嘟噜了一句："奇怪，为什么女人都喜欢穿军装的男人！"

地下室成了我的密室，那些堆积在纸箱里的杂物，每天都在呼唤我。我问大熊，是否有爸爸那只白铁盒子的钥匙？他漠然地摇头。我又问他，白铁盒里装的什么？他又摇头，不耐烦地说，我哪知道。我说，找不到钥匙，我们就把盒子砸开吧，也许爸爸在里面藏有金银财宝。他坚决反对，说那是爸爸的东西，你为什么一定要看？我蛮横道，爸爸死了，他的东西就是你的，你的就是我的，所以我想看看我的东西，有错吗？他无言以对，想了想说，好像有钥匙，只是忘了搁哪儿了。

我当然没有真想砸。钥匙，既然他说有，就一定在。于是趁他上班不在家，我就像一条机警而不知疲倦的猎犬，翕动着鼻翼，在家里翻箱倒柜，东闻西嗅。我希望能找到钥匙，打开那只白铁盒子。直觉告诉我，盒子里肯定藏有公公更多的秘密。会是什么呢？纳粹党党员证？党卫军军人士兵证？第三帝国的十字勋章？战后军事法庭的有罪或者无罪判决书？他自己写下的回忆录或忏悔书？他和大熊母亲的定情物？我为自己正在接近一个

265

二战德国党卫军人的秘密而亢奋,心跳加速,浑身热血沸腾,仿佛重任在肩的侦探,正在拨开一桩历史奇案的层层迷雾。我相信,只要大熊把钥匙带回家了,就是掘地三尺,把整个家翻个底朝天,我也能找到。以大熊粗枝大叶的性格,他完全有可能把那钥匙随手一放,转身又忘了。

他的工作室成了我的首选目标。为了不引起他的怀疑,我得把查看过的每一样东西都物归原位,不留痕迹。写字桌上的多功能文具盒、电脑、打印机、传真机、装信的架子、装打印纸的格子,书橱里的书和文件夹,抽屉里的音乐碟、电影碟、装零碎杂物的各种盒子,几乎所有的犄角旮旯都被我一一查看,然而,一无所获。

于是我又下到地下室,稍作犹豫,推开了那间工具房。那是整幢房子我最讨厌的一间房,也很少踏足。它就像个旧式工厂的车间作坊,里面全是五金工具和各类金属零件,工作台上还有已经生锈的铁疙瘩。这些东西大部分是原房东的,大熊喜欢,房东就留给我们了。这是属于理工男的世界,学文科的进来会立即发蒙。其中的很多东西,我甚至叫不出中文名,更别说它们的德文名了,也不知道它们的用途。但它们全都是大熊的宝贝。他经常来这里敲敲打打,修补点什么。我怀疑,钥匙有可能被他无意中带到这里,又顺手放进某个装铁钉螺母等金属零件的盒子里了。可这样的盒子太多,有一壁的架子上全都是,我无从下手。更糟的是,这间房油腻而阴冷,空气中有一股经年积累的机油味,令人恶心,无法久待。在里面东张西望了一圈后,我出来了,决定把这里定为最后的目标。

我又来到隔壁堆放纸箱的房间。这里的空气就好多了,有弱弱的日光和新鲜空气从窗口的上半部漏进来。我开始检查最后的几个大纸箱,打开一个,里面全是书和本子。拿出来翻翻,发现有的还画有几何图，应该是大熊中学时代的笔记本，便又放下。看来，恋旧成癖的德国人，绝不是仅有白格夫人一人。

另一个纸箱里也全是书，大开本的各国交通图，一摞又一摞旅游册子，很明显是大熊天南海北旅游的结果。下面还有一套大百科全书和各种杂书。这些书这么重，每次搬家都带着，却从来没有打开过。我决定说服大熊，把它们都清理出来，不再需要的就当废纸扔掉，省得占地方。我随手翻了翻下面的书，目光被其中的一本书吸引。它的书名就一个"性"字，封面是一对手牵手正面站立的全裸男女，真人拍摄，笑容坦荡，毫无羞涩。我拿起来翻开，里面图文并茂，都是封面这对年轻男女在示范各种做爱姿势。

找钥匙的初心被暂时忘了，我索性翻阅起这本书来。一张巴掌大的纸笺从书里滑落。捡起一看，粉红的表格，黑色的打印字，下面还盖有蓝色的印章。仔细看，那章是一家诊所名，就诊人是大熊的名字，按下面的日期一推算，就诊时间该是他十九岁那年，内容只有简短的一行，打印的字迹十分清晰，却是我从未见过的陌生单词。十九岁的大熊因为什么去看医生？就诊单夹在这种书里，不会是性病吧？

我拿着纸笺噔噔噔就跑上二楼，进入我的书房，翻开书桌上砖头厚的德汉辞典，查找到那个陌生单词。然后，我的身体慢慢瘫软，一屁股坐下，成了一堆烂泥。

大熊做过绝育手术！

原来我们婚后多年不孕，是他早就预谋的结果！可我还在自卑自责，对他和他父亲都深怀歉意，以为问题出在我身上，是我害得他家断了香火。原来责任在他啊！可他为什么这样做？才十九岁，五官端庄，身体健康，又是家里唯一的孩子，却去自我阉割，不仅让两代单传的家族断子绝孙，还让我也失去做母亲的机会！

二十三

　　一场淅淅沥沥的秋雨，终结了温暖绚烂的金秋。银杏的落叶，前几天还像黄金的地毯铺在地面，这下全都变成泥淖。我撑着伞出门，重一脚轻一脚，故意踩踏那些曾经美丽的落叶。听着它们在我脚下痛苦地呻吟，我幸灾乐祸地笑了。林间小路四周无人，只有雨丝在飘落，从天空到树枝，滑过我的伞，再落地入泥，了无踪影。然而世界并没有归于沉寂，新的雨丝又飘落下来。我穿着保暖的羽绒服，系着冬日的厚围巾，依然感到冷飕飕的。湿寒的风像巴掌一样抽打着我的脸，时重时轻，却让我有一种痛中之乐。我漫无目的地走啊走，直到两只小鹿从我面前惊惶跑过，我才从恍惚中惊醒过来，发现我来到烟雨凄迷的湖边。

　　这是个完全陌生的地方，无论跟大熊散步，或者自己偶尔跑步，我都从未抵达过这里。湖不大，蓝阴阴的，朦胧中可以望到对面的森林。细密的雨丝从乌云密布的天空落下，在混沌的水面积聚成一团团的雾霭，像铺天盖地的飞机投下炸弹，城市升起的漫天浓烟，就像空袭中的柏林、伦敦、法兰克福，还有重庆。一座座房屋起火了，倒塌了，浓烟滚滚中，尸横遍野，幸存者们在夺命狂奔，在呼救，在号啕，惶惶如无助的蚂蚁。湖边的芦苇弯着腰，垂着头，在风中瑟瑟摇摆发抖，像肇事的战犯们站在历史的审判台上，面对那惨绝人寰的一幕一幕，在低头认罪，在忏悔，在请求宽恕。

又是战争！那场半个多世纪以前的战争，再次幻现在我的眼前，在这美丽的湖光水色之间。

要不要问大熊，我拿不定主意。这事像一颗从天而降的原子弹，已经炸得我五脏俱焚，徒留人形。如果再将它抛出去，也许，我们的婚姻会就此崩溃。

一个正在念大学的十九岁的小伙子，为什么会干出这种事情？是因为有家族遗传疾病，不忍心贻害后人？还是别有原因？我冥思苦想不得其解。但无论如何，他不该对我隐瞒。我有一种被骗的感觉。还以为他老实忠厚，心地单纯得像个孩子，却原来藏有如此心机。这太意外了，彻底颠覆了我对他的认知。结婚多年，我对这个从网上捞来的德国丈夫总体来说是满意的，主要因为，我认为他宅心仁厚，脾气好，对家庭有责任感，对我有包容心，也没有什么不良癖好。跟他在一起，我感到踏实和放松。没想到，他竟藏有如此心机！上帝啊，请告诉我该怎么办？我移开雨伞，仰面问天，让雨水滴落在我的脸上，和着泪水一起流淌。

天空阴沉，四周人影杳然。我突然有点害怕了，想回家，就转身沿来路返回。可那还是我原来的家吗？我的脚步迟疑了。那些藏在地下室的纸箱子，这么些年来，一直与我们相安无事，原来其中有潘多拉的盒子，打开不得。而我偏偏打开了。难道这是我的错？去惹火烧身，去自寻烦恼，就像夏一红。我劝她时说过的那些话，像我射出去的箭，击打在坚硬的石壁上，此时全部反弹回来，击打在我自己身上。真相真的重要吗？如果夏一红不知道丈夫和婆婆的秘密，她的生活会一如既往，幸福得让人羡慕嫉妒；如果我不知道大熊的秘密，他依然是那个让我疼爱珍惜的男人，我的生活也会一如既往地平静温馨。但是现在，一切都变了。

夏一红在无意中撞见了丈夫和婆婆的秘密，一家人从此被拽入痛苦的深渊。她至今还在进退两难中饱受煎熬，为了儿子苦苦支撑。我呢，无意中发现了大熊的秘密，是该吸取夏一红的教训，佯装不知，以维护家庭，还是应该质问大熊，让婚姻失和，步夏一红的后尘？我心乱如麻，理不出头绪。在这遥远的异国他乡，年近半百的我，既没有勇气，也没有信心，砸烂一切，重新开始。我想起大熊说过的话，如果你无法接受，也无法改变，就别去面对，否则只是自找苦吃。我真的是在自找苦吃吗？

那间收拾到一半的地下室，从此被我关闭了。我不再四处寻找钥匙，也不再琢磨那白铁盒子里装的是什么。就算它是惊天的秘密，也与我无关。我只希望地下室的一切都原封不变，像从前一样，不要影响我的生活。人生苦短，何苦自寻烦恼。有时下去到洗衣房，经过那间紧闭的房门，我也不再瞟它一眼。

生活一如既往向前滑行，一天又一天，看似没有任何变化。但我知道，有什么变了。那就是我的心，它变得沉重，混乱，多疑，悄悄跟大熊拉开了距离。

我尽量把思绪和精力转移开去，用别的事来填充我的大脑。学校的中文课又多开了一个班，过去那个成了中级班，新班成了初级班。学中文的孩子越来越多，这让我颇感欣慰和有成就感。我把更多时间花在备课上，努力把每一堂课都讲得趣味盎然，让每一个孩子对中文的兴趣只增不减。我放弃了把地下室改成健身房的计划，提醒自己，有氧运动更健康。于是我开始去外面跑步。我家附近的那片森林，成了我天然的健身房。我还对种植产生了兴趣，在院子里开垦出一块菜地，准备等春天来临，种些蔬菜，并胡乱买回很多花草，放在玻璃暖房里，期待着冬天大雪飞扬时，也能坐享春暖花开。

大熊的蓝眼睛依然明亮，却不再清纯。我看见了隐藏其中的杂质。它让我感到陌生和害怕。我在想象中跟他横眉冷对，在心里骂他欺骗了我，却又在现实中依然做着他温柔贤惠的妻。无数次，我想把心底的阴霾一吐为快，却又在最后一刻把它们吞回，咬紧牙关，默不作声。我不断权衡这事问与不问的后果，思考夫妻如果不坦诚相待，婚姻还有什么意义？一生中，我从未像现在这样热衷于思考，感觉都快成哲学家了。我还幡然大悟，每一段能坚持到底的婚姻，都有人在隐忍和妥协；每一场人生都危机四伏，暗藏玄机，那些能平安走完全程的人，不过是聪明地绕开了雷区。只有傻子才会发现有雷还踩上一脚，把自己炸死也伤及旁人。我要做那个傻子吗？

有了心事，整个人就变得恍惚，目光呆滞，像在梦游。有时大熊跟我说话，我听而不闻，他就偏过头来盯着我，把手伸在我眼前晃动，问："嘿，你在吗？你的心跑去哪里了？"

是啊，我的心跑去哪里了？我不知道。

不久后的一天，我突然接到夏一红的电话，要我陪她去给他妈过生日。她以前称呼白格夫人，总是亲切地叫她"我婆婆"或"他妈妈"。那事以后，她一律改口成"他妈"了。每次听到，我都感觉她在骂人，得几秒钟后，思路才能调整过来。她说，他妈在温泉疗养院疗养。从她家开车去疗养院，正好从我家旁边的高速路经过。她曾经发誓永不见她，现在情况有了变化。

我想起那次被下逐客令的狼狈逃离，犹豫了。人家大声宣布过，永远不要再见到我。我哪里有脸还去见她？

"嗐，多久的事了，你还记着！天赐说，奶奶现在患上老年痴呆症，有时候连他都不认得了，还问他是哪家的孩子，叫什么名。天赐还每周去看她，你那猴年马月的事了，她怕早就忘到爪哇国了。去吧去吧，求你了，就当陪我。我是实在不想去，又找不到别的理由来搪塞儿子。对了，听说那地方风景不错，我们就一起吃个午饭，然后就去散步，好不好？我们也好久没见面了，正好可以好好聊聊。"

散步是个好主意，我心里正堵得慌。

他们开车来接我。门铃响了，我一开门，夏一红就闪身进来，神神秘秘地从包里掏出两本笔记簿，塞给我说："这是他妈的日记本，回头你帮我看看，都写了些什么。我一个单词也看不懂。"

是两本棕色软皮笔记簿，封面还有压花玫瑰，拿在手里沉甸甸的。"你是怎么搞到的？"我颇感意外。

"刚才去他妈家了，顺手牵羊。"她神色慌张，警惕地朝门外瞟了一眼，"今天不是她过生日嘛，她装疯迷窍，要戴玛瑙项链，叫弗兰茨去她家里拿。路上车子出了点问题。到家后，弗兰茨要检查车子，就让我去她房间拿，说在哪个抽屉里。我知道那条项链，每年的生日她都戴。我在她房间找项链的时候，发现有个抽屉里全是这种笔记本。抽一本出来翻开一看，感觉像日记，因为每篇后面都有日期。可惜她写得太潦草，我一个单词也看不懂，就偷了两本出来。你德语好，帮我看看，有没有写跟她儿子的事。"

我正想翻开，却被她催着快走："现在别看。没时间了。"她一把夺回日记簿，塞进旁边的鞋柜抽屉，就拉着我匆匆出门了。

连日的阴雨终于停了，天空蓝得透亮。深秋的山峦再次呈现出绚烂的色彩，成了被上帝浓墨重彩泼洒的油画。那些黛青的、明黄的、深褐的、紫红的树林，在临近正午的秋阳下，像五彩祥云在车窗外飘过，看着真是心旷神怡。弗兰茨沉默而专注地开着车，我和夏一红各揣心事，有一搭没一搭地扯着闲话。只有坐在副驾的天赐最开心，不停地叽叽咕咕自言自语。他是一身复古的欧式打扮：咖啡色的鸭舌呢帽，墨绿色的皮夹克外套，黑色的灯芯绒短裤，白色长袜配咖啡色皮靴，脖子上还系了一条红丝巾。我伸长脖子去对他说："天赐你今天穿得好漂亮，像个电影小童星。"他不以为然地耸耸肩，拉了拉脖子上的红丝巾说："都是因为奶奶的缘故，我才穿成这样。今天是奶奶的生日，我让她开心，不能惹她生气。"夏一红一脸的不屑，偏过身来对我嘀咕："全是他爸当年的旧行头。现在这爷俩每周末都在那边过，由着他妈打扮孩子，我也懒得管。就让他们梦回前朝吧，反正一回家我就给换掉。今天要去见他妈，他又给孩子穿上了。"

"天赐，你一个人在说什么呢？给我们唱首歌吧，唱《世上只有妈妈好》。"夏一红探过身去拍儿子的肩。没想到，小家伙扭过头来，小眉头一拧，生气了："妈妈，老师说这首歌不好，我不可以再唱。"

我俩都吃了一惊，相互对望了一眼。夏一红问："老师为什么说不好？这首歌在中国很流行，是一部电视连续剧里的插曲，每个中国孩子都喜欢唱。妈妈也很喜欢唱。"

孩子坐正了，不再看我们，望着前方大声道："老师说，世上不只有妈妈好，爸爸也好，兄弟姊妹也好，还有爷爷奶奶、外公外婆、老师同学朋友们，他们都好。"

孩子的中文已经不像在重庆时说得那么顺溜，有些发音拖出了奇怪的德语腔，但理很直，气很壮。我和夏一红听了面面相觑，十分错愕：是啊，这首歌我们唱了N年，怎么就从没想一想，它的歌词内容是否正确？脱离了电视剧里的故事情节，广而泛之地唱"世上只有妈妈好"，言外之意，除了妈妈，谁都不好，这当然不对。可我们为什么从没意识到这点？原来我们已经不会思考，只习惯人云亦云，人唱我唱，随波逐流。意识到这点，我俩都面露赧色,感到深深的惭愧和悲哀。

"妈妈,你今后不可以再叫我唱这首歌了。这首歌是坏歌!"孩子看了父亲一眼,愤怒的小拳头朝空中狠狠地打了一下,好像在替父亲抱不平——妈妈好,爸爸也好啊。那小模样实在太可爱了。我爱怜地拍拍他的肩,心里抽着痛。我又想到大熊十九岁时的壮举,想象我们如果有自己的孩子……不禁再次悲从中来。

森林里的公路像一条长长的隧道,在浓酽得化不开的色彩里蜿蜒。终于见到天光了,车子像一尾鱼,出溜着钻了出去。外面别有洞天。大山在这里像被剃了阴阳头,周围都是森林,只在这里没有,裸露着一大片草皮。一幢红墙绿瓦的庭院式建筑飞檐翘角,带着典型的东方风情,如海市蜃楼般出现在前方的山坡上。

这是黑森州的一处著名温泉疗养院,入口的月亮门外有一个莲花池,一座逶迤的廊桥静卧池中,将建筑和外面的停车场连接起来。我们一行人上了廊桥,弗兰茨拎着大蛋糕,夏一红捧了一束鲜花,我拿了一盒包装精美的巧克力。有老人坐在轮椅里被人推着,在廊桥上走走停停,看池水碧波粼粼,残荷枯叶下,有金鱼游动。池塘旁的芦苇丛边也有三两个散步的人影。这里的一切都静静的,秋阳被缭绕在山上的云雾遮挡,好像还没彻底醒来,风也慵懒,偶尔传来几声鸟鸣,不过是为了提醒你,这里不是画里的风景,而是人间。连一路叽叽喳喳说个不停的天赐也安静下来,他手里拿着为奶奶画的生日贺卡,乖乖地跟在父亲身边,一声不响,只认真走路。

过了廊桥,踏进月亮门内的庭院,我们不约而同都放慢脚步。院内绿茵茵的草坪上,有红枫和绿竹,还有一堆造型怪异的石山。一个熟悉的身影在石山旁的小径上徘徊。是白格夫人!她好像在寻找什么,正朝石山后面的一笼竹林里张望。

"弗兰茨，我的弗兰茨，你在哪里？"她在轻声呼唤，好像她的弗兰茨就藏在那笼竹林里，丝毫没有察觉到有人正朝她慢慢靠近。

"看，想孙子了。"我用胳膊轻碰夏一红，低声说。

"哼，怕是想她儿子吧。"夏一红冷笑。

"不，你们都错了。"一直沉默的弗兰茨开口了，他鼓着两只大眼睛，直愣愣地望着母亲，用沙哑低沉的嗓音告诉我们，"她是在呼唤她丈夫——我父亲也叫弗兰茨。"

这真是平地一声雷，一道电光，把夏一红和我都惊得呆了。我俩你盯着我，我盯着你，仿佛同时看见被电光照亮的暗黑角落。

"奶奶，生日快乐！"稚气的童音打破了沉默。天赐从后面跑上前去，双手捧着他要送给奶奶的礼物。白格夫人慢慢转过身来，神情恍惚地望着我们，好像在努力辨认我们是谁。"祝奶奶生日快乐！"童声再次响起，天赐把手里的贺卡举得更高了。她低下头来，接过贺卡，粲然一笑："啊，我的弗兰茨心，原来是你呀！"

弗兰茨迎上前去，用一只胳膊轻轻拥抱母亲——他的另一只手还拎着蛋糕。白格夫人双臂一环抱住了他，不停亲吻他的脸。我看见弗兰茨身体僵硬，像一条好脾气的狗任主人摆弄。夏一红已经转过身去，不看他们。

她身穿驼色呢大衣，裸露着只穿了玻璃丝袜的小腿。这正是夏一红结婚那天她的穿着。是巧合，还是刻意？她真的已经认不得我甚至夏一红了？她接过我俩送她的礼物，只礼貌地微笑着说了声"谢谢"，然后就亲切地问我们，是日本人吗？

我紧张的心这才放松下来。夏一红看我一眼，用眼神告诉我：瞧，我没说错吧，她根本就不记得你了。还没等我和夏一红想好怎么回答，天赐帮我们抢答了。他朝她大声嚷嚷："奶奶，她们两

275

个都是中国人！"

她好像这才清醒过来，精心描过的细眉跳了跳，面带愠色，惊讶地瞅着弗兰茨，又低头看孩子："奶奶？你奶奶不是去世了吗？昨天我还带你去了墓地，为她点了蜡烛，你怎么忘了？"

"不对！昨天我在家里，跟爸爸妈妈在一起，根本没跟你在一起！"孩子急得乱跳，大声叫嚷，"奶奶，是你忘了，不是我！"

"走吧，我们进去。"弗兰茨说，伸手就去牵母亲的手。大家正要往里走，就听到有洪亮的声音在后面响起："嗨，亲爱的米雅，生日快乐！"

是索菲亚姑妈，笑容满面，怀抱鲜花，大踏步向我们走来。

上次见她，还是天赐受洗那天，她推着轮椅里的丈夫。几年过去了，她好像比当时更精神了。

索菲亚姑妈的出现，把我们从尴尬中解救出来。白格夫人不再责怪天赐不记事，也不再关心我和夏一红是不是日本人。她和索菲亚姑妈亲热地拥抱，询问彼此的健康和近况，完全像一个正常人。一行人边说边走进了大厅，空气中有浓浓的硫黄味。透过大厅一侧的落地玻璃，能看见那里有几个老人站在温泉池里，跟着教练做体操。餐厅在大厅的另一边。眼尖的服务员老远看见我们来了，就迎上前来，将我们领向一个靠窗的餐桌，又迅速拿来两个花瓶，帮我们把花插进去，摆在窗前。

餐桌上已摆好杯盘和纸巾，中间插了一朵红玫瑰。弗兰茨像个旧时的绅士，帮助母亲脱了大衣，挂在旁边的衣架上，又照顾母亲落座，然后才从夏一红手里接过一个镶有玛瑙的老银盒子，放在母亲面前。白格夫人颤抖着手打开盒子，取出一条古色古香的玛瑙项链。坐她旁边的索菲亚姑妈一见那项链就瞪圆了眼睛，起身过来，从白格夫人手里接过那项链，双手捧着贴到脸上，激动道:"见到这项链,就像又见到亲爱的妈妈……米雅,上面还有妈妈的气味呢,你闻到了吗?"

白格夫人已经取下脖子上戴着的一串紫粉色珍珠项链。她接过那串玛瑙项链贴在脸上,闭上眼睛陶醉地说:"嗯,是的,是的,我闻到了……"然后就抬起头来,像个骄傲的公主,由着索菲亚姑妈为她戴上玛瑙项链。珍珠耳钉也被摘下,换成一对玛瑙耳扣。老银首饰盒盖子翻开后还支棱着,里面有镜子。白格夫人满意地打量着镜中的自己。她穿着赭黄色薄毛衣,鹅黄的玛瑙项链和耳扣闪着温润的金光,跟她头上波浪起伏的金发交相辉映,有一种华丽高贵的美。我暗暗惊叹,此时如果她与英国女王坐在一起,也毫不逊色,反而会以她练过芭蕾的挺拔身姿和精美的五官更胜一筹。

"这套玛瑙首饰是她结婚的时候,她婆婆,也就是弗兰茨的奶奶送的。"夏一红低声对我说,"她婆婆的娘家不是在波罗的海边吗,据说那里盛产玛瑙。这套首饰就是她婆婆结婚的时候,婆婆的母亲送的,是她家的传家宝,已经传了好几代人了,所以她很稀罕。平时她都喜欢戴那串珍珠项链,但在她的生日和结婚纪念日,还有弗兰茨生日的时候,她是一定要戴这个的。"

索菲亚姑妈不久前去了一趟非洲。丈夫去世后,她的时间大多用来周游世界。她精力充沛,好像永不疲倦,身上有一种德国人少有的热情和开朗,话也多,跟她去世的丈夫一样。她跟我们讲她的非洲见闻,一开口就滔滔不绝,没有人能插得上嘴。这姑嫂两人一静一动,一庄一谐,颇为成趣。索菲亚姑妈一出场,弗兰茨的表情就轻松多了。我感觉他是如释重负。索菲亚姑妈就像一块现实的磁铁,把白格夫人不知在何方游荡的思绪,拉了回来。

餐前小吃上来的时候,我们一起举杯,祝白格夫人生日快乐。饭后他们继续聊天,夏一红就带着天赐和我离席了。

出了月亮门，我们沿池塘边的一条小路往前走。不远处的草坪上有些儿童玩耍的设备，天赐要去坐滑梯，我俩就倚在木栅栏边。这时夏一红扭过头来，目光炯炯地瞪着我："嘉陵，真没想到，弗兰茨他爸也叫弗兰茨！"

"是呀，难怪她给孙子也取这个名字。"我一把抓住她的手，也很激动，"丈夫，儿子，孙子，白格一家三代都叫这名字。她是希望用这种方式，让她的丈夫一代一代活下去吗？老天，太深情了，太感人啦。"

我用力捏着她的手，她也用力捏着我的。我俩都为这不经意发现的惊天秘密而兴奋。

"天哪，怎么会这样？"她的小眼睛在闪闪发光。

她又说起她的近况，跟弗兰茨住在同一屋檐下，却貌合神离，婚内分居，太别扭了，不知能撑到哪一天……说着她的眼睛红了。我伸手搭在她的肩头，劝她尽量去原谅吧。原谅别人，才能拯救自己。说出这话，我突然发现，这好像也是对我说的。多日以来积压的阴云，此时在我心底汹涌欲出。几经挣扎，我终于忍不住，向她抖出了我的秘密。

她听了大惊，小眼睛瞪得滚圆："啊，这是真的吗？大熊他这是为什么呀？"

"我怎么知道……"我终于也忍不住了，泪涌双眸，开始抽泣，好像受了天大委屈无处诉说。

"哦，可怜的嘉陵。"现在轮到她来安慰我了，她掏出纸巾为我擦泪，又拥抱我，"我就说嘛！难怪他不愿意去看医生。真没想到会是这样！我只听说，有女人怕痛不想生孩子。他一个男人，又怕什么呢？居然十九岁就去……可怜的嘉陵，你没有孩子，不知道当妈妈多么幸福。那是一种无条件的爱！一个可爱的小生命因你而来,就像一根可爱的小尾巴,整天跟在你的屁股后面,妈妈妈妈地叫唤你。你的心都要被融化了……可惜这样的幸福,你无法体验!"

她的这些话,让我听了更难受,一肚子的憋屈不吐不快。

"如果不是这次意外发现,我还以为责任在我,真的。难怪他总说,孩子不重要,两个人过好一辈子,才重要。我还以为他头脑简单,原来真相如此!他欺骗了我!我该怎么办啊?一红,我也想离婚!我不能跟一个骗我的男人过一辈子!"

说完这话,我自己也被吓了一跳。离婚?天晓得,我什么时候想过要离婚?即使出了这件事,我也一直在强忍悲愤,努力维护婚姻。我早就接受了没有孩子,也习惯了丁克生活。事实上,我甚至还获得了某种解脱,暗中庆幸,是他而不是我,断了他家香火。我从没想过要离婚,为什么言不由衷说出这话?

夏一红却当真了:"离婚?哦,不,大熊这人挺好的,你俩的感情也挺好,别离婚……干脆去领养一个孩子?"

"没那必要!"我摇了摇头,"我并不那么爱小孩,也不认为,女人如果不生孩子,人生就不完美;家庭如果没有孩子,就不完整。我只是无法接受大熊对我的隐瞒和欺骗。"

"可是,"她沉吟了一会儿,说,"你不是对我说过,有些真相,不必追究;有些秘密,不必揭穿。过去的就让它过去吧,因为你无法改变。人是活在当下,努力过好现在就行了。还记得吗,这些你对我说过的话?"

她看着我,目光真诚又充满怜惜。

"忘了它吧,就当你不知道。你说过,有些事一直在那里,当你不知道时,你很幸福。可一旦知道,你就很痛苦。事实上一切都没变,太阳每天照常升起,身边人也还是老样子。唯一改变的，是我们的脑子，我们的心。真的，现在我才发现，知道越多越痛苦。如果那天晚上天赐不发烧，我不上楼去，可能不会有现在的糟糕局面。你呢，那么辛苦才弄好的大房子，还没享受几天呢，就因为地下室的一张几十年前的破纸条，就要离婚，值得吗？大熊还是那个大熊呀，真是，当初他为什么不把那破纸条扔掉！"

是啊，就为了一张几十年前的破纸条，就离婚，值得吗？我哑口无言，只苦笑，感觉我和她就像一对连体婴儿，都掉进了自己挖掘的坑里。我们同病相怜，又相互鼓励，一起对抗我们共同的敌人——那不经意被我们发现的真相。它埋藏在我们的生活中已经很多年了，而今突然显露狰狞。我们该拿它怎么办呢？

"说实话，我一直在思考你对我说过的那些话，也试着改变自己，重新接纳这段婚姻，如同接纳自己这残缺的身体。人生苦短，不该只埋头盯着自己的影子，忘了抬头欣赏天空。这毕竟还算个可爱的人间，没有战争，物质富裕。能活着并享受这一切，身边还有你爱的人和爱你的人，你还需要什么呢？相比起那些非洲饥民，战争难民，我们真的很幸福，应该知足而感恩。不是吗？"

她半眯着眼睛，望着在荡秋千的孩子，好像突然想通了，用轻松的口吻对我说："是的，原谅他人，就是善待和拯救自己。这段时间他妈来疗养，他周六上午带着孩子来看一趟，下午就回家。看着他辅导孩子做功课的情景，我就想，这就是幸福的样子啊，我还想要什么呢？"说着她一把抓住我的手，用力一捏，"嘉陵，别离婚！让我们一起试试吧，忘掉那些不该知道的烂事，让生活重新开始。好吗？"

"嗯，好吧！"我俩再次紧紧拥抱在一起。

群山起伏，像汹涌的大海突然凝固。秋深了，白天越来越短，这才刚吃过午饭不久，山谷底就暮色渐起，仿佛黄昏即将来临。

二十四

我们都以为,一切可以重新开始。然而,没有。

第二天,夏一红给我来电话,问日记读了多少,有没有读到什么重要内容? 得知我刚开始阅读,她的态度大变,叫我不要再读了。

"现在我一点也不想知道,他妈在日记里写了什么。真的! 昨晚我想了很久,觉得自己太傻太傻。现在我真不想知道那么多。她那些陈芝麻烂谷子的事,跟我半点关系也没有。明天上午你在家吗? 我过来拿日记。他妈下周就回家了,我要在她回家之前,神不知鬼不觉,把日记悄悄放回去。"

"明天我在家,你过来拿吧。对了,我感觉她写的不像是日记,而像诗,或者是用诗写的日记,也难说。"

"啊? 她写——诗? 我还以为,她只是平常喜欢读诗消遣,没想到,她居然写诗! 难怪她精神不正常。"

"你说她有一抽屉这样的日记? 太好了,以后兴许可以整理整理出版呢。一个二战时的德军寡妇,独守空房一辈子,独自抚养大遗腹子,她对战争的感受和反思,对从军丈夫的思念,对爱情的坚守,都太有意思啦。说不定,一个伟大的德国女诗人将横空出世,一个德国的艾米莉·狄金森,将一鸣惊人,轰动世界诗坛!"

"天哪！不过出版还是算了吧，她肯定写了些见不得人的内容，比如性饥渴、性幻想什么的。这么隐私的东西，她肯定不同意出版的。"

"我是说以后，等她那啥了，弗兰茨也不管事了，天赐继承了一切……这种特殊时期的私人日记，就像《安妮日记》，记录了个体生命在那种特殊历史时期的经历、感受和思考，我觉得很有意义。到时候，你负责提供日记，我叫大熊整理，我来负责翻译成中文。我们德文版中文版同时推出，哇，这件事太有意思了，想想都令人激动啊！"

当时我正坐在电脑前，那两本日记就在我面前。事实上，头天下午一回家，我就迫不及待想读日记。遗憾的是，跟夏一红一样，我翻开日记也傻眼了。白格夫人的手迹太难辨认，行云流水，看上去很美，却像天书，我几乎一个句子也读不完整。好在大熊能认。晚饭后，他在电脑上帮我"翻译"了几页，通过邮件发到我的电脑上。我正把邮件调出来，存到一个新设的名叫"白格夫人日记"的文档下，同时试着翻译它们。我希望用这种方式完成夏一红的嘱托。没想到，我这边兴致勃勃刚开了头，她那边已决定放弃。

"听着，我给你念两句，你感受一下你婆婆的诗。"我把鼠标移到我刚刚翻译的两句诗：

> 五月是一场芬芳的劫难，
> 我的丁香花在静静等待……

电话里沉默了，半晌才听到夏一红的声音："这是她写的？嗯，没准儿还真能一鸣惊人。也好，不管怎么说，她是我儿子的奶奶。

有一个诗人奶奶，总比有个神经病的变态奶奶，能让我儿子有面子吧。"

我们又聊了些别的，就挂了电话。没想到，这竟成了我和夏一红最后的通话。

第二天上午，我没等到她的到来，却等来了她的噩耗。

电话是九点多钟打来的，大熊上班去了，我正在书房，阅读大熊头天夜里新"翻译"出来的日记内容。电话铃响了，还以为是夏一红来了，没想到是弗兰茨的声音。我很诧异，他怎么给我打电话？这是从未有过的事。当我终于从他含混而结巴的表达中总结出中心思想，我石化了。

夏一红死了！

"天哪，怎么可能！"我不敢相信！这真是晴空霹雳呀。

"对不起，我也不知道发生了什么……"他的声音一直在颤抖。

他说，还以为她是昏迷了，赶紧打了急救电话。夏一红向来身体不好，他们刚结婚不久，她就在家里晕过一次，全身冰凉。他以为她是旧病复发。医生很快就来了，确诊人已经死了，还怀疑是非正常死亡，就通知了警察。现在警察也来了，跟医生一起在勘查现场，还说要带他去录口供。

"嘉陵，他们要我去警察局，配合调查。我不知道会耽误多久。"他的表达突然又正常了，"天赐下午一点钟放学，我想麻烦你，帮我去学校接他。今晚就让他住你家，可以吗？现在我脑子很乱，不知该怎么面对孩子。我会明天早晨来接孩子。当然，如果你不方便，我再想别的办法……"

"方便方便，今天我正好有空。"我慌忙作答。

"隔壁米勒家有我家钥匙。如果有什么需要，你去按米勒家门铃，米勒太太或者米勒先生，会帮你开门。"

"好的，我知道了，你放心吧。对了，见了天赐，我该如何跟他解释呢？"我想跟他统一口径，以免明天他来接孩子，说法不一，孩子会觉得我们在骗他。

"就说……我今天出差了，不在家。他妈妈……生病去医院了。你看这样说，行吗？"

"好的。"

挂了电话，我当即给大熊打了电话，他也很震惊，轻唤了一声"上帝啊"，问是否需要他请假回来，陪我一起去接孩子。我说不用，不想影响他工作。时间还早，我心乱如麻，脑子里嗡嗡的一片空白，在房间里不停地转来转去，什么事也做不了，就索性出门，开车上路。车子像在腾云驾雾，在天上飞，只听有两股风从耳边刮过，一股是弗兰茨的声音：她死了！她死了！另一股是我自己的声音：不可能！不可能！

不知不觉中，我发现我来到了夏一红家门前的马路上。烟雨凄迷中，我又看见那幢灰墙蓝瓦的斜顶房子，它孤独的眼睛幽怨惆怅地望着我，泪光涟涟，像夏一红的眼睛在嗔怨我：你怎么才来！从前她每次遇到麻烦，都会首先向我求援：临产前跌倒，她躺在血泊中给我打电话；机场被拦截，她躲进卫生间向我呼救……在这遥远的异国他乡，她一直把我当最可靠的朋友，为什么这一次忘了给我发 SOS？泪水模糊了我的眼。我怔怔地望着屋顶上的那只眼睛，像在跟夏一红对视。一红你到底怎么了？发生了什么？我的心在发问。没人回答。天空阴晦，不知什么时候飘起小雨，<u>丝丝苦雨像我们之间的千言万语</u>，只是默默洒向大地。

就这么发了一阵呆，我擦干眼泪，惊愕地发现，她家门前的坝子上，还停着警车和救护车。房门开着，我又看见夏一红站在那里朝我招手，笑靥如花，长裙飘飘："嘉陵，快进屋呀，还愣在那里干什么！"我眨了眨眼睛，挡风玻璃的雨刮还在左一下右一下地摇摆，这下我看清楚了，有警察从屋里出来，然后是担架，一前一后由人抬着。担架上赫然躺着一个长长的黑色裹尸袋！

"天哪，一红！"我朝它叫喊，想冲上前去，却发不出声音，也挪不动腿脚，就像在梦里被人追杀，怎么呼救也喊不出声音，也动弹不了，便只能用目光追随它。我的大脑轰鸣得厉害，全身在哆嗦，心脏几乎要蹦跳出来。实在不敢相信，那个身体纤弱、黑发蓬松、喜欢微笑、总穿裙袍的夏一红，此时正躺在那个黑色的袋子里，像垃圾一样被人搬离她的家。而昨天我们还在电话里愉快地畅谈未来。

弗兰茨也出来了，跟在最后，低垂着头，脚步踉跄，像个被打倒后挣扎着爬起来的拳击手，跟两天前行走在温泉疗养院那个潇洒男人判若两人。他跟在警察后面，走向警车。我以为他会抬起头来，那样他就会一眼看见我的车，发现我来了。但他没有抬头，像个犯人被他们带走了。

烟雨朦胧中的小街又空了，左邻右舍都关门闭户，没有一个人出来看看，这户邻居到底发生了什么。我默默望着那幢人去楼空的房子，发了阵呆，便掉转车头，缓缓离去。湿黑的马路不染尘埃，我看见前方有个身材矮小的中国女人，怀抱一盆兰花，东张西望，迎面而来。那是七年前初来此地的我。我还清楚地记得，当我第一眼看见夏一红家的房子，屋顶那扇像眼睛的窗户，带给我怎样的惊悚和诡异的联想。而房内的一切，卧室的玻璃屋顶，可滑动的顶篷，可升降的大床，客厅的"冬日花园"，地下室的健身房，又激起我怎样的好奇和向往。昔日如昨，历历在目，却如南柯一梦。那个让我既爱又恨、既同情怜悯又羡慕嫉妒的夏一红，她怎么突然就死了呢？

手机响了,是大熊,问我一个人行吗。他在为我担心,又提醒我,别忘了去超市为孩子买点儿童零食。他的话让茫然无措的我有了明确的方向。于是我开车去了附近的超市,胡乱买了些肉和蔬菜,各种水果,还有些想象中孩子爱吃的零食。可怜的孩子,还不知道妈妈没了。现在我唯一能做的,就是好好照顾他,至少先用食物安慰他。

天赐才六岁,就变成没妈的孩子。联想到大熊四岁丧母,也曾经历这样的时刻,一瞬间,天赐变成了童年的大熊,引起我特别的心疼和怜爱。

在校门外见到我时,天赐十分吃惊:"嘉陵妈妈,你怎么来了?"他像个小大人似的,冷冷地问我。

"你妈妈生病住院了,让我来接你。老师没有对你说吗?"我爱怜地摸摸他的脑袋,强忍着内心的悲痛,朝他微笑。他头顶的那撮金发很醒目,像一枚金币顶在头上。

他并不怀疑我的话,拉拉双肩上的书包带,就跟我走了,又仰头问:"我爸爸呢?"

"你爸爸今天出差了,可能要很晚才回家。"我伸手去牵他,他乖乖地把小手递给我,柔嫩,娇小,我轻轻地握着,感觉是握着大熊四岁那年的小手。

上车后,他自己系好安全带,小身体深陷在座椅里。我把为他买的一袋零食放进他怀里,有些讨好地对他说:"吃吧,都是你的。"

这招果然很灵。他惊喜地说了一声"谢谢",就毫不客气地伸手进去,掏出一只巧克力惊喜蛋,对我得意地晃动说,他最喜欢这个。他已经有几十个从惊喜蛋里剥出来的小玩具。可妈妈不许他吃太多巧克力,说吃多了会烂牙齿。但爸爸会悄悄买给他。说着他朝我张大嘴巴，让我看他已经掉了一颗门牙。

"天赐，你需要回家拿东西吗？"我启动了汽车。

"需要呀，我得带上我的旅行箱，牙膏牙刷，睡衣毛巾，还有护肤霜。妈妈说，每晚睡觉前和早晨起床后，必须刷牙。洗脸后，还要往脸上抹护肤霜，不然皮肤会干燥，然后会长很多皱纹，那样就会未老先衰。"他一脸认真的小表情太可爱了，我忍不住又伸手摸了摸他的小脸蛋。

车子驶出了学校路，慢慢拐进村子的主道。我问："天赐，昨晚你跟谁睡的？跟妈妈睡，还是跟爸爸睡？"

"跟妈妈。"他已经剥开了惊喜蛋，里面是一匹小马。他掰了一块巧克力塞进嘴里，咀嚼着，两只手把马腿拧来扭去，放在自己的大腿上行走。

"为什么不跟爸爸睡？"

"爸爸睡楼下，他打呼噜，妈妈不让他上楼跟我们睡。"他心不在焉地说着，突然昂起头来，仿佛想起了什么，小腰一挺，坐直了，眼珠子迅速转了转，"不对，昨晚爸爸上来了，我们三个人一起睡的。我睡中间，爸爸和妈妈睡我的两边。"

我听了一惊，三个人一起睡的？他们终于结束分居了。夏一红挣扎了三年多，才迈出这一步，多么可喜。可后来到底发生了什么？"不挤吗？你们三个人睡一张床？"我故作轻松，继续笑问，想套孩子说出实情。孩子是最诚实的，也许他是真相的目睹者。

他摇摇头："不挤的，床很大。"说着他又朝我羞涩一笑，"我喜欢挤，那样才好玩呢。如果他们俩隔得太远，我就说，你们俩都靠我近点，抱着我。"

我鼻子一酸，眼睛又湿了。可怜的孩子，以后谁来靠你近点，抱着你啊。

　　到了。我把车泊在夏一红的宝马旁，牵着天赐，去按邻居家的门铃。门开了，出来一个笑容可掬的优雅老妇，米勒太太。我听夏一红说起过她，她是个退休的中学法语老师，丈夫是公务员，在政府部门工作，两人无儿无女。她说弗兰茨已经给她打过电话，就侧身从墙上取了钥匙。一只猫从她脚边探出头来朝外张望，她低头对它咕噜了几句法语，那猫又折身进去了。她把钥匙递给我，叮嘱我走时锁好门，再把钥匙扔进她的信箱就行了。她表情平静，不知道她是否清楚邻居家里发生了什么。

　　"米勒太太家有七只猫！"离开米勒家的屋前小花园时，天赐对我说。

　　开门时，我的手在颤抖，试了好几次，钥匙才对进锁眼里。门开了，天赐像一只机灵的老鼠，呼的一下就溜进去了。我战战兢兢地跟在后面，屏住呼吸，紧张得几乎迈不开脚步。悄悄沿楼梯往上望，那上面拉了一根红线，触目惊心地提醒我，这里是凶杀案现场！

　　这时天赐在厨房叫我。他已经打开冰箱门，手里拿着两盒酸奶："嘉陵妈妈，你喜欢吃什么味的，樱桃味还是香草味？"他似乎浑然不知，这房子里刚刚发生了什么。

　　又坐在熟悉的餐桌旁，我和天赐一人吃着一盒酸奶。我全身紧绷，好像夏一红随时会出现在我面前。

　　"今天早晨谁给你做的早餐？"

　　"爸爸。"

　　"吃的什么？"

　　"牛奶麦片和一个鸡蛋。"

　　"不是妈妈给你做早餐吗？"

他抬起头来，把小匙放在嘴边，伸出舌头舔了舔，用奇怪的眼神瞪了我一眼："你不是说妈妈生病了，爸爸也说妈妈生病了，不让我去楼上打扰她。"说着他又突然睁大眼睛，问我，"嘉陵妈妈，你梦游吗？"

"啊，梦游？怎么，你梦游了？"

"是啊，我梦游了。"他兴奋地点头，把空酸奶盒子往旁边一推，表情生动地说，"昨天晚上，我记得清清楚楚，我是睡在妈妈的大床上，睡在爸爸和妈妈两个人中间。可今天早晨我醒来的时候，我却一个人睡在楼下的小床上。我觉得奇怪，就问爸爸。他说我夜里梦游了，半夜自己爬起来，下楼了。嘉陵妈妈，你说，梦游的时候，我是睡着的呢，还是醒着的？如果是睡着的，我怎么还能下楼梯，没摔跤呢？如果是醒着的，我怎么一点也不记得呢？"

我已经紧张得说不出话了。孩子嘴里的每一句话，每一个细节，都可能藏着夏一红死亡的谜底。我想象昨晚楼上的卧室，屋顶的顶篷是敞开的吗？夜色朦胧，秋雨在上面滴滴答答，像弹奏着温柔的小夜曲。淡黄的灯光下，她终于又接纳他了，久违的肌肤相亲，爱的失而复得，多么美好又充满激情。孩子睡在两人中间？碍事。也许在孩子入睡后，弗兰茨把他抱下楼了，然后两个人鸳梦重温。夏一红说过，他在那方面很棒，能让她痴狂。莫非，是一场久违的性爱狂欢让她猝死，在高潮来临的一瞬间，她化蝶而去？

人都有一死。万千种死中，这该是最美好最浪漫最幸福的一种吧？所谓的极乐登仙？我是不是该为她祝福呢？

客房里新添了一个彩色的儿童衣柜，孩子的衣物都在里面。天赐不知从哪里拖出一个蓝色的印有狗头的儿童拉杆箱，说走吧。

那是他去奶奶家度周末的专用旅行箱，里面装着妈妈为他准备的度周末所需的全部用品。

冰箱里还有一块豆腐和一袋野菜，也许是夏一红准备今天吃的。想着弗兰茨不会做饭，我把它们也一并带走了。

小家伙背上书包，拉着旅行箱就噔噔噔地朝外走。我跟在后面，提醒他明天是周六，不上学，不用背书包。他已经拉开房门，转过身来一脸严肃地对我说："我每天晚上要复习功课，要写日记。妈妈会检查的！"

我把钥匙扔进米勒家的信箱里，就和天赐上车了。车子缓缓驶离。我感觉有目光在追随我。不用回头，我就知道，是屋顶上的那扇窗。那是夏一红的眼睛。它在目送我，在用沉默的声音对我说："嘉陵，拜托了，请帮我好好照顾天赐！"我强忍着，不让眼泪流下来。

"嘟嘟哒，嘀嘀嗒，坐汽车，乘飞机，我要去远方旅行了……"天赐兴奋地唱起歌来，我伸手揉了揉他的小脑袋，故意装着看左边的窗外，不让他看见我没能忍住的流泪的脸。

二十五

弗兰茨并没有如他所说,第二天来接天赐。

来接天赐的,是青少年局的两个人,一男一女。当时我和天赐正在吃早餐。门铃一响,天赐比我动作还快,一起身就冲过去开门,以为是他父亲来了。一看不是,又赶紧跑回来,继续一边吃早餐,一边盯着电视看节目。德国的几个电视台,周六和周日上午全是儿童节目。以前我很讨厌,因为我们早餐的时候,找不到合适的节目看。这才发现,对于有孩子的家庭,这样的安排太暖心了。

降温了,寒风从门外灌进来,让我不由得打了个寒战。两个人正在自报身份,说明来意,大熊从楼上慢腾腾地摇下来了。青少年局昨天下午就接到警察局的通知,知道这个家庭出事了。他们已经跟弗兰茨联系过,是弗兰茨给了他们我家的电话和地址。我警觉地问,弗兰茨呢?昨天他说了,今天他会来接孩子。两人相互看了看,说具体情况,他们也不清楚。

按照德国法律,如果父母丧失了照顾未成年孩子的能力,孩子就由政府的青少年局接管。他们会先把孩子安排到孤儿院,再根据具体情况,为孩子寻找理想的归宿。首选是孩子的直系亲属,如果没有直系亲属、直系亲属不愿意或者不具备照顾孩子的能力和条件,比如没有足够宽敞的住房、年纪太大、身体不适等,就为孩子寻找合适的领养家庭。我作为孩子母亲的朋友，即使是所谓"孩子的干妈"，还受孩子父亲所托，也没有资格擅自接管孩子。

大熊听了，说这样最好。我无话可说，心里顿感不祥：警察为什么要通知青少年局，让他们来接孩子？看来弗兰茨一时半会儿出不来了，莫非他有杀人嫌疑？

天赐并不抗拒跟他们走。父亲出差还没回家，母亲生病住院了，我和大熊要上班，没有时间照顾他，奶奶老了，也没有办法照顾他，就由政府的青少年局照顾他几天，这符合逻辑。他很快上楼收拾了行李，拎着自己的小行李箱就咚咚咚地下楼来了，还提醒我别忘了通知他爸爸妈妈，回家了就去接他。他以为青少年局就是青少年活动中心，住着很多小朋友，大家可以一起玩，所以还挺高兴的。我捧起他的小脸蛋亲了亲说，乖，你爸爸很快会去接你的。

青少年局的那个金发女人慈眉善目，让人感觉和蔼可亲。我相信天赐对她也有好感。一出门，她就牵住天赐的手。天赐跟我们说了再见，欢天喜地跟他们走了，就像头天跟我走一样，没有半点生疏和忸怩。

目送载着天赐的汽车消失在马路尽头，我身子一软，瘫在大熊怀里，泪水又哗哗流了一脸。我实在不能接受夏一红已死这个事实。而现在看来，弗兰茨有杀妻嫌疑。这太可怕了。他那么爱她，怎么可能！

"你也别想太多了，有可能警察留他下来，只是想继续了解情况。德国政府办事拖沓，效率低，这个你是知道的。"大熊把我扶进客厅，让我坐在沙发上，又用纸巾帮我擦泪。"可夏一红怎么就死了啊？"我依然无法接受这个。无力问苍天，就只能一遍又一遍地问自己。她死得实在太突然，太蹊跷。大熊抽了抽鼻子，眼睛也湿了。我俩就这样相依坐在沙发上，像一对静等末日来临的老夫妻，无力，无语。过了很久，他才长叹一声："唉，这就是生活！什么事情都可能发生。"

弗兰茨来电话了，是大熊接的。他按了免提键让我旁听。我一下就听出他委屈的口气。他说，警察竟然怀疑，是他杀了夏一红。真是荒谬！他等待了漫长的半辈子，才从遥远的中国娶到这个可爱的妻子。他爱她，他需要她。他年幼的儿子也需要妈妈。他为什么要杀死她？这既不合情也不合理。

我站在大熊身边，悉心聆听："对了，这么大的事，要不要通知夏一红国内的家人？"我突然冲着电话问。沉默了片刻，电话里的弗兰茨才哽咽着说："谢谢，那就麻烦你了。"

一天过去了，又一天过去了。我在神思恍惚和噩梦不断中，终于等来了夏二红夫妇。

我开车去机场接他们。夏二红像被她姐姐的阴魂附体，脸色惨白，神情悲愤又憔悴。见面后我们都没说话。但当我握住她的手，她像触电一样，"哇"的一声放声大哭，几乎要瘫倒。幸亏她丈夫一直搂着她。

是早晨六点多钟的航班，接机大厅人很少。她的哭声平地响起，颇有惊天动地的气势，吓得周围的几个人都惊慌起来。这让我想起跟夏一红在法兰克福街头重逢的情景。真不愧是亲姐妹啊，我想，不仅形貌相似，连发泄情感的方式也一样奔放不拘。

"我姐一向注意养生，她没有任何不良嗜好，生活方式非常健康，也没有心脑血管方面的疾病，怎么会猝死？会不会是两口子吵架，被弗兰茨谋害？"上车后，她突然变得异常冷静，口气悲愤地问我。

"不会吧……"我朝后视镜望了她一眼，内心大乱。女人的直觉，有时显得莫名其妙，却精准得可怕。我怀疑她知道夏一红跟弗兰茨闹离婚的事，但不清楚，她是否知道两人闹离婚的真正原因。按夏二红的要求，我把他俩安顿在我家附近的一个家庭小旅馆，让他俩先休息。十多小时的空中飞行，那疲惫我深有体会。

第二天上午，大熊请了假，开车带我们去警察局。夏二红想见姐姐最后一面的意愿落空了。因为疑心是非正常死亡，法医进行了验尸。考虑到家属的情感因素，解剖验尸后的遗体，是不能再给亲属看的，因此也没有遗体告别仪式。但他们出于对中国文化的尊重，破例同意，让家属带走骨灰盒。而在德国，通常的情况是，逝者的丧事从头到尾由丧葬公司处理，家属甚至不能触碰骨灰盒。

一个白胡子的老警官接待了我们，在一间并不宽敞的办公室里。我们坐下后，年轻的女警员为我们送来咖啡和茶水。白胡子警官表情凝重地坐在办公桌后面，拿起桌上的几份文件对我们说，法医的检验报告出来了，现在死因很清楚，夏一红是因为呼吸道受阻引起的窒息而导致身亡。也就是说，死者是被人扼住喉咙掐死的。她的颈部有很明显的勒伤，瘀青处的指纹跟她的丈夫，弗兰茨·白格先生的指纹，完全一致。

"再加上时间和地点等因素，我们综合分析后得出结论，她丈夫弗兰茨·白格是唯一可能的凶手。但他拒不承认，这有点麻烦。我们走访了他的邻居和同事，也暂时没有发现他的作案动机，比如移情别恋。现在精神病专家已经介入调查，发现他有过多次看心理医生的记录，患有严重的抑郁症。他还多次出现过幻视与幻听。按精神病专家的分析，他应该患有严重的精神分裂症。这种病有两种可能会导致他杀人：其一，那天夜里他出现了幻觉，把妻子幻视成某个伤害过他的女人，一时起念报复，掐死了她；其二，他自己突然分裂成另一个男人。这个男人仇恨着这个女人，作案的时候，怀着仇恨的男人在他心里占了上风，促使他动手掐死了她，但另一个他还爱着妻子，所以当他清醒过来，那个怀着仇恨的男人消失了，清醒着的他还爱着妻子，当然就不能承认自己的杀妻行为，并陷入极度的痛苦中。但这两种可能都有待进一步核实，主要得查清他从前的经历，尤其是感情经历，看他是否受过女人的伤害。这也是导致他患上精神分裂症的主要原因。总之，我们还需要对他作进一步调查，希望能查明他的作案动机。但他就是凶手，这一点已经确定无疑。"

"他会被判刑吗？"我怯怯地问。

"目前看来，他是在完全无意识的状态下，杀害了妻子。也就是说，他是在精神病发作的时候杀的人。作为一个精神病患者，他不能为自己的行为负责，因此也不会承担刑事责任。但他必须接受治疗，会被关入精神病医院。在他的病情得到治疗和好转之前，他不能离开医院，以免类似的悲剧再次发生。"

当我把这些话的大意断断续续翻译成中文，夏二红眼微闭，嘴大张，喘着粗气，却说不出话来。她丈夫一边帮她捋胸口，一边轻声对我说："接到你电话那天，她第一反应就说，弗兰茨是凶手。我还说她乱说，不相信，没想到真是！"

我心很乱，联想到弗兰茨跟他母亲长年累月的暧昧关系，犹豫着，是否该把这事讲出来，也许有助于警察找出他杀妻的更深层心理动机。但我最终没讲，只是紧紧攥着大熊的手。这是夏一红的家丑，有关她和她家人的尊严。我不能让夏一红死了还蒙羞，更不能让她的家人尤其是儿子以后抬不起头。一个女人，丈夫跟婆婆不清不白，这绝对是羞于言说的奇耻大辱。我不知道夏一红是否已让家人知道，但我相信，如果她在天有灵，一定不希望我把这事抖出来，为众人所知。

又过了一天，我们去孤儿院接天赐。

孤儿院在一个大院子里，主建筑是一幢红砖的三层楼房。孩子们的宿舍就在楼上，底楼是活动室和饭厅，还有老师的办公室。天冷了，还有孩子在院子里玩耍，荡秋千、坐滑梯，或者踢球。跟我通过电话的孤儿院负责人佐默女士接待了我们。活动室内，有几个小孩围坐在一起做手工，用彩色硬纸折叠着什么。旁边的阅览室内，也有几个孩子或站或坐在看书。

这是我第一次走进德国的孤儿院，很惊讶，德国怎么会有这么多孤儿？佐默夫人告诉我说，其实大多数孩子都有父母，或者至少有一方，就像天赐。但他们的父母都有问题，比如酗酒、吸毒、有暴力趋向，或者生病和发生了意外，总之都不能正常照顾和抚养孩子，孩子就会被青少年局送来这里。接下来，他们会对孩子们进行再次安排。家庭能在短期内恢复正常的，孩子就一直住这里，等待父母康复后被接回家。其他的，要么送去领养家庭，要么送去寄宿学校。这得看每个孩子的具体情况。

天赐不在活动室，也不在阅览室，他在活动室外面的"冬日花园"，跟心理老师盘腿坐在一棵香蕉树下。孤儿院有专门的心理老师，负责对这些遭遇人生变故的孩子进行情感关怀和心理疏导。我们刚走到玻璃屋门口，那个小小的背影就骤然转过来，好像他的小脑袋后面还长着第三只眼睛，看见了我们。

"天赐！"夏二红直愣愣地望着他，张开双臂，"你还认得我吗？"

孩子愣愣地站起身来，吃惊地望着夏二红，皱起了眉头："认得，你是小姨妈。"却并不走向她张开的双臂，只伸长了脖子，朝我们的身后张望。他以为他父母也跟在后面,却发现没有,眉头就皱得更紧了,翁声翁气地问:"我的爸爸妈妈呢? 他们为什么不来接我? 是不是不要我了?"

"妈妈还在医院里,明天我们一起去看她。"我走过去把他揽入怀里。

"真的? 你不会又骗我吧?"他挣脱了我,十分疑惑地望着我说,"嘉陵妈妈,你说过,我爸爸很快就会来接我的,可他为什么一直没来?!"我被问得哑口无言。是啊,弗兰茨当时就是这样对我说的,我只不过如实转达了他的话。我没有骗他,可我无法解释,只好支吾说:"对不起,天赐,我没骗你,是你爸爸临时有事来不了,请你理解,他工作很忙……"却已窘得脸发烫,心发慌。

没等我把话说完,他警惕的目光已经从我的脸上移开,转向他人:"小姨妈,小姨父,你们怎么来了? 你们不是在中国吗? 是不是我的妈妈死了?"

说着他嘴一瘪,眼一红,"哇"的一声大哭起来,"妈妈妈妈,我要妈妈"地叫唤着,眼泪扑簌簌往下淌。我们同时都倒抽了一口冷气,相互迅速瞄了一眼。"天赐,你怎么会这样想?"我蹲下身去抱住他,把他的小脸贴在我的脸上。

"我做梦了,梦到妈妈被人杀死了,呜呜……"他再次用力推开我,抬起胳膊,狠狠地在脸上擦抹。

我们再次大惊,面面相觑,一时都不知怎么回答。夏二红已经背过身去,捂着脸忍不住抽搐起来。

"你什么时候做的梦?"我把他额前的头发往两边抹开。孩子瘦了,头发也长了,头顶的一撮金发,以前像天线宝宝头上的天线,是立着的,现在像一枚秋天的黄叶,被风吹落在他的头上,奔拉着。

"不记得了。我只记得那个梦,我和妈妈在睡觉,天上突然跳下来一个大魔鬼。它扑向妈妈,把妈妈掐死了,呜呜……"

"你有没有梦到,天上掉下天使,或者别的什么呢?比如月亮或者星星?"心理老师是一个穿休闲装的中年男人,中等身材。他一直默默站在旁边听我们说话,此时开口了。他向我们伸出手来,自我介绍说:"我是迈尔,心理咨询师。"

孩子停止了哭泣,睁大眼睛望着他的心理老师,好像真的想起了什么:"有!我还梦到过中国的仙女,名字叫嫦娥。她就住在月亮里。我梦见过她从月亮里飞出来,在天上跳舞,一边跳,还一边撒花。那些花满天飞,有的变成星星挂在天上,有的掉进我们家的园子里,变成玫瑰和杜鹃,或者掉进我们的卧室,掉在我和妈妈的大床上,我们就睡在花丛中……哈哈,这是妈妈讲的中国故事,天女散花。"

讲着讲着,他泪水横溢的小脸又笑了。大家也都跟着他笑了,却笑得很苦涩。心理老师还为他鼓了掌。沉闷的气氛轻松了些。可孩子突然又嘶嚎起来:"我要我的爸爸妈妈!他们为什么不来看我?爸爸妈妈,你们在哪里?!"他愤怒地跺着脚,满屋子跳来跳去地跺脚。

"我们这就是来接你的,接你去看爸爸妈妈呀。"我说。

"真的?"他安静下来,表情半信半疑。

佐默夫人这时发言了,她微笑着对他说:"去吧,我的孩子,去收拾一下你的东西,跟你的亲戚们去度个假。"

看着他欢快的小身体咚咚咚地上楼去了,我们几个大人都低下头来,心都碎了。

"我想把天赐带回中国!"夏二红突然说。

我把她的意思转告给身边的佐默夫人。佐默夫人听了，嘴一撇，摇头说："抱歉，这不太可能。孩子是德国籍，父亲和奶奶都在德国。他们是孩子的直系亲属。我个人认为，这事希望不大。"

我把她的话翻译成中文，夏二红急了："父亲？那个人还算父亲吗？他是杀人凶手！孩子不可能跟一个杀人凶手在一起！"

待我把她的话翻译成德文，佐默夫人耸了耸肩说："孩子不必跟他生活在一起。可你不能因为他杀了人，犯了罪，就否定他的父亲身份，割断他们的父子关系。无论他在监狱里，还是在精神病院，孩子都可以去探访他，跟他继续保持联系。"

夏二红转身冷笑了两声，不再说话。

我们去丧葬公司领骨灰盒。丧葬公司在一幢普通的独立居民房里，花园很大，种满了精心修剪的绿色植物，工作人员都穿着黑西服，表情肃穆。出发时，我们把实情告诉了天赐，说他妈妈死了，但不是被从天而降的魔鬼掐死的，而是生病，医治无效。天赐听后，放声大哭。但他似乎有些心理准备。他早就知道母亲的身体很不好，亲眼见过她腹部的伤疤，知道自己正是从那里出生的。他还见过母亲的胸脯，为自己小时候总是哭闹着要吃奶而深感对不起妈妈。车到丧葬公司时，他已经停止了哀号，只哼哼唧唧，瞪着一双红肿的眼睛，茫然四顾。工作人员把我们领入室内。在一张光洁的黑漆桌面中间，放着一只青灰色印有两片红枫叶的陶罐，旁边还摆了一盆白色的蝴蝶兰。房间里阴森森的，蝴蝶兰凌空翩跹，白得耀眼，仿佛是陶罐里的夏一红正化蝶而去。

这是我和她在人世间的最后相聚，却已阴阳两隔。我呆呆地望着那只陶罐，眼前又出现她纤瘦残破的身躯：那半片胸脯空荡荡的，只有薄薄的皮肤白中透青，松弛地覆盖在肋骨上；那道从腋下拉到胸口的伤痕，曾经像魔鬼的嘴被缝住了，此时终于挣脱樊笼，狞笑着宣布死亡的胜利。我还看见她的腹部，那里曾经绽开成人世间最壮美的花朵，血红的花蕊里吐出过两个鲜活的生命，然后就闭合成十字架，让她扛着。现在她扛着十字架去见上帝，上帝会感念于她的虔诚和承受的苦难，让她的灵魂留在身边，安享永恒的喜乐吗？

"姐，我是二红，我来看你了……"夏二红走上前去，俯身抱着那陶罐，失声痛哭。孩子这下也失控了，大叫了一声"妈妈……"，就一把挣脱我的手，冲上前去，却被旁边的大熊一把拉住。"妈妈，你为什么不要我了……"孩子还在哭着挣扎。这悲伤的气氛，这残酷的现实，让大熊和我也忍不住落泪。最后是二红的丈夫抱着陶罐，我扶着二红，大熊拉着天赐，一行人才低头呜呜咽咽地离开了。

二红的丈夫早就想来德国看看，只等着两年后退休成行。没想到现在计划提前，却是来接亲人的骨灰。想着他们出国一趟不容易，我主动提出，开车带他们去看看附近的名胜古迹，二红却没有心情。她一直处于大病状态，头晕胸闷，浑身乏力，走路打偏，她丈夫就寸步不离地陪在她身边。直到他们临回国前两天，二红才勉强同意，陪丈夫去附近看看风景。我让大熊开车，拉着我们，还有天赐，去莱茵河谷转了一圈。中途我们在一家河岸古堡的咖啡馆休息，神情悲伤目光呆滞的二红说起什么，又开始抹泪。天赐就劝她："小姨妈你别再哭了，我妈妈已经死了，你再哭她已经听不见了。"

孩子坐在大熊和我之间，趴在窗台上看风景。外面天空阴沉，灰色的莱茵河上，有一艘货船在缓缓行驶。他久久望着那艘船，突然自言自语道："人死了，就是坐上了一条船，去了很远很远的地方。我们再也看不见船上的人了，可他们只是去了远方，并没有从这个世界消失。那地方太远太远了，拿望远镜也望不到。但总有一天，我们也会登上那条船，去远方和他们见面的。"

我听了大惊。他是用德语说的，我叫他用中文再说一遍，小姨妈和小姨父都不懂德语。他便又结结巴巴用中文把大意重述了一遍。几个大人面面相觑。这么小的孩子，怎么能说出这样的话？我问他："天赐，这话是谁对你说的？"

"迈尔先生。"他又转身去望着江面，目光追随着那条渐行渐远的船。迈尔先生就是孤儿院那位心理老师。他对死亡的这种解释很新奇，说不上正确，可又觉得不完全错。它不仅对孩子是巨大的安慰，我们几个大人听了，心里的悲伤也有不同程度的缓解。是呀，总有一天，我们也会登上那艘船，去远方和他们见面的。

船已经彻底不见了。莱茵河在前方的山脚拐了个弯，可天赐还痴痴地望着那方向，继续喃喃自语："我的妈妈就在那条船上，去了一个很远的地方。也许那条船开往重庆，出了莱茵河，拐个很大很大的弯，就到长江了，然后又继续开呀开，就开到重庆我们家的楼下，然后她就回家了。可是她为什么不带上我呢？我也很想回重庆呀。"

说完他突然把头埋进胳膊里，呜咽起来："妈妈，你回来把我带上吧……我向你保证，一定要听你的话，再也不惹你生气了……我会每天背诵唐诗宋词，用中文写一句日记……哦不，我要写两句，写三句，直到你满意，直到你高兴……妈妈……我发誓，我再也不跟你要爸爸了，我答应你……跟爸爸视频就可以了，我不要求回德国……我也不要求去爸爸的玩具室玩，我只要你！妈妈你回来吧，我想你……我要你，我什么也不要，只要你！"

301

我们都忍不住流泪了。我把天赐揽在怀里安慰他，泪水滴落在他头上的那撮黄发上。

咖啡来了，蛋糕来了，孩子要的热可可也来了。可我们都吃得索然无味。悲伤的气氛笼罩着我们，挥之不去。

当晚我邀请他们来我家小坐。莱茵河谷是德国著名的葡萄酒产地，我把白天在河谷酒庄买的葡萄酒拿出来，红的，白的，一人两只高脚酒杯，大家默默品酒。茶几上点了一支红烛，那水晶玻璃的烛台还是夏一红送我的。烛光摇曳中，我们举杯，轻轻相碰，心里都明白，我们这是在告别，相互告别，也跟夏一红告别。

二红的声音早沙哑了。半杯红酒下肚后，她又开始呜呜咽咽，后悔当初不该帮姐姐上网征婚。否则姐姐一定还活着，夏果也一定还活着。没有男人没有婚姻又如何？她有儿子，有工作，有钱，有亲人，她在国内也可以生活得很好。是她害死了姐姐和夏果。自己的一番好心，为什么换来这样的结果？弗兰茨看着人模狗样，原来是个大灾星！

她抽泣着，气若游丝，红肿的双眼已流不出泪水。她丈夫是个好脾气，一直默默陪着她，拉着她的手，拍拍她的背，捋捋她的胸，跟着她哽咽，抹泪，偶尔也劝她两句，说人死不能复生，你要节哀，要注意身体。家里还有老和小，妈的身体也不好，女儿明年还要高考，你也要为她们想一想啊。如果你的身体垮了，她们怎么办？

我呆坐着，与夏一红交往的一幕幕往事在脑子里回放。多想一切重来，我一定不再虚伪，不再嫉妒，做她最好最可靠的朋友，就像她一直以为的那样。我还要跟她学采野菜和蘑菇，吃她做的豆腐和蛋糕，穿她为我做的裙子——即使穿上不如她漂亮，又怎样？重要的是，我有一个对我真诚的朋友。有了她，这异乡的生活多了多少温情，这平淡的日子多了多少美好。秋天我给她我家的核桃，圣诞我就能吃上她烤的核桃饼；春天她去采槐花，烙的饼吃得我俩都口吐芳香。她住院了，我为她送饭；我生病了，她也一定会为我送来美味可口的家乡菜……我俩多么互补，这难得的友情千金难买。可我不仅没有珍惜，还一度想要摆脱她。现在我彻底失去她了，才发现，我失去的是自己的另一半，就像一只手失去另一只手，一条腿失去另一条腿，这人生从此再难完整。

晚上我又失眠了。夏二红说，夏一红的死她难辞其咎，因为是她帮她上网征婚，征到一个神经病，杀人犯。我呢，难道就没有责任吗？当初她坚决要离婚，是我在旁边和稀泥，苦口婆心劝她不离。"劝和不劝离"是中国人的习惯性思维。不会独立思考的我，只是按这样的思维惯性，一味盲目地劝她不离。人生苦短，难得糊涂，真相不重要，眼下的幸福才重要……我的话貌似奏效了。就在白格夫人生日的第二天，她决定要跟他破镜重圆。然而悲剧发生了。难道她的不幸没有我间接的推波助澜？

如果她离婚成功，这场悲剧就不会发生。如果她不依不饶地追究真相，查出弗兰茨跟母亲非正常关系背后的原因，查出这长期扭曲的母子关系已经让弗兰茨精神分裂，又会怎样？我想起希区柯克的电影《精神病患者》，弗兰茨多么像电影里的男主角诺曼·贝茨，长期屈服于母亲的淫威，对母亲既爱又怕，甚至恨，却不敢反抗，最后导致心理变态。这是多么相似的悲剧！也许，出事那天夜里，两人并没做爱，一家三口只是静静地躺在床上，静享阖家团聚的美好。午夜时分，弗兰茨去了一趟卫生间回来，神思恍惚中，借着朦胧的夜光，他看见床上睡着的母子。这一幕像极了自己与母亲在床上的情景，深深刺激了他的神经。积压心底的耻辱、厌恶和愤怒,像火山一样瞬间爆发。就像那个白胡子的老警官所说,他心中的另一个我苏醒了,采取了行动。

那么,正是我的息事宁人埋下了祸根。真相如此重要,我却选择了无视。我多么愚蠢!我也间接参与了这场谋杀!

追悔莫及,痛定思痛。我决定要勇敢面对另一个真相。

送走夏二红他们的第三天晚上,我鼓起勇气,把那张粉红色的纸笺拿出来,往大熊胸前一放。他正躺在沙发上,迷迷糊糊地看电视。那几天我俩都累坏了,陪夏二红夫妻跑各个部门,办各种手续,处理各种杂事,回家后连说话的力气都没有了。

他拿起那纸笺,努力睁了睁眼睛,眉头慢慢拧紧了,吃惊地问我哪来的。

"地下室的纸箱里,夹在一本旧书里。"我坐在他旁边,目不转睛地盯着他,"请告诉我这是怎么回事?"

他把纸笺揉成一团,顺手扔进茶几旁的废纸篓,很不以为意地说:"几十年前的事了,有必要知道吗?"

"当然。你不应该骗我。我一直很自责,以为是我的缘故,我们才没有孩子。"

他很费力地挪了挪身体,坐直起来,低头想了想,才抬头看着我的眼睛,说:"我没有骗你。我们在网上刚认识的时候,我就问过你,你是否想要孩子?你说无所谓,顺其自然。你还记得自己说过的话吗?如果你明确表示想要孩子,我可能就会放弃你。"

我努力回忆当时的情景,依稀记得有这回事。当我还很年轻的时候,十分恐惧怀孕生子。跟前夫的第一次婚姻里,我们还采取了避孕措施。可嫁到德国后,面对德国的好福利和中年危机带来的恐慌,我动摇了,一度渴望能生个漂亮的混血宝宝。当然,现在说什么都晚了。我只想知道,十九岁的他为什么要去自我阉割？这绝对不是一个正常的年轻人会干的事。我担心，他也像弗兰茨，看似正常，其实有严重的心理疾病。夏一红说过，西方国家的变态太多。是的，奥地利的"鬼父"，罗腾堡的"吃人魔"，身边的夏一红也遇害了，这一桩又一桩的悲剧震慑了我。我必须警惕，以免像夏一红，莫名其妙就魂断异乡，成了这里的孤魂野鬼。

他垂下眼帘，沉默片刻，淡淡地说："其实也没有特别的原因，就是不想要孩子。也许是因为，小时候我总被欺负，害怕自己的孩子也会有那样的痛苦的遭遇……"

"什么？你小时候总被欺负？为什么？谁欺负你了？"我很吃惊。他一向乐观，百事不忧，这样心地阳光的人，居然还有受人欺负的童年？

"是的，我现在很乐观，很快乐，因为我有了你啊，有了世界上最好的妻子，而且我知道你很爱我。这就够了，其他的我都不在乎。可从前的我不是这样，尤其是小时候，自卑，自闭，每天都过得忧心忡忡，担惊害怕……"

"害怕什么？"

"你见过我爸爸的老照片，知道他参加过党卫军……"

我点点头，心里暗暗一惊，原来他知道我知道他爸爸的黑历史啊。

"可他当时才十八岁。学校里，身高一米八以上的男生，身体健康，综合素质良好的，全都被选进了党卫军，根本由不得自己做主。当时那是件光荣的事，没被选上的，还会失望和伤心呢。这能怪他吗？可这成了他一生的污点，也让我们全家抬不起头。我从小学到大学，甚至服兵役时在部队，都受人歧视，遭人欺负。在德累斯顿读大学时，合唱团里有个女生爱上我。我欣喜若

305

狂，如获新生。我们相爱了，她还把我带回她家去见她父母……可后来不知怎么的，她父母知道了我爸爸的历史，就坚决反对我俩在一起，说不能让他们家的后代染上纳粹的污血。她也十分害怕怀孕，不再让我碰她。当时人年轻，也意气用事，我一气之下就……"

"可你们后来还是分手了。"

"初恋，能成功的并不多。但当时都以为，那就是最伟大的爱情。为了能留住她，我不惜付出一切代价。"

"后悔了吗？如果后来遇到的女朋友，人家又想要孩子，你怎么办？"

"不……事实上我根本没有机会后悔。因为跟她分手后，我就决定单身一辈子，永不结婚。"

"可你后来还是结婚了，还上网找女朋友……"

"是的，有了网络，情况就不同了，我可以不选择德国女人。比如你，不会因为我的家庭背景，我父亲的历史，就歧视我，对吧？"

这个傻瓜！我为什么要歧视你？就因为你爸爸参加过党卫军？加入过纳粹？

"你说你从小受人欺负，他们怎么欺负你了？"

他使劲摇头，别过脸去，不愿意说。

"亲爱的，请告诉我。"我靠他近些，摸着他脸上新冒出来的一片胡碴，温柔地说，"我是你的妻子啊，就像我告诉你我的过去，小时候总是饿肚子，一个月才吃一顿肉，还因为偷吃邻居锅里的肉挨过打，你就理解了现在的我为什么那么爱吃肉，也从不责怪我把自己吃成一头肥猪。我也想知道你的过去。只有知道了你的过去，我才能理解你的现在。"

他用力抽了抽鼻子,气呼呼地瞪着地面,阴着脸,深深地吸了一口气,说:"他们打我,一群男生,把我按倒在地上,用脚踩我,还……往我身上撒尿!我没有朋友,放学后回家,时间早了,安妮也不准我进屋。我无处可去,只能去四处游荡,或者躲到山上的废墟里发呆,掐着时间再回家,去爸爸工作的地方等爸爸下班……"他又用力抽了抽鼻子,别过脸去看电视,不让我再看他的脸。

　　我心大恸,鼻子酸涩,眼睛湿了,把头靠在他的肩上,轻声问:"爸爸他……在战争中杀过人吗?"

　　"没有!"他一抖肩甩开我,转脸愤怒地看着我,瞪着一双盈满泪水的眼睛,"你没见他那么热爱小动物吗?走路连蚂蚁都不忍心踩死,怎么会杀人!可战争就是杀人的机器!机器一旦转动起来,每一个士兵都是杀人凶手!"

　　说完他起身冲出客厅,进了他的工作室,"砰"的一下关了门,留我一个人在客厅发呆。结婚这么多年,我从没见他这么凶过。我想,一定是我触碰到他的痛点了。可怜的大熊,原来遭遇过那么多凌辱,有那么多痛苦的记忆,我却不知道。我的心里翻卷起巨大的悲愤和怜悯。

　　上一辈人造的孽,为什么要下一辈人来承担恶果?德国人对战争的负疚、忏悔、承受的痛苦,何时才能有个头?勃兰特总理的华沙一跪已经过去几十年了,可这个民族好像至今还跪着:不敢公然说爱国,因为害怕被指责为民粹;不敢批评外国人,因为害怕被骂是纳粹;巨额的战争赔款至今还没赔完……战争留下的阴霾和伤痛,一直在这个民族的心灵深处盘踞,像一条毒蛇,随时会醒来。无论是法兰克福摩天大楼里春风得意的银行白领,行走街头西装革履的业界精英,还是衣食无忧的退休老人和家庭主

307

妇，满世界潇洒旅行的夫妻、情侣、独行侠，只要他是德国人，心里都盘踞着这条毒蛇，时不时会被咬一口，疼痛难忍，欲哭无泪，要么一命呜呼，要么舔舐着带血的伤口苦度余生，要么向身边的无辜者喷吐出毒液。

我忘了在哪里读过一篇文章，说希特勒家族的一位后人，用自我阉割的方式来终结这个有罪的姓氏，以此替家族向世人谢罪。没想到，我嫁的男人也选择了这样的方式替父赎罪。而我，一个跟欧洲二战八竿子打不着的中国女人，也阴差阳错地卷入这股谢罪的洪流，祭出了自己做母亲的机会。

夏一红更惨，她祭出了生命。

二十六

一连几天我睡眠都不好,身体疲惫到近乎虚脱,头脑昏沉,思维却没有片刻停歇。在某个夜里,天赐那可怜的小眼神又在我的眼前晃动。最后一次送他回孤儿院时,他对我说过的话又在我耳边响起:"嘉陵妈妈,我什么时候才能回家?"

家,孩子需要一个家! 一个念头电光一闪,照亮了我混沌的大脑:我要给孩子一个家,我要领养天赐! 夏一红早在诞下天赐的月子里,就让我做了天赐的干妈。这不是冥冥之中的安排吗? 早早就为孩子安排好替补母亲,以便在某一天能替换上场。现在该我上场了。

我拧开台灯,侧身把鼾声渐起的大熊摇醒,把我的想法告诉了他。柔和的灯光里,他眨巴着迷迷糊糊的眼睛,想了想说:"原则上……好像可以。"

"青少年局的人走访了白格夫人和索菲亚姑妈,说她俩都年岁已高,不适合照顾天赐。他们正准备为天赐找一户领养家庭。我想,与其让别人领养天赐,不如我们领养。难道你不觉得吗,我们才是最合适领养他的家庭,房子够大,有单独的房间给他住。身体健康,也不太老,经济上也不成问题。最重要的是,我们和孩子有感情基础。我们早就是他的干爸干妈,双方都熟悉,怎么都比让陌生家庭领养他强啊。"

他"嗯"了一声，闭上眼睛想了想，又睁开眼睛，不放心地提醒我说："你可要考虑好，养孩子是很辛苦的事，是一项漫长的大工程，需要时间和精力，耐心和爱心。我要上班，恐怕帮不了你多少。你自己一个人，行吗？"

没想到他这么爽快就同意了，我兴奋地点头说，没问题。我行！

但领养孩子这事，并不像我想象的那样简单和顺利，因为登记在册，想领养孩子的家庭太多，得排队，现在根本轮不上我们。我不甘心，又叫上大熊跟我一起，去找青少年局的负责人，陈述我们和天赐的亲密关系：天赐一出生，我们就是他的教母教父——中文的"干妈干爸"，找不到对应的德语单词，我就只能这样说。我还带上一些照片，证明我跟天赐的母亲情同姐妹，跟天赐也早就情同母子。那些照片有天赐满月时，我抱着他和夏一红的照片；有天赐受洗那天，我单独抱着他站在教堂门口的照片；还有在重庆的船上吃鱼时，我们两家人的合影，天赐就站在我们中间。青少年局的负责人这才同意会优先考虑我们，并开始对我们的领养条件和资格进行查实审核：需要我和大熊的健康证明，无犯罪记录证明，经济收入证明等，还派人上门查看我们的居住环境，是否有单独的房间给孩子住，等等。当然，他们也征求了天赐的意见，问他是否愿意来我们家。天赐愿意。

这还没完。作为孩子的领养父母，我们还必须每周一次去参加培训，为期两个月，学习儿童心理学，学习如何跟孩子建立信任关系，再到有成功经验的领养家庭取经……原来领养孩子竟这么麻烦，我有点后悔了，想放弃。可大熊却反对我半途而废，一定要坚持，流露出比我更坚定的领养决心。他说这些麻烦很有必要。去动物收容所领养一只小猫小狗，都有前期的条件审核和后期的回访，何况这还是领养孩子。这是对孩子负责。最后我们总算坚持下来。待这一番折腾结束，天赐终于到我们家，已经半年时间过去了。

拿着办好的领养手续，我们才把天赐从孤儿院附近的小学，转到我家附近的小学，也就是我工作的那所小学。学校离我家不远，步行几分钟就到了。刚开始我还不放心，坚持接送。两天后他就不让我接送，说他自己认得路了。

作为精神病患者杀人，弗兰茨只被判了五年强制性隔离医治。开庭那天，我和大熊去了，坐最后一排，不知道他是否看见了我们。我们没带天赐，甚至没告诉天赐他父亲的实情，担心给他留下心理阴影。让人感到意外的是，白格夫人和索菲亚姑妈也没去。场面很冷清，参与旁听的人寥寥无几。弗兰茨站在审判席上，表情麻木，双目无光，看不出悲喜。我很紧张，一只手紧紧抓住大熊的手，两眼死死盯着他，想从他身上寻找出精神病患者的蛛丝马迹。可惜没有。他看上去只是太疲惫，好像加了几个通宵的班，站着已进入半睡眠。

当法官宣读判决书时，他依然还处于半睡眠中，面无表情，目光空茫，好像对一切都无所谓，就是判他死刑立即执行，他也会服从，不争辩，不抗议，不上诉。那种生无所恋的麻木，让见过他从前春风得意时模样的大熊和我，特别难过。

他的五年强制性隔离治疗，是在一家全封闭的心理治疗中心进行。其间我们带天赐去看过他，坐在有玻璃隔窗的小房间里。他胡子拉碴，萎靡不振。但见了我们，言谈举止还算正常。他对我们微笑，让天赐把手伸给他摸摸，跟他讲讲学校的生活，问他是否想爸爸。天赐对我们编造的谎言——父亲是因为母亲病逝而伤心过度生病了，需要住院治疗——深信不疑。所以他只是感到遗憾和伤心，还对父亲流露出关心和同情，像个小大人似的，叮嘱爸爸好生养病，争取早点康复出院。

家庭的变故，仿佛并没给他幼小的心灵留下太多的阴影和悲伤，这也正是我们所期望的。在节假日或者寒暑假里，我们会跟索菲亚姑妈通电话，安排天赐去奶奶家里住一段时间，有时由我开车送去，有时由索菲亚姑妈开车来接。我们都努力给孩子营造一个充满爱的正常环境，让他能够身心健康地成长。

由于治疗效果好，弗兰茨被允许在第三年时提前出院。我们都为此感到欣喜。出院这天，我和大熊带着天赐去接他。他变化很大，蓄起了胡子和头发，灰白的大胡子几乎遮去了半张脸，头发也披散在肩头，就像个落魄的艺术家。我们握手，拥抱，就像他去远方度了三年的长假归来。奇怪的是，天赐对父亲回来并没有我们想象中的那样开心。当弗兰茨拥抱他，他没拒绝，但看上去有点像在敷衍。我们都怀疑，他是不是知道了父亲住院的真实原因？

那天接了弗兰茨，我们就开车送他去他母亲家。索菲亚姑妈已经搬到白格夫人家，姑嫂俩一起生活，就像战后那几年，她也曾一度搬过来，照顾嫂子和小侄子，一起等待战场上的亲人归来。现在她再次跟嫂嫂相伴，一起等待弗兰茨回家。不同的只是，这次的亲人不是从战场上归来，而是从精神病院出来。她俩也从妙龄女郎，变成风烛残年的耄耋老妪。

又是五月，空气中弥漫着令人心醉神迷的芬芳。那幢百年老屋前，紫丁香开成灿烂的云霞。白格夫人一袭白裙，站在紫色云霞的旁边，宛若女神飘然云间，悲悯地俯瞰着凡尘人间。弗兰茨拾级而上，身体佝偻着，像虔诚的臣子拜谒女王。她向他张开双臂，闭上眼睛幸福地呢喃："哦，弗兰茨，我的弗兰茨，你终于回来了……"我和大熊站在台阶下,仰望着他们。我不知道,她口里和眼中的弗兰茨,到底是从前线返回的丈夫,还是从精神病院回家的儿子?

她依旧把自己收拾得雍容典雅,戴着那串鹅黄色的玛瑙项链,头上的金发呈波浪起伏,纹丝不乱,像黄金打造的皇冠,脸上薄施粉黛,勾了眉,抹了眼影,涂了口红。她亲切地唤我"姑娘",如同她从前唤我一样,这让我弄不清,她是否已经认出我了。

天赐一进屋就噔噔噔地跑上楼了。三年来,他每一次到奶奶家,都喜欢独自去阁楼上父亲的房间玩耍。弗兰茨紧跟了上去,似乎也渴望见到他阔别三年的桃花源。我和大熊准备告辞,让他们一家好好团聚,但索菲亚姑妈却要请我们进屋坐坐,喝杯咖啡再走。

屋里到处都是鲜花,门厅、客厅、厨房,甚至卫生间,像遭了花灾。索菲亚姑妈去厨房煮咖啡备点心的时候,白格夫人又坐到钢琴前,弹起那首欢快的《来吧,五月》,摇头晃脑,浅唱低吟。熟悉的旋律,熟悉的情景,我却没有了当初引吭欢歌的激情,只是内心悲凉,恍然梦中。

我仿佛又看见夏一红拎着装有婴儿的篮子进来了,她打开每一扇房门让我参观;她在底楼过道外的小平台上,摆出漂亮的瑜伽姿势,给我指一墙之外的墓园里,弗兰茨家的那些墓碑;她在厨房给孩子喂奶,在卫生间给孩子换尿布……她以自己的羸弱之躯,为这幢老朽的百年古屋带来了生机,为这个濒临死亡的家庭带来了新的生命和希望,可他们却毁灭了她。

那间夏一红曾经住过的客房,现在是索菲亚姑妈的房间。我不知道,在这幢阴森森的老房子里,这姑嫂俩是如何度过这三年时光的?想来应该是愉快的吧,相比另一场更漫长的等待,三年已经很短暂了。现在好了，弗兰茨终于回来了，她们的等待总算没有落空。看看这满屋的鲜花吧，就知道这姑嫂俩有着怎样的欢喜。

我们喝完咖啡就告辞了。天赐因为第二天要上课，也跟我们一起走了。

天赐的学习成绩很好，考试基本都得1分，偶尔得2分，从没得过3分以下。学校有不同的兴趣班，绘画、乐器、唱歌、舞蹈，还有我教的中文班。天赐选了钢琴课和中文班。有一天音乐老师来找我，说天赐喜欢弹一首她从没听过的奇怪曲子，没有乐谱，他却弹得娴熟流畅。她问他弹的什么曲子，他也不说，只是在每次弹完老师要求的钢琴曲后，就请老师同意他再弹一曲。有时候，他弹着弹着还会流泪。音乐老师请我去听听，那到底是一支什么曲子，会让孩子那么喜欢又那么伤心？

那天下午，按音乐老师告诉我的时间，我悄悄来到琴房门外。当那熟悉的音乐声一响起，我鼻子一酸，眼泪夺眶而出。他弹的是那首《世上只有妈妈好》！我想起第一次听他唱它的情景，是我和夏一红在法兰克福街头意外重逢后，我送她回家，一起去幼儿园接了孩子，在车上，她让他唱的，希望孩子永远记住，世上只有妈妈好。她成功了。这么多年过去了，即使小学老师曾经说过，这首歌的内容不正确，不可以再唱，他依然没有忘记它，仍然在心里默默地唱它，尤其是在没有了妈妈的这些年。我相信，他在弹琴的时候，一定在心里用中文唱这首歌："世上只有妈妈好，有妈的孩子像个宝，投入妈妈的怀抱，幸福享不了，世上只有妈妈好，没妈的孩子像根草，离开妈妈的怀抱，幸福哪里找……"

我简单讲了关于这首歌的故事，音乐老师捂着嘴惊叫了一声

"我的上帝啊",就是摇头,沉默无语。

熟悉的音乐又把我拉回渐远的往事。我想起第一次听天赐唱这首歌时,夏一红离婚的愿望多么强烈。假如没有那次跟我重逢,也许她真的就离婚了。那么她现在一定还活着,住在重庆的江景房里,生活虽有缺憾,却衣食无忧,也不乏舒适。即使失去儿子的监护权,她依然还是他的母亲,可以来德国探望儿子,或者让儿子去中国看她……她躲过了九寨沟车祸的天灾,又从乳腺癌的病魔下死里逃生,却没躲过富裕安逸的生活中,一场遥远战争的贻害,一场因忽略真相引起的人祸!

真相,那些随时间远去的旧事,到底该绕行、遗忘,还是该铭记、面对?历史是一条悠长的河,我们都是这河里的鱼。你吸食进身体的水里,含有上游的清泉和甘露,尘埃和污秽。在一条被污染的河流里,没有一条鱼能独善其身。如果夏一红当初追究下去,挖出弗兰茨跟母亲非正常关系背后的原因,是白格夫人对失踪的丈夫爱得太深,以致神经错乱,或许,善良的她不会再一味坚持离婚,而是像我,用理解、同情和宽容,去帮助和拯救身边的爱人,同时也帮助和拯救自己。

可惜一切都晚了。

重获自由的弗兰茨,失去了工作,对儿子也显得淡心无肠。他偶尔会来看看儿子,神情恍惚,寡言少语。我猜他是暂时还没调整过来,没找到新的生活支撑点。夏天到了,学校放暑假,我建议他带孩子去一次长假,修复疏离的父子关系。我相信,这残存的亲情,无论对失去母亲的天赐,还是对失去妻子的弗兰茨,都至关重要。没想到,我好心办坏事,父子俩竟然闹翻了。

按原先的计划,他们将北上波罗的海,去参加一个亲子帆船夏令营。返回时再绕道汉堡,去参观弗兰茨念想已久的"神奇世

315

界"博物馆，为他的"弗兰茨帝国"添置一些新设备。两个人投入了大量时间和热情，来准备这场久违的亲子旅游。可就在他们动身的头天夜里，不知发生了什么事，天赐突然离家出走了。弗兰茨一早醒来，发现儿子不见了，就给我打电话，问天赐是不是回我家了。我还没起床，听了大惊，冲着话筒大叫起来："弗兰茨，我们两家相隔二十多公里，天赐才十岁，怎么可能半夜三更步行回我这里？赶快报警！"

那次真把我们吓坏了。弗兰茨找遍了村里的每一个角落，都没发现儿子的踪迹。我和大熊也急得团团转，却无计可施，只能干等。直到傍晚，我在厨房做晚饭，看见一辆警车开到家门前，下来一个警察，天赐一瘸一拐跟在他后面，浑身脏兮兮，垂头丧气，活像一个小流浪汉。

我赶紧去开门。天赐见了我，一声不吭，闷着头就进了屋，上楼去了他自己的房间。警察说，是个钓鱼的老头儿今天早晨在莱茵河边发现他的。当时他蜷缩在河边的灌木丛中睡着了。老头儿见他腿上还有血污，问他怎么了，他只呜呜地哭，啥也不说，老头儿就悄悄报了警。警察来后，问他叫什么名字，家住哪里，他一概不说。警察就把他送去医院。他大概是在河边摔跤了，膝盖擦破一大块皮，手也破了。待医生为他处理好伤口，警察准备把他送去孤儿院，他才突然开口，说想回家，主动把我家地址告诉了警察。

送走警察，我急匆匆上到阁楼去他的房间，发现他已经脱掉脏衣服，穿着小内裤，蜷在他的小床上。我心疼地问他怎么啦，他红着眼睛瞄我一眼，怯怯地说他肚子饿了，想吃一碗重庆小面。我赶紧下楼到厨房，为他煮了面送上去。

第二天上午，青少年局的人来了，了解情况，察看天赐的伤情。他们郑重地宣布，在天赐年满十八岁之前，不能再单独跟父亲见面，否则他们就要把天赐带走，取消我们的领养资格。他们还批评我们说，弗兰茨刚出院不久，状况还不稳定，就让孩子单独跟他在一起，这样做是对孩子的不负责任。

我后悔自己一时心软，考虑不周，差点酿成大祸。打电话去问弗兰茨，到底发生了什么事，天赐为什么会半夜离家出走？他一口咬定什么也没发生。他说，两个人都对这次旅行充满期待，一起收拾了行李。晚饭他们吃的比萨，因为高兴，他还喝了半瓶葡萄酒，然后就跟儿子躺在大床上仰望星空，憧憬在波罗的海航行的情景。夏夜太美，繁星满天，他还教他认了北斗星……

问题可能就出在这里。我想，躺在那张出过事的大床上，三年前的那一幕会不会从记忆里醒来？当年孩子就说过，他梦到一个魔鬼从天而降，掐死了妈妈。我怀疑，孩子可能在半梦半醒中，目睹了那可怕的一幕，迷糊着又睡去了。醒来后，只把那一幕当成梦。莫非是往事沉渣泛起，他在陡然之间明白了，那个从天而降扼死母亲的，不是魔鬼，正是躺在身边的父亲？

可当我问他，他却什么也不说。这孩子心重，跟他口无遮拦的母亲判若两人。

待他伤好，大熊开车，我们带他去了一次陶努斯山上的儿童乐园。孩子毕竟是孩子，一有好玩的，再沉重的心事也烟消云散。我陪他坐了摩天轮，草料快车，葡萄滑梯，大熊就在旁边为我们拍照。等我们玩得累了渴了，三个人就一起去凉棚里休息，喝饮料，吃冰激凌，聊天。我打趣道："天赐，是一个人去河边露宿好玩，还是大家一起来这里好玩？"他听出我的言外之意，不好意思地低下头，只默默舔食手中的冰激凌。

"你爸爸说，他教你认了北斗星。我还不认识呢，也许今晚你可以教我认？"

"我不认识什么北斗星，我也不喜欢看星星。我讨厌星星！"孩子嘟着嘴，气呼呼地说。

我的心颤抖了，难受得厉害。可怜的孩子，恐怕一生都走不出母亲惨死那一幕留下的阴影。

在那之前的每一年夏天，天赐放暑假，我都会带他回中国。夏二红会来我家接他，带他去她家住些日子。夏一红的母亲，天赐的外婆，在夏一红死后半年也离世了。听二红说，是伤心过度引起的心脏病发作死的。夏一红从前每周都跟母亲通电话。那以后很久，母亲没接到女儿的电话，就开始怀疑，问二红，二红先说姐姐病了，后来没忍住，说了实话。母亲当场发病，脸色惨白，浑身抽搐，送到医院，抢救无效。她的骨灰跟夏一红的骨灰葬在同一公墓里。每年我带天赐回重庆，二红都会带他去给外婆和母亲上坟。在假期结束前两周，大熊会飞到重庆跟我们会合。然后我们仨再一同出游，返回德国。第一年我们坐船游览了长江三峡，去了杭州，从上海回德国；第二年游的是古都西安，看兵马俑；第三年去了北京，看故宫，爬长城。弗兰茨重获自由的这个夏天，是天赐被我们领养后唯一的一次，没被我带回中国。

那一年秋天，我母亲在睡眠中无疾而终。我匆匆赶回去处理母亲的后事，然后把我的公寓卖了，给了长英和长江一人一笔钱，就返回德国。没有了那个最牵挂的人，我回国的欲望便不再强烈。巧的是，接下来的每一个暑假，国内都有机构组织"爱我中华"青少年夏令营，邀请海外华侨的孩子们回国。我为天赐报了名。参加这样的夏令营很有意义，因为主办方安排得很周到，孩子们每年都去不同的地方，不仅游览祖国山河，还参加各种文化交流活动，比如，跟当地的学生一起联欢，上书法课、武术班等。

有一年去成都，他们还参观了熊猫基地。天赐高兴坏了，写了一篇作文，回忆他小时候最喜爱的玩具，就是一只名叫托尼的绒毛熊猫。他还记得那是我送他的。他说，托尼是他人生的第一个朋友。他有什么心事就告诉托尼，晚上还抱着托尼睡觉。那时他就想，长大后要去中国看看托尼的故乡。没想到，现在梦想实现了……老师表扬了他的作文，还让他在夏令营结束的联欢会上朗读。听到这个消息，我很感动，也很欣慰。这孩子性格内向，情感细腻，学习好，还记恩。感谢夏一红，给我留下这么优秀的儿子。

初中毕业后，天赐升入文理高中，长成了身高一米七五的英俊少年。他脸上的五官既不像父亲，也不像母亲，但细看会发觉，是那两张脸糅合后的重生。他身上甚至有奶奶的遗传，黑发中间的那一撮金发，黄灿灿的愈加醒目了，就像是白格夫人的头发移植过去的。这让他意外成了时尚少年。这时候的德国年轻人流行挑染头发，即不全染，只把一绺或几缕头发染成醒目的异色。有人认为天赐头上的那撮金发也是染的。他听了只是笑笑，从不分辩。

高二时，学校有一个国际交换生项目，为期一年。孩子们可以自由选择去不同的国家，天赐选择了去美国。我和大熊都感到意外，还以为他会选择去中国。他却说，这是国际交换生，我本来就是中国人，为什么还要去中国？仔细想想，确实如此。他来我们家后，我依然像从前夏一红那样，坚持跟他只用中文交流，并要求他每天用中文至少写一句话日记，读一页中文书。现在他的中文几乎跟德文一样好——除了有些发音不够标准，听说读写，都可以在德文和中文之间自由切换，相当于他有双母语。连续几年，他都回国参加夏令营，中国大多数省份他都去了。每一

319

年老师都表扬他,说他的中文是夏令营里最好的,如果不是有些发音带德语腔,他们几乎要认为,他是在中国长大的混血孩子。

十七岁的天赐,第一次要单独出门,去一个遥远陌生的国度,而且时间那么长,我和大熊都觉得事关重大。打电话跟弗兰茨商量后,我们决定,为他举行一个小小的送别仪式,地址就定在他奶奶家附近,当年他受洗宴请宾客的那家"猎人"餐馆。那天我又见到白格夫人。她看上去仍然没什么变化,穿着我第一次见她时穿的那条白长裙,也戴着那天的紫珍珠项链,光亮的金发纹丝不乱,肤白如雪的脸上抹了口红,描了柳眉,涂了眼影,皱纹好像也不比从前多多少。

十七年了,哦不,应该是十八年了。那时夏一红和弗兰茨刚结婚,天赐还是一粒不知飘在何方的种子,她就已经这样了,穿着这白裙,戴着这项链,梳着这发型,雍容挺拔,华光四射。怎么到现在,天赐都长成比她还高的少年郎,我和大熊也一只脚踏进了老年的门槛,身体发福,鬓发染霜,她竟然还是当年的样子,优雅从容,腰杆笔直,步态纤纤。时光的魔爪把我们都摧残得面目全非,为什么她却毫发无损? 莫非上帝偏心,为她画了一个圈,让时间的魔爪无法近身? 就像孙悟空用金箍棒为唐僧在地上画了个圈。

再看看她身边这两个亲人吧,比她年轻的索菲亚姑妈也老多了,满脸沟壑,皮肤乌红,身材滚圆,走在白格夫人身边,像粗糙的老妈子跟在小姐身边。弗兰茨老得更是不堪,那张轮廓分明充满男性魅力的脸和风度翩翩的伟岸身材,全不见了。如今的他背驼了,腰弯了,衣衫不整,松弛的脸皮形成几条刀劈斧砍般深刻的皱纹,白发齐肩,白胡及胸。他牵着一条大黑狗从小路上走来,趔趄着,头发和胡须在风中凌乱,好像电影《极地重生》里的男主角，拖着疲惫的身躯和沉重的脚步，在风雪中朝着家的方向艰难跋涉。那一刻我傻眼了，仿佛白格夫人等待一生的男人，终于风尘仆仆地出现了。

天赐进入高中后，脸上开始长青春痘，最先只是零星的几颗，后来竟满脸都是，像被烈日灼伤了。原本内向敏感的他更自闭了，不愿意出门，也因此很久没去见父亲和奶奶。我带他去看了医生，每天吃药，睡前涂药膏，才开始慢慢好转。我们都不知道弗兰茨什么时候养了狗。天赐见了，很惊喜。他甚至忘了，应该先跟人打招呼，就直奔狗去。那狗也是人来疯，立即起身朝他扑来，却被颈绳死死拽住，就挣扎着，两条前腿在空中乱抓，把后面牵狗绳的弗兰茨拖拉得跌跌撞撞。

"安静……安静！"弗兰茨用力拽住狗绳，"坐下！弗兰茨，坐下！"他突然怒了，大声呵斥。那狗才哼哼唧唧乖乖坐下，大张着嘴，伸出粉红的长舌头，对着天赐喘粗气。

我以为自己听错了，却见弗兰茨歪扯着嘴角在笑。他扬起手里的狗绳子，朝狗背狠狠地抽打了一下，又伸出手去，温柔地拍拍它的背，再揉摸它的头。他看出了我的困惑，解释说："没错，这狗也叫弗兰茨。我们白格家的儿子都得叫这个名字。对吧，妈妈？"说着他扭头去看母亲。

两个老太太站在旁边，白格夫人已经张开双臂，是准备迎接天赐的姿势。可天赐却被狗吸引去了，把她晾到一边。她僵硬地站着，双臂还在空中一动不动，脸上的微笑也凝固了。等天赐突然反应过来，走到她面前轻唤了一声"奶奶"，也伸开双臂，想跟她拥抱，她却突然收回双臂，拒绝拥抱，只上上下下打量眼前的这个少年，好像并不认识他。

"请问，你……是谁？"

321

天赐尴尬地耸了耸肩，难为情地低下头，也不解释，悻悻地转向旁边的索菲亚，轻唤了一声"姑婆好"。索菲亚才不管那么多，一步上前抱着天赐，粗壮的胳膊把天赐的脑袋扳下来，左一下右一下地亲他的脸，还激动得大声嚷嚷："我们的弗兰茨心又长高了，姑婆都快亲不着你的脸了。"

随后她又拉着天赐的手，对身边的白格夫人说："米雅你是老糊涂了吗？你再仔细看看，这不是我们的弗兰茨心又是谁呢？"她一边说一边给天赐递眼色："快叫奶奶好！"

天赐没理她，抽回手又朝那黑狗走去。十七岁的少年即将远行，隐藏的叛逆心突然变得强烈了。他从小就知道，奶奶的脑子有毛病，时而清醒时而糊涂，对他也时好时坏，时冷时热。她尤其不喜欢他头发的颜色。小时候去奶奶家，妈妈总要他戴帽子。他还曾经抗拒过。是奶奶让他第一次感受到什么是自卑。

盛夏的德国，明晃晃的阳光把苍郁的群山镀上一层耀眼的金光。我们坐在露台，阳光透过红白相间的遮阳伞，让每个人的脸都变得红通通的十分美好，皱纹被抹平，欢喜和悲伤都被淡化。露台边的白栅栏上，火红的天竺竺开得正艳。餐还没上来，我们喝着饮料，有一搭无一搭地扯着闲话，看天赐与弗兰茨在旁边逗狗。

"去呀，弗兰茨，去把球叼回来，你这个笨蛋，蠢货！"

弗兰茨对着狗骂骂咧咧。他把一只红色的塑料球往前方扔去，狗却依在天赐的怀里，更愿意享受天赐的抚摸。当弗兰茨的命令再次响起，语气更严厉，它才不太情愿地挣脱天赐，箭一般地朝前冲去，朝空中一跃，叼了球又飞奔回来，把球放到天赐面前。

"真乖，我的孩子！"弗兰茨笑了，弯腰捏了捏狗耳朵。

天赐刚才还拉长脸，不高兴父亲给狗取了他的名字。他抓起那红球，奋力朝空中一扔，只见那狗一个漂亮的腾空，像一道黑色的闪电射了出去，在空中叼住了那只红球。

"哇，太棒了！"天赐惊喜得大叫起来，父子俩不约而同击掌欢呼。

这是夏一红去世后这么多年来，我第一次看见，父子俩如此开心地在一起。阳光下，两张笑脸灿烂灼目，让我几乎睁不开眼睛。

尾 声

又一个春天如期来临，万象更新，盛世繁荣。然而，七十多年前的战争硝烟又平地而起。

邻居老屋易主，新房主把花园的鱼池改建成游泳池，工人施工竟挖出一枚二战时期美军的炸弹。炸弹距我家十五米左右，身躯庞大，重五百公斤，虽然被泥土包裹的弹壳锈迹斑斑，可专家说它威力仍在，有可能随时爆炸。这消息吓得我魂飞魄散。想想这几年在浑然不知中的怡然自得，以为自己的家就是世界上最安全和舒适的地方，可以幸福地安度余生，没想到，是筑屋于炸弹之侧，如同酣睡于虎口之下。

警察来了，附近拉起了封锁线。小镇居民被要求在周日早晨八点前必须离家，待炸弹拆除引信，解除危险，傍晚十八点后方可返回。那真是提心吊胆的一天。早在2010年6月1日，德国中部的哥廷根市，在体育馆的施工现场也挖出过一枚盟军的炸弹，拆弹过程中，三名拆弹专家被炸身亡。如果这次拆弹失败，悲剧重演，我们这一走就是永别我家。那一刻，从未经历过战争的我，切身感受到战争的残酷。我像个在战火中被迫逃离家园的难民，收拾了两只大行李箱，在关门离家时心情沉重到几乎掉泪。我害怕当我们再次归来，这幢凝聚着我和大熊无数心血和汗水的房子成了废墟。这时我体会到大熊的母亲和外婆、奶奶和姑姑，以及成千上万的战争难民，在逃离家园时的那种无奈之痛。

那一天过得尤其缓慢，像白格夫人苍老的脚步，每一分每一秒都沉重地在我的心头踩过。政府为了安顿疏散的居民，在邻镇的体育馆内安放了折叠床和桌椅，供大家休息。天赐在美国做交换学生还没回来，我和大熊在体育馆里找到一个安静的角落相依而坐，一起默默地祈祷和等待。

随身携带的行李箱里，除了一些贵重物品，还有白格夫人的那两本日记。夏一红把它们匆匆放到我家里，夏一红走后，我曾经考虑应该将它们物归原主，又担心会惹来新的麻烦，便留下了它们，并让大熊把它们全都"翻译"到电脑上，我又把它们慢慢都翻译成中文。现在我基本上可以断定，它们是两本诗体日记。

我从行李箱里抽出那两本日记，一页一页慢慢翻阅。因为已经翻译过，知道它们每一个单词的规范书写，竟也大致能阅读那些天书一样的字迹。发黄的纸页上，白格夫人的书写隽秀有力，与其说它们是文字，不如说是线条的舞蹈。我轻轻触摸纸页的细腻软绵，触摸字迹的行云流水，犹如隔着时空，触摸白格夫人的手，并由她牵引着，走进一段凄美的战争爱情故事内核。

夜啊，浩荡的夜，无边无际，
我一曲一曲地弹奏海顿，弹奏巴赫，
你走了，音乐声中，
我依然夜夜是你的新娘……

这样的诗句，每每读到，我都肝肠寸断，为她那漫长一生的孤灯独守,为她沉默中燃烧不熄的爱情之火。但身边没有了夏一红,这些潸然泪下的诗句,这无限的心事,我又与谁说?

感谢上帝,拆弹成功。当我们向晚时分回到家中,家里一切依旧。花园里杜鹃正艳,牡丹正红,草坪绿茵。我精心打理的花园多么漂亮。但我只是站在玻璃房内打量它。越过低矮的篱笆墙,我看见邻居的花园黄土朝天,巨大的弹坑像一只怪兽张开大嘴,仿佛想要吞噬整个天空。我心里发怵,收回目光,投向我家花园的一角,那里有一片老树林子,真担心那下面也埋着炸弹。

这天以后,我就变得神经质了,常常对脚下的大地心生畏惧。这个国家曾经是一个大战场,处处可能埋有尚未爆炸的炸弹,俨然一个大雷区,不知道何时会訇然一声,这和平的世界,美好的一切,都会在瞬间灰飞烟灭,包括我自己的生命。

电视上说,二战结束后七十多年里,德国每年都发现炸弹。它们是1940年至1945年间盟军空袭时投下的,当时没爆炸,如今随着年代久远,引信失效,自然爆炸的风险增大。仅仅是2000年至今,就有十一名拆弹专家在拆弹时罹难。要彻底清除这些炸弹,还需要至少几十年,甚至更久。

而要彻底清除战争遗留在人们心里的伤痛和阴影,那些隐形的心理炸弹,又需要多少年呢?

一场灾难结束了,往往意味着另一场更大的灾难的开始。时间并不能带走一切,空间也不能,正如白格夫人在日记里所写:

只要我还爱着你,你就不会死,
所以我要把自己活成永恒,
即使肉身死去,

我的坟头也会开出花来，
站在每一个春天里，
继续爱你。

2017秋天动笔
2021.5.30初稿完成
2023.2.16定稿完成
2023.9.11终稿

后记：八卦结束，小说开始

2017年夏天，在一次旅德华人聚会上，我听他们八卦了一个中国外嫁女的事。这事登在一份德国华文报纸上，外嫁女的德国丈夫跟母亲乱伦，事情败露后，丈夫不仅不羞愧，反而理直气壮地说，母亲在二战中失去了丈夫，一个人辛辛苦苦把他养大。因为长相酷似父亲，母亲就把他当作父亲的替身。他爱母亲，希望能够安慰她，这很正常。该女无法接受，想离婚，却因为种种原因不能离，只能在屈辱、悲愤和无奈中委曲求全，度日如年。现在她几乎要崩溃了。

大家群情激愤，纷纷声讨这对母子不知廉耻，禽兽不如；骂母亲是荡妇，儿子是渣男。对于这位受害的同胞，有同情的，也有幸灾乐祸的：看吧，这就是嫁老外的下场！

我被这件事震撼了。我看见了战争的残酷，看见了战争对人心灵的戕害。这位母亲经历了怎样的痛，才心理变态、人格扭曲，把对丈夫的爱和思念转移到儿子身上，最后把儿子幻化成丈夫！这是战争的贻害，是战争引发的次生灾难，它比战争本身更可怕。战争只祸害战争发生的地方的人民，还有相对的时空局限。它的次生灾难却能跨越时空去攻城略池，滥杀无辜。尤其在全球化的今天，一个德国女人在二战中遭受的伤害，竟然让一个中国女人卷入痛苦的深渊。七十多年过去了，时间并不能治愈一切。

我想起我参加过二战的公公。这个在保卫柏林的塞洛高地一战中受伤被俘的德国通信兵,从苏联战俘营释放回家时,一米八的身高体重只有四十五公斤。老人生命的最后五年是跟我们一起度过的。他一身残疾,少言寡语,却几乎夜夜在噩梦中尖叫或呜咽。我还想起鲁妮姨妈,我先生母亲的妹妹。在她九十岁生日那天,她悄悄对我说,战争结束后,她虽然接受了从战场归来的远房表哥的求婚,可直到在教堂举行婚礼,她还在悄悄四下张望,幻想,如果她阵亡的未婚夫突然出现,她就立即抛下这一切,跟他私奔……

我旅居德国多年以来的直接和间接生活经验,在这一瞬间,被这个八卦故事照亮了。它们仿佛听到集结号,迅速从我的记忆里跑出来,自己排列组合,站出了小说的队形。写作的灵感就这样不期而至,让我体内的热血沸腾起来,心跳加快,呼吸急促,浑身发烫,像热恋中的女人迎来了朝思暮想的情人。

这时候,我刚好结束了长达五年的翻译顾彬诗集的工作,正准备回归小说写作。就这样,带着饱满的情绪、几近天成的人物和故事的雏形,我开始了这本书的写作,每天坐在电脑前,就以八卦中的某个场景作为切口,走进人物的内心和情感,让它们推着故事走。久违的写小说的快感把我淹没。

然而没过多久,这难得一遇的创作佳境,被一部横空飞来的德文书稿终结了。

事实上,当我接到文友请我翻译的短信和《汉娜的重庆》的德文书稿,我当即就予以了拒绝。在此之前,顾彬希望我能继续翻译他的诗集,我也已经婉拒。他五星级难度的诗歌语言已经让我备受折磨。我发誓不再搞翻译,只写自己想写的小说。文友很执着,她说你还是看看吧,这是一个德国老太太对故乡重庆最后的回望。你是重庆人,我觉得你是这本书最理想的译者。于是在某个创作的间隙,我没能忍住好奇,浏览了书稿。然后,我就掉进了美丽的坑里不能自拔。我决定翻译这本书，不仅因为它的语言简单流畅，好翻译，故事让我着迷，书中那个我没能赶上的从前的故乡让我流连，更因为，我无法面对一个老人积攒了一生的思乡情而无动于衷，更无法面对一段属于故乡的历史记忆而不作为，任其流失。我感到了一种责任和使命。

写得正顺正嗨的小说不得不暂停，我转身投入《汉娜的重庆》的翻译中。老人已经八十高龄，她希望能活着看到这本书被译成中文，在国内出版，代替她回不去的肉身重返故乡，落叶归根。我想帮她实现这个梦想。

几乎就是一气呵成，我只用了不到半年的时间就完成了翻译。但去拜访汉娜，对译稿进行修改和加工，寻找国内出版社，协助双方签合同，配合出版社宣传新书，等等，耗去了我更多时间。

当我重新开始这部小说创作，已经是一年多以后的事了。一年多的疏离和沉淀，当初的激情平息了，但也并非无踪无影，而理性的思考明显增多。重拾的写作进展依然很顺利，只是不知道，如果没有被《汉娜的重庆》"闪了腰"，这部小说是否会是另外的样子？

有一句话我很喜欢：你只管善良，福报已在路上。感谢人民文学出版社和《当代》杂志还接纳了这部被翻译耽误的小说，同时也接纳了一个被出国耽误的作者的回归。二十年前，这位作者稚拙的处女作《远嫁》有幸在《当代》发表，让她的文学梦得以起飞。如今她带着《我的弗兰茨》归来，将她出国后的生活和思考凝聚其中，告诉当年的老读者们，"她"远嫁以后的故事；也告诉今天的新读者们，远嫁的"她"和她们，在异国他乡经历了什么，她们的所见所闻、所思所感，以及更多。

2023年6月

Mein Franz